JANET EVANOVICH

Tödliche Versuchung

Buch

»Ich stehe vor so vielen Dilemmas, dass ich micht nicht einmal an alle erinnern kann«, meint Stephanie Plum, Kautionsjägerin und ehemalige Unterwäsche-Verkäuferin. Und tatsächlich herrscht in ihrem Leben derzeit kein Mangel an Problemen. Da ist zunächst einmal der Mord an dem Spross der kriminellsten Familie in Stephanies Heimatstadt Trenton. Ausgerechnet der attraktive Ranger soll Homer Ramos getötet haben, doch trotz seiner undurchsichtigen Geschäfte und unklaren Identität glaubt Stephanie nicht an Rangers Schuld. Und sei es nur, weil sein Bild im Lexikon unter »Erotik, männliche« zu finden sein müsste. Und da liegt schon das nächste Problem, denn auch der unwiderstehliche Polizist Joe Morelli geht Stephanie nicht aus dem Kopf. Gemeinsam versuchen sie nun Ranger aufzuspüren, nur dass Stephanie nebenbei auch noch ein paar Kautionsflüchtlinge zu schnappen hat, einen äußerst anhänglichen Hund versorgen muss und ihre Großmutter im Auge behalten soll, die bei ihr eingezogen ist. Anlässe genug für die unerschrockene Schnüfflerin, diverse Autos zu Schrott zu fahren und sich mehrfach bis auf die Knochen zu blamieren. Von dem Chaos in ihrem Gefühlsleben gar nicht zu reden, als der verschwundene Ranger schließlich Kontakt mit ihr aufnimmt ...

Autorin

Janet Evanovich stammt aus South River, New Jersey, und lebt heute in Fairfax, Virginia. Sie hatte bereits eine Serie von romantischen Frauenromanen veröffentlicht, bevor sie sich dem Schreiben von Kriminalromanen zuwandte. Nähere Informationen zu Janet Evanovich und ihren Stephanie-Plum-Romanen unter
www.evanovich.com

Von Janet Evanovich bei Goldmann lieferbar:

Einmal ist keinmal. Roman (42877)
Zweimal ist einmal zu viel. Roman (42878)
Eins, zwei, drei und du bis frei. Roman (44581)
Aller guten Dinge sind vier. Roman (44679)
Vier Morde und ein Hochzeitsfest. Roman (54135)

Janet Evanovich

Tödliche Versuchung

Roman

Aus dem Amerikanischen
von Thomas Stegers

GOLDMANN

Die Originalausgabe erschien 2000 unter dem Titel
»Hot Six«
bei St. Martin's Press, New York

Umwelthinweis:
Alle bedruckten Materialien dieses Taschenbuches
sind chlorfrei und umweltschonend.

Einmalige Sonderausgabe Februar 2003
Copyright © der Originalausgabe 2000
by Evanovich, Inc.
Copyright © der deutschsprachigen Ausgabe 2001
by Wilhelm Goldmann Verlag, München,
in der Verlagsgruppe Random House GmbH
Umschlaggestaltung: Design Team München
Umschlagfoto: Zefa/Emely
Druck: Elsnerdruck, Berlin
Titelnummer: 45546
Redaktion: Martina Klüver
KvD · Herstellung: sc
Made in Germany
ISBN 3-442-45546-4
www.goldmann-verlag.de

1 3 5 7 9 10 8 6 4 2

Prolog

Die schlimmsten Befürchtungen meiner Mutter haben sich bestätigt. Ich bin Nymphomanin. Ich bin verrückt, nach Männern, nach ganz vielen Männern. Vielleicht kommt es daher, dass ich in Wirklichkeit mit keinem einzigen richtigen Sex habe. Denn meistens führt mein heimliches Verlangen zu nichts. Wahrscheinlich ist es sowieso völlig daneben zu glauben, ich könnte es jemals mit Mike Richter treiben, dem Tormann der New York Rangers. Oder mit Indiana Jones.

Andererseits wird mein Begehren von zwei Männern auf meiner Liste der Begehrenswerten erwidert. Das Problem ist nur, dass mir beide höllische Angst einjagen.

Ich heiße Stephanie Plum. Ich bin Kopfgeldjägerin, und ich arbeite mit diesen beiden Männern zusammen. Beide haben mit Verbrechensbekämpfung zu tun. Der eine ist Polizist. Der andere verfolgt in dieser Beziehung einen eher unternehmerischen Ansatz. Weder der eine noch der andere hält sich gern an Regeln. Beide übertreffen mich in punkto ausgelebte Triebhaftigkeit um einiges.

Jede Frau erreicht irgendwann den Punkt, wo es gilt, den Stier bei den Hörnern (oder einem anderen passenden Körperteil) zu packen und das Leben in die eigene Hand zu nehmen. Genau das habe ich gerade getan. Ich habe einen Telefonanruf getätigt und einen der beiden aufregenden Männer zu mir nach Hause bestellt.

Jetzt überlege ich, ob ich ihn reinlassen soll oder nicht.

Ich habe Angst, es könnte ein ähnliches Erlebnis werden wie

damals, als ich neun Jahre alt war und meine Wonderwoman-Phantasie mit mir durchging. Es endete damit, dass ich vom Garagendach der Kruzaks fiel, Mrs. Kruzaks mit Preisen ausgezeichneten Rosenstrauch kaputtmachte, mir meine Shorts und geblümte Unterhose aufschlitzte und den restlichen Tag, ohne dass ich es merkte, mit entblößtem Hintern herumlief.

Ich verdrehte im Geiste die Augen. Reiß dich am Riemen, Mädchen! Es gibt keinen Grund zur Nervosität. Hier vollzieht sich der göttliche Wille. Schließlich habe ich den Namen des Mannes heute Abend aus einem Hut hervorgezogen. Es war zwar nur eine Schüssel, aber trotzdem, hier handelt es sich um eine Begegnung der kosmischen Art. Na gut, in Wahrheit habe ich ein bisschen geschummelt und auf den Zettel gespickt. Na und? Manchmal muss man dem Schicksal eben auf die Sprünge helfen. Ich meine, wenn ich mich auf das Schicksal verlassen könnte, hätte ich diesen blöden Anruf ja nicht zu machen brauchen, oder?

Außerdem spricht einiges für mich. Ich bin für die anstehende Aufgabe bestens gewappnet: Männermordendes Kleid, kurz und schwarz. Spangenpumps mit Stöckelabsatz. Glänzende rote Lippen. Eine Schachtel Kondome, versteckt in der Pulloverschublade. Geladene Pistole, griffbereit in der Plätzchendose. Stephanie Plum, eine Frau auf geheimer Mission. Stephanie Plum bringt die Männer zur Strecke, tot oder lebendig.

Vor wenigen Sekunden habe ich die Aufzugtüren sich öffnen und Schritte im Hausflur gehört. Die Schritte blieben vor meiner Wohnungstür stehen, und ich wusste, dass er es war, weil sich meine Brustwarzen zusammenzogen.

Er klopfte, und ich stand da wie gelähmt, starrte auf die Klinke. Nach dem zweiten Klopfen machte ich auf, und unsere Blicke trafen sich. Keine Anzeichen von Nervosität seinerseits. Höchstens Neugier. Und Begehren. Starkes Begehren. Besitz ergreifendes Begehren.

»Halli hallo«, sagte ich.

Er trat in den Flur, machte die Tür hinter sich zu und schloss ab. Er atmete tief und regelmäßig, seine Augen waren dunkel, sein Gesichtsausdruck, während er mich musterte, ernst.

»Schönes Kleid«, sagte er. »Zieh es aus.«

»Vielleicht erst ein Glas Wein«, schlug ich vor. Verzögerungstaktik! Mach ihn betrunken! dachte ich. Dann kann er sich später, wenn es eine Katastrophe werden sollte, an nichts mehr erinnern.

Er schüttelte stur den Kopf. »Lieber nicht.«

»Ein Sandwich?«

»Später vielleicht. Viel später.«

Ich knetete im Geist meine Fingerknöchel.

Er lachte. »Du bist süß, wenn du nervös bist.«

Ich sah ihn aus schmalen Augen an. *Süß?* Das hatte ich nun wirklich nicht im Sinn gehabt, als ich mir diesen Abend in meiner Fantasie ausmalte.

Er drückte mich an sich, fasste hinter meinen Rücken und zog den Reißverschluss an meinem Kleid runter. Das Kleid rutschte von meinen Schultern und legte sich mir zu Füßen, ich stand nur noch mit den Nuttenschühchen und dem kaum sichtbaren String-Tanga bekleidet da.

»Hübsch«, sagte er.

Er hatte mich natürlich schon öfter nackt gesehen. Als ich sieben war, hatte er den Kopf unter meinen Rock gesteckt. Als ich achtzehn war, hatte er mich von meiner Jungfräulichkeit erlöst. Und in jüngster Zeit hatte er Dinge mit mir angestellt, die ich so schnell nicht vergessen würde. Er war Polizist in Trenton, und er hieß Joe Morelli.

»Weißt du noch, wie wir früher als Kinder Puff-Puff gespielt haben?«, sagte er.

»Ich war immer der Tunnel, und du warst immer der Zug.«

Er hakte seine Daumen in den Bund meines Höschens und

zog es zentimeterweise runter. »Ich war ziemlich verdorben als Kind«, sagte er.

»Stimmt.«

»Ich bin braver geworden.«

»Manchmal.«

Das löste bei ihm ein wölfisches Grinsen aus. »Das kannst du mir ruhig glauben, Pilzköpfchen.«

Dann küsste er mich, und mein Unterhöschen fiel zu Boden. Mann! Oh, Mann!

1

Fünf Monate später...

Carol Zabo stand auf dem Geländer der Delaware-Brücke, die Trenton, New Jersey auf der einen Uferseite mit Morrisville, Pennsylvania auf der anderen verbindet. In der rechten Hand hielt sie einen gelben Ziegelstein, Normgröße, und zwischen dem Ziegelstein und ihrem Fußgelenk spannte sich ein Stück Wäscheleine. An der Brücke stand in großen Lettern der Slogan: Trenton schafft, die Welt rafft. Carol nahm das persönlich: alles, was sie schaffte, die Welt raffte es an sich, und das hatte sie offenbar satt. Sie war drauf und dran, in den Delaware zu springen und den Ziegelstein sein Werk verrichten zu lassen.

Ich stand drei Meter neben Carol und versuchte sie zu überreden, vom Geländer herunterzusteigen. Hinter uns brausten Autos vorbei, einige Fahrer bremsten ab und gafften, andere lavierten sich zwischen den Gaffern hindurch und zeigten Carol den Finger, weil sie den Verkehrsfluss behinderte.

»Hör mal, Carol«, sagte ich, »es ist halb neun, und es fängt an zu schneien. Ich friere mir hier den Arsch ab. Entscheide dich, ob du nun springen willst oder nicht. Ich muss nämlich pinkeln, und ich brauche dringend einen Kaffee.«

In Wahrheit glaubte ich keine Sekunde, dass sie springen würde, und sei es nur deswegen, weil sie eine vierhundert Dollar teure Lederjacke von Leather Wilson trug. Mit einer vierhundert Dollar teuren Lederweste am Leib springt man nicht in den Tod. So was gehört sich nicht. Die Jacke wäre hinüber. Carol stammte, genau wie ich, aus Chambersburg, einem Stadtteil von Trenton, und in Burg, wie er allgemein genannt wurde, vererbte man erst seine Jacke seiner Schwester, dann sprang man von der Brücke.

»Hör du mir lieber zu, Stephanie Plum«, erwiderte Carol bibbernd. »Es hat dich keiner eingeladen zu meinem Abschiedsfest.«

Ich war mit Carol zusammen zur Schule gegangen. Sie war Cheerleader gewesen, ich hatte den Taktstock geschwungen. Jetzt war sie mit Fetti Zabo verheiratet und wollte sich umbringen. Wäre ich mit Fetti Zabo verheiratet gewesen, ich hätte mich auch umgebracht, aber das war nicht der Grund, warum Carol mit einem Ziegelstein am Fußgelenk auf dem Brückengeländer stand. Sie hatte in der Shopping-Mall bei Fredericks of Hollywood einige Slips geklaut, weil sie ein bisschen Schwung in ihr Liebesleben bringen wollte. Solche Höschen hätte sie sich durchaus leisten können, nur schämte sie sich, mit den Teilen an die Kasse zu gehen. In der Eile war sie dem Zivilbullen Brian Simon hinten ins Auto gefahren und hatte Fahrerflucht begangen. Brian hatte im Auto gesessen, als es passierte, hatte sie verfolgt und kurzerhand in Haft genommen.

Mein Vetter Vinnie, Direktor und alleiniger Eigentümer der Kautionsagentur Vincent Plum, hatte für Carol eine Kaution gestellt und sie aus dem Gefängnis herausgeholt. Sollte Carol jetzt nicht zu ihrem Gerichtstermin erscheinen, verfiel die Summe, die als Sicherheitsleistung für die Freilassung hinterlegt worden war; es sei denn, Vinnie gelang es, Carol innerhalb einer angemessenen Frist aufzuspüren.

Hier komme ich ins Spiel. Ich bin Kautionsdetektivin, eine vornehme Umschreibung für Kopfgeldjäger. Ich spüre für Vinnie Personen auf, lebend und unverletzt, wenn es eben geht. Vinnie hatte heute Morgen auf der Fahrt zur Arbeit Carol Zabo auf dem Geländer stehen sehen und mich gleich losgeschickt, um sie zu retten, beziehungsweise – sollte jede Rettung zu spät kommen – mir wenigstens die Stelle zu merken, an der sie aufs Wasser geklatscht war. Vinnie befürchtete, seine Kaution zu verlieren, sollte Carol in den Fluss springen und die Polizeitaucher mit ihren Enterhaken die aufgeschwemmte Leiche nicht finden.

»Da hast du dir ja keine schöne Art zu sterben ausgesucht«, sagte ich zu Carol. »Du wirst schlimm aussehen, wenn sie dich aus dem Wasser fischen. Überleg doch mal: allein deine Frisur, die ist dann völlig hinüber.«

Sie verdrehte die Augen nach oben, als wollte sie aus der Vogelperspektive auf ihren Kopf schauen. »Scheiße, daran habe ich überhaupt nicht gedacht«, sagte sie. »Ich habe mir gerade erst mein Haar färben lassen, und Strähnen habe ich mir auch machen lassen.«

Der Schnee fiel in dicken Flocken herab. Ich trug Wanderschuhe mit robusten Gummisohlen, aber die Kälte kroch dennoch in den Beinen in mir hoch. Carol war schicker angezogen: schrille Halbstiefel, kurzer schwarzer Rock, dazu die extravagante Jacke. Nur der Ziegelstein wirkte irgendwie zu salopp für das Outfit, und der Rock erinnerte mich an einen Rock von mir, der zu Hause bei mir im Kleiderschrank hing. Ich hatte ihn nur einmal und nur ganz kurz am Leib gehabt, bevor er an mir herab und zu Boden geglitten und mit dem Fuß zur Seite getreten worden war: die Eröffnungszeremonie einer kräftezehrenden Nacht mit dem Mann meiner Träume. Das heißt, mit einem der Männer meiner Träume. Es ist schon seltsam, was Kleidung für einen Menschen alles bedeuten kann. Ich hatte den Rock angezogen, weil ich damit einen Mann ins Bett kriegen wollte. Carol hatte dieses Kleidungsstück gewählt, um damit von einer Brücke zu springen. Keine gute Entscheidung meiner Ansicht nach. Ich hätte zu diesem Zweck lieber weite Hosen angezogen. Carol würde ziemlich lächerlich aussehen, wenn man sie aus dem Wasser holte, der Rock säße ihr unterm Kinn, die Unterhose wäre ihr auf die Füße gerutscht. »Wie findet Fetti die Strähnen denn?«, fragte ich sie.

»Fetti gefallen die Strähnen«, sagte Carol. »Er will nur, dass ich mir die Haare wachsen lasse. Er meint, lange Haare wären heute wieder angesagt.«

Ich persönlich würde ja nicht viel geben auf den modischen Geschmack eines Mannes, der sich seinen Spitznamen eingefangen hatte, weil er sich sexueller Erfahrungen mit Schmierpressen rühmte. Aber das ist meine ganz private Meinung.

»Dann sag mir doch endlich, warum du hier auf dem Brückengeländer stehst?«

»Weil ich lieber tot bin als ins Gefängnis zu gehen.«

»Ich habe dir doch gesagt, du kommst nicht ins Gefängnis. Und wenn doch, dann bestimmt nicht für lange.«

»Ein Tag reicht mir! Eine Stunde reicht mir! Sie zwingen einen, sich nackt auszuziehen, und dann muss man sich bücken, damit sie nachsehen können, ob man Waffen im Körper schmuggelt. Wenn man aufs Klo geht, gucken alle zu. Es gibt keine – wie heißt das noch mal? – Privatsphäre. Ich habe im Fernsehen mal einen Film darüber gesehen.«

Na gut, jetzt verstand ich sie ein bisschen besser. Bevor ich zu so etwas genötigt würde, hätte ich mich auch lieber umgebracht.

»Vielleicht brauchst du ja gar nicht ins Gefängnis«, sagte ich. »Ich kenne Brian Simon. Der lässt mit sich reden. Vielleicht bringe ich ihn dazu, die Anklage fallen zu lassen.«

Carols Miene hellte sich auf. »Wirklich? Würdest du das für mich tun?«

»Na klar. Ich kann nichts versprechen, aber ich kann es versuchen.«

»Wenn er die Anklage nicht fallen lässt, kann ich mich immer noch umbringen.«

»Genau.«

Ich verstaute Carol und den Ziegelstein in meinem Auto, fuhr zum nächsten 7-Eleven und kaufte Kaffee und eine Tüte Doughnuts mit Schokoladenguss. Die Doughnuts hatte ich mir verdient, redete ich mir ein, weil ich Carol das Leben gerettet hatte, was ganz schön anstrengend gewesen war.

Ich nahm die Doughnuts und den Kaffee mit zu Vinnies Ladenbüro in die Hamilton Avenue. Ich wollte mich nicht dem Risiko aussetzen, die Doughnuts alle alleine futtern zu müssen. Außerdem hegte ich die leise Hoffnung, dass Vinnie Arbeit für mich hatte. Als Kautionsdetektivin kriege ich nur dann Geld, wenn ich die flüchtige Person dem Gericht zuführe. Momentan war ich pleite und keiner von Vinnies Kautionsnehmern war flüchtig.

»Sehr riskant«, ließ sich Lula hinter dem Aktenschrank vernehmen, »hier mit Doughnuts aufzukreuzen.«

Mit ihren 1,65 Meter und gut neunzig Kilo Lebendgewicht gilt Lula als ausgemachte Doughnutexpertin. Diese Woche ging sie ganz Ton in Ton: Haar, Haut und Lippenstift, alles kakadufarben. An ihrer Hautfarbe lässt sich nichts ändern, dafür wechselt sie jede Woche die Haarfarbe.

Lula macht die Ablage bei Vinnie, und sie springt mir bei, wenn ich Hilfe brauche. Da ich nicht gerade die beste Kopfgeldjägerin bin und Lula nicht die beste Hilfe, komme ich mir manchmal vor wie eine schlechte Kopie von *Dümmer als die Polizei erlaubt*.

»Sind das Schokoladendoughnuts?«, fragte Lula. »Connie und ich haben gerade noch gedacht, jetzt könnten wir gut ein paar Schokoladendoughnuts vertragen. Stimmt's, Connie?«

Connie Rosolli ist Vinnies Büroleiterin. Sie saß an ihrem Schreibtisch, mitten im Raum, und musterte ihren Damenbart im Spiegel. »Was meint ihr?«, sagte sie. »Soll ich mir noch mal eine Elektrolyse verschreiben lassen?«

»Gute Idee«, pflichtete Lula ihr bei und nahm sich ungefragt einen Doughnut. »Du siehst allmählich wieder aus wie Groucho Marx.«

Ich schlürfte meinen Kaffee und blätterte in einigen Akten, die auf Connies Schreibtisch lagen. »Was Neues reingekommen?«

Die Tür zu Vinnies Büro flog auf, und Vinnie steckte den Kopf hindurch. »Und ob wir was Neues haben. Aber hallo! Der Fall gehört dir ganz allein!«

Lula machte eine Schnute, und Connie zog die Nase kraus.

Ich hatte ein komisches Gefühl. Normalerweise musste ich um Arbeit betteln, und jetzt hatte Vinnie extra was für mich aufgehoben. »Worum geht es denn?«, fragte ich.

»Um Ranger«, sagte Connie. »Er hat sich abgesetzt. Er reagiert nicht auf seinen Pager.«

»Der Mistkerl ist gestern nicht zu seinem Gerichtstermin erschienen«, sagte Vinnie. »Ein NVGler.«

NVG ist Kopfgeldjägerjargon und steht für »nicht vor Gericht erschienen«. Für mich ist es meistens ein Grund zur Freude, wenn jemand nicht zu seinem Gerichtstermin erscheint. Es bedeutet, dass ich mir etwas Geld verdienen kann, sollte es mir gelingen, die Person zu überreden, sich wieder in unser Rechtssystem einzugliedern. In diesem Fall durfte ich nicht mit Geld rechnen: Wenn Ranger unauffindbar sein wollte, dann blieb er unauffindbar. Basta.

Ranger ist Kopfgeldjäger, so wie ich. Bloß: Ranger ist gut in seinem Job. Er ist ungefähr so alt wie ich, Amerikaner kubanischer Abstammung, und ich bin mir ziemlich sicher, dass er nur böse Menschen tötet. Vor zwei Wochen hatte irgendein blöder Anfänger bei der Polizei Ranger wegen unerlaubten verdeckten Tragens einer Waffe festgenommen. Jeder Polizist in Trenton kennt Ranger. Jeder weiß, dass er eine Waffe bei sich trägt, und alle können damit leben. Das hatte keiner dem Neuen gesagt. Der hatte Ranger festgenommen und ihn wegen nichts und wieder nichts vor Gericht gebracht. Mittlerweile hatte Vinnie Ranger mit einem hübschen Sümmchen wieder herausgeboxt, und jetzt fühlte sich Vinnie im Regen stehen gelassen, allein auf weiter Flur. Erst Carol, dann Ranger. Der Tag fing ja gut an.

»Irgendwas ist faul an der Sache«, sagte ich. Ich fühlte mein Herz bleischwer in der Brust, weil ich wusste, dass es Menschen gab, die nichts dagegen hätten, wenn Ranger für immer von der Bildfläche verschwunden wäre. Und weil ich wusste, dass sein Verschwinden eine große Lücke in meinem Leben hinterlassen würde.

»Einen Gerichtstermin verstreichen zu lassen, das sieht Ranger überhaupt nicht ähnlich. Und auf seinen Pager reagiert er auch immer.«

Lula und Connie wechselten viel sagende Blicke.

»Hast du von dem Großbrand am Sonntag in der Innenstadt gehört?«, fragte Connie. »Es hat sich herausgestellt, dass sich das Gebäude im Besitz von Alexander Ramos befindet.«

Alexander Ramos handelt mit Waffen. Von seiner Sommerresidenz am Meer in New Jersey und seiner Winterfestung in Athen aus kontrolliert er den Schwarzmarkt. Zwei seiner drei erwachsenen Söhne leben in den Vereinigten Staaten, einer in Santa Barbara, der andere in Hunterdon County. Der dritte Sohn lebt in Rio. Das sind keine geheimen Informationen, die Familie Ramos hat es schon viermal auf die Titelseite von *Newsweek* geschafft. Der Verdacht, dass es Verbindungen zwischen Ranger und der Familie Ramos gibt, existiert seit langem, bloß die Art dieser Verbindungen war immer ungewiss. Ranger ist ein Meister darin, Dinge im Ungewissen zu belassen.

»Und?«, fragte ich.

»Als man das Gebäude endlich durchsuchen konnte, fand man den jüngsten Sohn von Ramos, Homer, verkohlt, in einem Büro im zweiten Stock. Nicht nur, dass er schön knusprig war, er wies auch noch ein großes Einschussloch im Kopf auf.«

»Und?«

»Ranger soll verhört werden. Die Polizei war gerade hier und hat nach ihm gefragt.«

»Was will die denn von Ranger?«

Connie hielt mit einem fragenden Blick die Hände in die Höhe.

»Jedenfalls hat er sich verdünnisiert«, sagte Vinnie. »Und du schaffst ihn uns wieder her.«

»Bist du verrückt?« Meine Stimme klang unwillkürlich eine Oktave höher. »Ich laufe doch nicht hinter Ranger her!«

»Das ist doch gerade das Verlockende daran«, sagte Vinnie. »Du brauchst gar nicht hinter ihm herzulaufen. Er kommt von ganz allein zu dir. Er hat was für dich übrig.«

»Nein! Kommt nicht in Frage. Vergiss es.«

»Na gut«, sagte Vinnie. »Wenn du den Job nicht übernehmen willst, setze ich Joyce auf ihn an.«

Joyce Barnhardt ist meine Erzfeindin. Lieber fresse ich einen Besen, als Joyce einen Auftrag zu überlassen. In diesem Fall konnte sie ihn meinetwegen haben. Sollte sie sich doch auf ihrer Suche nach Mister Unsichtbar die Hacken ablaufen.

»Was hast du noch zu bieten?«, fragte ich Connie.

»Zwei kleine Fische und eine harte Nuss.« Sie hielt mir drei Akten hin. »Normalerweise kriegt Ranger die Fälle mit hohen Kautionen und hohem Risiko. Aber da er im Augenblick nicht zur Verfügung steht, muss ich sie dir übergeben.«

Ich schlug die oberste Akte auf. Morris Munson, verhaftet wegen Herbeiführung eines Verkehrsdeliktes in Tötungsabsicht. »Es gibt Schlimmeres«, sagte ich. »Vergewaltigung und Totschlag zum Beispiel.«

»Du hast nicht bis zu Ende gelesen«, sagte Connie.

»Nachdem der Kerl sein Opfer überfahren hat, zufällig seine geschiedene Frau, ist er mit einem Reifenheber auf sie losgegangen, hat sie vergewaltigt und versucht, sie in Brand zu stecken.

Der Vorwurf lautet auf Herbeiführung eines Verkehrsdeliktes in Tötungsabsicht, weil die Frau nach dem Urteil des Gerichtsmediziners bereits tot war, als er mit dem Reifenheber auf sie einschlug. Er hat sie mit Benzin übergossen aber konnte dann sein Feuerzeug nicht finden. In dem Moment fuhr gerade eine Polizeistreife vorbei.«

Ich sah Sternchen vor den Augen. Ich setzte mich auf das Sofa aus Lederimitat und legte den Kopf zwischen die Beine.

»Ist dir nicht gut?«, fragte Lula.

»Zu niedriger Blutzucker«, sagte ich. »Wahrscheinlich liegt es an meinem Job.«

»Es gibt Schlimmeres«, wiederholte Connie meinen Spruch von eben. »Hier steht, er sei nicht bewaffnet gewesen. Nimm also deine Pistole mit, dann kommst du schon klar.«

»Und so ein Mann wird auf Kaution freigelassen? Nicht zu fassen!«

»Sieht denen ähnlich«, sagte Connie. »Wahrscheinlich hatten sie mal wieder keinen Platz im Kittchen.«

Ich sah hinüber zu Vinnie, der noch immer in der Tür zu seinem Arbeitszimmer stand. »Und du hast die Kaution für diesen Wahnsinnigen ausgestellt.«

»Ich bin kein Richter. Ich bin Geschäftsmann. Er ist nicht vorbestraft«, sagte Vinnie. »Er hat eine feste Arbeit in der Knopffabrik, und er besitzt ein Eigenheim.«

»Und jetzt ist er untergetaucht.«

»Er ist nicht zu seinem Gerichtstermin erschienen«, sagte Connie. »Ich habe mich bei seinem Arbeitgeber erkundigt, dort wurde er zuletzt am Mittwoch gesehen.«

»Hat man seitdem was von ihm gehört? Ich meine, hat er sich krank gemeldet?«

»Nein. Nichts. Ich habe bei ihm zu Hause angerufen, aber da lief nur der Anrufbeantworter.«

Ich überflog die beiden anderen Akten. Lenny Dale, vermisst, angeklagt wegen Hausfriedensbruch. Und Walter »Moon Man« Dunphy, angeklagt wegen Trunkenheit, Ruhestörung und Urinierens in der Öffentlichkeit.

Ich steckte die drei Akten in meine Umhängetasche und stand auf. »Melde dich über meinen Pager, wenn du was von Ranger hörst.«

»Letzte Gelegenheit für dich«, sagte Vinnie. »Ich schwöre dir, ich gebe den Auftrag an Joyce weiter.«

Ich nahm mir noch einen Doughnut für unterwegs, reichte die Tüte weiter an Lula und ging. Es war März, Schneematsch lag auf der Straße, und auf meiner Windschutzscheibe und dem Fenster der Beifahrertür hatte sich eine Eisschicht gebildet. Hinter dem Fenster erkannte ich verschwommen einen menschlichen Umriss. Ich blinzelte und sah angestrengt ins Wageninnere. Der Umriss entpuppte sich als Joe Morelli.

Er sah unverschämt gut aus. Er hatte Stiefel, Jeans und eine schwarze Fleecejacke an. Die Zipfel eines rotkarierten Baumwollhemdes hingen aus der Hose heraus. Unter dem Hemd trug er ein schwarzes T-Shirt und eine Glock, Kaliber .40. Seine Augen hatten die Farbe von uraltem Whiskey, und sein Körper war der Beweis für die Qualität italienischer Gene und für sein hartes Training im Fitnessstudio. Er stand in dem Ruf, ein flottes Leben zu führen. Der Ruf war verdient aber überholt. Heute steckte Morelli seine ganze Energie in den Beruf.

Ich glitt hinters Steuer, steckte den Schlüssel in den Anlasser und stellte den Defroster an. Ich fuhr einen sechs Jahre alten Honda Civic, der als reines Transportmittel seinen Zweck zufrieden stellend erfüllte, aber meine Phantasie regte er nicht gerade an. Mit einem sechs Jahre alten Honda Civic als Dienstfahrzeug lässt sich schlecht Kriegerprinzessin Xena spielen.

»Na?«, sagte ich zu Morelli. »Was gibt's Neues?«

»Bist du jetzt hinter Ranger her?«

»Nein. Ich doch nicht.«

Morelli zog fragend die Augenbrauen hoch.

»Ich kann doch nicht zaubern«, sagte ich. Mich auf Ranger anzusetzen hieße, die Hühner auf den Fuchs hetzen.

Morelli lehnte lässig gegen die Beifahrertür. »Ich muss ihn unbedingt sprechen.«

»Ermittelst du in der Brandsache?«

»Nein. Es geht um etwas anderes.«

»Hat es mit dem Brand zu tun? Zum Beispiel das Loch in Homer Ramos' Kopf?«

Morelli grinste. »Du stellst aber viele Fragen.«

»Ja, und nie kriege ich eine Antwort. Warum reagiert Ranger nicht auf seinen Pager? Wieso ist er in die Sache verstrickt?«

»Er hat sich an dem Abend mit Ramos getroffen. Eine Überwachungskamera im Foyer hat die beiden aufgenommen. Das Gebäude wird über Nacht abgeschlossen, aber Ramos besaß einen Schlüssel. Er kam als Erster, hat zehn Minuten auf Ranger gewartet und ihm die Tür aufgemacht. Dann sind die beiden durch das Foyer gelaufen und mit dem Aufzug in den zweiten Stock gefahren. Fünfunddreißig Minuten später kommt Ranger zurück. Zehn Minuten, nachdem er das Gebäude verlassen hat, wird Feueralarm ausgelöst. Man hat vierundzwanzig Stunden Filmmaterial von der Überwachungskamera gesichtet, und danach zu urteilen waren außer Ranger und Ramos niemand sonst in dem Gebäude.«

»Zehn Minuten, das ist eine lange Zeit. Dazu kommen noch drei Minuten für die Fahrt mit dem Aufzug oder die Flucht über die Treppe. Angenommen Ranger hat das Feuer gelegt, wieso ist dann der Alarm nicht eher losgegangen?«

»In dem Büro, in dem Ramos' Leiche entdeckt wurde, gibt es keinen Rauchmelder. Die Tür war geschlossen, und der nächste Rauchmelder ist im Flur.«

»Ranger ist nicht blöd. Er würde sich niemals von einer

Überwachungskamera erwischen lassen, wenn er vorhätte jemanden umzubringen.«

»Es war eine versteckte Kamera.« Morelli schielte auf meinen Doughnut. »Willst du den noch essen?«

Ich teilte den Doughnut und gab ihm eine Hälfte. Die andere steckte ich in den Mund. »Wurde ein Brandbeschleuniger benutzt?«

»Ja, etwas Brennflüssigkeit.«

»Glaubst du, dass es Ranger war?«

»Schwer zu sagen.«

»Connie sagte, Ramos sei erschossen worden.«

»Kaliber neun Millimeter.«

»Deiner Ansicht nach versteckt sich Ranger also vor der Polizei.«

»Allen Barnes ist der leitende Ermittlungsbeamte in dem Mordfall. Alle Spuren, die er bisher zusammengetragen hat, weisen auf Ranger hin. Wenn er ihn kriegt und verhört, könnte er ihn möglicherweise wegen anderer Vorwürfe eine Zeit lang festhalten. Zum Beispiel wegen verdeckten Tragens einer Waffe. Wie man es auch dreht und wendet, im Gefängnis zu sitzen, ist momentan nicht Rangers Interesse. Da Barnes in Ranger den Hauptverdächtigen ausgemacht hat, liegt es nahe, dass auch Alexander Ramos zu dem Schluss kommt. Ist Ramos der Ansicht, Ranger habe Homer umgelegt, dann wartet er nicht ab, bis die Justiz ihr Urteil fällt.«

Der Doughnut steckte mir wie ein Kloß im Hals.

»Vielleicht hat Ramos Ranger längst aufgespürt...«

»Auch das ist möglich.«

Scheiße. Ranger ist so etwas wie ein Söldner mit ausgeprägtem moralischen Bewusstsein, das nicht immer mit der gängigen Meinung übereinstimmt. Eines Tages – ich hatte gerade angefangen, für Vinnie zu arbeiten – war er als eine Art Mentor in mein Leben getreten. Die Beziehung hatte sich zu einer Freundschaft entwickelt, deren Grenzen auf der einen Seite von Rangers Einzelkämpfertum, auf der anderen von meinem Wunsch, am Leben zu bleiben, gezogen wurde. Doch ganz unübersehbar knistert es zwischen uns beiden, und zwar immer mehr, was mir ganz schön Angst macht. Meine Empfindungen für Ranger waren ohnehin reichlich kompliziert, jetzt konnte ich zu der Liste der unerwünschten Emotionen auch noch das Gefühl der Bedrohung hinzufügen.

Morellis Pager piepte. Er sah auf die Anzeige und seufzte. »Ich muss los. Richte Ranger meine Nachricht aus, wenn du ihm über den Weg läufst. Wir müssen unbedingt miteinander reden.«

»Das kriegst du nicht umsonst.«

»Reicht ein Abendessen?«

»Brathähnchen«, sagte ich. »Besonders fettig.«

Ich schaute zu, wie er sich aus dem Wagen hob und die Straße überquerte. Ich erfreute mich an dem Anblick, bis Morelli außer Sicht war, dann widmete ich mich wieder den Akten. Moon Man Dunphy kannte ich, wir waren zusammen zur Schule gegangen. Der dürfte also kein Problem darstellen. Ich musste ihn nur von dem Fernseher weglocken. Lenny Dale wohnte in einem Mietshaus in der Grand Avenue und hatte sein Alter mit 82 angegeben. Ächz! Einen Zweiundachtzigjährigen konnte man schlecht festnehmen, man würde sich wie ein Idiot vorkommen.

Blieb nur noch Morris Munson, aber zu dem wollte ich jetzt lieber nicht. Am besten ich verschob meinen Besuch und hoffte darauf, dass Ranger bald wieder aufkreuzte.

Ich beschloss, zuerst Dale aufzusuchen. Er wohnte nur ein kurzes Stück von Vinnies Büro entfernt, ich brauchte nur eine Kehrtwende auf der Hamilton Avenue zu machen. Mein Auto wollte davon jedoch nichts wissen. Es fuhr schnurstracks ins Stadtzentrum, zu dem ausgebrannten Gebäude.

Zugegeben, ich bin neugierig. Ich wollte mir den Tatort ansehen, und insgeheim hoffte ich auf einen übersinnlichen Moment. Ich wollte mich hinstellen, vor das Gebäude, und auf eine Eingebung von Ranger warten.

Ich überquerte die Gleise und quälte mich zentimeterweise durch den morgendlichen Verkehr. Das Gebäude befand sich in der Adams, Ecke Third Avenue, roter Backstein, vier Geschosse, etwa fünfzig Jahre alt. Ich stellte den Wagen auf der gegenüberliegenden Straßenseite ab, stieg aus und sah mir die rußgeschwärzten Fensterrahmen an, einige waren mit Planken vernagelt. Ein gelbes Absperrband verlief der Länge nach vor dem Gebäude. Es war zwischen zwei strategisch auf dem Bürgersteig aufgestellte Böcke gespannt, die Schnüffler wie mich abschrecken sollten, zu nahe heranzutreten. So ein Absperrband hat mich noch nie davon abgehalten, mich am Tatort umzusehen.

Ich überquerte die Straße und kroch unter dem Band her. Ich probierte die Flügeltür aus Glas, aber sie war verschlossen. Die Eingangshalle sah einigermaßen unbeschädigt aus. Jede Menge Schmutzwasser und rauchgeschwärzte Wände, aber sonst konnte ich keine Schäden erkennen.

Ich wandte mich ab und sah mir die umliegenden Häuser an. Büros, Geschäfte, an der Ecke ein Spezialitätenrestaurant.

He, Ranger, bist du da?

Keine Antwort. Der übersinnliche Moment blieb aus.

Ich rannte zurück zum Auto, schloss mich ein und kramte mein Handy hervor. Ich wählte Rangers Nummer und wartete das zweimalige Läuten ab, bis sich sein Anrufbeantworter einschaltete. Meine Nachricht war kurz. »Geht es dir gut?«

Ich schaltete das Handy ab und blieb einige Minuten still sitzen. Es war mir irgendwie unheimlich, und ich hatte ein hohles Gefühl im Magen. Ich wollte nicht, dass Ranger in Lebensgefahr schwebte, und ebenso wenig wollte ich, dass er Homer Ramos getötet hatte. Ramos war mir scheißegal, aber wer immer ihn umgebracht hatte, würde dafür bezahlen, so oder so.

Ich legte den Gang ein und fuhr los. Eine halbe Stunde später stand ich vor Lenny Dales Tür. Scheinbar war er gerade mit seiner Frau aneinander geraten, denn aus der Wohnung war ein fürchterliches Gebrüll zu hören. Ich trat vor seiner Tür im Flur des zweiten Stocks von einem Fuß auf den anderen und wartete auf eine Unterbrechung. Als es so weit war, klopfte ich. Das führte zu einem neuerlichen Rededuell, wer denn nun zur Tür gehen solle.

Ich klopfte noch mal. Die Tür wurde aufgerissen, und ein alter Mann streckte mir den Kopf entgegen. »Ja?«

»Lenny Dale?«

»Steht vor Ihnen, Süße.«

Es war die Nase, die einem an Lenny Dale zuerst auffiel, alle übrigen Attribute des Gesichts wichen regelrecht zurück vor dem Adlerschnabel. Sein kahler Schädel war mit Leberflecken übersät und die Ohren an seinem mumifizierten Kopf viel zu groß geraten. Die Frau hinter ihm hatte graues Haar und Wasser in den baumstumpfartigen Beinen, die Füße steckten in Garfield-Pantoffeln.

»Was will sie?«, brüllte die Frau. »Was sie will, habe ich dich gefragt!«

»Wenn du mal deine Klappe halten würdest, könnte ich es vielleicht herausfinden«, brüllte er zurück. »Jammer, jammer, jammer. Das ist alles, was du kannst.«

»Ich geb' dir gleich jammer, jammer«, sagte sie und schlug ihn auf den zierlichen Schädel.

Dale wirbelte herum und versetzte ihr eine Ohrfeige, die sich gewaschen hatte.

»He!«, rief ich dazwischen. »Aufhören!«

»Sie kriegen auch noch Ihr Fett ab«, sagte Dale und ging mit erhobener Faust auf mich los.

Ich streckte einen Arm aus, um den Mann abzuwehren. Dale erstarrte einen Moment mitten in der Bewegung, die Faust noch immer erhoben. Der Mund stand offen, die Augen kullerten nach hinten die Höhlen, dann kippte er steif wie ein Brett nach vorne und landete krachend auf dem Boden.

Ich kniete mich neben ihn. »Mister Dale!«

Seine Frau stieß ihm mit den Garfield-Pantoffeln in die Seite. »Hm«, sagte sie. »Wahrscheinlich wieder nur ein Herzinfarkt.«

Ich legte eine Hand an seinen Hals, aber konnte keinen Pulsschlag ertasten.

»Du meine Güte«, sagte ich.

»Ist er tot?«

»Ich bin kein Fachmann.«

»Sieht ziemlich tot aus, wenn Sie mich fragen.«

»Rufen Sie den Notarzt, ich versuch's mit Herzmassage und Wiederbelebung.« Eigentlich kannte ich mich mit Wiederbelebung gar nicht aus, aber ich hatte es mal im Fernsehen gesehen, und ich wollte es mal ausprobieren.

»Eins sage ich Ihnen, meine Liebe«, warnte mich Mrs. Dale, »wenn Sie den Kerl wieder beleben, kriegen Sie so lange mit dem Fleischklopfer eine übergebraten, bis Ihr Kopf wie Rinderhack aussieht.« Mrs. Dale beugte sich über ihren Mann. »Gucken Sie sich ihn doch an. Der ist tot wie ein Stein. Töter geht's nicht.«

Ich hatte Angst, dass sie Recht haben könnte. Mr. Dale sah nicht gerade wie das blühende Leben aus.

Eine ältere Frau kam an die offene Tür. »Was ist los? Hat Lenny wieder einen seiner Herzinfarkte?« Sie wandte sich ab und brüllte durchs Treppenhaus: »Roger? Ruf mal den Notarzt! Lenny hatte mal wieder einen Herzinfarkt.«

Innerhalb weniger Sekunden füllte sich der Raum mit Nachbarn, die Lennys Zustand kommentierten und Fragen stellten.

Wie war es passiert? Ging es schnell? Wollte Mrs. Dale einen Nudelauflauf mit Truthahn zum Leichenschmaus?

Gerne, sagte Mrs. Dale, ein Auflauf wäre prima. Ob Tootie Greenberg vielleicht ihren Mohnstriezel backen könnte, den sie seinerzeit für Moses Schulz gemacht hatte.

Die Sanitäter vom Rettungswagen kamen, warfen einen Blick auf Lenny und teilten die allgemeine Einschätzung, Lenny Dale sei tot wie ein Stein.

Ich schlich mich aus der Wohnung und huschte zum Aufzug. Es war nicht mal Mittag, und schon war mein Weg gepflastert mit Toten. Von der Eingangshalle aus rief ich Vinnie an.

»Hör zu«, sagte ich, »ich habe Dale gefunden. Er ist tot.«
»Seit wann?«
»Seit zwanzig Minuten etwa.«
»Irgendwelche Zeugen?«
»Seine Frau.«
»Scheiße«, sagte Vinnie. »Dann war es also Notwehr.«
»Ich habe ihn nicht getötet!«
»Bist du dir da ganz sicher?«
»Es war ein Herzinfarkt, aber es könnte sein, dass ich ein bisschen dazu beigetragen...«
»Wo ist er jetzt?«
»In seiner Wohnung. Der Notarzt ist da, aber der kann auch nichts mehr für ihn tun. Er ist mausetot.«
»Mist. Hättest du seinen Herzinfarkt nicht auslösen können, nachdem du ihn auf der Polizeiwache abgeliefert hast? Du kannst dir nicht vorstellen, was für ein Papierkram jetzt auf mich zukommt. Versuch doch den Notarzt zu überreden, mit Dale noch zum Gericht zu fahren.«

Mir blieb die Spucke weg.

»Ja, das könnte klappen«, fuhr Vinnie fort. »Du brauchst nur einen von den Pförtnern dazu bringen, kurz nach draußen zu kommen und einen Blick auf Dale zu werfen. Danach kann er dir die Personenempfangsbestätigung ausstellen.«

»Ich schleppe doch keinen toten Mann vors Gericht!«

»Wozu die Aufregung? Meinst du, er hat es eilig, unter die Erde zu kommen? Stell dir einfach vor, du würdest ihm noch was Gutes tun, ein letztes Geleit geben oder so.«

Schluck! Ich legte auf. Die Tüte Doughnuts hätte ich für mich behalten sollen. Es zeichnete sich ab, dass es heute ein Tag mit insgesamt acht Doughnuts werden würde. Ich sah auf die kleine grüne Leuchtdiode auf meinem Handy und wartete darauf, dass sie blinkte. Komm schon, Ranger. Ruf an!

Ich verließ die Eingangshalle und trat auf die Straße. »Moon Man« Dunphy stand als Nächster auf meiner Liste. Moon wohnt in Burg, ein paar Straßen von meinem Elternhaus entfernt. Er teilt sich ein Reihenhaus mit zwei Typen, die genauso verrückt sind wie er. Nachts arbeitet er angeblich, Regale auffüllen bei Shop & Bag. Das war das Letzte, was ich von ihm gehört hatte. Zu dieser Tageszeit, so meine Vermutung, saß er bestimmt zu Hause, aß Cap'n Crunch und sah sich *Raumschiff Enterprise*-Folgen im Fernsehen an.

Ich stieß in die Hamilton, fuhr an Vinnies Büro vorbei, bog am St. Francis-Hospital links ab nach Burg und bahnte mir meinen Weg zu den Reihenhäusern in der Grant. Burg ist ein Wohnviertel von Trenton, das auf der einen Seite von der Chambersburg Street begrenzt wird und auf der anderen Seite sich bis Italy erstreckt. Kuchen und Mortadella sind die Haupterzeugnisse, die einheimische Zeichensprache beschränkt sich auf einen himmelwärts gerichteten steifen Mittelfinger, die Häuser sind bescheiden, die Autos groß, die Fenster geputzt.

Ich stellte den Wagen zwischen zwei Querstraßen ab und schaute noch mal auf dem Personalbogen nach, ob ich auch die richtige Hausnummer behalten hatte. Es gab nämlich dreiundzwanzig Häuser, alle in einer Reihe, Wand an Wand. Jedes Haus schloss bündig an den Bürgersteig, und jedes hatte zwei Geschosse. Moon wohnte in der Nummer 45.

Er machte die Tür weit auf und sah mich entgeistert an. Er war knapp 1.80 Meter groß und hatte helles, schulterlanges, in der Mitte gescheiteltes Haar. Er war schlank und schlaksig, trug Jeans mit Löchern an den Knien und ein schwarzes Metallica-T-Shirt. In der einen Hand hielt er ein Glas Erdnussbutter, in der anderen einen Löffel. Er starrte mich an, verwirrt, dann fiel der Groschen, und er schlug sich mit dem Löffel an die Stirn, wobei ein Batzen Erdnussbutter im Haar hängen blieb. »Oh, Mann! Ej! Ich habe meinen Gerichtstermin vergessen.«

Moon machte es einem schwer, ihn nicht zu mögen, und ich ertappte mich bei einem Lächeln, obwohl mir überhaupt nicht danach war. »Ja, wir müssen deine Kautionsfrist verlängern und einen neuen Gerichtstermin vereinbaren.« Das nächste Mal würde ich ihn abholen und ihn auch noch persönlich zum Gericht kutschieren. Stephanie Plum, die Glucke vom Dienst.

»Und was muss Moon dafür tun?«

»Du kommst mit mir zur Polizeiwache, dort erledigen wir gleich alle Formalitäten.«

»Ej, Mann, ej, das kommt mir jetzt sehr ungelegen. Ich gucke mir gerade eine Wiederholung von *Rocky and Bullwinkle* an. Können wir das nicht ein anderes Mal erledigen? He, wie wäre es damit: Du bleibst zum Mittagessen, und wir gucken uns die alten Rocky-Geschichten zusammen an.«

Ich betrachtete den Löffel in seiner Hand. Wahrscheinlich war es der einzige Löffel in seinem Haushalt. »Vielen Dank für die Einladung«, sagte ich, »aber ich habe meiner Mutter versprochen, dass ich zum Mittagessen wieder zu Hause bin.« Eine Notlüge.

»Wie süß. Mittagessen bei der Mama. Voll krass.«

»Ich mache dir einen Vorschlag: Ich esse jetzt zu Mittag mit meiner Mutter, und in einer Stunde bin ich wieder da und hole dich ab.«

»Klasse, ej, Mann, ej. Einverstanden. Moon dankt dir auch schön.«

Es war gar keine so schlechte Idee, sich ein Mittagessen bei meiner Mutter zu schnorren. Außer der Mahlzeit bekam ich auch gleich mit, was in Burg so über den Brand gemunkelt wurde.

Ich überließ Moon seinem Fernseher, ging zu meinem Auto und hatte die Hand um den Türgriff gelegt, als ein schwarzer Lincoln neben mir hielt.

Das Fenster auf der Beifahrerseite glitt herunter und ein Mann schaute heraus. »Stephanie Plum?«

»Ja.«

»Wir würden uns gerne mit Ihnen unterhalten. Steigen Sie ein.«

Bin ich blöd, oder was? Ich setze mich doch nicht zu zwei wildfremden Männern in eine Mafiakutsche. Ein Pakistani, der eine, mit einer 38er im Hosenbund, teilweise verdeckt von den Speckfalten seines Bauches, der andere ein Typ wie Hulk Hogan mit Bürstenhaarschnitt. »Meine Mutter hat mir verboten, zu fremden Männern ins Auto zu steigen.«

»Wir sind doch keine Fremden. Wir sind ganz normale Bürger. Stimmt's, Habib?«

»Stimmt genau«, sagte Habib, streckte mir sein lachendes Maul entgegen und gewährte mir einen Blick auf seinen Goldzahn. »Wir sind Menschen wie du und ich.«

»Was wollen Sie?«, fragte ich.

Der Mann auf dem Beifahrersitz stieß einen tiefen Seufzer aus. »Sie wollen also nicht einsteigen?«

»Nein.«

»Na gut, dann sage ich Ihnen, was Sache ist. Wir suchen einen Freund von Ihnen. Das heißt, vielleicht ist er gar kein Freund mehr. Vielleicht suchen Sie ihn ja auch.«

»So so.«

»Wir haben uns gedacht, man könnte vielleicht zusammenarbeiten. Ich meine, Sie und wir beide als Team.«

»Ich kann mir auch was Schöneres vorstellen.«

»Dann müssen wir Sie leider Tag und Nacht verfolgen. Wir haben uns gedacht, wir sagen Ihnen lieber gleich Bescheid, damit Sie sich nicht erschrecken, wenn wir Ihnen immer auf den Fersen sind.«

»Wer sind Sie?«

»Der da hinterm Steuer ist Habib. Und ich bin Mitchell.«

»Nein... ich meine, für wen arbeiten Sie?« Ich war mir ziemlich sicher, dass ich die Antwort bereits wusste, aber fragen kostet ja nichts.

»Den Namen unseres Arbeitgebers würden wir nur ungern preisgeben«, sagte Mitchell. »Es spielt sowieso keine Rolle für Sie. Sie sollten nur immer schön daran denken, uns nicht zu übergehen, bei allem was Sie machen, sonst könnten Sie wirklich Ärger kriegen.«

»Und mit uns handelt sich niemand gerne Ärger ein«, sagte Habib und drohte mit dem Finger. »Mit uns ist nicht zu spaßen. Stimmt's oder habe ich Recht?«, fragte er Mitchell mit einem um Bestätigung bittenden Blick. »Sollten Sie uns nämlich ärgern, verstreuen wir Ihre Eingeweide über den ganzen Parkplatz von 7-Eleven, der gehört meinem Vetter Mohammed.«

»Bist du verrückt?«, sagte Mitchell. »Bei uns gibt's diesen Scheiß mit Eingeweiden nicht. Und wenn, dann nicht auf dem Parkplatz von 7-Eleven. Da kaufe ich immer meine Sonntagszeitung.«

»Ach so«, sagte Habib. »Dann könnte man sich eben irgendwas Sexuelles überlegen. Wir könnten zum Beispiel jede Menge perverse Dinge mit ihr anstellen... wieder und immer wieder. In meinem Heimatland wäre sie eine Schande für ihr Dorf, bis an ihr Lebensende. Sie wäre eine Aussätzige. Aber da sie in den sündigen Vereinigten Staaten lebt, würde sie die perversen Sexspielchen selbstverständlich mitmachen. Sehr wahrscheinlich hätte sie sogar auch noch ihre helle Freude daran, weil es ja wir beide sind, die ihr das antun. Also, besser wir verstümmeln sie anschließend, damit das Erlebnis in ihren Augen auch bleibenden Wert hat.«

»Gegen die Verstümmelung habe ich nichts, aber sei vorsichtig mit diesem Sexzeugs«, sagte Mitchell zu Habib. »Ich bin Familienvater. Wenn meine Frau Wind davon kriegt, macht sie mir die Hölle heiß.«

2

Ich warf die Hände in die Luft. »Ich weiß überhaupt nicht, wovon Sie reden.«

»Wir reden von Ihrem Kumpel Ranger. Sie suchen doch nach ihm«, sagte Mitchell.

»Ich suche gar nicht nach Ranger. Das überlässt Vinnie Joyce Barnhardt.«

»Joyce Barnhardt? Kenne ich nicht«, sagte Mitchell. »Aber Sie kenne ich. Und ich weiß, dass Sie nach Ranger suchen. Geben Sie uns Bescheid, sobald Sie ihn gefunden haben. Sie haben die... Verantwortung. Wenn Sie die nicht ernst nehmen, wird es Ihnen noch Leid tun.«

»Ver-ant-wor-tung«, sagte Habib. »Das hast du aber schön ausgedrückt. Das muss ich mir meckern.«

»Merken«, korrigierte Mitchell ihn. »Das heißt merken.«

»Meckern.«

»Merken!«

»Meckern. Habe ich doch gesagt.«

»Der Turbanständer ist gerade erst nach Amerika gekommen«, klärte Mitchell mich auf. »Vorher war er in einer anderen Funktion für unseren Arbeitgeber in Pakistan tätig. Mit der letzten Lieferung hat er sich selbst hierher verschifft, und jetzt werden wir ihn nicht wieder los. Er ist mit den Gepflogenheiten hier noch nicht vertraut.«

»Ich bin kein Turbanständer«, schimpfte Habib. »Habe ich vielleicht einen Turban auf dem Kopf? Ich lebe jetzt in Amerika, und da trage ich so etwas nicht. Außerdem ist das keine sehr höfliche Ausdrucksweise.«

»Turbanständer«, sagte Mitchell.

Habib kniff die Augen zusammen. »Dreckiger amerikanischer Köter.«

»Speckbauch.«

»Sohn einer Kameltreiberin.«

»Fick dich ins Knie«, sagte Mitchell.

»Sollen dir doch die Eier im Sack abfaulen«, erwiderte Habib.

Ich glaube, von den beiden hatte ich nichts zu befürchten, die würden sich über kurz oder lang gegenseitig umbringen.

»Ich muss jetzt gehen«, sagte ich. »Mittag essen bei meinen Eltern.«

»Haben Sie es nötig, bei Ihren Eltern Mittagessen zu schnorren?«, sagte Mitchell. »Die Geschäfte laufen wohl nicht so gut. Wir helfen Ihnen da gerne weiter. Wir könnten uns als sehr großzügig erweisen, falls Sie uns das Gewünschte besorgen.«

»Ich bin gar nicht in der Lage, Ranger aufzuspüren, selbst wenn ich es wollte. Ranger kann sich in Luft auflösen.«

»Ja, schon, aber angeblich verfügen Sie über ein ganz spezielles Talent, wenn Sie verstehen, was ich meine. Außerdem sind Sie Kopfgeldjägerin. Sie spüren jeden auf, tot oder lebendig.«

Ich schloss die Tür meines Hondas auf und glitt hinters Steuerrad. »Richten Sie Alexander Ramos aus, er soll sich jemanden anderen suchen, der Ranger für ihn findet.«

Mitchell sah aus, als wollte er sich die Haare büschelweise ausreißen. »Entschuldigen Sie den Ausdruck, aber für diesen Dreckskerl arbeiten wir nicht!«

Ich richtete mich unwillkürlich in dem Fahrersitz auf. »Für wen arbeiten Sie dann?«

»Das sagte ich Ihnen doch schon. Diese Information können wir Ihnen nicht preisgeben.«

Meine Güte.

Meine Großmutter stand in der Tür, als ich vorfuhr. Seit mein Großvater seine Lottoscheine direkt im Himmel ausfüllt, wohnt sie bei meinen Eltern. Grandma hat stahlgraues, kurz geschnittenes Haar, mit Dauerwelle. Sie isst wie ein Scheunendrescher und hat eine Haut wie ein Suppenhuhn. Ihre Ellbogen sind rasiermesserscharf. Heute trug sie weiße Turnschuhe und einen rosaroten Trainingsanzug, und sie schob ihre obere Zahnprothese im Mund hin und her: ein Zeichen, dass ihr etwas durch den Kopf ging.

»Wie schön! Wir wollten gerade zu Mittag essen«, sagte sie. »Deine Mutter war bei Giovicchini einkaufen und hat Hühnchensalat und Brötchen mitgebracht.«

Ich warf einen flüchtigen Blick ins Wohnzimmer. Der Sessel meines Vaters war leer.

»Er fährt Taxi«, sagte Grandma. »Whitey Blocher hat angerufen, sie brauchten einen Ersatzmann.«

Mein Vater ist pensionierter Postbeamter. Manchmal fährt er Taxi, hauptsächlich, um mal aus dem Haus zu kommen, nicht, um sich was nebenher zu verdienen. Taxifahren ist allerdings auch häufig genug nur eine bessere Entschuldigung für ein Kartenspielchen in der Klubhütte der Elks.

Ich hängte meine Jacke an die Garderobe in den Flur und nahm meinen Platz am Küchentisch ein. Meine Eltern wohnen in einer schmalen Doppelhaushälfte. Die Wohnzimmerfenster gehen zur Straße hinaus, das Esszimmerfenster zur Garageneinfahrt, und das Küchenfenster und die Hintertür zu einem Hof, der zu dieser Jahreszeit zwar sauber, aber öde aussah.

Meine Großmutter saß mir gegenüber. »Ich überlege, ob ich mir die Haare anders färben lassen soll«, sagte sie. »Rose Kotman hat sich ihre Haare rot färben lassen. Das steht ihr ziemlich gut. Sie hat prompt einen neuen Freund gefunden.« Grandma nahm sich ein Brötchen und schlitzte es mit einem großen Messer auf. »Ich hätte auch nichts gegen einen Freund.«

»Rose Kotman ist fünfunddreißig«, sagte meine Mutter.

»Ich bin auch nicht viel älter«, sagte meine Großmutter. »Andauernd sagen mir die Leute, dass ich jünger aussehe als ich bin.«

Das stimmte nicht ganz. Nach dem Äußeren zu urteilen, war sie ungefähr neunzig. Ich mochte sie sehr gern, aber die Schwerkraft war nicht freundlich mit ihr umgegangen.

»Im Seniorenklub ist ein Mann, auf den habe ich schon länger ein Auge geworfen«, sagte Grandma. »Er ist eine echte Schönheit. Ich glaube, wenn ich rote Haare hätte, würde er von mir endlich Notiz nehmen.«

Meine Mutter klappte den Mund auf, um etwas zu entgegnen, besann sich aber eines Besseren und nahm noch etwas Hühnchensalat.

Ich wollte mir die Details von Grandmas Eroberung lieber ersparen, deswegen kam ich gleich zur Sache. »Habt ihr von dem Brand in der Stadt gehört?«

Grandma schmierte dick Majonäse auf eine Brötchenhälfte. »Meinst du das Haus an der Adams Ecke Third? Heute Morgen habe ich Esther Moyer beim Bäcker getroffen, die hat mir erzählt, bei dem Einsatz hätte ihr Sohn Bucky am Steuer des Feuerwehrwagens gesessen, und Bucky hätte gesagt, es wäre ein riesiges Feuer gewesen.«

»Sonst noch was?«

»Esther hat noch gesagt, bei der Durchsuchung des Gebäudes gestern hätte man im zweiten Stock eine Leiche entdeckt.«

»Wusste Esther, wer der Tote war?«

»Homer Ramos. Esther meinte, er wäre zu feinem Krümel verbrannt. Und dass er erschossen worden wäre. Er hatte ein großes Loch im Kopf. Ich habe heute in die Zeitung geguckt, wann er bei Stiva aufgebahrt wird, aber es stand nichts drin. Das wäre doch endlich mal was. Bei dem könnte Stiva wohl nicht mehr viel ausrichten. Höchstens das Einschussloch mit Balsamierwachs stopfen, wie bei Moogey Bues, aber bei den krümeligen Körperteilen wäre er mit seinem Latein auch am Ende. Eigentlich könnte sich die Familie Ramos das Geld für die Beerdigung auch sparen, weil, Homer ist ja praktisch schon verbrannt – wenn man es mal von der positiven Seite nimmt. Wahrscheinlich brauchen sie ihn nur auf ein Kehrblech zu fegen und in ein Glas zu stecken. Das heißt, der Kopf muss ja noch übrig geblieben sein, woher hätten sie sonst gewusst, dass ein Loch drin ist. Den Kopf würden sie bestimmt nicht in das Einmachglas reinkriegen, es sei denn, sie würden mit einem Spaten draufhauen. Ein paar kräftige Schläge, und er wäre zerbröselt. Wetten?«

Meine Mutter tupfte sich mit der Serviette den Mund ab.

»Ist dir nicht gut?«, fragte Grandma sie. »Hast du wieder eine von deinen Hitzewallungen?« Grandma beugte sich zu mir. »Das sind die Wechseljahre!«, flüsterte sie.

»Das sind nicht die Wechseljahre«, erwiderte meine Mutter.

»Weiß man, wer Ramos erschossen hat?«, fragte ich Grandma.

»Davon hat Esther nichts gesagt.«

Um ein Uhr war ich abgefüllt mit Hühnchensalat und Reispudding. Ich schleppte mich aus dem Haus zu meinem Honda Civic und entdeckte, einen halben Häuserblock weiter, Mitchell und Habib in ihrem Wagen. Mitchell winkte mir freundlich zu, als ich zu ihnen hinübersah. Ohne den Gruß zu erwidern, stieg ich ins Auto und fuhr zurück zu Moon Man.

Ich klopfte an die Tür und Moon sah mich mit der gleichen Entgeisterung wie vorhin an. »Ach, ja«, sagte er nach einer Weile. Dann hob er zu einem Kifferlachen an, schüttelte sich gicksternd.

»Räum deine Taschen aus«, sagte ich zu ihm.

Er kehrte die Hosentaschen nach außen, ein Haschischpfeifchen fiel heraus. Ich hob es auf und warf es in den Hausflur.

»Sonst noch was?«, fragte ich. »Irgendwelche Trips? Marihuana?«

»Nein, ej. Und du? Hast du was dabei?«

Ich schüttelte den Kopf. Sein Gehirn sah wahrscheinlich so aus wie die kleinen toten Korallen für Heimaquarien, die man in Zoogeschäften kaufen kann.

Er drückte sich an mir vorbei und ging zu dem Honda Civic. »Ist das dein Auto?«

»Ja.«

Er schloss die Augen und streckte die Arme nach vorne. »Keine Energie«, stellte er fest. »Ich spüre überhaupt keine Energie. Das ist nicht das richtige Auto für dich.« Er schlug die Augen wieder auf, schlenderte über den Gehsteig und zog seine schlabbernde Hose hoch. »Was bist du für ein Sternzeichen?«

»Waage.«

»Siehst du! Das habe ich mir gedacht. Du bist Luft. Und das Auto hier ist Erde. Oh, Mann, ej, das ist kein Auto für dich. Deine Kreativität, und dann dieses Auto – das kann nicht gut gehen.«

»Stimmt«, sagte ich, »aber was anderes kann ich mir im Moment nicht leisten. Steig ein.«

»Ich habe einen Freund, der kann dir das passende Auto besorgen. Er ist Dealer, so eine Art jedenfalls. Er dealt mit Autos.«

»Ich komme bei Gelegenheit darauf zurück.«

Moon Man lümmelte sich auf den Beifahrersitz und kramte seine Sonnenbrille hervor. »Schon besser, ej«, ließ er sich vernehmen. »Schon viel besser.«

Die Polizeiwache von Trenton ist im selben Gebäude untergebracht wie das Gericht. Es ist ein roter Backsteinkubus ohne jeden Schnickschnak, der seinen Zweck erfüllt, ein Produkt der Wegwerf-Architektur der öffentlichen Hand.

Ich stellte den Wagen auf dem Parkplatz ab und führte Moon in das Gebäude. Offiziell darf ich keine Kautionsfristen verlängern, ich bin nur Kautionsdetektiv, kein Kautionsmakler. Ich machte mich also schon mal an den Papierkram und rief Vinnie an, er solle herkommen und den Fall übernehmen.

»Vinnie ist auf dem Weg hierher«, sagte ich zu Moon und ließ ihn auf der Bank neben dem Schreibtisch des Beamten, der die Prozessliste führt, Platz nehmen. »Ich habe noch ein paar andere Sachen hier zu erledigen. Ich lasse dich jetzt für ein paar Minuten allein.«

»Cool, Mann. Keine Sorge. Moon Man ist brav.«

»Rühr dich ja nicht von der Stelle!«

»No problemo.«

Ich ging nach oben zum Einbruchsdezernat und stieß auf Brian Simon, der an seinem Schreibtisch hockte. Brian hatte erst vor wenigen Monaten die Uniform abgelegt und war befördert worden, aber er verstand es noch immer nicht, sich vernünftig zu kleiden. Er trug ein gelb-hellbraun kariertes Sportjackett, eine blaue Marinehose, dazu braune Slipper und rote Socken, und seine Krawatte war so breit wie ein Hummerlätzchen.

»Gibt es hier keine Kleidervorschriften?«, fragte ich ihn. »Wenn Sie sich weiterhin so anziehen, lassen wir Sie in die Provinz strafversetzen.«

»Kommen Sie doch morgen früh bei mir zu Hause vorbei,

dann suchen wir zusammen in meinem Kleiderschrank was Passendes für mich aus.«

»Meine Güte«, sagte ich. »Sind Sie aber empfindlich. Wohl mit dem linken Bein heute aufgestanden, was?«

»Links oder rechts, kommt alles aufs Gleiche raus«, sagte er. »Was wollen Sie von mir?«

»Carol Zabo.«

»Die Frau spinnt. Erst fährt sie mir hinten rein, dann haut sie auch noch ab.«

»Sie war nervös.«

»Jetzt kommen Sie mir nicht mit prämenstrualem Syndrom als Entschuldigung.«

»Eigentlich war es nur wegen der Unterwäsche.«

Simon verdrehte die Augen. »Ach, Quatsch...«

»Carol hatte sich gerade bei Fredericks of Hollywood sexy Unterwäsche gekauft und war völlig durcheinander deswegen.«

»Wird es jetzt unanständig?«

»Sind Sie immer anständig?«

»Worauf wollen Sie überhaupt hinaus?«

»Ich hatte gehofft, Sie würden die Anzeige zurückziehen.«

»Kommt gar nicht in Frage.«

Ich setzte mich auf den Stuhl neben seinem Schreibtisch. »Sie würden mir damit einen großen Gefallen tun. Carol ist eine Freundin von mir. Heute Morgen musste ich sie dazu überreden, nicht von der Delaware-Brücke zu springen.«

»Wegen der Unterwäsche?«

»Typisch Mann«, sagte ich, die Augen zu Sehschlitzen verengt. »Ich habe mir schon gedacht, dass Sie dafür kein Verständnis haben.«

»He, Moment mal. Ich bin überhaupt kein gefühlloser Klotz. Ich habe sogar Robert Wallers *Brücken am Fluss* gelesen, sogar zwei Mal.«

Ich sah ihn mit meinem treudoofen Hundeblick an. »Dann wollen Sie ihr also entgegenkommen?«

»Wie weit soll ich ihr denn entgegenkommen?«

»Sie will nicht ins Gefängnis. Sie hat Angst davor, sich in der Toilette vor allen Leuten ausziehen zu müssen.«

Er beugte sich vor und ließ den Kopf auf die Schreibtischplatte fallen. »Womit habe ich das verdient?«, fragte er.

»Sie hören sich an wie meine Mutter.«

»Ich werde dafür sorgen, dass sie nicht ins Gefängnis muss«, sagte er. »Aber für den Gefallen sind Sie mir was schuldig.«

»Solange ich nicht zu Ihnen nach Haus kommen und Ihre Garderobe aussuchen muss. Dafür bin ich nämlich nicht der Typ.«

»Machen Sie sich auf was gefasst.«

Scheiße.

Ich ließ Simon allein und ging wieder nach unten. Vinnie war da, aber kein Moon Man.

»Wo ist er?«, wollte Vinnie wissen. »Hast du nicht gesagt, ich könnte ihn hier am Hintereingang abholen?«

»Ich habe ihm gesagt, er soll auf der Bank warten, neben dem Schreibtisch für den Beamten, der die Prozessliste führt.«

Wir sahen beide zur Sitzbank. Sie war leer.

Andy Diller hatte heute Aufsicht. »He, Andy«, sagte ich. »Was ist mit meinem Stehaufmännchen passiert?«

»Entschuldigung. Ich habe nicht aufgepasst.«

Wir suchten das ganze Gebäude ab, aber Moon war wie vom Erdboden verschluckt.

»Ich muss zurück ins Büro«, sagte Vinnie. »Ich habe zu tun.«

Mit dem Buchmacher quatschen, mit der Pistole herumspielen, den Wichtigtuer mimen.

Wir gingen zusammen durch den Haupteingang nach draußen, und da stand Moon, auf dem Parkplatz, und sah zu, wie mein Auto abbrannte. Mehrere Polizisten mühten sich mit Feuerlöschern ab, aber es war ein hoffnungsloses Unterfangen. Ein Feuerwehrwagen brauste mit Sirenengeheul um die Ecke und durchbrach das Maschendrahtgitter.

»Ej, Mann, ej«, sagte Moon. »Echt ein Trauerspiel mit Ihrem Wagen. Der helle Wahnsinn, Mann, ej.«

»Wie ist das passiert?«

»Ich saß auf der Bank und habe auf Sie gewartet. Da sah ich Reefer draußen vorbeigehen. Kennen Sie Reefer? Ist ja auch egal. Reefer ist gerade aus dem Knast raus, und sein Bruder war vorbeigekommen, um ihn abzuholen. Reefer meinte, ich könnte ja mit rauskommen auf den Parkplatz und seinen Bruder begrüßen. Ich ging also raus mit Reefer, und Reefer hat immer gutes Grass dabei, und so kam eins zum anderen. Ich dachte, ich setze mich nur kurz in Ihren Wagen und rauch einen. Wahrscheinlich ist ein Samenkorn zerplatzt, weil, plötzlich war der Sitz unter mir am Brennen. Das Feuer hat sich rasend schnell verbreitet. Ein herrlicher Anblick, bis diese Herren da es gelöscht haben.«

Ein herrlicher Anblick. Hmhm. Ob Moon es auch herrlich fand, wenn ich ihm an die Gurgel ginge und ihn zu Tode würgte?

»Ich würde ja gerne bleiben und Marshmellows ins Feuer halten«, sagte Vinnie, »aber ich muss zurück ins Büro.«

»Ja, und ich verpasse *Hollywood Squares*, meine Lieblingsserie«, sagte Moon. »Ej, Mann, wir müssen ja noch unseren Kram erledigen.«

Es war fast vier Uhr, als ich letzte Vorbereitungen traf, um den Wagen abschleppen zu lassen. Es gab nur noch den Wagenheber zu retten, und das war's. Ich stand draußen auf dem Parkplatz, wühlte in meiner Umhängetasche und suchte nach meinem Handy, da fuhr der schwarze Lincoln vor.

»Pech, das mit Ihrem Wagen«, sagte Mitchell.

»Das kommt öfter vor. Langsam gewöhne ich mich dran.«

»Wir haben von weitem alles beobachtet. Können wir Sie irgendwohin mitnehmen?«

»Ich habe gerade eben eine Freundin angerufen, die holt mich gleich ab.«

»Eine faustdicke Lüge«, sagte Mitchell. »Sie stehen seit einer Stunde hier rum, und Sie haben mit keiner Menschenseele telefoniert. Ihre Mutter wäre bestimmt böse, wenn sie erführe, dass Sie Lügengeschichten erzählen.«

»Lieber lügen, als zu Ihnen ins Auto steigen«, sagte ich. »Meine Mutter würde einen Schlag kriegen.«

Mitchell nickte. »Da haben Sie auch wieder Recht.« Das getönte Fenster glitt hoch, und der Lincoln rollte vom Parkplatz. Ich fand mein Handy und rief Lula im Büro an.

»Junge, Junge, einen Dollar für jedes Auto, das du zu Schrott gefahren hast, und ich könnte mich zur Ruhe setzen«, sagte Lula, als sie mich abholen kam.

»Es war nicht meine Schuld.«

»Es ist nie deine Schuld. Es muss irgendwie an deinem Karma liegen. Was Autos betrifft, bist du die Nummer Zehn auf der Weltrangliste der Pechvögel.«

»Irgendwelche Neuigkeiten von Ranger?«

»Nur, dass Vinnie die Akte Joyce übergeben hat.«

»Hat sie sich gefreut?«

»Sie hätte beinahe einen Orgasmus gehabt im Büro. Connie und ich mussten uns entschuldigen, damit wir geflissentlich abkotzen konnten.«

Joyce Barnhardt ist eine Plage. Im Kindergarten hat sie immer in meine Milch gespuckt. Auf der Highschool setzte sie böse Gerüchte über ihre Mitschüler in Umlauf und hat heimlich Fotos in der Mädchen-Umkleidekabine gemacht. Und dann der Höhepunkt: Noch ehe die Tinte auf meiner Heiratsurkunde trocken war, habe ich sie zusammen mit meinem Mann (heute mein Ex-Mann) mit entblößtem Hintern auf meinem nagelneuen Esstisch erwischt.

Ich wünsche ihr den Milzbrand an den Hals. Ach was, Milzbrand ist noch viel zu harmlos für Joyce Barnhardt.

»Dann passierte etwas sehr Lustiges«, sagte Lula. »Während sie sich noch mit Vinnie in seinem Arbeitszimmer besprach, stach jemand draußen mit einem Schraubenzieher in ihre Autoreifen.«

Ich zog neugierig die Augenbrauen hoch.

»Den muss der liebe Gott geschickt haben«, sagte Lula, legte den Gang ein und drehte die Stereoanlage in ihrem roten Firebird so laut auf, dass einem die Zahnfüllungen aus dem Mund hüpften.

Sie fuhr die North Carolina bis zur Lincoln, dann weiter bis zur Chambers. Sie setzte mich vor der Haustür ab, von Mitchell und Habib war weit und breit nichts zu sehen.

»Wen suchst du denn?«, wollte Lula wissen.

»Heute morgen haben mich zwei Typen in einem schwarzen Lincoln verfolgt. Ich soll Ranger für sie suchen. Aber jetzt sind sie nicht da.«

»Sind ja ganz schön viele Leute hinter Ranger her.«

»Glaubst du, dass er Homer Ramos umgebracht hat?«

»Ich kann mir gut vorstellen, dass er Ramos umgebracht hat, aber dass er ein Haus in Brand setzt, kann ich mir überhaupt nicht vorstellen. So blöd ist er nicht.«

»Oder so blöd, sich von einer Überwachungskamera erwischen zu lassen.«

»Ranger muss gewusst haben, dass da Überwachungskameras installiert waren. Das Gebäude gehört Alexander Ramos. Und bei Ramos gibt's nichts für umsonst. Er hatte Büroräume in dem Bau. Ich weiß es, weil ich da mal einen Hausbesuch gemacht habe, als ich noch in meinem alten Beruf gearbeitet habe.«

Lula war früher Nutte gewesen. Ich fragte also lieber nicht nach den Einzelheiten, was diesen Hausbesuch betraf.

Ich stieg aus und rauschte durch die Glastür, die zu der kleinen Eingangshalle des Mietshauses führte. Ich wohne im ersten Stock, und ich konnte wählen zwischen Treppe und Aufzug. Heute entschied ich mich für den Aufzug, weil mich der Anblick meines brennenden Autos völlig fertig gemacht hatte.

Ich schloss die Wohnungstür auf, hängte Umhängetasche und Jacke an die Mantelhaken, die ich an der Hand in meinem Flur selbst angebracht hatte und schielte nach meinem Hamster Rex im Glaskäfig. Er lief in seinem Laufrad, die rosa Füßchen wie zwei verschwommene Striche vor dem roten Plastik.

»Hallo, Rex«, sagte ich. »Wie geht's, wie steht's?«

Er hielt einen Moment inne. Die Barthaare zitterten, die Augen leuchteten, und er wartete darauf, dass Fressen vom Himmel fiel. Ich fütterte ihn mit einer Rosine aus der Schachtel im Kühlschrank und erzählte ihm das mit dem Auto. Er stopfte sich die Rosine zwischen die Backen und bestieg wieder sein Laufrad. Ich an seiner Stelle hätte die Rosine gleich aufgegessen und danach ein Nickerchen gemacht. Ich begreife nicht, dass man Spaß am Laufen haben kann. Die einzige Gelegenheit, bei der ich der Lauferei wirklich was abgewinnen könnte, wäre, wenn ich von einem Serienkiller verfolgt würde.

Ich hörte meinen Anrufbeantworter ab. Eine Nachricht. Wortlos. Nur Atem. Ich hoffte nur, dass es Rangers Atem war. Ich ließ es noch mal abspielen. Der Atem klang normal. Kein perverser Atem oder so. Kein Erkältungsatem. Vielleicht Telefonwerbeatem.

Ich hatte noch paar Stunden Zeit, bis Morelli mit dem Hühnchen kam. Ich ging daher wieder aus der Wohnung und klopfte an die Tür meines Nachbarn gegenüber auf dem Gang.

»Was ist?«, brüllte Wolesky, um seinen lärmenden Fernseher zu übertönen.

»Ich wollte Sie fragen, ob ich mir mal Ihre Zeitung ausborgen könnte. Mir ist heute Morgen ein kleines Missgeschick mit meinem Wagen passiert, und ich würde mir gern die Gebrauchtwagenanzeigen ansehen.«

»Schon wieder?«

»Es war nicht meine Schuld.«

Er gab mir die Zeitung. »Ich an Ihrer Stelle würde mal unter ausrangierten Militärgeräten gucken. Was Sie brauchen, ist ein Panzer.«

Ich nahm die Zeitung mit in meine Wohnung und las die Gebrauchtwagenanzeigen und die Witzeseite. Ich wollte mich gerade meinem Horoskop widmen, als das Telefon klingelte.

»Ist deine Großmutter da?«, wollte meine Mutter wissen.

»Nein.«

»Sie hat sich mit deinem Vater gestritten und ist dann wütend hoch in ihr Zimmer gestapft. Als Nächstes sehe ich sie draußen in ein Taxi steigen!«

»Wahrscheinlich will sie nur eine Freundin besuchen.«

»Ich habe es schon bei Betty Szajak und Emma Getz versucht, aber die haben sie auch nicht gesehen.«

Im selben Moment klingelte es an meiner Tür, und vor Schreck blieb mir das Herz stehen. Ich schaute durch den Spion. Es war Grandma Mazur.

»Sie ist hier!«, flüsterte ich in den Hörer.

»Gott sei Dank!«, sagte meine Mutter am anderen Ende.

»Von wegen Gott sei Dank. Sie hat einen Koffer dabei!«

»Vielleicht braucht sie mal Urlaub von deinem Vater.«

»Sie kann auf keinen Fall bei mir wohnen!«

»Nein, natürlich nicht... aber sie kann doch wohl ein, zwei Tage bei dir bleiben, bis sich die Lage wieder entspannt hat.«

»Nein! Nein! Und nochmals nein!«

Es klingelte wieder.

»Sie schellt an meiner Tür«, sagte ich zu meiner Mutter. »Was soll ich machen?«

»Herrgott noch mal, lass sie rein!«

»Wenn ich sie reinlasse, bin ich geliefert. Das ist, als würde man einen Vampir ins Haus bitten. Reicht man denen den kleinen Finger, nehmen sie gleich die ganze Hand.«

»Vor der Tür steht deine Großmutter, kein Vampir!«

Grandma klopfte an die Tür. »Hallo!«, rief sie.

Ich legte auf und öffnete die Tür.

»Ich habe eine Überraschung für dich!«, sagte Grandma. »Ich ziehe zu dir, bis ich eine eigene Wohnung gefunden habe.«

»Aber du wohnst doch bei Mom.«

»Nicht mehr. Dein Vater ist ein Arschgesicht.« Sie zog ihren Koffer hinter sich her, nahm ihren Mantel ab und hängte ihn an einen Garderobehaken. »Ich suche mir was Eigenes. Ich habe es satt, ewig die Fernsehshows mit angucken zu müssen, die dein Vater sehen will. Deswegen bleibe ich hier, bis ich eine eigene Wohnung gefunden habe. Ich wusste, dass es dir nichts ausmacht, wenn ich eine Zeit lang bei dir unterkomme.«

»Ich habe nur ein Schlafzimmer.«

»Ich lege mich auf die Couch. Ich stelle keine Ansprüche, wenn es um's Schlafen geht. Ich kann auch im Stehen schlafen, im Schrank, wenn es sein muss.«

»Und was ist mit Mom? Die wird sich einsam fühlen. Sie ist es gewöhnt, jemandem um sich zu haben.« Was heißen sollte: Und was ist mit mir? Ich bin *nicht* daran gewöhnt, jemanden um mich zu haben.

»Da hast du wohl Recht«, sagte Grandma. »Aber das muss sie mit sich allein abmachen. Ich kann nicht immer für Stimmung im Haus sorgen. Das ist mir zu anstrengend. Versteh mich nicht falsch. Ich habe deine Mutter gern, aber sie kann einem jede Freude verderben. Und ich habe nicht mehr viel Zeit zu vergeuden. Dreißig Jahre, wenn's gut geht.«

In dreißig Jahren war Grandma weit über hundert – und ich über sechzig, wenn mich die Arbeit nicht vorher umgebracht hatte.

Jemand tippte leise an die Tür. Morelli war heute früh dran. Ich machte auf, und erst als er den Flur halb durchschritten hatte, entdeckte er Grandma.

»Grandma Mazur«, sagte er.

»Ja«, antwortete sie. »Ich wohne jetzt hier. Bin gerade eingezogen.«

Morellis Mundwinkel verzogen sich zu einem angedeuteten Grinsen nach oben. Blödmann.

»Soll das eine Überraschung sein?«, wollte Morelli wissen.

Ich nahm ihm den Karton mit Hühnchen ab. »Grandma hatte einen Streit mit meinem Vater.«

»Sind das Hühnchen?«, fragte Grandma. »Ich kann es bis hierhin riechen.«

»Es reicht für uns alle«, sagte Morelli. »Ich kaufe immer eine Portion mehr.«

Grandma zwängte sich an uns vorbei in die Küche. »Ich habe einen Mordshunger. Diese Umzieherei macht ganz schön Appetit.« Sie sah in die Tüte. »Und Brötchen sind auch dabei. Und Krautsalat.« Sie schnappte sich Teller aus dem Regal und deckte den Tisch im Esszimmer. »Das wird lustig. Ich hoffe, du hast Bier im Haus. Ich habe Durst auf ein Bier.«

Morelli grinste immer noch.

Morelli und ich hatten seit einiger Zeit eine Beziehung, mal innig, mal weniger innig. Damit will ich nur freundlich umschreiben, dass wir gelegentlich das Bett teilten. Wenn aus der gelegentlichen Übernachtung ab jetzt ein generelles Übernachtungsverbot werden sollte, würde Morelli das bestimmt nicht mehr lustig finden.

»Das bringt unsere Pläne für den Abend durcheinander«, flüsterte ich Morelli ins Ohr.

»Wir brauchen nur den Ort zu wechseln«, sagte er. »Wir können nach dem Essen zu mir gehen.«

»Das kannst du vergessen. Was soll ich Grandma sagen? Tut mir Leid, ich schlafe heute Nacht nicht hier, weil ich es mit Joe treiben will?«

»Hast du was daran auszusetzen?«

»Kann ich nicht behaupten. Aber ich käme mir eklig vor.«

»Eklig?«

»Mir würde sich der Magen umdrehen.«

»Quatsch. Grandma Mazur hätte bestimmt nichts dagegen.«

»Nein. Aber sie wüsste Bescheid.«

Morelli sah genervt aus. »Frauensachen, kann ich da nur sagen.«

Grandma kam zurück in die Küche und holte Gläser. »Hast du irgendwo Servietten?«

»Ich habe keine Servietten«, sagte ich zu ihr.

Sie sah mich einen Moment verständnislos an: ein Haushalt ohne Servietten, wo gibt's denn so was?

»In der Tüte mit den Brötchen sind Servietten«, sagte Morelli.

Grandma schaute in die Tüte und strahlte. Ist er nicht ein Goldschatz?«, sagte sie. »Hat sogar an die Servietten gedacht, der Gute.«

Morelli schaukelte auf den Fußballen und warf mir einen Blick zu, der besagte, was für ein Glückspilz ich doch sei. »Allzeit bereit«, sagte Morelli.

Ich verdrehte die Augen an die Decke.

»Ein richtiger Polizist«, sagte Grandma. »Allzeit bereit.«

Ich setzte mich ihr gegenüber und nahm mir einen Hühnchenschenkel. »Pfadfinder sind allzeit bereit«, stellte ich klar. »Polizisten haben immer nur Hunger.«

Als die Hühnchen alle waren, rückte Grandma mit dem Stuhl vom Tisch ab. »Jetzt wird aufgeräumt«, sagte sie. »Und danach sehen wir uns einen Film an. Ich habe auf dem Weg hierher in dem Videoladen vorbeigeschaut.«

Grandma schlief mitten während des Films ein. Sie saß kerzengerade auf der Couch, nur der Kopf war vornüber auf die Brust gefallen.

»Ich gehe besser«, sagte Morelli, »und lasse euch zwei Mädchen allein, damit ihr euch mal aussprechen könnt.«

Ich brachte ihn zur Tür. »Hast du was von Ranger gehört?«

»Nichts. Nicht mal gerüchteweise.«

Keine Nachrichten bedeuten manchmal gute Nachrichten. Wenigstens war er nicht irgendwo ans Ufer gespült worden.

Morelli zog mich an sich und küsste mich. Ich spürte das übliche Kitzeln an den üblichen Stellen. »Du hast mich durchschaut«, sagte er. »Und es ist mir scheißegal, was die Leute denken.«

Ich wachte mit steifem Hals auf der Couch auf und fühlte mich wie gerädert. In der Küche klapperte jemand mit irgendwelchen Sachen, und ich konnte mir unschwer denken, wer der Krachmacher war.

»Ein herrlicher Morgen«, stellte Grandma fest. »Ich habe angefangen, Pfannkuchen zu machen. Und ich habe Kaffee aufgesetzt.«

Vielleicht war es doch nicht so übel, Grandma bei sich wohnen zu haben.

Sie rührte den Pfannkuchenteig. »Du führst ein spannendes Leben«, sagte Grandma. »Nie einen Moment langweilig. Schnelle Autos, schnelle Männer, und mittags Schnellimbiss. Ich hätte nichts gegen so ein Leben einzuwenden.«

Mit dem Schnellimbiss hatte sie Recht.

»Deine Zeitung ist heute Morgen nicht gekommen«, sagte Grandma. »Ich war draußen auf dem Gang und habe nachgesehen. Alle Nachbarn haben ihre Zeitungen bekommen, nur du nicht.«

»Ich kriege keine Zeitung geliefert«, sagte ich zu ihr. »Wenn ich Zeitung lesen will, kaufe ich mir eine.« Oder leihe mir eine aus.

»Frühstück ohne Zeitungslesen, da fehlt mir was«, sagte sie. »Ich muss die Witzseite lesen, und die Todesanzeigen, und heute Morgen wollte ich mal die Wohnungsangebote studieren.«

»Ich hole dir eine Zeitung«, sagte ich, schließlich wollte ich der Wohnungssuche nicht im Wege stehen.

Ich trug ein grünkariertes Baumwoll-Nachthemd, das farblich ganz gut zu den Ringen unter meinen Augen passte. Ich hing mir eine kurze Jeansjacke über, zog graue Jogginghosen an, stieg in ein Paar Schuhe, ohne die Schnürsenkel zu binden, setzte mir die blaue SEAL-Baseballkappe auf mein Rattennest aus schulterlangen braunen Wuschelhaar und schnappte mir die Autoschlüssel.

»Ich bin in fünf Minuten wieder da«, rief ich ihr vom Flur aus zu. »Ich gehe nur eben runter zu 7-Eleven.«

Ich drückte den Knopf für den Aufzug. Die Aufzugtüren öffneten sich, und mein Verstand setzte aus. Ranger lehnte an der gegenüberliegenden Kabinenwand, die Arme vor der Brust verschränkt, der Blick finster und abschätzend, die Mundwinkel ein Schmunzeln andeutend.

»Komm rein«, sagte er.

Er hatte sein übliches Outfit aus schwarzer Gangsterkleidung oder Militär-Tarnanzügen gegen eine braune Lederjacke, ein cremefarbenes Henley-Hemd, verschlissene Jeans und schwere Schuhe eingetauscht. Das Haar, sonst immer hinten zu einem Pferdeschwanz zusammengebunden, war kurz geschnitten. Er hatte einen Dreitage-Bart, was seine Zähne noch heller und seiner Latino-Hautfarbe noch dunkler machte. Ein Wolf in Gap-Klamotten.

»Ach, du Schreck«, sagte ich und spürte ein gewisses Flattern in der Magengrube, das ich mir lieber nicht eingestehen wollte. »Du siehst so anders aus.«

»Ein Durchschnittstyp.«

Von wegen, Durchschnittstyp.

Er streckte die Hand aus, packte mich am Revers meiner Jacke und zog mich in den Aufzug. Er drückte erst auf den Türschließer, dann haute er auf den Halteknopf. »Wir müssen mal miteinander reden.«

3

Ranger war früher bei einer Spezialeinheit der Armee gewesen und hatte sich aus dieser Zeit den trainierten Körper und die Haltung bewahrt. Er stand dicht neben mir, was mich zwang, den Kopf ganz leicht zurückzulehnen, um ihm in die Augen sehen zu können.

»Gerade aufgestanden?«, fragte er.

Ich schaute an mir herab. »Meinst du, wegen des Nachthemds?«

»Das Nachthemd, das Haar... deine Benommenheit.«

»Benommen bin ich wegen dir.«

»Ja«, sagte Ranger. »Viele Frauen reagieren so auf mich.«

»Was ist los?«

»Ich hatte eine Verabredung mit Homer Ramos, und als ich weg war, hat ihn jemand umgebracht.«

»Und das Feuer?«

»Das war ich nicht.«

»Weißt du, wer Ramos getötet hat?«

Ranger sah mich einen Moment an. »Ich habe so meinen Verdacht.«

»Die Polizei glaubt, dass du es warst. Man hat dich auf dem Videoband erkannt.«

»Die Polizei hofft nur, dass ich es war. Höchst unwahrscheinlich, dass sie es wirklich glaubt. Ich stehe nicht im Ruf, Dummheiten zu begehen.«

»Nein, aber... gelegentlich Menschen zu töten.«

Ranger grinste mich an. »Alles Gerede.« Er sah die Schlüssel in meiner Hand. »Wohin so eilig?«

»Grandma ist für ein paar Tage bei mir eingezogen. Sie will Zeitung lesen, deswegen wollte ich gerade zu 7-Eleven, eine holen.«

Das Grinsen breitete sich aus bis zu den Ohren. »Du hast doch gar kein Auto mehr, Baby.«

Mist! »Das habe ich ganz vergessen.« Ich sah ihn misstrauisch an. »Woher weißt du das überhaupt?«

»Es steht nicht auf dem Parkplatz.«

Ach so.

»Was ist mit deinem Auto?«

»Es ist in den Autohimmel aufgestiegen.«

Er drückte den Knopf für den zweiten Stock. Die Tür öffnete sich, er betätigte die Haltetaste, trat aus dem Aufzug und schnappte sich die Zeitung von der Wohnungstür 3C.

»Das ist Mr. Klines Zeitung«, sagte ich.

Ranger übergab mir die Zeitung und haute auf den Knopf für das Erdgeschoss. »Dann musst du dich eben mal bei Mr. Kline revanchieren.«

»Wieso hast du deinen Gerichtstermin sausen lassen?«

»Kam mir ungelegen. Ich suche jemandem, und ich kann nicht weitersuchen, wenn ich aufgehalten werde.«

»Oder wenn du tot bist.«

»Ja«, sagte Ranger, »dann auch nicht. Ein Auftritt in der Öffentlichkeit hätte mir gerade nicht in den Kram gepasst.«

»Gestern bin ich von zwei Mafiatypen angehalten worden.

Mitchell und Habib. Die wollen mich so lange verfolgen, bis ich sie zu dir geführt habe.«

»Die arbeiten für Arturo Stolle.«

»Arturo Stolle? Den Teppichkönig? Was ist denn das für eine Connection?«

»Es ist besser, du weißt nichts davon.«

»Weil du mich sonst töten müsstest, wenn ich es wüsste?«

»Weil sonst jemand anders auf die Idee kommen könnte.«

»Mitchell und Alexander Ramos können sich also nicht riechen.«

»Überhaupt nicht.« Ranger übergab mir eine Karte mit einer Adresse. »Ich möchte, dass du jemanden für mich beschattest. Hannibal Ramos. Er ist der älteste Sohn und die Nummer zwei des Ramos-Imperiums. Sein Wohnsitz ist angeblich in Kalifornien, aber seit geraumer Zeit hält er sich immer öfter hier in New Jersey auf.«

»Jetzt auch?«

»Er ist seit drei Wochen hier. Er besitzt eine Eigentumswohnung in einem Apartmenthaus in einer Seitenstraße der Route 29.«

»Du glaubst doch nicht, dass er seinen Bruder getötet hat, oder?«

»Er steht nicht an erster Stelle auf meiner Liste der Verdächtigen«, sagte Ranger. »Einer meiner Leute bringt dir ein Auto vorbei.«

»Nein! Nicht nötig!« Mit Autos hatte ich gewohnheitsmäßig Pech. Ihr Hinscheiden hatte häufig eine polizeiliche Einmischung zur Folge, und Rangers Autos waren von obskurer Herkunft.

Ranger trat zurück in den Aufzug. »Komm Ramos nicht zu nahe«, sagte er. »Er ist nicht gerade die Freundlichkeit in Person.« Die Türen schlossen sich und weg war er.

Ich tauchte frisch geduscht und geföhnt aus dem Badezimmer auf und stieg in meine übliche Uniform aus Jeans, Boots und T-Shirt. Der Tag konnte beginnen. Grandma saß am Esszimmertisch, las die Zeitung, ihr gegenüber saß Moon Man und aß Pfannkuchen. »Ej, Mann«, sagte er, »deine Oma hat Pfannkuchen für mich gemacht. Du kannst echt von Glück sagen, dass du so eine Oma bei dir wohnen hast. Deine Oma ist absolut Spitze, ej, Mann, ej.«

Grandma schmunzelte. »Ist der nicht niedlich?«, sagte sie.

»Tut mir echt Leid wegen gestern«, sagte Moon. »Ich habe dir deswegen ein neues Auto besorgt. Es ist ein... Leihwagen. Du erinnerst dich an meinen Freund? Den Dealer? Der war ganz fertig, als ich ihm das mit dem Feuer erzählte. Er meinte, du könntest eins von seinen Autos benutzen, bis du wieder ein eigenes hast. Cool, oder?«

»Der Wagen ist doch nicht gestohlen, oder?«

»Ej, Mann, ej, sehe ich vielleicht so aus?«

»Du siehst aus wie jemand, der Autos knackt.«

»Na gut, kommt vor, aber nur selten. Das hier ist ein echter Leihwagen.«

Ich brauchte wirklich ein Auto. »Es wäre nur für ein paar Tage. Bis das Geld von der Versicherung da ist.«

Moon schob seinen leeren Teller zur Seite und ließ einen Schlüsselbund in meine Hand fallen. »Amüsier dich gut. Es ist eine kosmische Karre. Mann, je. Ich habe sie selbst ausgesucht, damit sie deine Aura erhöht.«

»Was ist es denn für ein Auto?«

»Es ist ein Rollswagen. Eine Silberwindmaschine.«

Hm. »Ach so. Vielen Dank auch. Soll ich dich nach Hause bringen?«

Er schlurfte in den Flur. »Ich gehe lieber zu Fuß. Ich muss mich sammeln.«

»Ich habe meinen ganzen Tag verplant«, sagte Grandma.

»Heute morgen Fahrstunden. Und heute Nachmittag gehe ich mir mit Melvina einige Wohnungen angucken.«

»Kannst du dir überhaupt eine eigene Wohnung leisten?«

»Damals, als ich das Haus gekauft habe, konnte ich etwas Geld beiseite legen. Ich habe es gespart, damit ich später im Alter in ein Pflegeheim gehen kann, aber vielleicht sollte ich mir lieber gleich eine Pistole kaufen.«

Ich verzog das Gesicht.

»Keine Angst, ich habe nicht vor, mich mit Blei voll zu pumpen. Mir verbleiben noch einige Jährchen auf dieser Welt. Außerdem habe ich mir alles genau überlegt. Wenn man den Pistolenlauf in den Mund steckt, haut es einem nur den Hinterkopf weg. Stiva braucht sich also keine große Mühe zu geben, damit man für die Aufbahrung auch gut aussieht, weil, von dem Hinterkopf erkennt man ja sowieso nichts mehr. Man muss nur darauf achten, dass man beim Schuss nicht mit der Pistole wackelt, sonst vermasselt man alles und nimmt leicht ein Ohr mit.« Sie legte die Zeitung beiseite. »Ich gehe auf dem Nachhauseweg beim Fleischer vorbei und bringe Schweinekoteletten fürs Abendessen mit. Und jetzt muss ich los zur Fahrstunde.«

Und ich musste zur Arbeit. Das Problem war nur, dass ich überhaupt keine Lust hatte auf die Sachen, die mich erwarteten. Ich wollte Hannibal Ramos nicht nachschnüffeln. Und auf die Bekanntschaft mit Morris Munson konnte ich auch gut verzichten. Natürlich konnte ich wieder ins Bett gehen, aber davon ließ sich meine Miete auch nicht zahlen. Außerdem hatte ich gar kein eigenes Bett mehr. Grandma hatte das Bett okkupiert.

Na gut, ansehen konnte ich mir die Munson-Akte ja mal. Ich holte die Mappe aus meiner Tasche und blätterte darin herum. Abgesehen von der Körperverletzung, der Vergewaltigung und der versuchten Verbrennung, erschien mir Munson selbst halb so wild. Keine Vorstrafen, keine Hakenkreuz-Tätowierungen auf der Stirn. Die Adresse lautete Rockwell Street. Ich kannte die Rockwell Street. Sie lag unten an der Knopffabrik. Nicht die allerfeinste Gegend, aber auch nicht die schlimmste: Großenteils kleine eingeschossige Einfamilien- und Reihenhäuser, großenteils Arbeiter oder Arbeitslose.

Rex schlief in seiner Suppendose, und Grandma war im Bad, ich konnte die Wohnung also verlassen, ohne mich groß zu verabschieden. Unten auf dem Parkplatz hielt ich Ausschau nach einer Silberwindmaschine. Tatsächlich, da war sie, und ein Rollswagen war es auch. Die Karosserie war ein alter VW-Käfer, die Kühlerhaube stammte von einem Rolls-Royce-Oldtimer. Er war silbermetallic, und an den Seiten schwappten stilisierte himmelblaue Wasserwogen, an manchen Stellen mit Sternchen verziert.

Ich machte die Augen zu, in der Hoffnung, das Auto würde in der Zwischenzeit verschwinden. Ich zählte bis drei und schlug die Augen wieder auf. Das Auto stand immer noch da.

Ich lief zurück in die Wohnung, holte Mütze und Sonnenbrille und ging erneut nach unten zum Auto. Ich glitt hinters Steuer, versank in den Sitz und tuckerte von dem Parkplatz. Dieser Wagen entsprach keineswegs meiner Aura, sagte ich mir. Meine Aura verträgt keinen halben VW-Käfer.

Zwanzig Minuten später befand ich mich in der Rockwell Street, versuchte, die Hausnummern zu entziffern und suchte die Adresse von Munson. Als ich das Haus schließlich fand, kam es mir irgendwie durchschnittlich vor. Es lag nur ein Häuserblock von der Fabrik entfernt. Bequem, wenn man zu Fuß zur Arbeit gehen wollte. Nicht so schön, wenn man Landschaft um sich haben wollte. Es war zweigeschossig, so wie das Haus von Moon, und die Fassade bestand aus kastanienbraunen Asbestschindeln.

Ich hielt am Straßenrand an und ging die paar Meter zum Hauseingang zu Fuß. Höchst unwahrscheinlich, dass Munson zu

Hause war, dachte ich noch. Es war Mittwochmorgen. Munson hatte sich vermutlich längst nach Argentinien abgesetzt. Ich drückte auf die Klingel und war völlig verdattert, als mir geöffnet wurde und Munson den Kopf durch die Tür steckte.

»Morris Munson?«

»Ja?«

»Ich dachte... Sie wären bei der Arbeit.«

»Ich habe mir vierzehn Tage Urlaub genommen. Private Probleme. Wer sind Sie überhaupt?«

»Ich vertrete das Kautionsbüro Vincent Plum. Sie haben Ihren Gerichtstermin nicht wahrgenommen. Wir hätten gern, dass Sie einen neuen vereinbaren.«

»Ach so. Klar. Machen Sie ruhig einen neuen Termin aus.«

»Ich muss Sie bitten, deswegen mit mir in die Stadt zu fahren.«

Er sah an mir vorbei, hinüber zu der Windmaschine. »Sie glauben doch nicht im Ernst, dass ich mich da rein setze.«

»Eigentlich doch.«

»Da käme ich mir ja wie ein Idiot vor. Was sollen die Leute denken?«

»Hören Sie, Freundchen, wenn ich damit fahren kann, dann können Sie das auch.«

»Ihr Frauen seid doch alle gleich«, sagte er. »Ihr meint, ihr braucht nur mit den Fingern zu schnippen, und schon tanzen die Männer nach eurer Pfeife.«

Ich fasste in meine Umhängetasche und kramte nach dem Reizgas.

»Warten Sie hier«, sagte Munson. »Ich hole mein Auto. Es steht hinterm Haus. Ich habe nichts dagegen, einen neuen Termin zu vereinbaren, aber ich setze mich nicht in diese Kifferkarre da. Ich komme mit meinem eigenen Wagen und folge Ihnen.« Knall. Die Tür fiel ins Schloss.

Verdammte Scheiße. Ich stieg ins Auto, ließ den Motor an

und wartete im Leerlauf auf Munson. Ich fragte mich, ob ich ihn überhaupt je wieder sehen würde. Ich schaute auf die Uhr. Ich gab ihm fünf Minuten. Was dann? Sollte ich das Haus stürmen? Die Tür aufbrechen und mit der Pistole in der Gegend herumballern? Ich sah in meiner Tasche nach. Es fand sich keine Pistole. Auch das noch! Ich hatte meine Pistole vergessen! Da konnte ich auch gleich nach Hause fahren und Munson mir für später aufheben.

Ich schaute nach vorne. Ein Auto bog um die Ecke. Es war Munson. Schöne Überraschung, dachte ich. Siehst du, Stephanie, du sollst nicht immer so vorschnell über deine Mitmenschen urteilen. Manchmal erweisen sie sich als ganz anständig. Ich legte den Gang ein. Munsons Auto kam näher. Schreck lass nach! Er gab Gas statt abzubremsen! Ich sah sein Gesicht, verkniffen vor Konzentration. Der Verrückte wollte mich rammen! Ich haute den Rückwärtsgang ein und drückte das Gaspedal bis zum Anschlag durch. Der Rolls machte einen Hopser nach hinten. Es reichte nicht, um einer Kollision auszuweichen, aber es reichte, um wenigstens einen Totalschaden abzuwenden. Mein Kopf klappte bei dem Aufprall nach vorn. Nicht der Rede wert. Wer in unserem Viertel aufgewachsen ist, dem macht so was nichts aus. Wir haben schon als Kinder in den Vergnügungsparks an der Küste von New Jersey Autoskooter fahren gelernt. Wir können was vertragen.

Das Problem hierbei war nur, dass sein Auto größer war als meins. Er rammte mich mit einem Gefährt, das mir ganz nach einem ausgemusterten Polizeiwagen aussah. Ein Crown Victoria. Jetzt kam er wieder auf mich zugerast, schob mich drei Meter rückwärts, worauf der Motor meiner Silberwindmaschine absoff. Während ich versuchte, erneut zu starten, kletterte Munson aus seinem Wagen und ging mit einem Wagenheber auf mich los. »Sie wollen, dass ich nach Ihrer Pfeife tanze?«, brüllte er. »Können Sie haben!«

Hier schien sich offenbar ein für ihn typisches Verhaltensmuster abzuzeichnen. Erst den Gegner mit dem Wagen rammen, dann mit einem Reifenheber auf ihn einschlagen. Ich wollte mir lieber nicht ausmalen, was nach dem Reifenheber dran war. Der Rollsmotor sprang an und ich machte einen Satz nach vorne, wobei ich Munson knapp verfehlte.

Er schwang den Reifenheber und erwischte nur noch die hintere Stoßstange. »Ich hasse Sie!«, schrie er. »Ihr Frauen seid doch alle gleich!«

Ich brauchte einige hundert Meter, um von null auf hundert zu beschleunigen und legte mich auf zwei Rädern in die Kurve. Ich sah mich auf dem ersten halben Kilometer nicht um, und als ich mich endlich traute, war niemand mehr hinter mir. Ich zwang mich, den Fuß etwas vom Gaspedal zu nehmen und atmete mehrmals tief durch. Mein Herz pochte wie wahnsinnig, und meine Hände klammerten sich wie in einem Todesgriff ans Steuerrad, sodass die Knöchel weiß hervortraten. Ein McDonalds-Restaurant tauchte unvermutet vor mir auf, und wie von allein bog die Silberwindmaschine in die Spur zum Autoschalter. Ich bestellte einen Milkshake Vanille und fragte den Jungen hinterm Schalter, ob sie noch Mitarbeiter suchten.

»Klar«, sagte er, »wir suchen immer Mitarbeiter. Möchten Sie ein Bewerbungsformular?«

»Passieren hier oft Überfälle?«

»Oft nicht«, sagte er und reichte mir das Bewerbungsformular zusammen mit dem Strohhalm. »Es sind schon mal ein paar Ausgeflippte unter den Gästen, aber meistens kann man sie mit ein paar mehr Gurkenscheiben beruhigen.«

Ich stellte den Wagen am äußersten Ende des Parkplatzes ab, trank meinen Milkshake und las mir das Formular durch. Vielleicht gar keine schlechte Idee, überlegte ich. Wahrscheinlich darf man so viel Pommes essen wie mal will.

Ich stieg aus und sah mir den Wagen an. Der Rolls Royce-

Kühler war zerdrückt, die linke hintere Stoßstange hatte eine dicke Beule und das Rücklicht war kaputt.

Der schwarze Lincoln trudelte auf dem Parkplatz ein und hielt neben mir. Das Fenster glitt runter, und Mitchell sah grinsend zu dem Rollswagen. »Was soll denn das darstellen?«

Ich schenkte ihm jenen Blick, der besagen sollte: Achtung, Frau mit prämenstruellem Syndrom!

»Brauchen Sie ein Auto? Wir könnten Ihnen eins besorgen. Jede Marke. Was Sie wollen«, sagte Mitchell. »Sie müssen nicht diese… Peinlichkeit… fahren, wenn Sie nicht wollen.«

»Ich werde Ranger nicht suchen, wenn Sie das meinen.«

»Natürlich nicht«, sagte Mitchell. »Aber vielleicht sucht er ja Sie. Vielleicht braucht er mal wieder einen Ölwechsel und hat sich gedacht, Sie sind 'ne sichere Nummer. So was soll vorkommen. Männer haben gelegentlich gewisse Bedürfnisse.«

»Geht man hier in diesem Land zum Ölwechsel nicht an eine Tankstelle?«, wollte Habib von Mitchell wissen.

»Spinner«, sagte Mitchell. »Von dem Öl rede ich nicht. Ich meine etwas anderes. Die ewige Frage: wo versenke ich meine Salami.«

»Salamiversenken?«, sagte Habib. »Verstehe ich nicht. Ich kenne nur Schiffeversenken. Was ist überhaupt Salami?«

»Diese scheiß Vegetarier begreifen einfach nichts«, sagte Mitchell. Er packte sich ins Gemächt und stieß ruckartig das Becken vor. »Verstehst du jetzt… die Salaminummer.«

»Ah«, sagte Habib. »Jetzt verstehe ich. Dieser Ranger versenkt seine Salami tief in diese Schweinemagd.«

»Wie bitte? Schweinemagd?«, sagte ich.

»Ganz recht«, sagte Habib. »Unreine Schlampe.«

Ich musste in Zukunft wieder meine Pistole mitnehmen. Ich hatte nicht übel Lust, es diesen Dreckskerlen zu zeigen. Nichts Schlimmes. Nur ein Auge ausstechen oder so. »Ich muss gehen«, sagte ich. »Die Arbeit ruft.«

»Okay«, sagte Mitchell, »aber machen Sie sich nicht rar. Und überlegen Sie sich das mit dem Angebot. Wir besorgen Ihnen jedes Auto.«

»He«, rief ich noch. »Wie haben Sie mich überhaupt gefunden?« Aber sie waren bereits vom Parkplatz verschwunden.

Ich fuhr eine Zeit lang durch die Gegend um sicherzustellen, dass mir niemand folgte. Dann machte ich mich auf den Weg zu Ramos' Eigentumswohnung. Ich begab mich zur Route 29 und fuhr Richtung Norden zum Ewing Township. Ramos wohnte in einem wohlhabenden Viertel mit großen alten Bäumen und parkähnlich gestalteten Gärten. Etwas zurückgesetzt von der Fenwood stand ein kürzlich errichteter Komplex aus Stadtvillen, alle aus rotem Backstein. Die Häuser waren stufenartig angelegt, mit je zwei angegliederten Garagen und Privatgärten, die von Steinmauern umgeben waren. Die Häuser lagen hinter Vorgärten mit gepflegtem Rasen, geschwungenen Fußwegen und brachliegenden Blumenbeeten. Sehr geschmackvoll. Sehr gediegen. Genau der richtige Ort für einen internationalen Waffenschieber.

Die Windmaschine würde eine Beschattung in diesem Viertel erschweren. Allerdings war jede Beschattung schwierig. Ein fremdes Auto, das zu lange am Straßenrand parkt, fällt immer auf. Und eine fremde Frau, die auf dem Gehsteig herumlungert, ist ebenfalls verdächtig.

Ramos hatte an allen Fenstern die Vorhänge zugezogen. Es war unmöglich festzustellen, ob jemand zu Hause war oder nicht. Sein Haus war das zweite von rechts in einer Zeile aus fünf aneinander gebauten Häusern. Dahinter ragten Bäume auf. Zwischen den einzelnen Komplexen hatte der Bauherr einen Grünstreifen gepflanzt. Ich funkte Ranger an, fünf Minuten später rief er zurück.

»Sag mal, was soll ich eigentlich genau machen?«, erkundigte ich mich. »Ich stehe gerade vor seinem Haus, aber es ist nichts zu sehen, und viel länger kann ich nicht bleiben. Man kann sich hier nirgendwo verstecken.«

»Fahr heute Abend noch mal hin, wenn es dunkel ist. Schau nach, ob er Gäste hat.«

»Was treibt er denn so den lieben ganzen Tag?«

»Verschiedenes«, sagte Ranger. »In Deal hat die Familie noch ein Anwesen. Wenn Alexander im Land ist, werden die Geschäfte von der Küste aus getätigt. Vor dem Brand verbrachte Hannibal die meiste Zeit in dem Gebäude im Stadtzentrum. Er hatte ein Büro im dritten Stock.«

»Was für ein Auto fährt er?«

»Einen dunkelgrünen Jaguar.«

»Ist er verheiratet?«

»Nur wenn er in Santa Barbara ist.«

»Sonst noch was?«

»Ja«, sagte Ranger. »Sei vorsichtig.«

Ranger legte auf, und das Handy klingelte gleich wieder.

»Ist deine Großmutter bei dir?«, wollte meine Mutter wissen.

»Nein. Ich arbeite.«

»Wo ist sie dann? Ich habe bei dir zu Hause angerufen, aber da ist sie nicht.«

»Grandma hatte heute Morgen Fahrstunde.«

»Heilige Mutter Gottes.«

»Danach wollte sie mit Melvina ausgehen.«

»Du sollst doch auf sie aufpassen. Was denkst du dir eigentlich? Die Frau kann nie und nimmer Auto fahren. Die ist eine Gefahr für den öffentlichen Straßenverkehr.«

»Es ist alles in Ordnung. Sie hat einen Fahrlehrer.«

»Einen Fahrlehrer? Was soll ein Fahrlehrer bei deiner Großmutter schon nützen? Und noch etwas: was ist mit ihrer Pistole? Ich habe alles auf den Kopf gestellt, aber ich kann sie einfach nicht finden.«

Grandma hat eine 44er mit einem langen Lauf, die sie vor

meiner Mutter versteckt. Sie hat sie von ihrer Freundin Elsie bekommen, die sie auf einem Flohmarkt gekauft hat. Wahrscheinlich steckte die Pistole in Grandmas Handtasche. Für den Fall, dass sie einen Dieb in die Flucht schlagen müsste, meint Grandma, würde das der Tasche etwas mehr Wucht verleihen. Das mag ja sein, aber ich glaube, in Wahrheit möchte sie gern einen auf Clint Eastwood machen.

»Ich möchte nicht, dass sie mit einer Waffe durch die Gegend fährt!«, sagte meine Mutter.

»Schon gut«, sagte ich. »Ich werde mit ihr reden. Aber du weißt ja, wie eigen sie mit ihrer Pistole ist.«

»Womit habe ich das verdient?«, sagte meine Mutter. »Womit habe ich das bloß verdient?«

Ich wusste auch keine Antwort auf diese Frage, also legte ich auf. Ich stellte den Wagen ab, ging bis zum Ende der Häuserzeile und spazierte einen Radweg aus Schotter entlang. Der Radweg führte durch den Grünstreifen, hinter Ramos' Haus, und erlaubte einen hübschen Blick auf die Fenster im ersten Stock. Leider gab es nichts zu sehen, denn die Rollos waren heruntergelassen. Die Sichtschutzmauer aus Backstein verdeckte die Fenster im Erdgeschoss. Jede Wette, dass da die Vorhänge nicht zugezogen waren. Konnte ja sowieso keiner einsehen. Es sei denn, man besäße die Dreistigkeit, die Mauer zu erklimmen und wie eine Wanze oben auf der Lauer zu sitzen und darauf zu warten, dass das Unheil seinen Lauf nahm.

Ich entschied, dass das Unheil einen langsameren Lauf nehmen würde, wenn die Wanze die Mauer nachts erklomm, bei Dunkelheit, wenn niemand sie sah. Ich ging weiter den Radweg entlang, bis zum Ende der Häuserzeile, überquerte die Straße und ging zurück zu meinem Auto.

Lula stand in der Tür, als ich vor dem Kautionsbüro vorfuhr. »Ich glaube, ich geb's auf«, sagte sie. »Was soll das sein?«

»Ein Rollswagen.«

»Er hat ein paar Beulen.«

»Morris Munson hatte schlechte Laune.«

»Hast du ihm das zu verdanken? Hast du ihn gekriegt?«

»Das Vergnügen hebe ich mir für später auf.«

Lula rang sich einen ab, um nicht gleich loszuplatzen vor Lachen. »Der hat vielleicht Nerven, einen Rollswagen so zu verunstalten. Wir müssen uns unbedingt hinter seinen Arsch klemmen. He, Connie«, rief sie, »guck dir mal den Wagen an, den Stephanie fährt. Ein echter Rollswagen.«

»Ist nur geliehen«, sagte ich. »Bis die Entschädigung von der Versicherung kommt.«

»Was sind denn das für aufgemalte Wellen an der Seite?«

»Das soll der Wind sein.«

»Ach so«, sagte Lula. »Dass ich da nicht von alleine draufgekommen bin.«

Ein schwarzer glänzender Jeep Cherokee hielt am Straßenrand hinter der Windmaschine. Joyce Barnhardt stieg aus und stakste auf Lula und mich zu. Sie trug schwarze Lederhosen, ein schwarzes Lederbustier, das ihre Brüste kaum fassen konnte, schwarze Lederjacke und hochhackige schwarze Schuhe. Ihr Haar war feuerrot, hoch gesteckt und lockig. Die Augen waren mit einem schwarzen Liner nachgezogen, und ihre Wimpern hingen schwer voll Tusche. Sie sah aus wie eine Barbie als Domina verkleidet.

»Ich habe gehört, in dieser wimpernverlängernden Tusche sollen Rattenhaare verarbeitet werden«, sagte Lula zu Joyce. »Hast du dir beim Kauf auch die Zusammensetzung gut durchgelesen?«

Joyce sah hinüber zur Windmaschine. »Ist der Zirkus in der Stadt? Ist das nicht so eine Riksha für Clowns?«

»Das ist ein ganz seltener Rollswagen«, sagte Lula. »Probleme damit?«

Joyce lächelte. »Ich hab nur ein Problem: Was soll ich bloß mit der hohen Prämie für Rangers Festnahme machen?«

»Wenn's mehr nicht ist.«, sagte Lula. »Reine Zeitverschwendung.«

»Du wirst schon sehen«, sagte Joyce. »Ich habe meine Männer noch immer gekriegt.«

Sowie Hunde, Ziegen und bestimmte Gemüsesorten... nicht zu vergessen die Männer von anderen Frauen.

»Wir würden ja liebend gern weiter mit dir plaudern, Joyce«, sagte Lula, »aber es gibt Wichtigeres zu tun. Eine Festnahme. Ein dicker Fisch. Wir sind gerade auf dem Weg, einen echten Scheißkerl mit hoher Kaution zu schnappen.«

»Fahrt ihr mit dieser Rikscha?«, fragte Joyce.

»Wir fahren mit meinem Firebird«, sagte Lula. »Wenn Schwerstarbeit angesagt ist, nehmen wir immer den Firebird.«

»Ich muss Vinnie sprechen«, sagte Joyce. »Jemand hat Rangers Kautionsantrag falsch ausgefüllt. Ich habe die Adresse überprüft, es ist ein unbebautes Grundstück.«

Lula und ich sahen uns an und grinsten.

»Ein unbebautes Grundstück? Na, so was«, heuchelte Lula.

Keiner weiß, wo Ranger eigentlich wohnt. Die Adresse in seinem Führerschein lautet auf ein Obdachlosenasyl in der Post Street. Ziemlich unwahrscheinlich für einen Mann, der Bürogebäude in Boston besitzt und täglich mit seinem Anlageberater konferiert. Ab und zu unternahmen Lula und ich einen halbherzigen Versuch ihn ausfindig zu machen, aber unsere Mühen waren nie von Erfolg gekrönt.

»Also, was meinst du?«, fragte Lula mich, als Joyce im Büro abgetaucht war. »Willst du nun Morris Munson den Schädel einschlagen oder nicht?«

»Ich weiß nicht. Der Mann ist völlig durchgeknallt.«

»Hm«, sagte Lula. »Mir kann er keine Angst einjagen. Ich

würde ihm den Hintern versohlen. Er hat doch nicht auf dich geschossen, oder?«

»Nein.«

»Dann ist er wenigstens schon mal nicht so durchgeknallt wie die Leute in meiner Nachbarschaft.«

»Willst du wirklich deinen Firebird riskieren, nach all dem, was der Kerl der Silberwindmaschine angetan hat?«

»Zunächst mal, meine Liebe: angenommen, ich bekäme die ganze Fülle meines Leibes überhaupt in die Windmaschine rein, bräuchtest du einen Büchsenöffner, um mich wieder rauszuholen. Außerdem gibt es nur Platz für zwei Personen in diesem Spielzeugauto, und wenn wir beide unsere Sitze einnehmen … was machen wir dann mit Munson? Sollen wir ihn an die Stoßstange binden und zugucken, wie schnell er auf der Fahrt zur Polizeiwache rennen kann? Es wäre vielleicht keine schlechte Idee, aber wir kämen nur erheblich langsamer voran.«

Lula ging zu den beiden Aktenschränken und versetzte der Schublade rechts unten einen Fußtritt. Die Schublade sprang auf, und Lula zog eine Glock Kaliber 40 heraus und ließ sie in ihre Handtasche fallen.

»Keine Schießerei!«, warnte ich.

»Wo denkst du hin?«, erwiderte Lula. »Das ist meine Autoversicherung.«

Als wir in die Rockwell Street einbogen, hatte ich schon so ein komisches Gefühl im Magen, und das Herz in meiner Brust vollführte einen Stepptanz.

»Du siehst gar nicht gut aus«, sagte Lula.

»Ich glaube, mir ist schlecht vom Autofahren.«

»Dir wird doch sonst nie schlecht vom Autofahren.«

»Wenn ich hinter einem Typ her bin, der gerade mit einem Wagenheber auf mich losgegangen ist, schon.«

»Keine Sorge. Wenn er das noch mal macht, schiebe ich ihm meine Knarre in den Arsch.«

»Nein! Ich habe doch gesagt: keine Schießerei!«

»Ja, schon, aber das ist meine Lebensversicherung.«

Ich versuchte es mit einem strengen Blick in ihre Richtung. »Ich dachte, die wäre nur für's Auto«, sagte ich. Lula stöhnte bloß kurz auf.

»Welches Haus ist es?«, wollte sie wissen.

»Das mit der grünen Tür.«

»Schwer zu sagen, ob jemand drin ist oder nicht.«

Wir fuhren zwei Mal an dem Haus vorbei, dann bogen wir in die einspurige hintere Zufahrtsstraße und hielten vor Munsons Garage. Ich stieg aus und sah durch das verdreckte Fenster an der Seite. Der Crown Victoria stand da. Scheiße. Munson war also zu Hause.

»Ich habe einen Plan«, sagte ich zu Lula. »Du gehst zum Vordereingang. Dich kennt Munson noch nicht. Bei dir schöpft er keinen Verdacht. Sag ihm, wer du bist, und dass du mit ihm zu Gericht gehen willst. Er wird daraufhin durch den Hintereingang zur Garage schleichen. Ich fange ihn dort ab und lege ihm Handschellen an.«

»Klingt plausibel. Wenn es Probleme gibt, schreist du einfach, und ich laufe sofort zum Hintereingang.«

Lula schnurrte mit ihrem Firebird davon. Ich ging auf Zehenspitzen zu Munsons Hintereingang und drückte mich an die Hauswand neben der Tür; so konnte mich Munson von innen nicht sehen. Ich schüttelte meine Spraydose, damit sie auch funktionstüchtig war und wartete gespannt darauf, dass Lula vorne an die Haustür klopfte.

Das Klopfen erfolgte nach wenigen Minuten. Man hörte eine gedämpfte Unterhaltung, dann war ein Rumoren am Hintereingang zu vernehmen, und der Riegel wurde zur Seite geschoben. Die Tür öffnete sich, und Morris Munson trat heraus.

»Stehen bleiben«, sagte ich und trat die Tür mit dem Fuß zu. »Rühren Sie sich nicht vom Fleck. Machen Sie keine Dummheiten, sonst gibt's 'ne Ladung Reizgas in die Fresse.«

»Sie schon wieder! Sie haben mich reingelegt!«

Ich hielt die Spraydose in der linken, die Pistole in der rechten Hand. »Umdrehen!«, sagte ich. »Nehmen Sie die Hände hoch und stützen Sie sich damit an der Wand ab.«

»Ich hasse Sie«, kreischte er. »Sie sind genau wie meine geschiedene Frau. Hinterlistiges, herrisches, verlogenes Luder. Sie sehen ihr sogar ähnlich, Sie mit Ihren bescheuerten braunen Löckchen.«

»Bescheuerte Löckchen? Ich muss doch sehr bitten.«

»Ich hatte ein sorgenfreies Leben, bis mir dieses Luder alles vermasselt hat. Ich besaß ein großes Haus und ein schönes Auto, sogar eine richtige Stereoanlage, Dolbysound.«

»Was ist passiert?«

»Sie hat mich verlassen. Sie meinte, ich wäre ihr zu langweilig. Morris, der alte Langweiler, hat sie immer gesagt. Eines Tages hat sie sich einen Anwalt genommen, ist mit einem LKW rückwärts bis an die Verandatür herangefahren und hat mich ausgeraubt. Hat jedes Möbelstück, das gesamte Porzellan, jeden noch so kleinen Teelöffel mitgenommen.« Er deutete auf das Haus. »Das hat sie mir übrig gelassen. Ein beschissenes Reihenhaus und einen alten Crown Victoria, den ich noch zwei Jahre abbezahlen muss. Nach fünfzehn Jahren Arbeit in der Knopffabrik, wo ich mir den Rücken krumm geschuftet habe, sitze ich in diesem Rattennest und muss mich von Cornflakes ernähren.«

»Meine Güte.«

»Einen Moment«, sagte er. »Ich will wenigstens die Tür abschließen. Ist ja nicht viel wert, das Haus, aber es ist mein ganzer Besitz.«

»In Ordnung. Machen Sie nur keine abrupten Bewegungen.«

Er kehrte mir den Rücken zu, verschloss die Tür, wirbelte herum und rempelte mich an. »Hoppla«, sagte er. »Entschuldigung. Ich habe das Gleichgewicht verloren.«

Ich wich zurück. »Was haben Sie da in Ihrer Hand?«

»Ein Feuerzeug. So was werden Sie doch schon mal gesehen haben, oder nicht? Sie wissen, wie so was funktioniert.« Er machte das Feuerzeug an, und eine Stichflamme schoss hervor.

»Werfen Sie das Ding weg!«

Er wedelte damit herum. »Schauen Sie mal, wie hübsch das brennt. So ein schönes Feuerzeug! Wissen Sie, was das für ein Feuerzeug ist? Wetten, dass Sie nicht darauf kommen?«

»Ich habe gesagt, Sie sollen es wegwerfen!«

Er hielt es mir vors Gesicht. »Sie werden brennen. Das können Sie jetzt nicht mehr verhindern.«

»Was reden Sie da? He!« Ich trug Jeans, ein weißes T-Shirt, das in die Hose gesteckt war, und über dem Shirt ein grünschwarzes Baumwollhemd, das wie ein Jackett geschnitten war. Ich schaute an mir hinunter und sah, dass der Hemdzipfel brannte.

»Sie sollen schmoren!«, schrie er mich an. »Schmoren sollen Sie in der Hölle!«

Ich ließ die Handschellen und das Spray fallen, riss mir das Hemd vom Leib, warf es zu Boden und trat die Flammen aus. Als ich fertig war, schaute ich mich um, Munson war abgehauen. Ich drehte am Türknauf des Hintereingangs. Abgeschlossen. Ich hörte einen Motor aufheulen, drehte mich um und sah den Crown Victoria auf der kleinen Zufahrtsstraße hinterm Haus davonrasen.

Ich hob mein Hemd vom Boden auf und zog es wieder an. Die untere rechte Hälfte fehlte.

Lula lehnte an ihrem Auto, als ich um die Ecke kam und auf sie zu ging.

»Wo ist Munson?«, fragte sie.

»Weg.«

Sie sah mein Hemd an und runzelte die Stirn. »Ich hätte schwören können, dass es heute Morgen noch heile war.«

»Deinen Kommentar kannst du dir sparen.«

»Sieht irgendwie angekokelt aus. Erst dein Auto, jetzt dein Hemd. Willst du einen neuen Rekord aufstellen?«

»Ich bin nicht auf diesen Scheiß angewiesen, musst du wissen«, sagte ich zu Lula. »Es gibt genug andere gute Jobs.«

»Zum Beispiel?«

»Das McDonalds in der Market Street sucht Leute.«

»Dafür kriegt man Pommes umsonst, habe ich gehört.«

Ich versuchte, über den Vordereingang ins Haus zu kommen. Er war ebenfalls abgeschlossen. Ich schaute durchs Fenster im Erdgeschoss. Munson hatte es mit einem verblichenen geblümten Laken verhängt, aber an der Seite war ein Schlitz frei. Verkratzter Holzboden. Ein durchgesessenes Sofa, eine verschlissene gelbe Tagesdecke aus Chenille darüber geworfen. Auf einem klapprigen Metallwagen ein alter Fernseher. Und ein Couchtisch aus Buche, von dem sich, wie man noch aus dieser Entfernung erkennen konnte, das Furnier löste.

»Munson ist wohl knapp dran«, sagte Lula, die zusammen mit mir in das Zimmer sah. »Ich dachte immer, Mörder und Vergewaltiger lebten auf großem Fuß.«

»Er lebt in Scheidung«, sagte ich. »Seine Frau hat alles mitgenommen.«

»Siehst du. Lass dir das eine Lehre sein. Für den Fall der Fälle immer drauf achten, dass du als Erster mit dem LKW wegfährst.«

Joyces Wagen parkte noch immer vor dem Büro, als wir zurückkamen.

»Ich hätte gedacht, die ist längst weg«, sagte Lula. »Die hält bestimmt ihr Verdauungsschläfchen mit Vinnie.«

Unwillkürlich spannte sich meine Oberlippe über die Zähne. Vinnie soll mal in eine Ente verliebt gewesen sein, ging das Gerückt. Und Joyce sagte man nach, sie würde auf große Hunde stehen. Aber noch viel grässlicher war die Vorstellung, die beiden würden es miteinander treiben.

Zu meiner großen Erleichterung saß Joyce auf der Couch in unserem Vorzimmerbüro, als Lula und ich durch die Tür gerauscht kamen.

»Wusste ich's doch, dass ihr beiden Versager schnell wieder hier einlaufen würdet«, sagte Joyce. »Ihr habt ihn nicht gekriegt, was?«

»Steph hatte einen kleinen Unfall mit ihrem Hemd«, sagte Lula. »Deswegen haben wir uns entschieden, den Mann lieber nicht weiter zu verfolgen.«

Connie saß am Schreibtisch und lackierte sich die Fingernägel. »Joyce meint, ihr wüsstet, wo Ranger wohnt.«

»Natürlich wissen wir, wo er wohnt«, sagte Lula. »Wir verraten es Joyce aber nicht. Sie liebt doch die Herausforderung.«

»Wehe, ihr sagt es mir nicht«, drohte Joyce. »Sonst melde ich Vinnie, ihr würdet Informationen zurückhalten.«

»Wie schlimm«, sagte Lula. »Dann muss ich's mir ja glatt noch mal überlegen.«

»Ich weiß nicht, wo er wohnt«, sagte ich. »Keiner weiß, wo er wohnt. Aber ich habe mal gehört, wie er mit seiner Schwester in Staten Island telefoniert hat.«

»Wie heißt sie?«

»Marie.«

»Marie Manoso?«

»Keine Ahnung. Kann sein, sie ist verheiratet. Dürfte nicht schwer sein, die zu finden. Sie arbeitet in der Mantelfabrik in der Macko Street.«

»Ich bin schon unterwegs«, sagte Joyce. »Wenn dir noch etwas einfällt, ruf mich übers Autotelefon an. Connie hat die Nummer.«

Es herrschte Schweigen im Büro, bis wir Joyce mit ihrem Jeep abfahren sahen.

»Ich schwöre euch, es riecht sofort nach Schwefel, wenn die Alte zur Tür reinkommt«, sagte Connie. »Als säße der Teufel höchstpersönlich auf deiner Wohnzimmercouch.«

Lula beäugte mich von der Seite. »Hat Ranger wirklich eine Schwester in Staten Island?«

»Wie heißt es bei Toyota immer so schön: Nichts ist unmöglich.« In diesem Fall schon. Und jetzt, wo ich darüber nachdachte, fiel mir auch noch ein, dass die Mantelfabrik überhaupt nicht in der Macko Street war.

4

»Achtung«, sagte Lula mit einem Blick über meine Schulter. »Nicht umgucken. Deine Granny ist im Anmarsch.«

Meine Augenbrauen schossen wie von selbst in die Höhe. »Meine Granny?«

»Scheiße«, ließ sich Vinnie aus den Tiefen seines Arbeitszimmers vernehmen. Man vernahm ein Schlurfen, die Tür zu seinem Zimmer wurde zugeschlagen, und der Schlüssel drehte sich im Schloss.

Grandma spazierte herein und schaute sich um. »Das ist ja vielleicht ein Dreckloch hier! Na ja, von dem Plum-Zweig unserer Familien kann man wohl auch nicht mehr erwarten.«

»Wo ist Melvina?«, fragte ich.

»Sie ist nebenan in dem Lebensmittelgeschäft und kauft etwas Fleisch für heute Mittag. Da ich gerade in der Gegend bin, habe ich mir gedacht, könnte ich Vinnie mal nach einem Job fragen.«

Wir deuteten zu dritt mit dem Kopf zur verschlossenen Tür von Vinnies Arbeitszimmer.

»An was für einen Job hatten Sie denn gedacht?«, erkundigte sich Connie.

»Kopfgeldjäger«, sagte Grandma. »Ich will etwas verdienen. Ich habe eine Waffe und auch alles andere, was man so braucht.«

»He, Vinnie«, rief Connie. »Du hast Besuch.«

Die Tür öffnete sich, und Vinnie steckte den Kopf durch den Spalt. Er funkelte Connie böse an. Dann sah er hinüber zu Grandma. »Edna«, sagte er mit einem gezwungenen Lächeln, das gründlich danebenging.

»Vincent«, antwortete Grandma, ihr zuckersüßes Lächeln nicht minder gezwungen.

Vincent verlagerte das Gewicht von einem Fuß auf den anderen, um die Tür zu seinem Zimmer zu versperren, aber er wusste, es war vergebens. »Was kann ich für dich tun, Edna? Brauchst du eine Kaution für jemanden?«

»Nichts dergleichen«, sagte Grandma. »Ich habe mir nur überlegt, dass ich gerne einen Job hätte, und da bin ich auf die Idee gekommen, es mal als Kopfgeldjäger zu versuchen.«

»Das ist keine gute Idee«, hielt Vinnie dagegen. »Gar keine gute Idee.«

Grandma fauchte ihn an: »Du findest doch nicht, dass ich zu alt dafür bin, oder?«

»Nein! Ach wo! Nur, deine Tochter... die würde einen Anfall kriegen. Ich will nicht schlecht über Ellen reden, aber der würde die Idee ganz bestimmt nicht gefallen.«

»Ellen ist ein wunderbarer Mensch«, sagte Grandma, »aber sie hat nicht die Spur Phantasie. Genau wie ihr Vater. Gott hab ihn selig.« Sie kniff die Lippen zusammen. »Er war eine echte Nervensäge.«

»Nimmt kein Blatt vor den Mund, die Frau«, sagte Lula.

»Also, was ist?«, sagte Grandma zu Vinnie. »Kriege ich den Job?«

»Das geht nicht, Edna. Ich würde dir ja gerne helfen, aber als Kopfgeldjäger braucht man spezielle Fähigkeiten.«

»Ich besitze einige Fähigkeiten«, sagte Grandma. »Ich kann schießen und fluchen, und bin ziemlich neugierig. Außerdem habe ich gewisse Rechte. Zum Beispiel habe ich ein Recht auf Arbeit.« Sie musterte Vinnie scheel. »Ich kann hier keine alten Leute unter deinen Angestellten erkennen. Das sieht mir ganz nach einer Verletzung der Chancengleichheit aus. Bei dir werden alte Menschen diskriminiert. Ich glaube, ich muss mich mal an dem BMR wenden.«

»BMR ist der Bund der Menschen im Ruhestand«, klärte Vinnie sie auf. »Das R bedeutet Ruhestand. Die kümmern sich nicht um alte Menschen, die noch arbeiten.«

»Na gut«, sagte Grandma. »Wenn du mir keinen Job geben willst – ich kann auch anders. Ich trete in den Hungerstreik und bleibe so lange auf dem Sofa hier sitzen, bis du es dir anders überlegt hast.«

Lula pfiff durch die Zähne. »Wow. Eine harte Nuss.«

»Ich werd's mir überlegen«, sagte Vinnie. »Ich kann nichts versprechen, aber wenn was Passendes reinkommt...« Er schlüpfte zurück in sein Büro, machte die Tür zu und schloss sie wieder ab.

»Der Anfang ist gemacht«, sagte Grandma. »Jetzt muss ich los und gucken, wie weit Melvina mit ihren Einkäufen ist. Wir haben viel vor heute Nachmittag. Wir wollen uns einige Wohnungen angucken, und dann gehen wir zur Totenschau zu Stiva. Madeline Krutchman ist gerade aufgebahrt, sie soll richtig schön aussehen. Dolly hat ihr das Haar geschnitten, und sie meinte, sie hätte ihr eine leichte Tönung reingemacht, damit die Arme ein bisschen Farbe kriegt. Wenn es mir gefällt, sagt sie, könnte sie das bei mir auch machen.«

»Hau rein«, sagte Lula.

Sie und Grandma vollführten eins von diesen komplizierten Grußritualen mit den Händen, und Grandma zog ab.

»Was Neues von Ranger oder Homer Ramos?«, fragte ich Connie.

Connie drehte den Verschluss von einem Fläschchen Siegellack für ihre Nägel auf. »Ramos wurde aus allernächster Nähe umgelegt. Es gibt Leute, die sagen, das riecht nach einer Hinrichtung.«

Connie kommt aus einer Familie, die sich mit Hinrichtungen auskennt. Ihr Onkel ist Jimmie Testament. Seinen richtigen Familiennamen kenne ich nicht. Ich weiß nur wenn Jimmie nach einem sucht – dann kann man sein Testament machen. Ich bin mit Geschichten von Jimmie Testament aufgewachsen, so wie andere mit Peter Pan. Jimmie Testament ist in meinem Viertel bekannt wie ein bunter Hund.

»Und die Polizei? Hat die was in petto?«

»Die fahndet nach Ranger, auf Hochtouren.«

»Sucht sie ihn als Zeugen?«

»Als Zeugen, als Verdächtigen – du kannst es dir aussuchen.«

Connie und Lula sahen mich an.

»Und?«, fragte Lula.

»Was und?«

»Du weißt schon.«

»Ich bin mir nicht sicher, aber ich glaube nicht, dass er tot ist«, sagte ich. »Ist nur so ein Gefühl.«

»Ha!«, sagte Lula. »Wusst ich's doch! Warst du nackt, als du das Gefühl hattest?«

»Nein!«

»Schade!«, sagte Lula. »Ich wäre bestimmt nackt gewesen.«

»Ich muss jetzt gehen«, sagte ich. »Moonman die traurige Nachricht vom Ableben der Windmaschine überbringen.«

Das Gute an Moon ist, dass er fast immer zu Hause ist. Leider nur ist in seinem Kopf meistens Stroh.

»Oh, wow«, sagte er, als er mir die Tür öffnete. »Habe ich schon wieder den Gerichtstermin vergessen?«

»Dein Gerichtstermin ist in zwei Wochen.«

»Cool.«

»Ich bin wegen deiner Windmaschine hier. Sie ist ein bisschen ramponiert, und ein Rücklicht fehlt. Aber ich lasse es reparieren.«

»Ej, Mann, ej, das macht nichts. So was kann passieren.«

»Vielleicht sollte ich es lieber dem Besitzer persönlich mitteilen.«

»Dem Dealer?«

»Ja, dem Dealer. Wo ist er zu erreichen?«

»In dem letzten Reihenhaus. Das mit der Garage. Das muss man sich mal reinziehen: Der hat eine richtige Garage.« Da ich gerade den ganzen Winter über jeden Morgen das Eis von meiner Windschutzscheibe gekratzt hatte, konnte ich Moons Begeisterung für die Garage gut nachvollziehen. Ich fand auch, dass so eine Garage eine wundervolle Sache war.

Das letzte Reihenhaus war einige hundert Meter weiter, wir fuhren daher mit dem Wagen hin.

»Glaubst du, dass er zu Hause ist?«, fragte ich Moon, als wir ans Ende der Straße kamen.

»Der Dealer ist immer zu Hause. Muss immer präsent sein, wenn er dealen will.«

Ich drückte die Klingel, und Dougie Kruper machte auf. Mit Dougie war ich zusammen zur Schule gegangen, aber ich hatte ihn jahrelang nicht mehr gesehen. Es kursierte das Gerücht, er sei nach Arkansas gezogen und dort verstorben.

»Meine Güte, Dougie«, sagte ich. »Ich dachte, du wärst längst tot.«

»Ne, ne, das war nur ein Wunsch von mir. Mein Dad wurde

nach Arkansas versetzt, deswegen bin ich mitgegangen. Aber Arkansas ist nichts für mich. Nichts los da, keine Action. Und wenn man ans Meer will, fährt man eine Ewigkeit.«

»Bist du der Dealer?«

»Jawohl, Sir! Ich bin der Dealer. Ich bin dein Mann. Ich habe alles, was du brauchst. Kommen wir ins Geschäft?«

»Ich bringe schlechte Neuigkeiten, Dougie. Es ist mir ein kleines Missgeschick mit der Windmaschine passiert.«

»Die Windmaschine ist ein einziges Missgeschick. Damals hat es Spaß gemacht, sie zu bauen, aber heute kann ich sie keinem mehr zumuten. Ich wollte die Karre sowieso von der Brücke runter in den Fluss stoßen, wenn du sie mir zurückgebracht hättest. Es sei denn, du willst sie kaufen.«

»Sie erfüllt nicht gerade ihren Zweck. Sie prägt sich zu leicht ein. Ich brauche ein ganz unscheinbares Auto.«

»Ein unsichtbares Auto also. Kann sein, dass der Dealer so etwas hat«, sagte Dougie. »Komm nach hinten, schauen wir mal.«

Hinter dem Haus stand ein Auto neben dem anderen, auf der Zufahrtsstraße, auf dem Hof und eins in der Garage.

Dougie führte mich zu einem schwarzen Ford Escort. »Das hier ist garantiert unscheinbar.«

»Wie alt ist der Wagen?«

»Weiß ich nicht genau, aber ein paar Kilometerchen hat er schon drauf.«

»Steht das Baujahr nicht in den Fahrzeugpapieren?«

»Dieses Auto hat keine Fahrzeugpapiere.«

Hm.

»Wenn Sie einen Wagen mit Papieren brauchen, würde das den Preis nachteilig beeinflussen«, sagte Dougie.

»In Zahlen ausgedrückt?«

»Da würden wir uns schon einig werden. Ich bin schließlich Dealer.«

Dougie Kruper war unser Klassenclown gewesen. Er ging nicht mit Mädchen aus, er trieb keinen Sport, und er hatte keine Tischmanieren. Seine größte schulische Leistung bestand darin, dass er gelernt hatte, wie man sich Wackelpudding mit einem Strohhalm in die Nase zieht.

Moon schlenderte zwischen den Autos umher und legte ihnen die Hand auf, um ihr Karma zu prüfen. »Das hier ist das Richtige«, sagte er und zeigte auf einen kleinen hellbraunen Jeep. »Dieses Auto hat schützende Eigenschaften.«

»Meinst du so wie ein Schutzengel?«

»Ich denke dabei eher an Sicherheitsgurte.«

»Hat das Auto Fahrzeugpapiere?«, fragte ich Dougie. »Fährt es überhaupt?«

»Da bin ich mir absolut sicher«, sagte Dougie.

Eine halbe Stunde später hatte ich zwei neue Jeans und eine neue Uhr aber kein neues Auto. Dougie wollte mir auch noch einen Mikrowellenherd andrehen, aber ich besitze schon einen.

Es war früher Nachmittag, und das Wetter war einigermaßen erträglich, deswegen ging ich zu Fuß zu meinen Eltern und lieh mir den 53er Buick von Onkel Sandor aus. Der kostete mich nichts, lief wie geschmiert und hatte ordentliche Fahrzeugpapiere. Ich redete mir ein, es wäre ein ziemlich cooler Schlitten. Ein Oldtimer. Onkel Sandor hatte ihn seinerzeit neu gekauft, und er befand sich noch immer in einem erstklassigen Zustand – was von Onkel Sandor nicht behauptet werden konnte, der lag tief unter der Erde. Der Wagen war taubenblau und weiß, mit chromblitzenden Scheinwerfer-Bullaugen und einem schweren Acht-Zylinder-Motor. Bis Grandma ihren Führerschein gemacht hatte und den Buick brauchte, hatte die Versicherung hoffentlich mein Geld überwiesen. Hoffentlich eher, denn ich konnte das Auto nicht ausstehen.

Als ich mich schließlich auf den Heimweg begab, stand die

Sonne bereits tief. Der Parkplatz vor meinem Haus war fast voll, und der große schwarze Lincoln stand neben einem der wenigen leeren Buchten. Ich steuerte den Buick auf den freien Platz, und das Beifahrerfenster des Lincoln glitt nach unten.

»Was haben wir denn da?«, sagte Mitchell. »Schon wieder ein anders Auto? Sie wollen uns doch nicht absichtlich durcheinander bringen, oder?«

Wenn es doch nur so einfach wäre. »Es gab da ein paar Probleme mit dem Auto.«

»Sie kriegen noch ganz andere Probleme, die fatal sein könnten, wenn Sie nicht bald diesen Ranger finden.«

Mitchell und Habib waren vermutlich schwere Jungs, aber ich musste mich anstrengen, um richtig Angst vor ihnen zu haben. Die beiden konnten Morris Munson, diesem Gestörten, einfach nicht das Wasser reichen.

»Was haben Sie denn mit Ihrem Hemd gemacht?«, fragte Mitchell.

»Jemand hat versucht, es in Brand zu stecken.«

Er schüttelte den Kopf. »Die Leute sind verrückt. Heutzutage muss man selbst hinten im Kopf Augen haben.«

Und das aus dem Mund eines Typen, der mich gerade mit dem Tod bedroht hat.

Ich betrat die Eingangshalle und hielt Ausschau nach Ranger. Die Aufzugtüren öffneten sich, und ich warf einen Blick in die Kabine. Leer. Ich wusste nicht, ob ich erleichtert oder enttäuscht sein sollte. Die Halle war ebenfalls leer. Meine Wohnung versagte mir dieses Glück. Kaum hatte ich die Tür aufgeschlossen, kam Grandma aus der Küche angesegelt.

»Gerade rechtzeitig«, sagte sie. »Die Schweinekoteletts können auf den Tisch. Dazu gibt es Makkaroni mit Käse. Gemüse habe ich keins gekocht, weil ich mir gedacht habe, deine Mutter ist ja nicht da, und deswegen können wir essen, was uns schmeckt.«

Der Tisch in der Essecke war ordentlich gedeckt, mit richtigen Tellern, Messern und Gabeln und dreieckig gefalteten Papierservietten.

»Wie schön«, sagte ich. »Das ist lieb, dass du uns Abendessen gekocht hast.«

»Ich hätte den Tisch noch schöner dekorieren können, aber leider hast du nur einen Topf. Was ist mit dem Revere-Geschirr, das du zur Hochzeit geschenkt bekommen hast?«

»Das habe ich weggeworfen, als ich Dickie damals mit Joyce auf dem Küchentisch... du weißt schon.«

Grandma stellte die Makkaroni und den Käse auf den Tisch. »Das kann ich gut verstehen.« Sie setzte sich hin und nahm sich ein Kotelett. »Ich muss noch mal weg. Melvina und ich sind heute Nachmittag nicht mehr dazu gekommen, uns die Aufbahrung anzusehen, deswegen wollen wir heute Abend hin. Du kannst gerne mitkommen, wenn du willst.«

Lieber steche ich mir die Augen mit einer Gabel aus, als mir freiwillig Tote anzugucken. »Vielen Dank, aber ich muss heute Abend arbeiten. Ich übernehme eine Beschattung für einen Freund.«

»Schade«, sagte Grandma. »Ist bestimmt eine schöne Leiche.«

Nachdem Grandma gegangen war, guckte ich mir erst *Die Simpsons* an, dann eine Folge von *Die Schlümpfe* und zum Schluss eine halbe Stunde Sport auf ESPN, alles nur, um mich von Ranger abzulenken. Im hintersten Winkel meines Verstandes hegte ich Zweifel an seiner Unschuld im Mordfall Ramos. Der Rest war ausgefüllt mit der Befürchtung, Ranger könnte erschossen werden, bevor der wahre Mörder gefunden war. Damit nicht genug, hatte ich mich auch noch bereit erklärt, jemanden für ihn zu beschatten. Ranger war Vinnies bestes Pferd im Stall, aber Ranger war auch an diversen anderen Unternehmungen beteiligt, von denen zumindest einige legaler Natur waren. Ich hatte in der Vergangenheit manchmal für ihn gearbeitet, mit unterschiedlichem Erfolg. Am Ende hatte ich meinen Namen von seiner Personalliste streichen lassen, weil ich zu dem Schluss gekommen war, dass niemandem damit gedient war, wenn ich mich mit Ranger zusammentat. Jetzt war anscheinend der Zeitpunkt gekommen, mal eine Ausnahme zu machen – obwohl ich nicht genau wusste, warum er ausgerechnet mich um Hilfe gebeten hatte. Ich war nicht gerade die Kompetenteste. Dafür hatte ich Loyalität bewiesen, und gelegentlich hatte ich sogar Glück, und obendrein war ich vermutlich erschwinglich.

Als die Dunkelheit anbrach, zog ich mich um. Schwarze Spandex-Jogging-Shorts, schwarzes T-Shirt, Joggingschuhe, und zur Vervollständigung des Outfits ein schwarzes Kapuzen-Sweatshirt und ein handliches Reizgasspray. Sollte ich bei meiner Schnüffelei erwischt werden, konnte ich behaupten, ich würde gerade joggen. Jeder Spanner benutzte diese lahme Ausrede, aber sie funktionierte jedes Mal.

Ich gab Rex ein Stück Käse und erklärte ihm, ich sei in ein paar Stunden wieder da. Danach ging ich runter zum Auto. Ich suchte einen Honda Civic, aber dann fiel mir ein, dass der ja abgefackelt war. Danach hielt ich Ausschau nach der Windmaschine, aber das war auch umsonst. Mit einem entmutigenden Seufzer entschied ich mich schließlich für den Buick.

Die Fenwood Street ist abends ganz gemütlich. Die Fenster waren erleuchtet, und die Torwege, die zu den einzelnen Häusern führten, waren von Gehweglampen gesäumt. Auf der Straße war nichts los.

Hannibal Ramos hatte die Vorhänge immer noch zugezogen, aber dahinter schimmerte Licht. Ich fuhr einmal um den Häuserblock und stellte den Buick gleich hinter dem Radweg ab, den ich heute Morgen entlanggegangen war.

Ich machte ein paar Dehnübungen und joggte auf der Stelle,

für den Fall, dass mich jemand beobachtete und für eine verdächtige Person hielt. Dann trabte ich los und erreichte schon bald den Weg in der öffentlichen Grünanlage hinter den Häusern. Bis hierher sickerte, bedingt durch die Bäume, nur wenig Umgebungslicht. Es dauerte einen Moment, bis sich meine Augen daran gewöhnt hatten. In jede einzelne Schutzmauer war ein Tor eingebaut. Ich ging vorsichtig weiter und zählte die Tore ab, bis ich mich auf der Rückseite von Hannibals Haus befand. Aus den Fenstern im ersten Stock kam kein Licht, aber über die Schutzmauer hinweg ergoss sich Licht, das aus den hinteren Erdgeschoss-Fenstern stammen musste.

Ich rüttelte an dem Tor in der Mauer. Es war abgeschlossen. Die Backsteinmauer war über zwei Meter hoch, und die Steine waren glatt. Unmöglich daran hochzuklettern. Es gab keinen Halt für Hände und Füße. Ich sah mich nach etwas um, auf das ich mich stellen konnte. Nichts. Dann entdeckte ich eine Fichte, die neben der Mauer wuchs. Schön groß, mit vielen Ästen dicht am Boden. Wenn es mir gelingen würde, auf den Baum zu klettern, dann würden mir die Äste Sichtschutz gewähren, und ich konnte Hannibal beobachten. Ich packte einen der unteren Äste und schwang mich hoch. Ich kletterte noch ein Stück höher und wurde mit einem Blick in Hannibals Garten entlohnt. Die Mauer war mit brachliegenden Blumenbeeten gesäumt. Eine mit unregelmäßigen Steinplatten ausgelegte Terrasse reichte bis zum Sockel des Hauses, der Rest des Gartens bestand aus Rasenflächen.

Wie ich vermutet hatte, waren die Vorhänge hier auf der Rückseite des Hauses nicht zugezogen. Ein Doppelfenster gab den Blick in die Küche frei. Eine Terrassentür führte zu einem Esszimmer, dahinter erkannte man eine Ecke von einem anderen Zimmer, wahrscheinlich das Wohnzimmer, schwer zu sagen. Es ging niemand in den Räumen umher.

Ich stieg noch höher, bis ich oberhalb der Mauer war. Ich

blieb eine Zeit lang sitzen und beobachtete die Wohnung, aber nichts geschah. Es war nichts los in Hannibals Haus. Auch in den Nachbarhäusern nicht. Wie langweilig. Kein Mensch kam den Radweg entlang, keiner führte seinen Hund aus. Keine Jogger. Dafür war es zu dunkel. Das ist der Grund, warum ich Beschattungen so liebe: Nie passiert irgendwas. Dann geht man mal kurz aufs Klo, und schon verpasst man einen Doppelmord.

Nach einer Stunde waren meine Pobacken eingeschlafen und es kribbelte in meinen Beinen, weil ich so verkrampft dasaß. Mach Schluss, dachte ich. Ich wusste sowieso nicht, wonach ich eigentlich Ausschau halten sollte.

Ich stand auf, drehte mich, um herunterzuklettern, verlor dabei das Gleichgewicht und plumpste zu Boden. Rumms! Auf den Rücken. In Hannibals Garten.

Die Terrassenbeleuchtung ging an, und Hannibal sah zu mir herüber. »Das gibt's ja wohl nicht!«, sagte er.

Ich schüttelte die Hände und bewegte meine Beine. Es war alles noch dran.

Hannibal stand über mir, die Fäuste in die Hüften gestemmt und erwartete offenbar eine Erklärung.

»Ich bin vom Baum gefallen«, sagte ich. Schwer zu übersehen. Überall um mich herum lagen Tannennadeln und Zweige.

Hannibal rührte sich nicht.

Ich kam nur mühsam auf die Beine. »Ich wollte meine Katze herunterlocken. Sie sitzt seit heute Nachmittag da oben.«

Er schaute hoch zu dem Baum. »Ist Ihre Katze noch da?« Klang so, als würde er kein Wort glauben.

»Ich glaube, sie ist runtergesprungen, als ich fiel.«

Hannibal Ramos hatte die Sonnenbräune Kaliforniens und war schwabbelig wie ein Stubenhocker. Ich kannte ihn von Fotos, deshalb überraschte mich der Anblick nicht weiter. Was mich allerdings erstaunte, war die Erschöpfung, die aus seinem Gesicht sprach. Allerdings musste man bedenken, dass er gerade erst einen Bruder verloren hatte, so etwas fordert seinen Tribut. Das brünette Haar war dünn, der Ansatz hoch. Die Augen hinter der Schildpattbrille blickten abschätzend. Er trug eine graue Anzughose, die lange kein Bügeleisen mehr gesehen hatte, und ein weißes Hemd, ebenfalls zerknittert, den Kragenknopf geöffnet. Ganz mittelständischer Unternehmer nach einem anstrengenden Arbeitstag im Büro. Ich schätzte ihn auf Anfang vierzig, noch zwei Jahre bis zum vierfachen Bypass.

»Dann ist sie wohl weggerannt«, sagte Ramos.

»Hoffentlich nicht. Ich hab's satt, ewig hinter ihr herzurennen.« Ich bin eine Meisterin im Lügen. Manchmal staune ich sogar über mich selbst.

Hannibal machte das Tor in der Mauer auf und warf einen flüchtigen Blick auf den Radweg. »Schlechte Nachricht: Ich kann keine Katze sehen.«

Ich schaute über Hannibals Schulter. »Mieze, Mieze, komm«, rief ich. Mittlerweile kam ich mir selbst ziemlich blöd vor, aber ich konnte in dieser Situation nur in die Offensive gehen.

»Wissen Sie was?«, sagte Hannibal. »Ich glaube, Sie haben die Katze nur erfunden. Sie sind auf den Baum geklettert, um mich zu beobachten.«

Ich starrte ihn mit ungläubigen Staunen an. Wie kommen Sie denn darauf? »Hören Sie«, sagte ich und flitzte an ihm vorbei durch das Tor. »Ich muss gehen. Ich muss unbedingt meine Katze wieder finden.«

»Welche Farbe hat Ihre Katze?«

»Schwarz.«

»Dann viel Glück.«

Ich suchte unter einigen Sträuchern am Rand des Radwegs. »Mieze, Mieze, komm!«

»Geben Sie mir doch Ihren Namen und Ihre Telefonnummer, dann kann ich Ihnen Bescheid geben, wenn ich Ihre Katze gefunden habe«, sagte Hannibal.

Unsere Blicke verschmolzen für einige Sekunden miteinander, und mein Herz geriet ins Trudeln.

»Nein«, antwortete ich. »Lieber nicht.« Mit diesen Worten ließ ich ihn allein und ging.

Ich verließ den Radweg und lief einmal um den Häuserblock herum zu meinem Wagen. Dann überquerte ich die Straße und blieb für einige Minuten im Schatten stehen und sah hinüber zu Hannibals Haus. Der Mann faszinierte mich. Wäre ich ihm auf der Straße begegnet, ich hätte ihn für einen Versicherungsmakler gehalten. Höchstens einen leitenden Angestellten in einem amerikanischen Unternehmen. Dass er der Kronprinz des illegalen Waffenhandels war, hätte ich nie für möglich gehalten.

In einem der oberen Fenster leuchtete eine Lampe auf. Der Kronprinz zog sich wahrscheinlich etwas Bequemeres an. Es war noch zu früh fürs Bett, und unten brannte auch noch Licht. Ich wollte mich gerade abwenden, als ein Auto die Straße entlangkam und in Hannibals Einfahrt bog.

Am Steuer war eine Frau, ihr Gesicht war nicht zu erkennen. Die Beifahrertür öffnete sich, und lange bestrumpfte Beine kamen zum Vorschein, gefolgt von einem Killerbody in einem dunklen Kostüm. Kurzes blondes Haar. Aktentasche unterm Arm.

Ich schrieb mir die Autonummer in ein Notizbuch, das ich immer in meiner Umhängetasche dabeihabe, holte mein Miniglas aus dem Handschuhfach und schlich zurück zu Hannibals Haus. Alles war ruhig. Wie gehabt. Hannibal wiegte sich wahrscheinlich in der Sicherheit, dass er mich verscheucht hatte. Welcher Idiot wäre aber auch so blöd, ihm zweimal in einer Nacht nachzustellen.

Ich. Ich war der Idiot.

Ich kletterte so leise wie möglich den Baum hoch. Diesmal fiel es mir leichter, ich wusste ja, wie es ging. Ich fand meinen alten Hochsitz und holte mein Minifernglas hervor. Leider gab es nicht viel zu sehen. Hannibal und seine Besucherin hielten sich in dem vorderen Zimmer auf. Ich konnte nur einen Streifen von Hannibals Rücken erkennen, und die Frau war überhaupt nicht zu sehen. Nach wenigen Minuten hörte man Hannibals Haustür ins Schloss fallen, ein Motor sprang an, und die Frau fuhr davon.

Hannibal ging in die Küche, holte ein Messer aus einer Schublade und schlitzte damit einen Umschlag auf. Er zog den Brief hervor und las ihn sich durch. Keine Reaktion. Er steckte den Brief sorgfältig zurück in den Umschlag und legte diesen auf die Küchenablage.

Er blickte aus dem Küchenfenster, scheinbar in Gedanken versunken, ging zur Terrassentür, schob sie beiseite und sah hinüber zu dem Baum. Ich erstarrte vor Schreck, wagte nicht zu atmen. Er kann mich gar nicht sehen, dachte ich. Dazu ist es in dem Baum zu dunkel. Wenn du dich nicht bewegst, wird er zurück ins Haus gehen. Daneben getippt. Eine Hand schnellte seitlich empor, eine Taschenlampe flammte auf, und Ramos hatte mich erwischt.

»Mieze, Mieze komm«, sagte ich und schirmte mit der Hand meine Augen gegen das Licht ab.

Hannibal hob einen Arm, in seiner Hand lag eine Pistole.

»Kommen Sie da runter«, sagte er, auf mich zugehend. »Langsam.«

Du hast sie wohl nicht alle! Ich flog geradezu von dem Baum runter, knickte unterwegs Äste ab und landete, schon im Laufschritt, auf der Erde.

Ffft. Das untrügliche Geräusch einer Kugel, die durch einen Schalldämpfer abgeschossen wird.

Eigentlich halte ich mich nicht für eine Sportskanone, aber ich rannte mit Lichtgeschwindigkeit die Straße entlang. Ich lief schnurstracks zu meinem Wagen, sprang hinein und brauste davon.

Ich schaute mehrmals in den Rückspiegel, um mich zu vergewissern, dass mir niemand folgte. Schon in der Nähe meiner Wohnung angelangt, fuhr ich erst noch in die Makefield, bog an der Kreuzung ab, schaltete das Licht aus und wartete. Kein Auto in Sicht. Ich schaltete das Licht wieder ein, und mir fiel auf, dass meine Hände aufgehört hatten zu zittern. Ein gutes Zeichen, entschied ich, und fuhr endgültig nach Hause.

Auf dem Parkplatz streifte mein Scheinwerferlicht einen Mann. Es war Morelli. Er lehnte lässig gegen seinen 4X4, Arme vor der Brust verschränkt, Beine übereinander geschlagen. Ich schloss den Buick ab und ging zu ihm. Seine Miene gelangweilter Selbstzufriedenheit ging über in unverhohlene Neugier.

»Bist du jetzt wieder auf den Buick umgestiegen?«, fragte er.

»Vorübergehend.«

Er musterte mich von Kopf bis Fuß und zupfte eine Tannennadel aus meinem Haar. »Ich will lieber gar nicht weiterfragen.«

»Das kommt von einer Beschattung.«

»Du bist ganz klebrig überall.«

»Das ist Harz. Ich bin auf einen Tannenbaum geklettert.«

Er grinste. »Ich habe gehört, die Knopffabrik sucht wieder Leute.«

»Was weißt du über Hannibal Ramos?«

»Jetzt sag bloß nicht, dass du Ramos beschattest. Der Mann ist gemeingefährlich.«

»Dabei sieht er gar nicht so gefährlich aus. Eigentlich sieht er ganz normal aus.« Bis er die Pistole auf mich gerichtet hatte.

»Unterschätz ihn nicht. Er leitet das Ramos-Imperium.«

»Ich dachte, sein Vater wäre der Boss.«

»Alexander hat immer noch die Macht, aber Hannibal erledigt die Tagesgeschäfte. Es geht das Gerücht, der alte Herr sei krank. Er war immer schon anfällig, aber ich habe aus sicherer Quelle erfahren, dass Alexander immer unberechenbarer sein soll. Die Familie hat einen Babysitter engagiert, damit er nicht eines Tages einfach auf Nimmer-Wiedersehen verschwindet.«

»Alzheimer?«

Morellis zuckte mit den Schultern. »Ich weiß nicht.«

Ich sah an mir herab, mein Knie war aufgeschürft und blutete.

»Wenn man für Ranger arbeitet, kann man schnell zum Komplizen in einer ziemlich hässlichen Sache werden.«

»Wer? Ich?«

»Hast du ihm ausgerichtet, dass er Kontakt mit mir aufnehmen soll?«

»Dazu hatte ich gar keine Gelegenheit. Aber wenn du Nachrichten auf seinem Pager hinterlässt, dann kriegt er sie auch. Er will bloß nicht antworten.«

Morelli zog mich an sich. »Du riechst wie ein ganzer Tannenwald.«

»Das kommt von dem Harz.«

Er legte seine Hände um meine Taille und küsste mich aufs Schlüsselbein. »Sehr sexy.«

Morelli fand alles sexy.

»Willst du nicht zu mir nach Hause kommen«, sagte er. »Ich küsse dir dein kaputtes Knie gesund.«

Verlockend. »Und Grandma?«

»Das merkt die gar nicht. Die liegt wahrscheinlich längst im Tiefschlaf.«

Ein Fenster im ersten Stock wurde geöffnet. Meine Wohnung. Grandma steckte den Kopf durch. »Bist du das, Stephanie? Wer ist bei dir? Sind Sie das, Joe Morelli?«

Joe winkte ihr zu. »Hallo, Mrs. Mazur.«

»Wozu steht ihr beide unten rum?«, wollte Grandma wissen. »Kommt doch rein und probiert von dem Nachtisch. Wir sind auf dem Weg von der Aufbahrung nach Hause noch im Supermarkt vorbeigegangen und haben Käsesahnetorte gekauft.«

»Danke«, sagte Joe, »aber ich muss nach Hause. Ich habe morgen Frühschicht.«

»Welch Wunder«, sagte ich. »Du lässt dir eine Käsesahnetorte entgehen?«

»Ich habe keinen Hunger auf Torte.«

Mein Lendenmuskel zog sich zusammen.

»Ich schneide mir schon mal ein Stück ab«, sagte Grandma. »Ich verhungere sonst. Von Aufbahrungen kriege ich immer einen Mordshunger.« Das Fenster wurde wieder geschlossen, und Grandma verschwand.

»Dann kommst du also nicht mit zu mir nach Hause?«, sagte Morelli.

»Hast du Kuchen zu Hause?«

»Ich habe was viel Besseres.«

Das stimmte. Ich wusste es aus eigener Erfahrung.

Das Fenster wurde erneut geöffnet, und Grandma beugte sich nach draußen. »Telefon, Stephanie! Soll ich ihm sagen, er soll später noch mal anrufen?«

Morelli sah mich neugierig an. »Ihm?«

Ranger, schoss es uns beiden durch den Sinn.

»Wer ist dran?«, fragte ich.

»Ein gewisser Brian.«

»Das kann nur Brian Simon sein«, sagte ich zu Morelli. »Ich musste ihn auf Knien anflehen, damit er Carol Zabo laufen lässt.«

»Ruft er jetzt wegen Carol Zabo an?«

»Will ich schwer hoffen.« Entweder war das der Grund, oder er wollte den versprochenen Gefallen einklagen. »Ich komme sofort«, rief ich Grandma zu. »Lass dir seine Nummer geben und sag ihm, ich rufe gleich zurück.«

»Du brichst mir das Herz«, sagte Morelli.

»Grandma bleibt nur ein paar Tage bei mir, danach habe ich wieder sturmfreie Bude.«

»Bis dahin kaue ich vor lauter Ungeduld an meinen Nägeln.«

»Schlimm.«

»Du kannst mir ruhig glauben«, sagte Morelli. Er küsste mich, und ich glaubte ihm. Er hatte eine Hand unter mein Shirt geschoben, und seine Zunge steckte tief in meinem Mund... da hörte ich jemanden pfeifen.

Mrs. Fine und Mr. Morgenstern hingen in ihren Fenstern und pfiffen, das Hin- und Hergerufe zwischen Grandma und mir hatte sie neugierig gemacht. Die beiden fingen an zu klatschen und zu johlen.

Jetzt ging bei Mrs. Benson ein Fenster auf. »Was ist denn da los?«, wollte sie wissen.

»Sex auf dem Parkplatz«, sagte Mr. Morgenstern.

Morelli sah mich abschätzend an. »Soweit kommt's noch.«

Ich drehte mich um und lief ins Haus, die Treppe hoch. Ich schnitt mir ein Stück Kuchen ab, dann rief ich Simon an.

»Was gibt's?«, sagte ich.

»Du musst mir einen Gefallen tun.«

»Ich mache keinen Telefonsex«, sagte ich.

»Ich will keinen Telefonsex. Wie kommst du bloß darauf?«

»Weiß ich auch nicht. Ist mir so rausgerutscht.«

»Es ist wegen meinem Hund. Ich muss für ein paar Tage verreisen, und ich habe niemanden, der sich um meinen Hund kümmert. Und da du mir ja noch einen Gefallen schuldest...«

»Ich wohne in einer Mietswohnung, Simon! Ich darf keine Hunde halten.«

»Es ist nur für ein paar Tage. Es ist auch ein ganz lieber Hund.«

»Bring ihn doch in einer Hundepension unter.«

»Er kann Hundepensionen nicht ausstehen. Er frisst da nicht. Kriegt nur die totale Depression.«

»Was ist es denn für ein Hund?«

»Ein ganz niedlicher.«

Scheiße. »Und es ist wirklich nur für ein paar Tage?«

»Ich bringe ihn morgen früh gleich als Erstes vorbei und hole ihn Sonntag wieder ab.«

»Ich weiß nicht. Es kommt mir nicht gelegen. Meine Oma wohnt gerade bei mir.«

»Er liebt alte Damen. Ich schwöre dir, deine Grandma verguckt sich in den.«

Ich sah hinüber zu Rex. Ich hätte es auch nicht gern, wenn er die totale Depression kriegen und nichts mehr fressen würde.

Insofern konnte ich ganz gut nachvollziehen, wie es Simon mit seinem Hund ging. »Okay«, sagte ich. »Wie viel Uhr morgen?«

»So gegen acht?«

Ich machte die Augen auf und fragte mich, wie spät es wohl war. Ich lag auf der Couch, draußen war pechschwarze Nacht, und es roch nach Kaffee in meiner Wohnung. Ein Moment völliger Orientierungslosigkeit, dann Panik. Mein Blick heftete sich an den Sessel mir gegenüber, ich spürte, dass dort jemand saß. Ein Mann. Schwer zu erkennen bei der Dunkelheit. Meine Atmung setzte aus.

»Wie ist es heute Abend gelaufen?«, sagte er. »Irgendwas Neues erfahren?«

Ranger. Es war zwecklos ihn zu fragen, wie er bei geschlossenen Fenstern und Türen in die Wohnung gekommen war. Ranger hatte seine Tricks. »Wie spät ist es?«

»Drei.«

»Geht es nicht in deinen Schädel rein, dass manche Leute um diese Zeit ihren wohl verdienten Schlaf halten wollen?«

»Hier riechts wie in einem Tannenwald«, sagte Ranger.

»Ich bin auf die Tanne hinter Hannibals Haus geklettert, und jetzt kriege ich den Harz nicht wieder ab. Er klebt mir überall im Haar.«

Ich sah, trotz Dunkelheit, dass Ranger schmunzelte. Ich hörte ihn sogar leise lachen.

Ich setzte mich auf. »Hannibal hat eine Bekannte. Sie fuhr um zehn Uhr in einem schwarzen BMW vor. Sie blieb etwa zehn Minuten im Haus, überreichte ihm einen Brief und ging wieder.«

»Wie sah sie aus?«

»Kurzes blondes Haar. Schlank. Gut gekleidet.«

»Hast du ihre Autonummer?«

»Ja. Ich habe sie aufgeschrieben. Bin noch nicht dazu gekommen, sie überprüfen zu lassen.«

Er trank einen Schluck Kaffee. »Sonst noch was?«

»Er hat mich irgendwie gesehen.«

»Irgendwie?«

»Ich bin vom Baum gefallen, in seinen Garten.«

Das Lachen verschwand. »Und?«

»Ich habe ihm gesagt, ich würde meine Katze suchen, aber das hat er mir nicht abgekauft.«

»Wenn er dich besser kennen würde…«, sagte Ranger.

»Als er mich das zweite Mal in seinem Baum erwischte, hat er eine Pistole gezogen. Ich bin runtergesprungen und weggelaufen.«

»Kluges Kind.«

»He«, sagte ich und klopfte mit der Hand an meinen Schädel. »Hab schließlich kein Stroh hier oben.«

Ranger lachte wieder.

5

»Ich dachte, du trinkst keinen Kaffee«, sagte ich zu Ranger. »Von wegen, dein Leib ist dir heilig und so.«

Er trank wieder einen Schluck Kaffee. »Alles Tarnung. Geht einher mit der neuen Frisur.«

»Willst du dir die Haare anschließend wieder wachsen lassen?«

»Wahrscheinlich.«

»Und das Kaffeetrinken hört dann auch wieder auf.«

»Du stellst viele Fragen«, sagte Ranger.

»Ich versuche nur ein paar Dinge auf die Reihe zu kriegen.«

Er lümmelte in dem Sessel, ein Bein weit von sich gestreckt, die Arme auf den Lehnen, die Augen auf mich gerichtet. Er stellte den Kaffeebecher auf den Tisch, erhob sich und blieb vor der Couch stehen. Er bückte sich und küsste mich sanft auf die Lippen. »Es gibt Dinge, die bleiben besser ein Geheimnis«, sagte er. Mit diesen Worten begab er sich zur Tür.

»He, Moment noch«, rief ich hinter ihm her. »Soll ich Hannibal weiter beschatten?«

»Kannst du ihn beschatten, ohne dabei erschossen zu werden?«

Ich schickte ihm durch die Dunkelheit einen genervten Blick zu.

»Ich sehe alles«, sagte er.

»Morelli will dich sprechen.«

»Ich rufe ihn vielleicht morgen an.«

Die Wohnungstür wurde geöffnet und fiel mit einem Klicken ins Schloss. Ranger war verschwunden. Ich schlurfte zur Tür und schaute durch den Spion. Kein Ranger mehr zu sehen. Nichts. Ich legte die Sicherheitskette vor und ging zurück zur Couch, schüttelte das Kopfkissen auf und kroch unter die Decke.

Ich dachte an den Kuss. Wie sollte ich den verstehen? Freundschaftlich, redete ich mir ein. Es war ein freundschaftlicher Kuss. Kein Zungenkuss. Keine fummelnden Hände. Keine vor unbeherrschbarer Leidenschaft klappernden Zähne. Alles in allem also ein freundschaftlicher Kuss. Nur, es hatte sich nicht freundschaftlich angefühlt. Es hatte sich anders angefühlt – sexy.

Mist!

»Was willst du zum Frühstück?«, erkundigte sich Grandma. »Wie wär's mit leckerer warmer Hafergrütze?«

Mir selbst überlassen, hätte ich mich für den Kuchen entschieden. »Ja«, sagte ich. »Hafergrütze ist mir recht.«

Ich schenkte mir eine Tasse Kaffee ein, da klopfte es an der Tür. Ich machte auf, und ein riesiges rotblondes Etwas huschte in die Wohnung.

»Ich glaub, ich spinne!«, sagte ich. »Was ist das denn?«

»Ein Golden Retriever«, sagte Simon. »Zum größten Teil jedenfalls.«

»Ist der nicht ein bisschen groß für einen Golden Retriever?«

Simon schleppte eine Zwanzig-Kilo-Packung Hundefutter in den Flur. »Ich habe ihn im Tierheim gekauft, und die meinten, das sei ein Golden Retriever.«

»Du hast gesagt, du hättest einen kleinen Hund.«

»Das war gelogen. Kannst mich jetzt totschlagen deswegen.«

Der Hund lief in die Küche, steckte seinen Kopf zwischen Grandmas Beine und schnüffelte.

»Hast du Töne!«, sagte Grandma. »Mein neues Parfüm scheint zu wirken. Ich muss es unbedingt beim nächsten Seniorentreff ausprobieren.«

Simon zerrte den Hund fort und überreichte mir eine braune Einkaufstüte. »Hier ist sein Zeug drin. Zwei Futternäpfe, etwas Hundekuchen, ein Knochen zum Kauen, eine Haarbürste und sein Kotschäufelchen.«

»Was für ein Kotschäufelchen? He, warte doch…«

»Ich muss mich beeilen«, sagte Simon. »Ich darf meinen Flieger nicht verpassen.«

»Wie heißt er überhaupt?«, rief ich ins Treppenhaus.

»Bob.«

»Wie niedlich«, sagte Grandma. »Ein Hund, der Bob heißt.«

Ich füllte Bobs Napf mit Wasser und stellte ihn in der Küche auf den Boden. »Er bleibt nur ein paar Tage«, sagte ich. »Simon holt ihn Sonntag wieder ab.«

Grandma beäugte kritisch die Packung mit dem Hundefutter. »Ziemlich viel Futter für zwei Tage.«

»Vielleicht frisst er viel.«

»Wenn er das alles in zwei Tagen frisst, kannst du dein Kotschäufelchen vergessen«, sagte Grandma. »Dann brauchst du eine Schneeschippe.«

Ich klinkte Bobs Leine aus und hängte sie an die Garderobe. »Na, Bob«, sagte ich, »so schlimm wird's wohl nicht werden. Ich wollte schon immer einen Golden Retriever haben.«

Bob wedelte mit dem Schwanz und sah erst zu Grandma, dann zu mir.

Grandma teilte an uns drei die Hafergrütze aus. Sie und ich trugen unsere Schüsselchen zur Essecke, nur Bob fraß seine Grütze in der Küche. Als Grandma und ich fertig waren und wieder in die Küche kamen, war Bobs Napf leer, und der Pappkarton mit dem Kuchen war auch leer.

»Ein Schleckermäulchen, der kleine Bob, was?«, sagte Grandma.

Ich drohte ihm mit dem Zeigefinger. »Das war gemein. Außerdem wird man von Kuchen dick.«

Bob wedelte mit dem Schwanz.

»Vielleicht ist er doch nicht so klug wie ich dachte«, meinte Grandma.

Zum Kuchenfressen reichte seine Intelligenz allemal.

Grandma hatte für neun Uhr eine Fahrstunde angemeldet. »Wahrscheinlich bin ich den ganzen Tag unterwegs«, kündigte sie an. »Mach dir also keine Sorgen, falls ich nachher nicht da sein sollte. Nach der Fahrstunde gehe ich mit Louise Greeber ins Einkaufszentrum, danach schauen wir uns noch ein paar Wohnungen an. Wenn du willst, kann ich heute Nachmittag ein bisschen Rinderhack kaufen. Ich hätte Lust auf falschen Hasen zum Abendessen.«

Ein riesiges Schuldgefühl baute sich in mir auf. Grandma kochte jeden Tag was Warmes für uns beide. »Diesmal bin ich dran«, widersprach ich. »Den falschen Hasen heute Abend mache ich.«

»Ich wusste gar nicht, dass du falschen Hasen kochen kannst.«

»Wieso?«, sagte ich. »Ich kann viele Gerichte.« Eine faustdicke Lüge. Ich kann so gut wie gar nicht kochen.

Ich gab Bob einen Hundekuchen, und Grandma und ich verließen gemeinsam die Wohnung. Auf halbem Weg nach unten blieb Grandma plötzlich stehen. »Was ist das für ein Lärm?«, fragte sie.

Wir lauschten beide. Hinter meiner Wohnungstür jaulte Bob.

Meine Nachbarin Mrs. Karwatt steckte den Kopf durch ihre Tür. »Was ist denn das für ein Lärm?«

»Das ist Bob«, sagte Grandma. »Er ist nicht gern allein zu Hause.«

Zehn Minuten später saß ich mit Bob im Auto, erzwungenermaßen. Er hielt den Kopf aus dem Fenster, und seine Ohren flatterten im Wind.

»Oh«, sagte Lula, als wir ins Büro spaziert kamen. »Wen hast du uns denn da mitgebracht?«

»Das ist Bob. Ich passe auf ihn auf.«

»Ach so. Was ist das für ein Hund?«

»Ein Golden Retriever.«

»Hat wohl zu lange unter der Trockenhaube gesessen.«

Ich strich ihm das Fell glatt. »Er hat auf der Fahrt den Kopf aus dem Fenster gehalten.«

»Das kommt aufs Gleiche raus.«

Ich ließ Bob von der Leine, und sofort lief er zu Lula und zog wieder seine Schnüffelnummer ab.

»He«, sagte Lula, »geh weg. Ich will keinen Nasenabdruck von dir auf meiner neuen Hose.« Sie gab Bob einen Klaps auf den Kopf. »Wenn er das noch mal macht, müssen wir ihn auf den Strich schicken.«

Von Connies Apparat aus rief ich meine Freundin Marylin Truro bei der Zulassungsstelle für Kraftfahrzeuge an. »Hast du einen Moment Zeit?«, fragte ich sie. »Ich müsste mal ein Autokennzeichen überprüfen lassen.«

»Machst du Witze? Hier stehen vierzig Leute Schlange. Wenn die sehen, dass ich telefoniere, hagelt es Beschwerdebriefe bei meinem Vorgesetzten.« Sie sprach mit gedämpfter Stimme weiter. »Ist das für einen Fall, an dem du gerade arbeitest? Ich meine, geht es um Mord oder so?«

»Könnte sein, dass es mit dem Mord an Ramos zusammenhängt.«

»Willst du mich verarschen? Ist ja echt cool.«

Ich gab ihr das Autokennzeichen durch.

»Einen Moment«, sagte sie. Das Geklicke von Computertasten war zu vernehmen, und nach kurzer Zeit kam Marilyn wieder an den Apparat. »Das Kennzeichen gehört zu einem Wagen, der auf den Namen Terry Gilman eingetragen ist. Arbeitet die nicht für Vito Grizolli?«

Im ersten Moment verschlug es mir die Sprache. Terry Gilman rangierte auf meiner Liste geliebter Feinde gleich hinter Joyce Barnhardt. Auf der Highschool war sie mit Joe Morelli *gegangen* – sage ich mal, aus Ermanglung eines besseren Ausdrucks – und ich hatte den Verdacht, dass sie diese Beziehung gerne wieder auffrischen würde. Terry war jetzt für ihren Onkel Vito Grizolli tätig, was ihr bei ihrem Ansinnen sicher in die Quere kam, denn Joa arbeitete daran, die Kriminalität mit Stumpf und Stil auszurotten und Vito daran, ihr zu neuer Blüte zu verhelfen.

»Habe ich dich richtig verstanden?«, sagte Lula. »Bist du jetzt mit dem Fall Ramos beschäftigt? Ich rate dir, steck deinen fetten Riechkolben lieber in andere Dinge.«

»Ach, ich bin nur zufällig ...«

Lula machte große Augen. »Du arbeitest für Ranger!«

Vinnie kam aus seinem Büro gestürmt. »Stimmt das? Arbeitest du für Ranger?«

»Nein, es stimmt nicht. Da ist kein Funken Wahrheit dran.« Wieder eine Lüge, aber auf eine mehr oder weniger kam es jetzt auch nicht mehr an.

Die Ladentür wurde aufgestoßen, und Joyce Barnhardt stiefelte herein.

Lula, Connie und ich beeilten uns, Bob an die Leine zu legen.

»Du blöde Kuh!«, schrie Joyce mich an. »Du hast mich in die Wüste geschickt. Ranger hat überhaupt keine Schwester, die in der Mantelfabrik Macko arbeitet.«

»Vielleicht hat sie gekündigt«, gab ich zu bedenken.

»Ja, ja«, stand Lula mir bei. »Die Leute kündigen am laufenden Band.«

Joyce sah auf Bob herab. »Was ist das denn?«

»Ein Hund, wie man unschwer erkennen kann«, sagte ich und hielt die Leine kürzer.

»Und warum sträubt sich ihm das Fell?«

Das kam ausgerechnet aus dem Mund einer Frau, die sich mit einem aufgesteckten Rattenschwänzchen im Haar um zehn Zentimeter größer macht.

»Mal abgesehen von dem Wüstentrip – wie kommst du bei

deiner Jagd auf Ranger voran?«, fragte Lula. »Hast du ihn schon gefunden?«

»Noch nicht, aber ich bin kurz davor.«

»Ich glaube, du schwindelst«, sagte Lula. »Wetten, dass du keinen blassen Schimmer hast, wo er steckt.«

»Wetten, dass du keine Taille hast«, entgegnete Joyce.

Lula beugte sich vor. »Ach, nein? Wenn ich ein Stöckchen werfe, holst du es mir dann?«

Bob wedelte mit dem Schwanz.

»Später vielleicht«, tröstete ich ihn.

Vinnie kam erneut aus seinem Arbeitszimmer gerannt. »Was ist hier los? Ich kann ja beim Nachdenken mein eigenes Wort nicht verstehen!«

Lula, Connie und ich wechselten viel sagende Blicke und bissen uns auf die Lippen. Vinnie dachte gerne laut nach.

»Vinnie!«, gurrte Joyce und schob ihre Brüste in seine Richtung. »Du siehst gut aus, Vinnie!«

»Ja. Du bist auch nicht zu verachten«, antwortete er. Er sah zu Bob. »Was soll der denn hier? Hat er einen schlechten Tag beim Frisör erwischt, oder was?«

»Ich passe auf ihn auf«, erklärte ich.

»Hoffentlich wirst du wenigstens anständig dafür bezahlt. Der Köter sieht aus wie ein verlauster Flokati.«

Ich streichelte Bob hinterm Ohr. »Ich finde, er sieht süß aus.« Irgendwie prähistorisch.

»Und? Was ist?«, fragte Joyce. »Hast du was Neues für mich?«

Vinnie überlegte einen Moment, sah nacheinander Connie, Lula und mich an und verzog sich in sein Zimmer.

»Nichts Neues«, sagte Connie.

Joyce warf Vinnie böse Blicke hinterher. »Hosenscheißer!«

Die Tür ging wieder auf, und Vinnie funkelte Joyce an.

»Jawohl, du bist gemeint!«, sagte Joyce.

Vinnie zog den Kopf ein, schloss die Tür hinter sich zu und schob den Riegel vor.

»Pilzgeschwür«, sagte Joyce und machte eine Geste mit der Hand. Sie drehte sich auf ihrem hochhackigen Absatz um und hob ihren Saftarsch durch die Tür.

Connie, Lula und ich verdrehten die Augen.

»Und jetzt?«, wollte Lula wissen. »Willst du was mit Bob unternehmen?«

»Na ja... mal sehen, was der Tag uns so beschert.«

Vinnies Zimmertür sprang ein drittes Mal auf. »Vielleicht beschert er dir ja Morris Munson, wenn du dich hinter ihn klemmst!«, schrie er mich an. »Ich bin kein Wohltätigkeitsverein.«

»Morris Munson ist ein Fall für den Psychiater!«, schrie ich ihn ebenfalls an. »Er wollte mich anzünden!«

Vinnie stemmte die Hände in die Taille. »Ist doch kein Argument.«

»Na gut. Wie du meinst«, sagte ich. »Dann schnappe ich mir diesen Munson. Und wenn er mich dreimal mit seinem Auto überfährt und mir den Schädel mit einem Reifenheber zertrümmert! Ist eben mein Job, stimmt's? Also, an die Arbeit!«

»Diese Einstellung lobe ich mir«, sagte Vinnie.

»Moment«, sagte Lula. »Das will ich mir nicht entgehen lassen. Ich komme mit.«

Sie stieß in die Jackenärmel und nahm sich ihre Handtasche, in der eine abgesägte Schrotflinte Platz gefunden hätte. »Mal ehrlich«, sagte ich mit einem scheelen Blick auf die Tasche. »Was ist da drin?«

»Tech, Kaliber Neun.«

Das bevorzugte Sturmgeschütz des Städters.

»Hast du einen Waffenschein dafür?«

»Bist du blöd?«

»Von mir aus bin ich blöd, aber mir wäre es lieber, du würdest deine Tech hier lassen.«

»Spielverderber«, sagte Lula.

»Gib sie mir«, sagte Connie. »Bei mir ist sie gut aufgehoben. Ich benutze sie als Briefbeschwerer. Bringt ein bisschen Atmosphäre ins Büro.«

»Hm«, sagte Lula.

Ich machte die Ladentür auf, und Bob sprang nach draußen. Vor dem Buick blieb er stehen, mit wedelndem Schwanz und strahlenden Augen.

»Jetzt guck dir diesen klugen Hund an«, sagte ich zu Lula. »Er erkennt mein Auto wieder, obwohl er erst ein einziges Mal damit gefahren ist.«

»Was ist mit dem Rollswagen?«

»Den habe ich dem Dealer zurückgebracht.«

Die Sonne kletterte immer höher, vertrieb die morgendlichen Nebelfelder und wärmte Trenton auf. Angestellte und Verkäufer strömten ins Stadtzentrum. Die Schulbusse fanden sich wieder auf ihrem Parkplatz ein und warteten darauf, dass der Unterricht aus war. Die Hausfrauen in Burg saugten Teppiche. Und meine Freundin Marylin Truro bei der Kraftfahrzeugzulassungsstelle war vermutlich bei ihrem dritten entkoffeinierten Milchkaffee angelangt, fragte sich, ob es helfen würde, wenn sie sich noch ein Nikotinpflaster auf den Arm klebte, neben das alte, und kam zu dem Schluss, dass sie eigentlich viel lieber dem nächsten Kunden in der Schlange an die Gurgel springen würde.

Lula, Bob und ich hingen unseren Gedanken nach, während wir, unterwegs zur Knopffabrik, die Hamilton entlangfuhren. Im Geiste ging ich meine Ausrüstung durch: Schreckschusspistole in der linken Hosentasche. Reizgas in der rechten. Handschellen an der hinteren Gürtelschlaufe meiner Jeans. Pistole zu Hause, in der Keksdose. Und meinen Mut? Den hatte ich auch zu Hause gelassen. Neben der Pistole.

»Ich weiß nicht, wie es dir geht«, sagte Lula, als wir an Munsons Haus kamen, »aber ich hatte heute nicht die Absicht, in Rauch aufzugehen. In bin eher dafür, dass wir die Tür einschlagen und auf dem Kerl herumtreten, bevor er dazu kommt, sein Feuerzeug anzuzünden.«

»Einverstanden«, sagte ich. Ich wusste natürlich aus Erfahrung, dass keine von uns beiden die Kraft aufbrachte, eine Tür einzuschlagen. Trotzdem, solange wir noch im fest verriegelten Auto am Straßenrand saßen, klang ihr Vorschlag ganz sinnvoll.

Ich fuhr zur Rückseite des Hauses und sah durch Munsons Garagenfenster. Es war kein Auto drin. Das konnte nur bedeuten, dass Munson nicht zu Hause war. Wäre auch zu schön gewesen.

»Das Auto ist nicht da«, sagte ich zu Lula.

»Hn«, sagte Lula.

Wir fuhren einmal um den Block, stellten den Wagen ab und klopften an Munsons Haustür. Keine Reaktion. Wir sahen durch das Vorderfenster ins Haus. Nichts.

»Vielleicht versteckt er sich unterm Bett«, sagte Lula. »Wir können immer noch seine Tür einschlagen.«

Ich trat einen Schritt zurück und machte eine unterwürfige Geste mit der Hand. »Nach dir.«

»Ne, ne«, sagte Lula. »Nach dir, Gnädigste.«

»Aber nein... ich bestehe darauf.«

»Das soll ich dir glauben? Ich bin es, die darauf besteht!«

»Okay«, sagte ich. »Seien wir ehrlich. Keiner von uns beiden wird diese Tür einschlagen.«

»Ich könnte schon, wenn ich wollte«, sagte Lula. »Ich habe nur im Augenblick keine Lust.«

»Ja, von wegen.«

»Du glaubst mir wohl nicht, dass ich diese Tür demolieren kann.«

»Ganz recht.«

»Hn«, sagte Lula.

Die Tür des Nachbarhauses ging auf, und eine alte Dame steckte den Kopf durch den Spalt. »Was machen Sie da?«

»Wir suchen einen gewissen Morris Munson«, sagte ich.

»Der ist nicht zu Hause.«

»Tatsächlich? Wieso sind Sie sich da so sicher?«, sagte Lula. »Woher wollen Sie wissen, dass er sich nicht unterm Bett versteckt?«

»Ich war gerade hinten im Garten, als er wegfuhr. Ich wollte den Hund rauslassen, da kam Munson mit einem Koffer aus dem Haus. Er sagte, er würde eine Zeit lang wegbleiben. Wenn es nach mir ginge, könnte er für immer wegbleiben. Der Kerl hat einen Dachschaden. Er wurde verhaftet, weil er seine Frau umgebracht hat. Irgendso ein idiotischer Richter hat ihn auf Kaution wieder freigelassen. Können Sie sich das vorstellen?«

»Kann ich mir gut vorstellen«, sagte Lula.

Die Frau musterte uns von oben bis unten. »Sie sind wohl Freunde von ihm.«

»Das nicht gerade«, sagte ich. »Wir arbeiten für seinen Kautionsmakler.« Ich reichte ihr meine Visitenkarte. »Rufen Sie mich an, wenn er wiederkommt.«

»Mache ich«, sagte die Frau. »Aber ich habe nicht das Gefühl, dass er so bald nach Hause zurückkommt.«

Bob wartete geduldig im Auto, und er sah richtig glücklich aus, als wir die Türen aufmachten und einstiegen.

»Muss Bob nicht bald mal sein Frühstücksfressen kriegen?«, frage Lula.

»Bob hat schon gefrühstückt.«

»Gut. Drücken wir es so aus: Lula muss bald mal frühstücken.«

»An was hattest du da gedacht?«

»Ich könnte jetzt gut so ein Eier-McMuffin vertragen. Dazu ein Vanilleshake und Frühstückspommes.«

Ich legte den Gang ein und fuhr zum Drive-in.

»Hallo, wie geht's?«, fragte mich die Kleine am Schalter. »Wollen Sie immer noch einen Job?«

»Ich überleg's mir.«

Wir bestellten von allem drei Portionen und fuhren an den Rand des Parkplatzes, um zu essen und unsere Plätze zu tauschen. Bob fraß sein Muffin und die Frühstückspommes in einem Happen. Er schlürfte den Milkshake in sich hinein und schaute sehnsüchtig aus dem Fenster.

»Ich glaube, Bob will sich mal die Beine vertreten«, sagte Lula.

Ich machte die Tür auf und ließ ihn raus. »Lauf nicht zu weit weg!«

Bob sprang heraus und fing an, im Kreis zu gehen, schnüffelte mal hier, mal da auf dem Gehsteig.

»Was macht er bloß?«, wollte Lula wissen. »Wieso geht er immer im Kreis? Warum... ach, du Schreck! ... ich ahne Schlimmes. Ich glaube, Bob legt einen Riesenhaufen mitten auf den Parkplatz ab. Du lieber Himmel. Guck dir das an! Das ist ja ein ganzes Gebirge.«

Bob tapste zurück zum Buick, ließ sich schwanzwedelnd davor nieder, grinste und wartete darauf, einsteigen zu dürfen.

Ich ließ ihn rein. Lula und ich sanken vor Scham tiefer in die Sitze.

»Hat das wohl jemand gesehen?«, fragte ich Lula.

»Das haben alle hier auf dem Parkplatz gesehen.«

»Mist«, sagte ich. »Ich habe die Hundekotschaufel nicht dabei.«

»Hundekotschaufel? Ich würde mich dem Ding nicht mal mit Schutzanzug und Schaufelbagger nähern.«

»Ich kann den Dreck doch nicht da liegen lassen.«

»Fahr doch einfach drüber«, schlug Lula vor. »Plattmachen, die Scheiße.«

Ich warf den Motor an, setzte zurück und richtete den Wagen zielgenau auf den Haufen aus.

»Kurbel lieber die Fenster hoch«, sagte Lula.

»Alles klar?«

Lula machte sich bereit. »Alles klar.«

Ich trat aufs Gaspedal und raste los.

Matsch!

Ich bremste, wir kurbelten die Fenster herunter und schauten nach hinten.

»Was meinst du? Sollen wir noch mal drüber fahren?«

»Könnte nicht schaden«, sagte Lula. »Den Job hier kannst du dir sowieso abschminken.«

Ich hatte vor, schnell noch mal bei Hannibals Stadtvilla vorbeizufahren, wollte Lula aber in mein Nebengeschäft mit Ranger nicht hineinziehen. Ich schwindelte ihr vor, ich wollte den Tag mit Bob alleine verbringen, um ihn zum Freund zu gewinnen, und brachte sie zurück zum Büro. Ich bremste am Straßenrand ab, und hinter mir fuhr die schwarze Limousine auf.

Mitchell stieg aus, kam herüber und trommelte an mein Fenster. »Fahren Sie immer noch diesen alten Buick?«, sagte er. »Wollen Sie einen persönlichen Rekord mit dem aufstellen? Und was haben der Hund und das dicke Kind in Ihrem Auto zu suchen?«

Lula funkelte Mitchell böse an.

»Ist schon gut«, sagte ich zu ihr. »Ist ein Bekannter.«

»Das wüsste ich aber«, sagte Lula. »Soll ich ihn für dich umnieten?«

»Vielleicht komme ich später auf dein Angebot zurück.«

»Hn«, sagte Lula. Sie quälte sich aus dem Wagen und taperte ins Büro.

»Also«, sagte Mitchell.

»Nichts also.«

»Sie enttäuschen mich.«

»Sie mögen Alexander Ramos wohl nicht besonders.«

»Sagen wir mal so: wir spielen nicht in derselben Mannschaft.«

»Er hat's momentan sicher nicht leicht, trauert um seinen Sohn.«

»Um den Sohn ist es nicht schade«, sagte Mitchell. »Das war ein Versager. Ein Kokser vor dem Herrn.«

»Und Hannibal? Handelt der auch mit Drogen?«

»Ach was, Hannibal doch nicht. Hannibal ist der Hai im Fischbecken. Alexander hätte ihn ›Der weiße Hai‹ taufen sollen.«

»Ich muss jetzt gehen«, sagte ich. »Termine, Termine.«

»Der Turbanständer und ich haben heute nichts vor. Deswegen begleiten wir Sie ein bisschen.«

»Suchen Sie sich mal eine vernünftigere Arbeit.«

Mitchell schmunzelte.

»Spionieren Sie mir ja nicht nach. Das kann ich nicht leiden.«

Mitchell schmunzelte noch breiter.

Ich schaute dem Verkehr zu, der uns auf der Hamilton entgegenkam und konzentrierte mich auf ein blaues Auto. Es sah aus wie ein Crown Victoria, und der Typ hinterm Steuer sah aus wie Morris Munson!

»Achtung«, schrie ich noch, als Munson das Steuer herumriss, über den Mittelstreifen fuhr und direkt auf mich zuhielt.

»Scheiße!«, kreischte Mitchell und hüpfte wie ein Tanzbär in Panik auf der Stelle.

Munson wich in letzter Sekunde aus, um Mitchell zu verschonen, verlor die Kontrolle über den Wagen und prallte gegen die schwarze Mafialimousine. Im ersten Moment waren die beiden Autos wie zusammengeschmolzen, dann drückte Munson wie verrückt aufs Gas. Der Crown Vic tat einen Satz rückwärts, die vordere Stoßstange fiel scheppernd zu Boden, und Munson raste davon.

Mitchell und ich liefen zum Lincoln und sahen nach Habib. »Bei allen Heiligen! Was war das?«, rief er.

Der linke vordere Kotflügel hatte sich ins Steuerrad geknautscht, und die Haube war verzogen. Habib war offenbar nichts passiert, aber der Wagen würde sich nicht vom Fleck bewegen, bevor nicht jemand mit einem Brecheisen die Stoßstange vom Steuerrad gelöst hatte. Pech für die beiden. Schön für mich. Habib und Mitchell war die Lust mir nachzuspionieren vorerst vergangen.

»Das war ein Irrer«, sagte Habib. »Ich habe seine Augen gesehen. Hast du dir seine Autonummer gemerkt?«

»Es ging alles so schnell«, sagte Mitchell. »Himmel noch mal, er kam ja direkt auf mich zugerast! Ich dachte, der hat's auf mich abgesehen. Ich dachte… Scheiße, ich dachte…«

»Du hattest Schiss wie ein altes Weib«, sagte Habib.

»Genau«, sagte ich, »wie eine Schweinemagd.«

Ich war in einer Zwickmühle. Liebend gern hätte ich den beiden verraten, wer hinter dem Steuer gesessen hatte. Ich wäre aus dem Schneider, wenn sie Munson töten würden. Keine angesengten Hemdzipfel mehr. Keine Reifenheber-Attacken mehr. Leider wäre ich auch irgendwie verantwortlich für Munsons Tod gewesen, und das war kein besonders angenehmes Gefühl. Es war besser, ich übergab Munson dem Gericht.

»Sie sollten Anzeige erstatten«, sagte ich. »Ich würde ja solange hier bleiben und Ihnen behilflich sein, aber Sie wissen ja…«

»Ja, ja«, sagte Mitchell, »ich weiß, Termine, Termine.«

Es war fast Mittag, als Bob und ich an Hannibals Stadtvilla vorbeifuhren. Ich hielt an der Straßenkreuzung und wählte Rangers Nummer. »Es gibt Neuigkeiten«, sprach ich auf seinen Anrufbeantworter. Dann kaute ich eine Zeit lang auf meiner Unterlippe und nahm in der Zwischenzeit all meinen Mut zusammen, jedenfalls genug um auszusteigen und Hannibal nachzuspionieren.

Was ist schon dabei, sagte ich mir. Guck dir das Haus doch an. Still und freundlich. Hannibal ist sowieso nicht da. Es ist alles genau wie gestern. Du gehst auf die Rückseite, wirfst einen Blick hinein und verschwindest wieder. Keine Angst.

Das wirst du ja wohl noch schaffen. Also: Tief durchatmen. Immer positiv denken. Ich nahm Bobs Hundeleine und spazierte zu dem Radweg hinterm Haus. Als ich an Hannibals Garten kam, blieb ich stehen und lauschte. Totenstille. Bob langweilte sich. Wenn jemand auf der anderen Seite der Mauer gestanden hätte, wäre Bob bestimmt ganz aufgeregt gewesen, oder? Ich betrachtete die Mauer. Sie wirkte beängstigend. Besonders nach dem letzten Mal, als ich hier gewesen war und man auf mich geschossen hatte.

Moment, sagte ich mir. Wir wollten doch kein negatives Denken zulassen. Was würde Spiderman in so einer Situation machen? Oder Batman? Oder Bruce Willis? Bruce würde Anlauf nehmen, einen Fuß aufsetzen und die Mauer erklimmen. Ich band Bobs Leine um einen Strauch und rannte auf die Mauer zu. Ich kam mit dem Sprungbein auf halbe Höhe, schlang die Hände um den oberen Mauernrand, krallte mich fest und – blieb hängen. Ich holte noch mal tief Luft, biss die Zähne zusammen und versuchte einen Klimmzug. Es half nichts. Kein Klimmen, kein Ziehen. Bruce hätte es gleich beim ersten Mal bis oben geschafft. Aber Bruce geht wahrscheinlich auch jeden Tag ins Fitnessstudio.

Ich glitt zu Boden und erhaschte einen Blick auf den Baum. In dem Stamm steckte eine Kugel. Ich hatte wirklich wenig Lust, auf den Baum zu klettern. Ich ging hin und her und massierte mir die Fingergelenke. Was soll Ranger von dir denken?, fragte ich mich. Du sollst ihm doch helfen. Ranger an meiner Stelle würde auf den Baum klettern und sich den Garten genau ansehen.

»Ja, aber ich bin nicht Ranger«, sagte ich zu Bob.

Bob schaute mir tief in die Augen.

»Also gut«, sagte ich, »dann steig ich eben auf den blöden Baum.«

Ich kletterte schnell hoch, schaute mich um, sah, dass im Haus und im Garten nichts los war und krabbelte wieder herunter. Ich band Bob los und schlich mich davon, zurück zum Auto. Ich machte es mir gemütlich und wartete darauf, dass das Handy klingelte. Nach einigen Minuten verzog sich Bob auf den Rücksitz und nahm seine Schlafstellung ein.

Um ein Uhr wartete ich immer noch auf Rangers Rückruf. Wird langsam Zeit fürs Mittagessen, dachte ich. In dem Moment glitt Hannibals Garagentor zur Seite, und der grüne Jaguar fuhr rückwärts heraus.

Heiliger Strohsack! Im Haus war also doch jemand gewesen!

Das Tor schloss sich wieder, der Jaguar drehte bei, entfernte sich Richtung Freeway. Schwer zu erkennen, wer am Steuer saß, aber jede Wette, dass es Hannibal war. Ich ließ den Motor an und erwischte den Jaguar noch, bevor er auf die Hauptstraße abbog. Ich hielt größtmöglichen Abstand, ohne den Wagen aus den Augen zu verlieren.

Wir passierten das Stadtzentrum, in südliche Richtung, bogen dann nach Osten auf den Interstate. Die Saison auf der Pferderennbahn in Monmouth war noch nicht eröffnet, und der Vergnügungspark Great Adventure hatte noch geschlossen. Das grenzte die Auswahl der Ziele ein, blieb nur noch das Haus in Deal.

Bob nahm die Aufregung gelassen, im Tiefschlaf auf dem Rücksitz. Ich war nicht im Entferntesten so locker drauf. Normalerweise verfolge ich keine Mafiatypen. Obwohl, rein formal betrachtet, war Hannibal Ramos gar kein Mafioso. Ich weiß es nicht hundertprozentig, aber soweit ich das beurteilen kann, ist die Mafia nicht der gleiche Männerorden wie das Waffenkartell.

Hannibal verließ die Route 195 am Parkway, fuhr zwei Ausfahrten weiter Richtung Norden, bog dann links ab auf die Ocean Avenue und folgte der Straße bis Deal.

Deal liegt am Meer. Hier bringen die Gartenfreunde ihren Rasen trotz des salzhaltigen Klimas mit gutem Zureden zum Wachsen, die Kindermädchen pendeln täglich von Long Branch herüber, und die Vermögenswerte ersetzen alle anderen Werte. Die Häuser sind groß, und manche liegen hinter vergitterten Einfahrten. Die Bewohner setzen sich zum großen Teil aus Schönheitschirurgen und Teppichhändlern zusammen. Das einzige denkwürdige Ereignis, das sich jemals in Deal zugetragen hat, war die Erschießung des Verbrecherkönigs Benny Raguchi, genannt »Die Kakerlake«, 1982 im Sea Breeze Motel.

Hannibal war zwei Autos vor mir. Er bremste ab, der Blinker zeigte nach rechts, auf ein ummauertes Grundstück mit einem Tor vor der Einfahrt. Das Haus stand etwas zurückgesetzt, auf einer Düne; das erlaubte von der Straße aus einen freien Blick auf den ersten Stock und das Dach; das restliche Gelände verbarg sich hinter einer rosa, stuckverzierten Mauer. Das Tor war aus kunstvoll verziertem Schmiedeeisen, und auch von hier aus konnte man das Haus sehen. Alexander Ramos, internationaler Waffenhändler und Macho wie er im Buche steht, wohnte in einem rosa Haus hinter einer rosa Mauer. Das sah ihm ähnlich. In Burg wäre er damit nicht durchgekommen. In einem rosa Haus wohnen, das wäre in Burg einer Kastration gleichgekommen.

Wahrscheinlich sollte die rosa, stuckverzierte Mauer mediterranes Flair erzeugen. Im Sommer, wenn die Markisen ausgerollt wurden und die Verandamöbel unter ihrer Abdeckplane auftauchten, Sonne und Wind die Küste von New Jersey traktierten, herrschte in dem rosa Haus sicher das pralle Leben. Jetzt, im März, sah es schwer depressiv aus: Blass, kalt und gleichmütig.

Im Vorbeifahren erhaschte ich einen Blick auf einen Mann, der dem Wagen entstieg. Er hatte die gleiche Statur und die gleiche Haarfarbe wie Hannibal, folglich musste es Hannibal sein. Es sei denn, Hannibal hatte mich wieder in meinem Baumversteck erspäht, mich danach im Auto sitzen sehen, wie ich ihn von der Straße aus beobachtete, hatte einen Nachbar, der ihm ähnlich sah, heimlich in den Garten geschleust und ihn mit dem Jaguar nach Deal geschickt... nur um mich zu bluffen.

»Was meinst du?«, fragte ich Bob.

Bob klappte ein Auge auf, sah mich ausdruckslos an und setzte seinen Schlaf fort.

Genau, das meinte ich auch.

Ich fuhr ein paar hundert Meter auf der Ocean Avenue, machte eine Kehrtwende und gondelte noch mal an dem rosa Haus vorbei. An der nächsten Kreuzung stellte ich den Wagen ab, außer Sichtweite. Ich steckte mir das Haar hoch, unter eine Metallica-Baseballmütze, setzte mir eine Sonnenbrille auf, schnappte mir Bobs Leine und begab mich zu dem Grundstück der Familie Ramos. Deal war eine zivilisierte Stadt mit richtigen Betongehsteigen, man hatte beim Bau gleich an die Kinderfräuleins und kinderwagenschiebenden Eltern gedacht. Ebenfalls bestens geeignet für Schnüffler, die sich als Hundeausführer maskieren.

Ich war nur noch wenige Meter von der Einfahrt entfernt, als eine schwarze Limousine, ein Town Car, aufkreuzte. Das Tor öffnete sich, und der Wagen glitt hindurch. Vorne saßen zwei Männer, die Heckscheibe war getönt. Ich spielte verlegen mit Bobs Leine und ließ ihn ein bisschen schnuppern. Die Limousine kam vor dem Hauseingang zum Stehen, und die beiden Männer auf den Vordersitzen stiegen aus. Einer ging nach hinten, um Gepäck aus dem Kofferraum zu holen, der andere öffnete dem Fahrgast auf der Rückbank die Tür. Der Fahrgast war schätzungsweise um die sechzig, mittelgroß, schlank und trug ein Sportsakko und bequeme Hosen. Gewelltes, graues Haar. Nach der unterwürfigen Art der anderen zu urteilen, die um ihn herumscharwenzelten, musste es sich um Alexander Ramos handeln. Wahrscheinlich hatten sie ihn zur Beerdigung seines Sohnes eingeflogen. Hannibal trat vor das Haus, um den Älteren zu begrüßen. Im Hauseingang tauchte unterdes eine jüngere, schlankere Ausgabe von Hannibal auf, stieg aber die Stufen nicht herab. Ulysses, der mittlere Sohn, dachte ich.

Keiner schien sich besonders über das Wiedersehen zu freuen. Verständlich, dachte ich, wenn man die Umstände berücksichtigt. Hannibal sagte etwas zu dem älteren Mann. Der ältere Mann versteifte sich und versetzte Hannibal eine leichte Ohrfeige. Es war kein schmerzhafter Schlag. Er sollte den Geschlagenen nicht außer Gefecht setzen. Es war viel mehr eine Beschimpfung: *Blödmann.*

Trotzdem, ich zuckte reflexartig zusammen. Und sogar aus dieser Entfernung konnte ich sehen, dass Hannibal die Zähne zusammenbiss.

6

Diese Szene ging mir während der Heimfahrt die ganze Zeit durch den Kopf. Die Frage, die ich mir stellte, war: Würde ein Vater, der über den Verlust eines Sohnes trauerte, seinen Erstgeborenen mit einer Ohrfeige begrüßen?

Bob sah mich an, als erwartete er eine Antwort. »He, woher soll ich das wissen?«, sagte ich. »Vielleicht wollen sie ihren Ruf als zerrüttete Familie nicht verlieren.«

Ehrlich gesagt, finde ich es immer tröstlich, eine Familie kennen zu lernen, die noch zerrütteter ist als meine. Nicht, dass meine Familie furchtbar zerrüttet wäre, gemessen an den Verhältnissen in New Jersey.

Als ich nach Hamilton Township kam, hielt ich am nächsten Shop Rite, holte mein Handy heraus und rief meine Mutter an.

»Ich stehe gerade vor der Fleischtheke«, sagte ich. »Ich wollte falschen Hasen machen. Was braucht man dafür?«

Schweigen am anderen Ende der Leitung. Ich sah meine Mutter förmlich vor mir, wie sie sich bekreuzigte und fragte, was um alles in der Welt ihre Tochter wohl dazu bewogen haben mochte, einen falschen Hasen zu kochen, bloß hoffentlich kein Mann.

»Ein falscher Hase«, brachte meine Mutter schließlich hervor.

»Für Grandma«, erklärte ich. »Sie hat Hunger auf einen falschen Hasen.«

»Natürlich. Klar«, sagte meine Mutter. »Was ich mir aber auch immer einbilde!«

Zu Hause angekommen, rief ich meine Mutter noch einmal an. »Also, ich bin wieder zu Hause«, sagte ich. »Was mache ich jetzt mit dem Zeug?«

»Du vermengst alles, tust es in eine Backform und stellst es bei 175 Grad eine Stunde in den Backofen.«

»Von einer Backform war nicht die Rede, als ich vor der Fleischtheke stand«, jammerte ich.

»Hast du keine Backform zu Hause?«

»Doch, natürlich habe ich eine. Ich meine nur... ach, ist ja auch egal.«

»Viel Glück«, wünschte meine Mutter.

Bob hockte mitten in der Küche und verfolgte das Geschehen.

»Ich habe keine Backform«, sagte ich zu ihm. »Aber wir lassen uns von so einem kleinen Hindernis doch nicht entmutigen, oder?«

Ich warf das Gehackte in eine Schüssel, zusammen mit den anderen Zutaten für einen falschen Hasen, zerschlug das Ei und beobachtete, wie der Glibber sich auf der Oberfläche verteilte. Dann stach ich mit einem Löffel hinein.

»Ih!«, sagte ich zu Bob.

Bob wedelte mit dem Schwanz. Er mochte matschiges Zeug anscheinend gern.

Ich rührte in der Masse herum, aber das Ei wollte sich nicht unterheben lassen. Ich holte einmal tief Luft und tauchte dann beide Hände ins Fleisch. Nach wenigen Minuten des Knetens war alles hübsch untergepflügt und weich. Ich formte zuerst einen Schneemann aus dem Gehackten, danach Humpty Dumpty aus Alice im Wunderland. Schließlich drückte ich alles platt. In diesem fladenartigen Zustand sah es aus wie das, was ich auf dem Parkplatz von McDonald's liegen gelassen hatte. Dann rollte ich es zwischen den Händen zu zwei großen Fleischbällchen.

Zum Nachtisch hatte ich eine tiefgefrorene Bananencremetorte gekauft. Die hob ich vorsichtig mit einem Messer aus der Aluminiumverpackung und benutzte Letzteres als Backform für die beiden Riesenfrikadellen.

»Not macht erfinderisch«, sagte ich zu Bob.

Ich stellte die Frikadellen in den Backofen, schälte ein paar Kartoffeln, setzte sie auf den Herd, machte eine Dose Mais mit Rahmsauce auf und schüttete den Inhalt in eine Schüssel, die ich später, kurz vor dem Servieren, in die Mikrowelle stellen wollte. Kochen war gar nicht so übel, fand ich. Ein bisschen wie Sex. Am Anfang hat man oft keine Lust, aber wenn es erst mal richtig zur Sache geht...

Ich deckte den Tisch für zwei Personen, und als ich fertig war, klingelte das Telefon.

»Yo, Babe«, sagte Ranger.

»Ebenfalls yo. Es gibt Neuigkeiten. Das Auto, das gestern bei Hannibal vorgefahren ist, gehört Terry Gilman. Ich hätte sie beim Aussteigen erkennen können, aber ich sah sie nur von hinten, außerdem hätte ich nie mit ihr gerechnet.«

»Wahrscheinlich hat sie ihm Vitos Beileid überbracht.«

»Ich wusste gar nicht, dass Vito und Ramos befreundet sind.«

»Vito und Alexander Ramos führen eine friedliche Koexistenz.«

»Noch etwas«, sagte ich. »Heute Morgen habe ich Hannibal bis zu seinem Haus in Deal verfolgt.« Dann erzählte ich Ranger von dem älteren Mann in dem Town Car, von der Ohrfeige und von dem Auftauchen des jüngeren Mannes, den ich für Ulysses Ramos hielt.

»Wie kommst du darauf, dass es Ulysses war?«

»Reine Vermutung. Er sah aus wie Hannibal, nur schlanker.«

Es herrschte einen Moment Schweigen.

»Soll ich die Stadtvilla weiter observieren?«, fragte ich.

»Sporadisch. Wenn es sich ergibt. Ich möchte wissen, ob da überhaupt jemand wohnt.«

»Findest du es nicht komisch, dass Ramos seinen Sohn geschlagen hat?«, fragte ich weiter.

»Kann ich nicht behaupten«, sagte Ranger. »In unserer Familie schlagen wir uns andauernd.«

Ranger kappte die Verbindung. Ich blieb minutenlang reglos stehen und fragte mich, ob ich irgendwas überhört hatte. Ranger gab nie viel von sich preis, aber die winzige Pause und die leichte Veränderung seiner Stimmfärbung hatten mir zu denken gegeben. Ich musste ihm etwas Interessantes berichtet haben. Ich ging unser Gespräch noch mal im Geiste durch, aber alles erschien mir normal. Ein Vater und zwei Söhne kamen nach einer Familientragödie zusammen. Alexanders Reaktion auf Hannibals Begrüßung war mir seltsam vorgekommen, aber ich hatte den Eindruck, dass es etwas anderes gewesen war, das Ranger stutzig gemacht hatte.

Grandma kam durch die Tür getorkelt. »War das ein anstrengender Tag heute«, stöhnte sie. »Ich bin völlig fertig.«

»Wie war die Fahrstunde?«

»Ganz gut. Ich habe niemanden überfahren, und das Auto ist auch heile geblieben. Und du? Wie ist es dir ergangen?«

»Ungefähr genauso.«

»Louise und ich haben unser Power Walking für Senioren ins Einkaufszentrum verlegt, aber wir sind immer wieder vom Weg abgekommen, rein in die Geschäfte. Nach dem Mittagessen haben wir uns einige Wohnungen angesehen. Es gab welche darunter, da könnte ich mir vorstellen, einzuziehen, aber es war nichts dabei, was mich wirklich vom Hocker gerissen hätte. Morgen gucken wir uns ein paar Eigentumswohnungen an.« Grandma spähte in den Topf mit Kartoffeln. »Ach, wie schön. Den ganzen Tag die Rumrennerei, und dann kommt man nach Hause, und das Essen steht auf dem Tisch. Als wäre ich der Mann im Haus.«

»Zum Nachtisch habe ich uns Bananencremetorte gekauft«, sagte ich, »aber ich brauchte die Aluminiumverpackung für den falschen Hasen.«

Grandma warf einen Blick auf die Torte im Kühlschrank. »Vielleicht sollten wir die lieber gleich essen, bevor sie ganz auftaut und schmilzt.«

Ein guter Vorschlag. Wir setzten uns hin und aßen die Torte, während der falsche Hase noch im Ofen schmorte.

Als kleines Mädchen hätte ich nie gedacht, dass meine Oma jemals den Nachtisch vor dem Hauptgericht essen würde. In ihrem Haus war immer alles sauber und ordentlich gewesen. Die Möbel waren aus dunklem Holz, und die Couchgarnitur war bequem aber nicht sonderlich auffällig. Die Mahlzeiten bestanden aus der üblichen Hausmannskost, wie sie überall in Burg auf den Tisch kam, mittags um zwölf und abends um sechs. Kohlroulade, Schmorfleisch, Brathuhn und gelegentlich mal einen Schinken oder Schweinefleisch. Mein Großvater wollte es so. Er hat sein Leben lang in einem Stahlwerk gearbeitet. Er hatte feste Grundsätze, und seine Gegenwart ließ die Zimmer in dem Reihenhaus winzig erscheinen. Tatsächlich reicht mir meine Oma gerade mal bis zur Kinnspitze, und mein Opa war auch nicht viel größer. Aber Statur ist wohl keine Frage der Körpergröße.

Seit einiger Zeit stelle ich mir die Frage, was wohl aus meiner Großmutter geworden wäre, wenn sie nicht meinen Großvater geheiratet hätte. Ob sie dann wohl früher damit angefangen hätte, den Nachtisch zuerst zu essen?

Ich hole die Fleischbällchen aus dem Ofen und drapierte sie auf einen Teller. Nebeneinander liegend sahen sie aus wie die Keimdrüsen von Kobolden.

»Nun schau sich einer diese Prachtexemplare an«, sagte Grandma. »Sie erinnern mich an deinen Großvater.«

Nach dem Essen ging ich mit Bob spazieren. Die Straßenlampen brannten und aus den Fenstern der Häuser hinter meinem Mietshaus strömte Licht. Wir drehten einige Runden, in wohltuendes Schweigen versunken. Das ist das Praktische an Hunden, sie reden kein dummes Zeug. Man kann neben ihnen hergehen und seinen eigenen Gedanken nachhängen und zum Beispiel Listen machen.

Meine Liste bestand aus folgenden Tagesordnungspunkten: 1. Morris Munson schnappen, 2. mich um Ranger sorgen und 3. mich fragen, was ich eigentlich von Morelli wollte. Darüber war ich mir nämlich nicht im Klaren. Gefühlsmäßig war ich verliebt, verstandesmäßig war ich mir da nicht so sicher. Nicht, dass es etwas ausgemacht hätte, Morelli wollte sowieso nicht heiraten. Aber meine biologische Uhr tickte munter weiter, und um mich her herrschte tiefe Ratlosigkeit.

»Ich ertrage das nicht!«, sagte ich zu Bob.

Bob blieb stehen und sah über die Schulter zu mir, als wollte er sagen: Was ist denn da hinter mir los? Wozu die Aufregung? Bob hatte ja keine Ahnung. Als Welpe hatte man ihm die Klöten abgeschnitten. Geblieben war ihm ein zusätzliches Fetzchen Haut und eine matte Erinnerung. Bob hatte keine Großmutter, die sehnlichst Enkel von ihm erwartete. Bob war nicht diesem furchtbaren Druck ausgesetzt.

Wieder zu Hause fand ich Grandma im Sessel vor dem Fernseher schlafend vor. Ich schrieb ihr eine Nachricht auf einen Zettel, ich müsste noch mal los, und heftete den Zettel an ihren Pullover, dann ermahnte ich Bob, er solle schön brav sein und nicht die Möbel anfressen. Rex hatte sich in einen Haufen Sägespäne eingebuddelt und verdaute schlafend sein Stück Kuchen. Alles bestens im Haushalt von Stephanie Plum.

Ich fuhr auf dem kürzesten Weg zur Stadtvilla von Hannibal. Es war acht Uhr, und wieder sah es so aus, als wäre keiner zu Hause. Aber den Eindruck hatte man ja immer. Ich stellte den Wagen zwei Straßen weiter ab, stieg aus und ging zur Rückseite des Hauses. Keines der Fenster war erleuchtet. Ich erklomm den Baum und schaute hinunter zu Hannibals Garten. Absolute Finsternis. Ich sprang runter vom Baum und ging zurück zum Radweg. Irgendwie unheimlich, fand ich. Die Bäume und Sträucher alle schwarz. Kein Mond am Himmel. Kein Licht. Nur gelegentlich ein Strahl, der aus einem Fenster in einer der Stadtvillen fiel.

Hier möchte man keinem Bösewicht über den Weg laufen. Weder Munson. Noch Hannibal Ramos. Nicht mal Ranger. Obwohl – bei ihm hatte das Böse etwas Betörendes.

Ich fuhr den Wagen ans Ende des Wohnkomplexes, zu dem Hannibals Haus gehörte. Von da aus hatte ich bessere Sicht. Ich stellte die Rückenlehne des Fahrersitzes ein Stück zurück, verriegelte die Tür, beobachtete und wartete.

Die Warterei hatte ich schnell satt. Um mir die Zeit zu vertreiben, schloss ich mein Handy an den Zigarettenanzünder an und wählte Morellis Nummer. »Rate mal, wer dran ist«, sagte ich.

»Ist Grandma wieder weg?«

»Nein, ich bin gerade am Arbeiten, und Grandma ist mit Bob zu Hause.«

»Bob?«

»Dem Hund von Brian Simon. Ich passe auf ihn auf, solange Brian Simon in Urlaub ist.«

»Simon ist nicht im Urlaub. Ich habe ihn heute gesehen.«

»Was?«

»Ich fasse es nicht! Bist du auf seine Masche mit dem Urlaub etwa reingefallen?«, sagte Morelli. »Seit Simon sich den Hund angeschafft hat, versucht er ihn loszuwerden.«

»Warum hast du mich nicht gewarnt?«

»Ich wusste nicht, dass er dir den Hund angedreht hat.«

Ich sah ihn böse an, soweit das übers Telefon möglich ist. »Wer lacht denn da im Hintergrund? Bist du das etwa?«

»Nein. Ehrlich nicht.«

Es war eindeutig ein Lachen. Der Mistkerl lachte!

»Ich finde das überhaupt nicht zum Lachen«, sagte ich. »Was soll ich mit einem Hund?«

»Du wolltest doch schon immer einen Hund haben.«

»Ja, irgendwann mal. Aber doch nicht jetzt! Außerdem jault der Hund. Er kann schlecht allein sein.«

»Wo steckst du gerade?«, fragte Morelli.

»Das bleibt geheim.«

»Scheiße. Du überwachst doch nicht schon wieder Hannibals Haus, oder?«

»Nein. Nicht mehr.«

»Ich habe Kuchen da«, sagte er. »Willst du nicht zu mir kommen und Kuchen essen?«

»Du lügst. Du hast gar keinen Kuchen da.«

»Ich könnte einen kaufen.«

»Was meinst du: würde es etwas nützen, wenn ich Hannibals Haus beobachte? Ich will damit nicht sagen, dass ich es tue. Ist nur eine Frage…«

»Soweit ich weiß, hat Ranger einige wenige Leute, denen er vertraut, und dann die Leute, die für ihn die Familie Ramos beobachten. Ich habe jemanden vor Homers Haus im Hunterdon County gesehen, und ich weiß, dass in Deal auch jemand vor Ort ist. Und du hockst in Fenwood für ihn auf der Lauer. Keine Ahnung, was er sich davon verspricht, aber ich kann mir vorstellen, dass er sehr genau weiß, was er tut. Es geht um ein Verbrechen, und er verfügt über Informationen, über die wir nicht verfügen.«

»Im Moment sieht es nicht so aus, als wäre hier jemand zu Hause«, sagte ich.

»Alexander ist eingeflogen, deswegen ist Hannibal wahrscheinlich vorübergehend nach Deal umgezogen, in den Südflügel des Hauses.« Morelli ließ eine Sekunde verstreichen. »Ranger hat dich vermutlich vor die Stadtvilla postiert, weil es da sicher ist. Um dir das Gefühl zu geben, du würdest etwas tun, nur damit du nicht bei einer wichtigeren Beschattung versehentlich in eine gefährliche Situation gerätst. Du kannst genauso gut Feierabend machen und zu mir kommen.«

»Klingt verführerisch, aber ich möchte lieber hier bleiben.«

»War ja nur ein Versuch«, sagte Morelli.

Wir unterbrachen die Verbindung und ich rutschte für die Beschattung wieder tiefer in den Sitz. Wahrscheinlich hatte Morelli Recht, und Hannibal war in das Haus am Meer gezogen. Es gab nur eine Möglichkeit das herauszufinden. Abwarten und beobachten. Um Mitternacht war Hannibal immer noch nicht aufgetaucht. Meine Füße waren kalt, und ich hatte keine Lust mehr, die ganze Zeit im Auto zu hocken. Ich stieg aus und streckte meine Glieder. Eine letzte Überprüfung der Rückseite des Hauses, und dann würde ich heimfahren.

Ich ging zum Radweg, in der rechten Hand einsatzbereit das Reizgasspray. Es war zappenduster. Nirgendwo schien ein Licht. Alle Welt war im Bett. Ich gelangte an den Hintereingang von Hannibals Haus und sah zu den Fenstern. Dunkles, abweisendes Glas. Ich wollte mich gerade vom Fleck machen, als ich das gedämpfte Geräusch einer Toilettenspülung vernahm. Kein Zweifel, aus welchem Haus das Geräusch kam. Es war Hannibals Haus. Mir lief es eiskalt den Rücken herunter. Jemand bewegte sich nachts im Dunkeln in Hannibals Haus. Ich blieb wie erstarrt stehen, wagte kaum zu atmen und lauschte mit allen Fasern meines Körpers. Jetzt war kein Geräusch mehr zu hören, und es waren auch keine anderen Lebenszeichen in dem Haus zu sehen. Ich wusste nicht, was das zu bedeuten hatte, aber ich bekam totalen Schiss. Ich raste den Radweg zurück, überquerte den Mittelstreifen, stieg ins Auto und fuhr davon.

Rex joggte in seinem Laufrad, als ich in die Wohnung kam, und Bob rannte mir mit leuchtenden Augen und hechelnd vor Freude auf ein Kraulen am Kopf und etwas Fressen entgegen. Ich begrüßte Rex und gab ihm eine Rosine. Danach gab ich auch Bob ein paar Rosinen, woraufhin er so kräftig mit dem Schwanz wedelte, dass sein ganzes Hinterteil hin und her schwang.

Ich stellte die Schachtel mit Rosinen auf die Küchenablage, ging ins Badezimmer, und als ich wiederkam, war die Schachtel weg. Nur eine vermatschte, verbeulte Ecke war übrig geblieben.

»Du leidest unter Essstörungen«, sagte ich zu Bob. »Und eins lass dir von einer, die es wissen muss, gesagt sein: Zwanghaftes Essen ist kein Ausweg. Über kurz oder lang wird dir dein Fell zu klein.«

Grandma hatte Bettzeug für mich im Wohnzimmer zurechtgelegt. Ich streifte die Schuhe ab, kroch unter die Decke und war Sekunden später eingeschlafen.

Ich wachte hundemüde und völlig verwirrt wieder auf. Ich sah auf die Uhr, es war zwei. Ich blinzelte mit den Augen in der Dunkelheit. »Ranger?«

»Was hat der Hund hier verloren?«

»Ich passe auf ihn auf. Aber als Wachhund taugt er wohl nicht.«

»Er hätte mir bestimmt die Tür aufgemacht, wenn er den Schlüssel gefunden hätte.«

»Ich weiß ja, dass es ein Kinderspiel ist, ein Schloss aufzubrechen, aber wie hast du die Vorlegekette geknackt?«

»Berufsgeheimnis.«

»Ich dachte, wir hätten den gleichen Beruf.«

Ranger übergab mir einen großen Umschlag. »Guck dir die Bilder an und sag mir, wen du davon kennst.«

Ich setzte mich auf, schaltete die Tischlampe an und machte den Umschlag auf. Ich erkannte Hannibal und den alten Ramos wieder. Dann waren da noch Bilder von Ulysses und Homer Ramos und von zwei Vettern ersten Grades. Alle vier Männer sahen sich ziemlich ähnlich, jeder von ihnen hätte derjenige sein können, der im Hauseingang in Deal gestanden hatte. Mit Ausnahme von Homer natürlich, der ja tot war, wie wir wussten. Es gab noch ein Bild von Homer Ramos, zusammen mit einer Frau. Sie war klein und blond, und sie lachte. Homer hatte einen Arm um sie gelegt und erwiderte ihr Lachen.

»Wer ist das?«, fragte ich.

»Homers neue Freundin. Sie heißt Cynthia Lotte. Sie arbeitet hier in der Stadt. Empfangssekretärin bei jemandem, der dir bekannt sein dürfte.«

»Schreck lass nach! Jetzt erkenne ich sie! Sie arbeitet für meinen Ex-Mann.«

»Erraten«, sagte Ranger. »Die Welt ist klein.«

Ich erzählte Ranger von der Stadtvilla, alles sei finster gewesen, kein Lebenszeichen, und dann die Toilettenspülung.

»Was hat das zu bedeuten?«, fragte ich ihn.

»Es bedeutet, dass jemand im Haus ist.«

»Hannibal?«

»Hannibal ist in Deal.«

Ranger schaltete die Tischlampe aus und stand auf. Er trug ein schwarzes T-Shirt, eine schwarze Windjacke aus Gore-Tex und eine schwarze Cargo-Hose, die in schwarzen Stiefeln steckte. Ein gut gekleideter Stadtguerillero. Wetten, dass jedem Kerl, der ihm in einer Sackgasse gegenübergestanden hätte, unfreiwillig die Blase abgegangen und sein wertvollster Besitz verschrumpelt wäre, und dass jede Frau sich die Lippen geleckt und überprüft hätte, ob auch alle Knöpfe an ihrer Kleidung geschlossen waren. Er sah auf mich herab, die Hände in den Taschen, das Gesicht war in dem dunklen Zimmer kaum zu erkennen.

»Wärst du bereit, deinem Ex mal einen Besuch abzustatten und Cynthia Lotte für mich zu überprüfen?«

»Natürlich. Sonst noch was?«

Er lachte, und als er jetzt antwortete, klang seine Stimme sanft. »Nicht, wenn deine Großmutter im Nebenzimmer schläft.«

Uuuh!

Nachdem Ranger gegangen war, legte ich die Sicherheitskette vor und ließ mich wieder auf die Couch fallen. Ich warf mich hin und her und hatte erotische Gedanken. Ich war ein Luder durch und durch, daran konnte es keinen Zweifel mehr geben. Ich wollte es wirklich wissen, und wenn es soweit war, hätte es keinen Halt mehr gegeben. »Das liegt nur an den Hormonen«, sagte ich zu niemand Besonderem, das heißt zu jedem, der gerade zuhörte. »Es ist nicht meine Schuld. Ich habe zu viele Hormone in meinem Körper.«

Ich stand auf und holte mir ein Glas Orangensaft. Danach

ging ich zurück zur Couch und warf mich wieder hin und her, weil meine Oma so laut schnarchte, dass ich Angst hatte, sie würde sich verschlucken und an ihrer eigenen Zunge ersticken.

»Ist das nicht ein herrlicher Morgen!«, sagte Grandma auf dem Weg zur Küche. »Ich habe Lust auf Pfannkuchen.«

Ich schaute auf die Uhr. Halb sieben. Dann schleppte ich mich aus meinem Couchbett ins Badezimmer und blieb endlos lange unter der Dusche stehen, übel gelaunt und gallig. Nach dem Duschen betrachtete ich mich im Spiegel über dem Waschbecken. An meinem Kinn war ein dicker Pickel. Na wunderbar! Ich musste zu meinem Ex-Mann, und auf meinem Kinn war ein Pickel! Wahrscheinlich Gottes Strafe für meine triebhaften Gelüste.

Mir fiel die 38er in der Keksdose ein. Ich ballte eine Hand zur Faust, streckte Daumen und Zeigefinger aus, setzte die Spitze des Zeigefingers an meine Schläfe: »Peng!«

Ich legte das gleiche Outfit wie Ranger an: Schwarzes T-Shirt, schwarze Cargo-Hose, schwarze Stiefel. Pickel im Gesicht. Es sah idiotisch aus. Ich zog die schwarze Hose, das schwarze T-Shirt und die schwarzen Stiefel wieder aus und streifte ein weißes T-Shirt über, ein kariertes Baumwollhemd und ein Paar Jeans mit einem kleinen Loch im Schritt. Ich redete mir ein, das würde schon keiner sehen. Das passende Outfit für jemanden mit Pickel.

Grandma las Zeitung, als ich aus dem Badezimmer kam.

»Wo hast du denn die Zeitung her?«, fragte ich sie.

»Die habe ich mir von dem netten Herrn gegenüber ausgeliehen. Er weiß es nur noch nicht.«

Grandma lernte schnell.

»Ich muss erst morgen wieder zur Fahrschule. Louise und ich gucken uns heute deswegen noch mal Eigentumswohnungen an. Ich habe mir auch mal die Stellenanzeigen durchgelesen. Es gibt eine Menge guter Jobs. Köche, Reinigungskräfte, Kosmetikerinnen, Autoverkäufer.«

»Was würdest du am liebsten machen, wenn du freie Wahl hättest?«

»Das ist eine leichte Frage. Am liebsten wäre ich Filmstar.«

»Du wärst bestimmt nicht schlecht.«

»Natürlich nur als Hauptdarstellerin. Vieles an meinem Körper wird langsam schlaff und faltig. Aber meine Beine sind noch immer ziemlich stramm.«

Ich sah mir die Beine an, die unter Grandmas Rock hervorlugten. Na ja, dachte ich, es ist eben alles relativ.

Bob wartete schon ungeduldig mit zusammengekniffenen Pobacken an der Wohnungstür. Ich leinte ihn an, und wir gingen nach draußen. Sieh einer an, sagte ich zu mir, jetzt komme ich doch noch zu meinem allmorgendlichen Training. Nach zwei Wochen Spazierengehen mit Bob werde ich so dünn sein, dass ich mir neue Klamotten kaufen muss. Meinem Pickel bekommt die frische Luft sicher auch. Wer weiß, vielleicht heilt er wieder ab. Vielleicht ist er sogar ganz weg, wenn ich zurück bin.

Bob und ich gingen in einem ziemlich raschen Tempo. Wir bogen um die Ecke, liefen auf den Parkplatz und standen Habib und Mitchell gegenüber. Die beiden warteten in einem zehn Jahre alten Dodge auf mich, der vollständig mit einem hellgrünen Webteppich ausgepolstert war. Auf dem Dach prangte ein Neonschild: Art's Carpets. Eine Geschmacksverirrung sondergleichen. Die Windmaschine war dagegen ein Kunstwerk gewesen.

»Du lieber Himmel«, sagte ich. »Was ist das denn?«

»Was anderes ließ sich so schnell nicht auftreiben«, sagte Mitchell. »Und ich an Ihrer Stelle würde das Maul nicht zu voll nehmen. Sie rühren da nämlich an einen wunden Punkt. Nicht, dass ich vom Thema ablenken will, aber wir verlieren allmählich die Geduld. Wir wollen Ihnen keine Angst einjagen, aber wenn Sie uns nicht schleunigst Ihren Freund ausliefern, müssen wir Ihnen leider was ganz Schlimmes antun.«

»Soll das eine Drohung sein?«

»Ja, natürlich«, sagte Mitchell und sah dabei Habib an. »Das soll doch eine Drohung sein, oder?«

Habib saß hinterm Steuer. Er trug eine dicke Kunststoffmanschette um den Hals. Von ihm war nur ein knappes zustimmendes Kopfnicken zu erwarten.

»Wir sind Profis«, sagte Mitchell. »Lassen Sie sich durch unser höfliches Benehmen nicht täuschen.«

»Genau«, sagte Habib.

»Werden Sie mir heute wieder nachspionieren?«, fragte ich.

»So sieht's aus«, sagte Mitchell. »Hoffentlich haben Sie was Interessantes vor. Ich habe keine Lust, mir im Einkaufszentrum schon wieder Damenschuhe anzusehen. Wie gesagt, unser Chef wird langsam kribbelig.«

»Was will Ihr Chef eigentlich von Ranger?«

»Ranger hat etwas, was unserem Chef gehört, und darüber will er mit ihm reden. Das können Sie ihm ausrichten.«

So ein Gespräch hätte wahrscheinlich einen tödlichen Unfall zur Folge. »Ich sag ihm Bescheid, sollte ich ihm zufällig begegnen.«

»Richten Sie ihm einfach aus, er soll uns zurückgeben, was uns gehört. Alle sind glücklich und zufrieden, und die Sache wäre vergessen. Schwamm drüber.«

»Hm. Gut. Aber jetzt muss ich los. Man sieht sich.«

»Bringen Sie mir doch ein Aspirin mit, wenn Sie wieder herunterkommen. Ich wäre Ihnen sehr dankbar«, sagte Habib. »Diese Halskrause tut ganz schön weh.«

»Ich weiß nicht, wie es dir ergeht«, sagte ich zu Bob und betrat mit ihm den Aufzug, »aber ich habe den totalen Horror.«

Grandma las Rex gerade die Comics aus der Zeitung vor, als wir in die Wohnung kamen. Bob gesellte sich dazu, weil er sich den Spaß nicht entgehen lassen wollte, und ich ging zum Telefon ins Wohnzimmer, um Simon anzurufen.

Beim dritten Mal ging Simon ran. »...Hallo.«
»Das war ja nur eine kurze Reise«, sagte ich.
»Wer ist da?«
»Stephanie.«
»Wo hast du meine Nummer her? Ich steh nicht im Telefonbuch.«
»Sie steht auf dem Halsband deines Hundes.«
»Oh.«
»Jetzt, wo du wieder da bist, willst du Bob doch sicher bald abholen, denke ich mal.«
»Ich muss heute den ganzen Tag arbeiten.«
»Kein Problem. Ich bringe ihn dir vorbei. Gib mir mal deine Adresse.«

Ein Zögern am anderen Ende. »Also gut, es ist Folgendes«, sagte Simon. »Eigentlich will ich den Hund gar nicht wiederhaben.«
»Der Hund gehört aber dir!«
»Jetzt nicht mehr. Nach dem Gesetz sind neun Zehntel des Besitzes am Hund auf dich übergegangen. Bei dir ist das Hundefutter. Bei dir ist die Kotschaufel. Und der Hund selbst ist auch bei dir. Hör zu, der Hund ist eigentlich ganz lieb, aber ich habe einfach keine Zeit für ihn. Ich glaube, ich habe eine Allergie.«
»Und ich glaube, du bist ein Blödmann.«
Simon seufzte. »Du bist nicht die erste Frau, die das zu mir sagt.«
»Ich kann ihn unmöglich behalten. Er fängt an zu jaulen, sobald ich aus dem Haus gehe.«
»Wem sagst du das. Und wenn du ihn allein lässt, frisst er die Möbel.«
»Was? Was soll das heißen... er frisst die Möbel?«

»Vergiss es. Es ist mir so herausgerutscht. Natürlich frisst er keine Möbel. Ich meine, daran kauen ist nicht das Gleiche wie fressen. Ach, Scheiße«, sagte Simon. »Viel Glück.« Er legte auf. Ich wählte seine Nummer noch mal, aber er ging nicht mehr ran.

Ich trug das Telefon zurück in die Küche und machte Bob zum Frühstück einen Napf mit Hundekuchen. Mir goss ich eine Tasse Kaffee ein und nahm mir ein Stück Kuchen. Eins war noch übrig, und das gab ich Bob. »Du frisst doch keine Möbel, stimmt's?«, sagte ich.

Grandma hockte vor dem Fernseher und guckte den Wetterkanal. »Wegen Abendessen brauchst du dir keine Gedanken zu machen«, sagte sie. »Wir essen die Reste von den Fleischbällchen.«

Ich reckte zur Bestätigung den Daumen in die Höhe, aber Grandma konzentrierte sich gerade voll und ganz auf das Wetter in Cleveland und sah mich gar nicht.

»Ich gehe dann jetzt«, sagte ich.

Grandma nickte.

Grandma sah ziemlich ausgeruht aus, ich dagegen war völlig fertig. Ich bekam nicht genug Schlaf, und die nächtliche Personenüberwachung und Grandmas Schnarchen gaben mir den Rest. Ich schleppte mich aus der Wohnung nach draußen auf den Hausflur. Während ich auf den Aufzug wartete, wären mir beinahe die Augen zugefallen.

»Ich bin erschöpft«, sagte ich zu Bob. »Ich brauche mehr Schlaf.«

Ich fuhr zu meinen Eltern. Bob und ich stürmten in die Küche, wo meine Mutter gerade die Zutaten zu einem Apfelstrudel zusammenstellte und ein Liedchen dabei summte.

»Das ist bestimmt Bob«, sagte sie. »Deine Oma hat mir gesagt, du hättest jetzt einen Hund.«

Bob lief auf meine Mutter zu.

»Aus!«, rief ich. »Wehe dir!«

Bob bremste einen halben Meter vor meiner Mutter ab und sah mich über die Schulter an.

»Du weißt genau, was ich meine!«, sagte ich zu Bob.

»Das ist ja ein wohlerzogener Hund«, stellte meine Mutter fest.

Ich klaute mir ein Apfelstück aus dem Teig. »Hast du gewusst, dass Grandma schnarcht, dass sie in aller Herrgottsfrühe aufsteht und dass sie stundenlang den Wetterkanal guckt?« Ich goss mir eine Tasse Kaffee ein. »Ich schwör's dir, so ist es«, sagte ich zu dem Kaffee.

»Wahrscheinlich genehmigt sie sich ein paar Schlückchen vorm Schlafengehen«, sagte meine Mutter. »Sie schnarcht immer, wenn sie sich einen hinter die Binde gekippt hat.«

»Das glaube ich nicht. Ich habe zu Hause keinen Alkohol.«

»Guck mal im Kleiderschrank nach. Da bewahrt sie ihn für gewöhnlich auf. Ich räume andauernd leere Flaschen aus ihrem Schrank.«

»Meinst du, sie kauft sich den Alkohol selbst und versteckt ihn im Kleiderschrank?«

»Sie versteckt ihn nicht. Sie bewahrt ihn da nur auf.«

»Soll das heißen, Grandma ist Alkoholikerin?«

»Nein, natürlich nicht. Sie pichelt bloß ab und zu mal. Es hilft ihr beim Einschlafen, sagt sie.«

Vielleicht wäre das die Lösung. Vielleicht sollte ich auch anfangen zu trinken. Das Problem ist nur, dass ich mich regelmäßig übergeben muss, wenn ich zu viel gepichelt habe. Und habe ich einmal angefangen zu picheln, weiß ich nie, wann ich aufhören muss. Und wenn ich zu viel intus habe, ist es zu spät. Es ist ein Kreislauf. Ein Schluck führt unweigerlich zum nächsten.

Die Wärme aus dem Backofen überwältigte mich. Ich befreite mich von dem Hemd, legte den Kopf auf die Tischplatte und schlief ein. Ich träumte, es wäre Sommer und ich würde am Strand von Point Pleasure schmoren. Unter mir heißer Sand, über mir die heiße Sonne. Meine Haut war braun und knusprig wie der Kuchen. Als ich aufwachte, war der Kuchen aus dem Backofen, und im Haus roch es himmlisch. Und meine Mutter hatte das Hemd gebügelt.

»Hast du je in deinem Leben den Nachtisch vor der Hauptspeise gegessen?«, fragte ich sie.

Meine Mutter sah mich entgeistert an, als hätte ich sie gefragt, ob sie jeden Mittwoch Schlag Mitternacht einen Opferritus an Katzen vollzog.

»Stell dir vor, du bist allein zu Hause«, sagte ich, »und im Kühlschrank steht ein Erdbeerkuchen und im Ofen ein falscher Hase. Was würdest du zuerst essen?«

Meine Mutter dachte eine geschlagene Minute nach, die Augen weit aufgerissen. »Ich wüsste nicht, dass ich jemals allein gegessen habe. Ich kann es mir gar nicht vorstellen.«

Ich knöpfte das Hemd zu und zog mir die Jeansjacke an. »Ich muss gehen. Ich muss noch arbeiten.«

»Komm doch morgen zum Abendessen«, schlug meine Mutter vor. »Wenn du willst, kannst du Grandma und Joseph mitbringen. Es gibt Schweinebraten und Kartoffelpüree.«

»Gut. Aber für Joe kann ich nicht garantieren.«

Ich ging zur Haustür und sah, dass hinter dem Buick draußen die Teppichkutsche stand.

»Was ist los?«, fragte meine Mutter. »Wer sind die beiden Männer da in dem komischen Auto?«

»Habib und Mitchell.«

»Wieso stehen die da?«

»Die spionieren mir nach. Aber du brauchst keine Angst zu haben, die sind in Ordnung.«

»Was soll das heißen, ich brauche keine Angst zu haben? So was sagt man nicht zu seiner Mutter. Natürlich habe ich Angst.

Die beiden sehen aus wie Schwerverbrecher.« Meine Mutter drängte sich an mir vorbei, ging zu dem Auto und klopfte an die Fensterscheibe.

Die Scheibe glitt nach unten, und Mitchell schaute hoch zu meiner Mutter. »Guten Tag«, sagte er.

»Warum verfolgen Sie meine Tochter?«

»Hat sie Ihnen das gesagt? Das war aber nicht artig. Wir wollen doch eine Mutter nicht verschrecken.«

»Ich habe eine Waffe im Haus, und wenn nötig, mache ich davon Gebrauch«, sagte meine Mutter.

»Nun regen Sie sich mal nicht künstlich auf, Gnädigste«, sagte Mitchell. »Was haben Sie bloß? In Ihrer Familie sind immer alle so feindselig! Wir fahren Ihrer Kleinen doch nur hinterher.«

»Ich habe mir Ihre Autonummer notiert«, sagte meine Mutter. »Wenn meiner Tochter irgendetwas zustößt, erzähl ich der Polizei, wer Sie sind.«

Mitchell drückte die Automatik an seiner Armlehne, und das Fenster glitt nach oben.

»Du hast gar keine Waffe, oder?«, fragte ich meine Mutter.

»Das habe ich nur gesagt, um den beiden Angst einzujagen.«

»Hm. Danke schön. Ich komme schon allein zurecht.«

»Dein Vater könnte seine Beziehungen spielen lassen und dir einen Job in der Fabrik für Intimhygieneprodukte besorgen«, sagte meine Mutter. »Die Tochter von Evelyn Nagy arbeitet auch da. Die kriegen drei Wochen bezahlten Urlaub.«

Ich versuchte, mir Wonder Woman in der Fabrik für Intimhygieneprodukte am Fließband vorzustellen, aber das Bild blieb unscharf.

»Ich weiß nicht«, sagte ich. »Ich glaube nicht, dass ich da Aussichten hätte.« Ich stieg in Big Blue ein und winkte zum Abschied.

Meine Mutter warf Mitchell einen letzten warnenden Blick zu und verschwand ins Haus.

»Sie ist in den Wechseljahren«, sagte ich zu Bob. »Kein Grund zur Besorgnis. Sie regt sich nur schnell auf.«

7

Ich fuhr zum Büro, mit Habib und Mitchell im Schlepptau.

Lula schaute gerade vorne aus dem Schaufenster, als Bob und ich zur Tür hereinspaziert kamen. »Was haben sich die zwei Idioten denn da für eine plüschige Teppichkarre zugelegt?«

»Die beiden sind mir seit dem Morgengrauen auf den Fersen. Sie haben mir gedroht, ihr Auftraggeber würde langsam die Geduld verlieren, wenn ich ihm Ranger nicht bald ausliefere.«

»Da befinden sie sich in guter Gesellschaft«, ließ sich Vinnie aus seinem Arbeitszimmer vernehmen. »Joyce hat bisher nicht das Allergeringste zu Tage gefördert, und ich spüre das nächste Magengeschwür in mir heranreifen. Von dem Haufen Geld, den ich auf den flüchtigen Morris Munson gesetzt habe, will ich gar erst nicht anfangen. Setz deinen fetten Arsch in Bewegung und schnapp dir den Verrückten.«

Munson hatte sich längst nach Tibet abgesetzt, wenn er geschickt genug war. Den würde ich nie und nimmer finden.

»Gibt's sonst was Neues?«, fragte ich Connie.

»Möchte ich dir lieber ersparen.«

»Erzähl es ihr trotzdem. Kommt echt gut«, sagte Lula.

»Vinnie hat gestern Abend eine Kaution für einen gewissen Douglas Kruper ausgestellt. Kruper hat der fünfzehnjährigen Tochter eines unserer erlauchten Senatoren ein Auto verkauft. Auf der Fahrt nach Hause wurde die Kleine von der Polizei angehalten, weil sie bei Rot über die Ampel gefahren ist, außerdem hatte sie keine Fahrerlaubnis, und der Wagen stellte sich als gestohlen heraus. Und jetzt kommt's: Der Wagen wird als Rollswagen beschrieben. Kennst du zufällig einen Douglas Kruper?«

»Auch bekannt unter dem Namen Dealer«, sagte ich. »Mit dem bin ich zusammen zur Schule gegangen.«

»Mit dem Dealen ist es vorerst vorbei.«

»Wie hat er die Verhaftung verkraftet?«, fragte ich Vinnie.

»Er hat geheult wie ein kleines Kind«, sagte Vinnie. »Widerlich. Eine Schande für alle Verbrecher.«

Interessehalber sah ich im Büroschrank mal nach, ob wir eine Akte über Cynthia Lotte führten. Es erstaunte mich nicht allzu sehr, dass es keine gab.

»Ich muss noch was in der Stadt erledigen«, sagte ich. »Kann ich Bob solange bei euch lassen? Ich bin in einer Stunde wieder da.«

»Nichts dagegen, solange er mein Arbeitszimmer nicht betritt«, sagte Vinnie.

»Wäre Bob eine Ziege, würdest du nicht in diesem Ton reden«, sagte Lula.

Vinnie knallte die Tür zu und schob mit Wucht den Riegel vor.

Ich versprach Bob, rechtzeitig zum Mittagessen wieder da zu sein und rannte zum Auto. Beim nächstbesten Geldautomaten hob ich fünfzig Dollar von meinem Konto ab, danach ging es weiter zur Grant Street. Dougie hatte mir, als ich ihm die Windmaschine zurückbrachte, zwei Kartons Dolce Vita-Parfüm angeboten, deren Kauf mir zu dem Zeitpunkt als ein unverdienter Luxus erschienen wäre, aber jetzt, da er Probleme mit der Polizei bekommen hatte, hatte er den Preis ja vielleicht gesenkt. Nicht, dass ich Leichenfledderei betreiben wollte... aber hier ging es schließlich um Dolce Vita.

Drei Wagen standen vor Dougies Haus. Einen erkannte ich

sofort, er gehörte meinem Freund Eddie Gazarra. Eddie und ich sind zusammen aufgewachsen. Heute ist er bei der Polizei und verheiratet, mit meiner Kusine Shirley, der Heulsuse. Auf dem zweiten Wagen klebte ein Schild der Wohnungsbaugesellschaft, und der dritte Wagen war ein fünfzehn Jahre alter Cadillac, noch mit Originallackierung und rostfrei. Der Wagen sah so aus, als könnte er gut Grandmas Freundin Louise Greeber gehören, und an die Folgen dieser Vermutung wollte ich lieber nicht denken. Was hatte eine Freundin von Grandma hier zu suchen?

Es wimmelte nur so von Leuten in dem kleinen Reihenhaus, und es war vollgestellt mit allerlei Handelsware. Dougie schlurfte leicht geistesabwesend von einem Kunden zum anderen.

»Das muss alles raus«, sagte er zu mir. »Ich mache dicht.«

Moonnan war auch da. »Ej, Leute, das ist nicht in Ordnung«, sagte er. »Der gute Mann hier hat ein Unternehmen aufgebaut. Das ist doch wohl noch erlaubt in diesem Land, oder? Hat der Mann keine Rechte? Na gut, er hat einer Minderjährigen ein Auto verkauft. Aber wir machen doch alle mal Fehler. Stimmt's oder hab ich Recht?«

»Unrecht Gut tut selten gut«, kommentierte Gazarra und hielt einen Stapel Levis hoch. »Wie viel willst du dafür haben, Dougie?«

Ich stieß Gazarra in die Seite. »Ich muss dich mal sprechen. Es ist wegen Ranger.«

»Allen Barnes hat eine Großfahndung nach ihm eingeleitet.«

»Hat Barnes außer dem Videoband noch irgendwas anderes gegen ihn in der Hand?«

»Da bin ich überfragt. Ich bin nicht eingeweiht. Es sickert auch nicht viel durch. An Ranger will sich keiner die Finger verbrennen.«

»Hat Barnes sich noch andere Verdächtige vorgeknöpft?«

»Nicht, dass ich wüsste. Aber wie gesagt, ich bin nicht eingeweiht.«

Ein Streifenwagen parkte draußen in der zweiten Reihe, und zwei Polizisten stiegen aus. »Hier soll es einen Räumungsverkauf geben, habe ich gehört«, sagte einer der Uniformierten. »Haben Sie auch Toaster?«

Ich zog zwei Parfümflakons aus dem Karton und drückte Dougie zehn Dollar in die Hand. »Was hast du jetzt vor?«

»Weiß ich auch nicht. Ich fühle mich, als hätte ich eine schwere Niederlage erlitten«, sagte Dougie. »Nie gelingt mir irgendwas im Leben. Manche Menschen haben eben einfach kein Glück.«

»Halt die Ohren steif, Alter«, sagte Moon. »Das Leben geht weiter. Guck dir mich an. Du musst mit der Zeit gehen.«

»Ich muss erst mal meine Zeit absitzen!«, sagte Dougie. »Die bringen mich ins Gefängnis!«

»Meine Rede«, erwiderte Moon. »Das Leben geht weiter. Du gehst ins Gefängnis und brauchst dir um nichts mehr Sorgen zu machen. Keine Miete. Keine Rechnungen. Keine Einkäufe. Du hast kostenlose Unterbringung und Verpflegung und zahnmedizinische Versorgung obendrein. Das will was heißen. Kostenlose zahnmedizinische Versorgung ist nicht zu verachten.«

Wir alle starrten Moonnan an und überlegten, ob es klug war, etwas auf diesen Beitrag zu erwidern.

Ich ging einmal durchs ganze Haus, schaute auch hinten nach, von Grandma oder Louise Greeber keine Spur. Ich verabschiedete mich von Gazarra und quälte mich durch die Menschenmasse zur Tür.

»Wirklich nett von dir, dass du Dougster unter die Arme greifst«, meinte Moon im Vorbeigehen zu mir. »Kommt echt cool, ej.«

»Ich wollte nur ein Fläschchen Dolce Vita.«

Der Cadillac stand nicht mehr vor der Tür. Stattdessen dümpelte die Teppichkutsche an der Kreuzung vor sich hin. Ich setzte mich in den Buick und versprühte erst mal eine Wolke von dem Duftwasser, als Entschädigung für den Pickel am Kinn und das Loch in der Schlabberjeans. Irgendwie reichte das noch nicht. Ich brauchte mehr als nur Parfüm. Ich trug noch etwas Wimperntusche auf und toupierte mir ein bisschen das Haar. Lieber eine verpickelte Schlampe als eine verpickelte Lusche.

Ich begab mich in die Stadt zum Büro meines Ex-Mannes im Shuman Building. Richard Orr, Rechtsanwalt, Casanova und Arschloch in einem. Er war Juniorpartner in einer großen Kanzlei: Rabinowitz, Rabinowitz, Zeller und Arschloch. Ich nahm den Aufzug zum ersten Stock und suchte die Tür mit seinem Messing-Namensschild. Ich war kein häufiger Gast hier. Die Scheidung war nicht im gegenseitigen Einvernehmen erfolgt, und Dick und ich schickten uns keine Weihnachtsgrüße. Nur kreuzten sich gelegentlich unsere Wege.

Cynthia Lotte saß hinter dem Empfangstresen und sah in ihrem schlichten grauen Kostüm und der weißen Bluse wie eine Figur aus einer Anne-Taylor-Werbung aus. Sie blickte wie von Panik ergriffen auf, als ich durch die Tür kam; offensichtlich hatte sie mich noch von meinem letzten Besuch, als Dickie und ich eine kleine Meinungsverschiedenheit ausgetragen hatten, in Erinnerung.

»Er ist nicht in seinem Büro«, begrüßte sie mich gleich.

Allmählich glaube ich an den lieben Gott. »Wann erwarten Sie ihn zurück?«

»Schwer zu sagen. Er ist heute den ganzen Tag im Gericht.«

Sie trug keinen Ring am Finger, und sie wirkte auch nicht unbedingt gramgebeugt. Eigentlich kam sie mir sogar ganz zufrieden vor, abgesehen von der Tatsache, dass Dickies übergeschnappte Ex-Frau im Büro war.

Ich täuschte lebhaftes Interesse an dem schicken Empfangszimmer vor. »Die Einrichtung ist wirklich sehr schön geworden. Muss toll sein, hier zu arbeiten.«

»Meistens.«

Ich interpretierte das als: meistens, außer in diesem Augenblick. »Ein guter Arbeitsplatz für eine allein stehende Frau, nehme ich mal an. Bestimmt lernt man hier viele Männer kennen.«

»Worauf wollen Sie hinaus?«

»Mir fiel nur gerade Homer Ramos ein. Ich habe mich gefragt, ob Sie den wohl auch hier kennen gelernt haben.«

Eisiges Schweigen. Ich hätte schwören können, dass ich ihr Herz pochen hörte. Sie sagte keinen Ton, und ich sagte auch nichts. Ich wusste nicht, was in ihrem Kopf vorging, ich jedenfalls lüftete erst mal meine Gehirnwindungen. Der Name Homer Ramos war mir herausgerutscht, viel spontaner als vorgesehen, und ich hatte ein unbehagliches Gefühl. Normalerweise bin ich nur in Gedanken so richtig gemein zu meinen Mitmenschen.

Cynthia Lotte fasste sich wieder und sah mich unmittelbar an. Ihre Haltung war auf einmal demütig, und ihre Stimme klang eindringlich. »Ich will nicht vom Thema ablenken«, sagte sie, »aber haben Sie schon mal Pickel-Make-up ausprobiert?«

Ich biss die Zähne zusammen. »Äh, nein. Ich glaube nicht...«

»Bei solchen Pickeln muss man aufpassen. Wenn die so richtig dick und rot werden und sich mit Eiter füllen, können sie Narben hinterlassen.«

Bevor ich mich versah, tasteten meine Finger am Kinn herum. Ach, du Schreck! Sie hatte Recht! Der Pickel fühlte sich riesig an. Er blühte regelrecht auf. Scheiße! Mein inneres Notstromaggregat meldete sich, und die Nachricht lautete: Lauf weg! Versteck dich!

»Ich muss sowieso los«, sagte ich und trat den Rückzug an. »Richten Sie Dickie aus, ich hätte nichts Besonderes gewollt. Ich wäre gerade in der Gegend gewesen und hätte nur guten Tag sagen wollen.«

Ich ging zur Tür, lief die Treppe hinunter und rannte durch das Foyer nach draußen auf die Straße. Ich warf mich in den Buick und stellte den Rückspiegel so ein, dass ich mir den Pickel ansehen konnte.

Ih!

Ich lehnte mich zurück und schloss die Augen. Schlimm genug, dass mich der Himmel mit so einem Pickel strafte, aber dass Cynthia mich an Gemeinheit noch übertroffen hatte, war zu viel.

Ich hatte nichts herausgefunden für Ranger. Und von Cynthia Lotte hatte ich einzig und allein in Erfahrung gebracht, dass ihr Grau gut stand und dass sie mich auf die Palme bringen konnte. Sie hatte nur meinen Pickel zu erwähnen brauchen, und schon war ich draußen gewesen.

Ich sah mich noch einmal zu dem Shuman Building um. Hatte Ramos geschäftlich mit Dickies Kanzlei zu tun, fragte ich mich. Wenn ja, was waren das für Geschäfte? Cynthia Lotte jedenfalls hätte Ramos auf diesem Weg kennen lernen können. Aber genauso gut hätte sie ihm auch auf der Straße begegnen können. Das Büro des Ramos-Clans lag nur eine Straße weiter.

Ich legte den Gang ein und fädelte mich mit dem Buick in den Verkehr ein. Langsam glitt ich an dem Bürohaus der Ramos' vorbei. Das Absperrband war entfernt worden, und in der Eingangshalle sah ich Handwerker. Die Zufahrtsstraße, die hinter dem Gebäude verlief, war mit Lieferwagen verstellt.

Ich fuhr den gleichen Weg durch die Stadt zurück und hielt vor Radio Shack in der Third Street.

»Ich hätte gerne eine Alarmanlage«, sagte ich zu dem Jungen hinter der Theke. »Nichts Aufwendiges. Sie soll nur Alarm schlagen, wenn jemand meine Wohnungstür aufbricht. Und glotzen Sie gefälligst nicht so auf mein Kinn!«

»Ich glotze nicht auf Ihr Kinn. Ehrlich nicht! Ist mir gar nicht aufgefallen, der Pickel.«

Eine halbe Stunde später war ich wieder auf dem Weg ins Büro, um Bob abzuholen. In einem kleinen Beutel auf dem Beifahrersitz neben mir befand sich ein Bewegungsmelder für meine Wohnungstür. Ich redete mir ein, er sei zu meinem Schutz, aber ich wusste, dass er in Wahrheit nur einen Zweck erfüllen sollte: mich zu warnen, wenn Ranger bei mir einbrechen wollte. Woher kam das Bedürfnis nach solchem Schnickschnack? Geschah es aus Angst? Nein. Obwohl Ranger einem gelegentlich auch ganz schön Angst machen konnte. Geschah es aus Misstrauen? Auch nicht. Ich vertraute Ranger. Tatsache ist, ich hatte mir den Schnickschnack gekauft, weil ich wenigstens einmal im Vorteil sein wollte. Es machte mich wahnsinnig, dass Ranger einfach so in meine Wohnung reinspazieren konnte, ohne dass ich wach wurde.

Ich fuhr noch bei Cluck-in-a-Bucket vorbei und kaufte eine Riesenpackung Chicken Nuggets zum Mittagessen. Frittierte Hühnerschenkel waren am besten für Bob, dachte ich, es gab keine Knochen zu verdauen.

Alle bekamen große Augen, als ich mit dem Eimer Nuggets unterm Arm ins Büro taperte.

»Bob und ich hatten uns auch gerade für Hühnchen zum Mittagessen entschieden«, sagte Lula. »Du musst Gedanken lesen können.«

Ich entfernte den Deckel von dem Eimer, legte ihn auf den Boden und tat einige Nuggets für Bob auf. Dann nahm ich mir selbst ein Nugget und verteilte den Rest an Lula und Connie. Danach rief ich meine Kusine Bunny in der Kreditabteilung der Bank an.

»Habt ihr irgendwelche Unterlagen über eine gewisse Cynthia Lotte?«, fragte ich Bunny.

Eine Minute später hatte sie die Antwort. »Es ist nicht viel«, sagte sie. »Kürzlich ein Kredit für ein Auto. Zahlt regelmäßig ihre Raten. Keine nachteiligen Informationen. Sie wohnt in Ewing.« Die Leitung war für ein paar Augenblicke stumm. »Wonach suchst du denn?«

»Das weiß ich auch nicht so genau. Cynthia Lotte arbeitet für Dickie.«

»Ach so.« Als wäre das eine Erklärung.

Ich ließ mir Lottes Adresse und Telefonnummer geben und sagte adios.

Als Nächstes rief ich Morelli an. Bei keiner seiner diversen Nummern wurde abgehoben, daher hinterließ ich eine Nachricht auf seinem Pager.

»Komisch«, sagte Lula. »Ich kann den Deckel für den Eimer nicht mehr finden. Hast du nicht eben die Nuggets darauf gelegt?«

Wir sahen hinüber zu Bob. An seiner Schnauze klebte ein Stück Pappe.

»Verflixt«, sagte Lula. »Gegen den bin ich ja der reinste Amateur.«

»Und? Fällt euch irgendwas Ungewöhnliches an mir auf?«, fragte ich in die Runde.

»Nur, dass ein dicker Pickel an deinem Kinn ist. Du hast wohl deine Tage, oder was ist los?«

»Das ist der Stress, sage ich euch!« Ich wühlte mit beiden Händen in meiner Umhängetasche und suchte das Pickel-Make-up. Taschenlampe, Haarbürste, Lippenstift, Fruchtgummis, Schreckschusspistole, Papiertaschentücher, Handcreme, Reizgas: Alles da, nur kein Pickel-Make-up.

»Ich habe Pflaster dabei«, sagte Connie. »Du kannst ja versuchen, den Pickel damit zu verdecken.«

Ich klebte das Pflaster auf den Pickel.

»Schon besser«, sagte Lula. »Jetzt sieht es so aus, als hättest du dich beim Rasieren geschnitten.«

Auch nicht schlecht.

»Bevor ich es vergesse«, unterbrach Connie, »als du eben mit der Bank telefoniert hast, kam ein Anruf wegen Ranger. Es ist ein Haftbefehl gegen ihn ausgestellt worden, im Zusammenhang mit dem Mord an Ramos.«

»Und der Grund für den Haftbefehl?«, hakte ich nach.

»Vorladung zum Verhör.«

»So hat es bei O. J. Simpson damals auch angefangen«, sagte Lula. »Die Bullen hatten ihn nur zum Verhör bestellt, und was daraus geworden ist, wissen wir ja.«

Ich hatte vor, noch mal bei Hannibals Stadtvilla vorbeizuschauen, wenn es ging ohne Habib und Mitchell im Schlepptau.

»Kennst du ein gutes Ablenkungsmanöver?«, fragte ich Lula. »Ich muss die beiden Typen draußen in der Teppichkutsche loswerden.«

»Willst du sie ein für alle Mal loswerden, oder willst du nur nicht, dass sie dir nachfahren?«

»Ich will nicht, dass sie mir nachfahren.«

»Nichts leichter als das.« Sie holte eine 45er aus der Schreibtischschublade. »Ich schieße einfach auf die Autoreifen.«

»Nein! Nicht schießen!«

»Hab dich doch nicht so!«, sagte Lula.

Vinnie steckte den Kopf durch die Tür zu seinem Arbeitszimmer. »Habt ihr schon mal an den Trick mit der brennenden Tüte gedacht?«

Wir drehten uns nach ihm um.

»Eigentlich ist es ein übler Streich, den man nur seinem ärgsten Feind spielt«, sagte Vinnie. »Man tut etwas Hundescheiße in eine Tüte, stellt die Tüte vor die Haustür des Betreffenden und klingelt. Dann zündet man die Tüte an und läuft weg. Wenn das Opfer die Tür öffnet, sieht er die brennende Tüte und versucht, das Feuer auszutreten.«

»Und?«

»Dann klebt Hundescheiße an seinen Füßen«, sagte Vinnie. »Das macht ihr bei den beiden Typen da draußen genauso, und wenn sie von der Hundescheiße an ihren Schuhsohlen abgelenkt sind, könnt ihr wegfahren.«

»Fehlt nur die Haustür«, sagte Lula.

»Strengt eure Phantasie mal ein bisschen an«, sagte Vinnie. »Ihr stellt die Tüte einfach hinter ihrem Auto ab, schleicht weg, und jemand aus dem Büro ruft den beiden zu, dass es bei ihnen unterm Auto brennt.«

»Das klingt doch gut«, sagte Lula. »Das Einzige, was wir dazu brauchen, ist Hundescheiße.«

Unsere Blicke richteten sich auf Bob.

Connie holte eine braune Pausenbrottüte aus ihrer Schreibtischschublade. »Hier ist eine Tüte, und den leeren Eimer für die Nuggets kannst du als Kotschaufel benutzen.«

Ich leinte Bob an, und zusammen mit Lula gingen wir zum Hintereingang raus und spazierten ein bisschen herum. Bob hob ungefähr dreißigmal das Bein, aber ein substanzieller Beitrag für die Tüte blieb aus.

»Ihm fehlt die Motivation«, stellte Lula fest. »Vielleicht klappt es besser, wenn wir drüben im Park mit ihm spazieren.«

Der Park war nur zwei Straßen weiter. Wir gingen mit Bob hin, blieben stehen und sahen ihm zu, warteten darauf, dass die Natur ihren Lauf nahm, aber anscheinend hatte die Natur Bob vergessen.

»Ist dir das auch schon aufgefallen: Wenn man keine Hundescheiße braucht, liegt sie überall herum«, sagte Lula. »Und wenn man mal was braucht ...« Ihre Augen weiteten sich plötzlich. »He, guck mal. Hund in Sicht! Und dazu noch eine Riesentöle!«

Tatsächlich, es führte noch jemand seinen Hund im Park aus. Das Tier war groß und schwarz, und die alte Dame am anderen Ende der Leine war klein und weiß. Sie trug flache Pumps, einen sackförmigen braunen Tweedmantel überm Kleid, und das Haar steckte unter einem Häkelhütchen. In der Hand hielt sie eine Plastiktüte und eine Papierserviette. Die Tüte war leer.

»Ich will ja keine Blasphemie betreiben«, sagte Lula. »Aber den Hund hat uns der Himmel geschickt.«

Der Hund blieb plötzlich stehen und ging in die Hocke. Lula, Bob und ich rannten sofort hin. Ich hatte Bob an der Leine, und Lula wedelte mit dem Eimer und der Papiertüte. Wir liefen in einem Affentempo, da blickte die Frau auf einmal auf und sah uns. Alle Farbe wich aus ihrem Gesicht, und sie taumelte rückwärts.

»Ich bin eine alte Frau«, sagte sie. »Ich habe kein Geld. Gehen Sie. Tun Sie mir nicht weh.«

»Wir wollen Ihr Geld gar nicht«, sagte Lula. »Wir wollen nur Ihre Hundescheiße.«

Die Frau zerrte an der Leine. »Den Kot kriegen Sie nicht. Ich muss den Kot mit nach Hause nehmen. Das ist gesetzlich vorgeschrieben.«

»Das Gesetz schreibt nicht vor, dass Sie den Kot mit nach Hause nehmen müssen«, sagte Lula. »Es heißt nur, dass irgendjemand sich darum kümmern muss. Und wir tun es freiwillig.«

Der große schwarze Hund unterbrach sein Geschäft und schnüffelte neugierig an Bob. Bob erwiderte das Schnüffeln, dann sah er hinüber zu der alten Dame.

»Untersteh dich«, warnte ich Bob.

»Ich weiß nicht, ob das so seine Ordnung hat«, wunderte sich die alte Dame. »Davon hab ich nie gehört. Ich glaube, jeder Besitzer ist dazu verpflichtet, den Hundekot selbst mit nach Hause zu nehmen.«

»Wenn Sie unbedingt wollen«, sagte Lula, »zahlen wir Ihnen

gerne was für den Kot.« Lula sah mich an. »Gib ihr ein paar Dollar für die Scheiße.«

Ich kramte in meinen Hosentaschen. »Ich habe kein Geld dabei. Ich habe mein Portmonee vergessen.«

»Unter fünf Dollar mach' ich es nicht«, sagte die Frau.

»Wir haben gerade festgestellt, dass wir gar kein Geld dabei haben«, erklärte Lula.

»Dann gehört der Kot mir«, sagte die Frau.

»Von wegen«, sagte Lula, schob die Alte unsanft beiseite und schaufelte den Hundehaufen in den Eimer. »Wir brauchen die Scheiße.«

»Hilfe! Diebe! Diebe!«, rief die Frau. »Die klauen meinen Hundehaufen!«

»Ich habe ihn«, sagte Lula. »Die ganze Ladung.« Lula, Bob und ich rasten mit dem Eimer voller Hundekot zurück ins Büro.

Wir fanden uns am Hintereingang wieder ein, Bob hüpfte vor Freude, während Lula und ich ganz außer Atem waren.

»Junge, ich hatte schon Angst, die Lady würde uns einholen«, gestand Lula. »Die hatte ein ganz schönes Tempo drauf für eine alte Frau.«

»Die ist nicht von alleine gerannt«, sagte ich. »Der Hund hat sie gezogen, weil er Bob nachstellte.«

Ich hielt die Papiertüte auf, und Lula schüttete den Kot hinein.

»Das wird bestimmt lustig«, sagte Lula. »Ich kann es kaum erwarten zu sehen, wie die beiden auf die brennende Tüte voller Hundescheiße treten.«

Lula schlich sich mit der Tüte und einem Feuerzeug nach vorne, Bob und ich gingen durch den Hintereingang ins Büro. Habib und Mitchell hatten am Straßenrand geparkt, direkt vor unserem Schaufenster, hinter meinem Buick.

Connie, Vinnie und ich verfolgten das Geschehen vom Fenster aus. Lula kroch zum Kofferraum der Teppichkutsche und legte die Tüte unter der Stoßstange ab. Wir sahen das Feuerzeug aufflammen, Lula zuckte zurück und verzog sich schleunigst um die Ecke.

Connie öffnete die Bürotür einen Spalt weit und steckte den Kopf heraus. »He!«, schrie sie. »He, Sie da, in dem Auto ... da brennt was hinter Ihnen!«

Mitchell kurbelte das Fenster herunter. »Was ist?«

»An Ihrem Wagen hinten brennt irgendwas!«

Mitchell und Habib stiegen aus um nachzusehen.

»Das ist nur Müll«, sagte Mitchell zu Habib. »Tritt ihn beiseite, damit der Wagen nichts abbekommt.«

»Es brennt!«, sagte Habib. »Ich will meine schönen Schuhe nicht an einer brennenden Tüte schmutzig machen.«

»Das hat man davon, wenn man so einen dämlichen Kameltreiber wie dich anstellt«, sagte Mitchell. »Ihr habt einfach keine Arbeitsmoral.«

»Das stimmt überhaupt nicht. Ich hab' schwer gearbeitet in Pakistan. In meinem Dorf ist eine Teppichfabrik, und ich musste immer die unartigen Kinder prügeln. Das ist ein sehr guter Job.«

»Wow«, sagte Mitchell. »Du hast wirklich kleine Kinder geprügelt, die in der Fabrik arbeiten?«

»Ja. Mit einem Stock. Der Posten erfordert viel Geschick. Es ist Facharbeit. Man muss beim Prügeln aufpassen, dass man den Kindern nicht die Finger zertrümmert, sonst können sie die feinen Knoten nicht mehr knüpfen.«

»Das ist ja widerlich«, sagte ich.

»Überhaupt nicht«, sagte Habib. »Den Kindern gefällt es. Sie verdienen viel Geld und unterstützen ihre Familien damit.« Er wandte sich an Mitchell und drohte ihm mit dem Zeigefinger. »Das war Schwerstarbeit, die Kinder zu prügeln. Also sag nicht noch einmal, ich hätte keine Arbeitsmoral.«

»Entschuldigung«, sagte Mitchell. »Ich habe mich wohl getäuscht in dir.« Mitchell trat mit dem Fuß gegen die Tüte, die Tüte platzte auf, und etwas von dem Hundekot blieb an seinem Schuh kleben.

»Das gibt's ja wohl nicht!« schimpfte Mitchell, schüttelte den Fuß und verspritzte überall brennende Hundescheiße.

Ein Batzen flog durch die Luft und blieb an dem Teppich auf dem Autodach hängen. Mit einem Zischen fing der Teppich Feuer, und sofort verbreiteten sich die Flammen in alle Richtungen.

»Ach, du liebe Scheiße!«, rief Mitchell, packte Habib und stolperte über den Bordstein.

Es knisterte und prasselte, eine dumpfe Explosion, der Benzintank fing an zu brennen, und das Auto war in schwarzen Rauch gehüllt.

»Die hätten ja auch mal einen von den neuen Feuer abweisenden Teppichen nehmen können«, sagte Lula.

Habib und Mitchell drückten sich rücklings an die Hauswand, die Münder sperrangelweit geöffnet.

»Du kannst jetzt unbesorgt fahren«, sagte Lula. »Ich glaube nicht, dass sie dir folgen werden.«

Beim Eintreffen der Feuerwehr war von der Teppichkutsche nur noch ein Häufchen Asche übrig geblieben, und die Flammen hatten sich auf das Maß eines Bratrostes reduziert. Big Blue stand ungefähr drei Meter vor der Teppichkutsche, aber er war unbeschädigt geblieben. Der Lack hatte nicht einmal Blasen geworfen. Der einzige Unterschied zu vorher war die Tatsache, das der Türgriff etwas wärmer war als sonst.

»Ich muss jetzt los«, sagte ich zu Mitchell. »Tut mir Leid wegen Ihres Autos. Und um Ihre Augenbrauen würde ich mir keine Sorgen machen. Sie sind ein bisschen angesengt, aber die wachsen wieder nach. Mir ist das auch mal passiert, und es ist alles wieder in Ordnung gekommen.«

»Was... Wie...?«, sagte Mitchell.

Ich hievte Bob in den Buick und schlängelte mich zwischen den Polizeiwagen und den Feuerwehrautos hindurch.

Carl Costanza stand in Uniform da und dirigierte den Verkehr. »Sieht so aus, als hättest du gerade eine Glückssträhne«, sagte er. »Schon das zweite Auto in dieser Woche, das du abgefackelt hast.«

»Es war nicht meine Schuld! Es war ja auch nicht mein Auto!«

»Ich habe gehört, jemand hätte die beiden Spitzel von Arturo Stolle mit dem uralten Hundescheiße-Trick hereingelegt.«

»Nicht möglich! Du weißt nicht zufällig, wer das war, oder?«

»Komisch. Das Gleiche wollte ich dich auch gerade fragen.«

»Ich habe dich zuerst gefragt.«

Costanza verzog leicht das Gesicht. »Ich weiß nicht, wer es war.«

»Ich auch nicht«, sagte ich.

»Du bist mir echt 'ne Nummer«, sagte Costanza. »Ich kann nicht fassen, dass du dir von Simon den Hund hast andrehen lassen.«

»Ich mag ihn.«

»Lass ihn bloß nicht alleine im Auto.«

»Ist das verboten?«

»Nein. Ich sag's dir nur, weil er Simons Fahrersitz gefressen hat. Das Einzige, was davon übrig geblieben ist, waren Schaumstoffreste und ein paar Sprungfedern.«

»Danke für den Hinweis.«

Costanza grinste. »Ich dachte, es könnte nicht schaden.«

Ich gab Gas und dachte, dass mein Fahrersitz sich wahrscheinlich von selbst erneuern würde, wenn Bob ihn auffräße. Überhaupt, allmählich machte ich mir so meine Gedanken über Big Blue, auch wenn ich damit in Grandmas Horn stieß. Anscheinend war das blöde Ding immun gegen Blechschaden. Es war beinahe ein halbes Jahrhundert alt, und die Originallackierung war immer noch in einwandfreiem Zustand. Andere Autos kriegten Beulen, brannten ab oder wurden zu Pfannkuchen platt gewälzt, nur Big Blue blieb von alldem verschont.

»Das ist doch unheimlich«, sagte ich zu Bob.

Bob drückte die Nase an der Fensterscheibe platt. Er machte nicht den Eindruck, dass ihn meine Bedenken sonderlich interessierten.

Ich war immer noch auf der Hamilton, als mein Handy klingelte.

»Hallo Babe«, sagte Ranger. »Hast du was für mich?«

»Nur Näheres zu Cynthia Lotte. Willst du wissen, wo sie wohnt?«

»Nächster Punkt.«

»Grau steht ihr gut.«

»Da schöpft man doch gleich neuen Lebensmut.«

»Hm. Schlecht gelaunt?«

»Schlecht gelaunt ist gar kein Ausdruck. Ich wollte dich um einen Gefallen bitten. Ich möchte, dass du dir die Rückseite des Hauses in Deal mal vornimmst. Jeder andere aus meinem Team würde Verdacht erregen, aber eine Frau, die mit einem Hund am Strand spazieren geht, stellt für Ramos' Bodyguards keine Gefahr dar. Präg dir das Haus genau ein, vor allem, wie die Fenster und Türen angeordnet sind.«

Wenige hundert Meter von dem Grundstück der Familie Ramos entfernt gab es einen öffentlichen Zugang zum Strand. Ich stellte den Wagen oben an der Straße ab, und Bob und ich durchquerten einen schmalen Streifen niedriger Dünen. Der Himmel war wolkenverhangen, und es war kühler hier als in Trenton. Bob hielt forsch die Nase in den Wind, ich dagegen knöpfte meine Jacke bis oben hin zu und bedauerte, dass ich nichts Wärmeres zum Anziehen mitgebracht hatte. Die Häuser oben in den Dünen waren groß und luxuriös, die meisten unbewohnt und die Fensterläden geschlossen. Die Wellen rauschten grau und schäumend heran, und am Wasserrand trippelten einige Seemöwen herum. Das war aber auch schon alles: Bob und ich und die Seemöwen.

Das große rosa Haus kam jetzt in Sicht, von der Uferseite war es besser einzusehen als vorne von der Straße. Der größte Teil des Erdgeschosses und der gesamte erste Stock waren gut zu erkennen. Um das Hauptgebäude herum verlief eine Veranda, daran angebaut waren zwei Flügel. Das Erdgeschoss des Nordflügels bestand aus Garagen, darüber lagen vermutlich Schlafräume. Der Südflügel war zweigeschossig und beherbergte anscheinend ausschließlich Wohnräume.

Ich stapfte weiter durch den Sand und versuchte bei meiner Zählung der Türen und Fenster nicht allzu neugierig zu erscheinen. Ich war eine Frau, die nur ihren Hund ausführte und sich den Arsch dabei abfror. Ein Fernglas hatte ich zwar dabei, aber ich scheute mich es zu benutzen, ich wollte keinen unnötigen Verdacht erregen. Es war unmöglich zu erkennen, ob ich beobachtet wurde oder nicht. Bob tobte selbstvergessen um mich herum, aus purer Freude an der freien Natur. Ich schlenderte ein Stück weiter, zeichnete den Grundriss des Hauses auf ein Blatt Papier, machte kehrt und ging zurück zu der Stelle, wo ich Big Blue abgestellt hatte. Mein Auftrag war erfüllt.

Bob und ich kletterten in den Wagen und rollten die Straße entlang, ein letztes Mal an dem Haus der Ramos' vorbei. An der Kreuzung hielt ich an, im selben Moment sprang ein Mann vom Bordstein auf die Straße. Er musste über sechzig sein und trug Jogginganzug und Joggingschuhe, und er winkte mir aufgeregt zu.

»Halt«, sagte er. »Warten Sie einen Moment.«

Wenn es mir nicht so absurd vorgekommen wäre – ich hätte schwören können, es war Alexander Ramos.

Er kam an die Fahrerseite und klopfte ans Fenster. »Haben Sie Zigaretten?«, fragte er.

»Ach, du Schreck ... äh, nein.«

Er hielt mir einen Zwanzig-Dollar-Schein hin. »Fahren Sie mich zum nächsten Geschäft, wo es Zigaretten gibt. Es dauert nur fünf Minuten.«

Schwerer Akzent, die gleichen adlerähnlichen Gesichtszüge, die gleiche Größe und Statur. Er sah Alexander Ramos wirklich sehr ähnlich.

»Wohnen Sie hier in der Gegend?«, fragte ich ihn.

»Ja, in diesem scheiß rosa Bunker da drüben. Was ist nun mit Ihnen? Wollen Sie mich bis zu dem Laden mitnehmen oder nicht?«

»Ich lasse normalerweise keine fremden Männer in mein Auto einsteigen.«

»Haben Sie Erbarmen mit mir. Ich brauche unbedingt eine Schachtel Zigaretten. Sie haben doch einen großen Hund zum Schutz dabei, und außerdem sehen Sie aus, als würden Sie jeden Tag fremde Männer in Ihrem Auto rumkutschieren. Ich bin doch nicht von gestern.«

»Aber von vorgestern.«

Er ging um das Auto herum, öffnete mit Gewalt die Beifahrertür und stieg ein. »Sehr witzig. Muss man sich auch noch von einem Witzbold mitnehmen lassen.«

»Ich kenne mich hier nicht aus. Wo gibt's denn hier Zigaretten?«

»Biegen Sie hier ab. Ein paar hundert Meter weiter ist ein Geschäft.«

»Warum gehen Sie nicht zu Fuß, wenn es so nah ist?«

»Ich habe meine Gründe.«

»Sie dürfen wohl nicht rauchen, was? Und wollen nicht beim Zigarettenkauf erwischt werden.«

»Diese blöden Ärzte. Muss man sich aus seinem eigenen Haus wie ein Dieb davonstehlen, um sich Zigaretten zu kaufen.« Er machte eine abfällige Geste. »Aber in dem Haus halte ich es sowieso nie lange aus. Das ist das reinste Mausoleum, in dem lauter Nieten wohnen. Ein rosa Stück Scheiße.«

»Warum wohnen Sie da, wenn es Ihnen nicht gefällt?«

»Gute Frage. Ich sollte es verkaufen. Ich habe es von Anfang an nicht gemocht, aber ich hatte gerade geheiratet und meine Frau wollte das Haus unbedingt haben. Bei ihr musste alles Rosa sein.« Er überlegte eine Weile. »Wie hieß sie doch gleich? Trixie? Trudie? Meine Güte, ich kann mich nicht mal mehr an ihren Namen erinnern.«

»Wie kann man nur den Namen der eigenen Frau vergessen!«

»Ich hatte viele Frauen. Sehr viele. Vier. Das heißt, nein... fünf.«

»Sind Sie jetzt auch wieder verheiratet?«

Er schüttelte den Kopf. »Ich habe genug von der Ehe. Letztes Jahr musste ich mich an der Prostata operieren lassen. Früher haben mich die Frauen wegen meines Schneids und wegen meinem Geld geheiratet. Heute heiraten sie mich nur wegen meinem Geld.« Er schüttelte wieder den Kopf. »Das reicht nicht. Man muss Prinzipien haben, finden Sie nicht?«

Ich hielt vor dem Zigarettenladen, und er sprang aus dem Wagen. »Nicht wegfahren. Bin gleich wieder da.«

Einerseits wollte ich die Flucht ergreifen. Das war der Feigling in mir. Andererseits sagte ich mir: Klasse, was Besseres kann dir gar nicht passieren. Das war der Übermut in mir.

Zwei Minuten später saß er wieder im Auto und zündete sich eine Zigarette an.

»He!«, sagte ich, »in diesem Auto wird nicht geraucht.«

»Ich leg noch einen Zwanziger oben drauf.«

»Ich hab schon den ersten abgelehnt. Es bleibt dabei: In diesem Auto wird nicht geraucht.«

»Ich hasse dieses Land. Die Menschen hier verstehen nicht, richtig zu leben. Alle trinken nur diese blöde fettarme Milch.«

Er zeigte auf die Querstraße. »Biegen Sie da drüben ab in die Shoreline Avenue.«

»Wo soll es denn hingehen?«

»Da drüben ist eine Bar.«

Das fehlte mir gerade noch: Hannibal, auf der Suche nach seinem Vater, findet mich mit ihm in einer Bar, wie wir gerade Brüderschaft trinken. »Ich glaube, das ist keine so gute Idee.«

»Darf ich dann in Ihrem Wagen rauchen?«

»Nein.«

»Dann gehen wir eben zu Sal's.«

»Na gut. Ich fahre Sie zu Sal's, aber ich komme nicht mit rein.«

»Natürlich kommen Sie mit rein.«

»Aber der Hund...«

»Der Hund kommt auch mit. Ich spendiere ihm ein Bier und ein Sandwich.«

Bei Sal's war es eng und finster. Die Theke nahm die gesamte Längsseite des Raums ein. An einem Ende saßen zwei alte Männer, tranken schweigend und sahen auf den Fernseher. Rechts vom Eingang waren drei Tische gruppiert, an einem ließ sich Ramos nieder.

Ohne zu fragen, stellte der Kellner eine Flasche und zwei Schnapsgläser vor Ramos hin. Es wurde kein Wort gesprochen. Ramos trank ein Glas, danach zündete er sich eine Zigarette an und zog den Rauch tief in seine Lungen ein. »Ahh«, sagte er beim Ausatmen.

Manchmal beneide ich Raucher. Sie sehen immer so von Glück erfüllt aus, wenn sie die erste Dosis Teer in sich einsaugen. Mir fällt nicht viel ein, was mich dermaßen mit Glück erfüllt. Ein Geburtstagskuchen, höchstens.

Ramos schenkte sich noch mal nach und schob mir die Flasche hin.

»Nein, danke«, sagte ich, »ich muss noch fahren.«

Er schüttelte den Kopf. »Lauter Waschlappen in diesem Land.« Er kippte das zweite Glas in sich hinein. »Verstehen Sie mich nicht falsch. Mir gefällt vieles hier. Mir gefallen amerikanische Autos. Mir gefällt der amerikanische Football. Und mir gefallen Amerikanerinnen mit dicken Titten.«

Ej, Alter, ej. Nun mal langsam.

»Halten Sie öfter fremde Autos an?«, fragte ich ihn.

»Wenn sich die Gelegenheit bietet.«

»Ist das nicht gefährlich? Stellen Sie sich vor, Sie werden mal von irgend so einem Verrückten mitgenommen.«

Er zog eine 22er aus der Tasche. »Dann lege ich ihn um.« Er haute die Waffe auf den Tisch, schloss die Augen und machte wieder einen tiefen Zug an seiner Zigarette. »Wohnen Sie hier in der Nähe?«

»Nein. Ich komme nur manchmal her, um mit meinem Hund spazieren zu gehen. Er geht gerne am Strand entlang.«

»Warum haben Sie das Pflaster am Kinn?«

»Ich habe mich beim Rasieren geschnitten.«

Er warf einen Zwanzig-Dollar-Schein auf den Tisch und stand auf. »Beim Rasieren geschnitten. Das gefällt mir. Sie sind in Ordnung. Sie können mich jetzt nach Hause bringen.«

Ich ließ ihn eine Querstraße vor seinem Haus aussteigen.

»Kommen Sie morgen wieder«, sagte er. »Zur gleichen Zeit. Wenn Sie wollen, könnten Sie als Privatchauffeur bei mir anfangen.«

Grandma deckte gerade den Abendbrottisch, als Bob und ich nach Hause kamen. Moon Man fläzte sich auf der Couch und guckte fern.

»Hallo«, sagte er, »wie geht's?«

»Kann mich nicht beklagen«, sagte ich. »Und selbst?«

»Weiß nicht, Mann. Ich komm nicht damit klar, dass Dealer nicht mehr da ist. Ich dachte, Dealer würde ewig leben. Er hat schließlich eine Dienstleistung erbracht. Er war Dealer.« Er schüttelte den Kopf. »Das hat mich aus der Bahn geworfen, Mann.«

»Er braucht noch etwas Bölkstoff um sich abzuregen«, sagte Grandma. »Und dann essen wir alle schön zu Abend. Ich habe es immer gern, wenn Gäste da sind. Besonders wenn es Männer sind.«

Ich war mir nicht ganz sicher, ob Moon als Mann zählte. Moon war wie Peter Pan auf Droge. Er verbrachte viel Zeit im fernen Nimmerland.

Bob kam aus der Küche geschlurft, ging auf Moon zu und schnüffelte zwischen seinen Beinen.

»Ej, Alter«, sagte Moon, »nicht gleich beim ersten Rendezvous.«

»Ich habe mir heute ein Auto gekauft«, verkündete Grandma. »Und Moon hat es mir hergefahren.«

Mir fiel unwillkürlich die Kinnlade runter. »Du hast doch schon ein Auto. Den Buick von Onkel Sandor.«

»Stimmt. Der Buick ist ein klasse Auto, keine Frage. Er passt nur nicht ganz zu meinem neuen Image. Ich fand, ich hätte etwas Sportlicheres verdient. Es war ein Spontankauf. Louise kam vorbei, um mit mir Auto fahren zu üben, und sie sagte, sie hätte gehört, Dealer müsste seinen Laden dicht machen. Deswegen mussten wir uns ganz schnell noch mit Metamucil bei ihm eindecken. Und wo wir schon mal da waren, habe ich mir auch gleich ein Auto gekauft.«

»Du hast dir von Dougie ein Auto aufschwatzen lassen?«

»Da staunst du, was? Es ist wunderschön.«

Ich warf Moon einen tödlichen Blick zu, aber es war vergebliche Liebesmüh. Moons Gefühlsradius reichte über eine gewisse Abgeklärtheit nicht hinaus.

»Warte erst mal ab, bis du das Auto von deiner Oma gesehen hast«, sagte Moon. »Es ist ein ausgezeichnetes Auto.«

»Ein süßes Autochen«, sagte Grandma. »Ich sehe aus da drin wie Christie Brinkley.«

David Brinkley hätte ich ihr noch durchgehen lassen, Christie Brinkley war eindeutig übertrieben. Aber wenn Grandma damit leben konnte – von mir aus.

»Was ist es denn für ein Auto?«

»Ein Corvette«, sagte Grandma. »Und der Schlitten ist rot.«

8

Meine Oma hat also einen roten Corvette, und ich, ich habe einen blauen Buick, Baujahr 53, und einen dicken Pickel am Kinn. Es hätte schlimmer kommen können. Der Pickel hätte zum Beispiel auf der Nase sein können.

»Außerdem«, fuhr Grandma fort, »weiß ich doch, dass du an dem Buick hängst. Ich wollte dir den Buick nicht gleich wieder wegnehmen.«

Ich nickte und versuchte zu lächeln. »Entschuldige«, sagte ich. »Ich wasche mir nur mal rasch die Hände.«

Ich ging ganz ruhig ins Badezimmer, verschloss die Tür hinter mir, betrachtete mich im Spiegel und fing an zu heulen. Eine Träne kroch aus meinem linken Auge. Reiß dich zusammen, sagte ich mir. Es ist doch nur ein Pickel. Der wird schon wieder verschwinden. Schön und gut, aber was ist mit dem Buick?, dachte ich. Der Buick störte mich. Der Buick würde nicht einfach so verschwinden. Die nächste Träne kroch aus meinem Auge. Du reagierst viel zu emotional, sagte ich zu der Person im Spiegel. Du machst aus einer Mücke einen Elefanten. Wahrscheinlich ist alles nur auf ein vorübergehendes hormonelles Ungleichgewicht zurückzuführen, bedingt durch Schlafentzug.

Ich spritzte mir etwas Wasser ins Gesicht und schnäuzte mir

die Nase. Wenigstens würde ich heute Abend ruhiger schlafen können, weil ich ja die Alarmanlage an der Wohnungstür angebracht hatte. Eigentlich hatte ich gar nichts gegen Rangers Besuche um zwei Uhr nachts ... ich mochte es nur nicht, wenn er sich heimlich an mich heranmachte. Was ist, wenn ich im Schlaf von einem anderen Mann schwärme, und Ranger sitzt daneben und hört zu? Oder wenn er nur dasitzt und sich meinen Pickel anguckt?

Moon Man verließ uns nach dem Abendessen wieder, und Grandma ging früh zu Bett, nachdem sie mir erst noch ihr neues Auto gezeigt hatte.

Um fünf nach neun rief Morelli an. »Entschuldige, dass ich nicht eher zurückgerufen habe«, sagte er. »War ein blöder Tag heute. Wie ist es dir ergangen?«

»Ich habe einen Pickel.«

»Damit kann ich nicht konkurrieren.«

»Kennst du eine gewisse Cynthia Lotte? Angeblich war sie Ramos' Freundin.«

»Nach allem was ich über Homer weiß, hat er seine Freundinnen gewechselt wie andere Männer ihre Hemden.«

»Hast du mal seinen Vater kennen gelernt?«

»Ich habe ein paar Mal mit ihm gesprochen.«

»Der typische Grieche und kumpelhafte Waffenschmuggler. Ich habe ihn aber schon einige Zeit nicht mehr gesehen.« Es folgte eine kleine Pause. »Wohnt Grandma Mazur immer noch bei dir?«

»Ja.«

Morelli stieß einen tiefen Seufzer aus.

»Meine Mutter will wissen, ob du nicht Lust hast, morgen zum Abendessen zu kommen. Es gibt Schweinebraten.«

»Klar«, sagte Morelli. »Du bist doch auch da, oder?«

»Ich und Grandma und Bob.«

»Ach, du Schreck«, sagte Morelli.

Ich legte auf, ging Gassi mit Bob, gab Rex eine Weintraube und sah danach eine Weile fern. Irgendwann mitten während des Hockeyspiels schlief ich ein und wachte gerade noch rechtzeitig auf, um die letzte halbe Stunde eines Films über Serienkiller und Psychopathen mitzukriegen. Nach dem Film überprüfte ich dreimal die Schlösser an der Wohnungstür und hängte den Bewegungsmelder an die Klinke. Wenn jetzt jemand die Tür aufmachte, würde die Alarmanlage losgehen. Hoffentlich passierte das nicht ausgerechnet heute Nacht, denn nach dem Film hatte ich einen ziemlichen Horror. Ranger, der heimlich meinen Pickel musterte, hätte mir nicht halb so viel Angst eingejagt wie jemand, der mir die Zunge rausschneiden und sie zu Hause seiner Sammlung tiefgefrorener Zungen einverleiben würde. Nur um ganz sicher zu sein, ging ich in die Küche und versteckte alle Messer. Warum sollte ich es einem Verrückten auch noch leicht machen, sich in meine Wohnung zu schleichen und mich mit meinem eigenen Steakmesser aufzuschlitzen. Dann holte ich die Pistole aus der Keksdose und steckte sie unter ein Sofakissen, für den Fall, dass ich sie sehr schnell zur Hand haben musste.

Ich löschte das Licht und kroch unter die Decke meines provisorischen Nachtlagers auf der Couch. Aus dem Schlafzimmer hörte ich Grandmas Schnarchen. In der Küche schaltete der Kühlschrank surrend auf die Abtauautomatik. Von ferne vernahm man das Knallen einer Autotür auf dem Parkplatz. Alles ganz normale Geräusche, sagte ich mir. Warum raste mein Herz so irrwitzig? Weil ich diese blöde Sendung über Serienkiller im Fernsehen gesehen hatte, deswegen.

Denk nicht mehr an den Film. Schlaf endlich ein. Denk an was anderes.

Ich machte die Augen zu – und dachte an Alexander Ramos, der sich von den wahnsinnigen Mördern, die mir Herzrasen verursachten, wahrscheinlich gar nicht so sehr unterschied. Was war los mit Ramos? Der Mann kontrollierte den Strom illegaler Waffenlieferungen weltweit, aber um sich Zigaretten zu kaufen, war er darauf angewiesen, fremde Leute anzuhalten. Wie passte das zusammen? In einschlägigen Kreisen ging das Gerücht, Ramos sei krank, aber mir war er nicht überdurchschnittlich senil oder verwirrt erschienen. Vielleicht ein bisschen aggressiv, ungeduldig. Vermutlich galt sein Verhalten andernorts als etwas sprunghaft, aber wir leben in New Jersey, und hierher fand ich, passte Ramos eigentlich wie die Faust aufs Auge.

Ich war so aufgeregt, dass ich kaum mit ihm gesprochen hatte. Jetzt, wo etwas Zeit vergangen war, hätte ich tausend Fragen an ihn gehabt. Das heißt, ich hätte mich nicht nur gern weiter mit ihm unterhalten, es gab da bei mir auch eine perverse Neugier auf das Innere seines Hauses. Als ich noch ein Kind war, sind meine Eltern einmal mit mir nach Washington gefahren, um mir das Weiße Haus zu zeigen. Eine Stunde lang mussten wir Schlange stehen, und dann führte man uns durch die Räume, die der Allgemeinheit zugänglich sind. Der reinste Nepp. Wen interessiert schon der Speiseraum für die Staatsgäste? Ich wollte die Küche sehen. Ich wollte das Badezimmer des Präsidenten sehen. Und jetzt hätte ich eben gern den Wohnzimmerteppich von Alexander Ramos gesehen. Ich wollte durch Hannibals Zimmer streifen und mal einen Blick in seinen Kühlschrank werfen. Diese Leute hatten schließlich alle schon mal das Titelbild von *Newsweek* geziert. Die müssen einfach interessant sein, oder?

Ich musste wieder an Hannibal denken, der überhaupt nicht interessant ausgesehen hatte. Ebenso an Cynthia Lotte, die auch keine sonderlich interessante Figur gemacht hatte. Was war mit Cynthia Lotte, nackt, zusammen mit Homer Ramos? Immer noch nicht interessant. Also gut, dann eben Cynthia Lotte, zusammen mit Batman. Schon besser. Moment: Wie wär's mit Hannibal Ramos und Batman? Widerlich! Ich lief ins Badezimmer und putzte mir die Zähne. Ich leide eigentlich nicht unter Homophobie, aber bei Batman hört die Liebe auf.

Als ich aus dem Badezimmer kam, machte sich jemand an meiner Tür zu schaffen, ich hörte kratzende Geräusche an dem Schloss. Die Tür sprang auf, und die Alarmanlage ging los. Die Vorlegekette spannte sich, und als ich in den Flur trat, sah ich Moon, der mir in dem Spalt zwischen Tür und Pfosten den Kopf entgegenstreckte.

»Ej, Mann«, sagte er, als ich die Alarmanlage ausgeschaltet hatte. »Wie geht's?«

»Was machst du denn hier?«

»Ich habe vergessen, deiner Oma den zweiten Schlüssel für ihr Auto zu geben. Der war noch in meiner Tasche. Deswegen bin ich vorbeigekommen.« Er ließ den Schlüssel in meine geöffnete Hand fallen. »Du hast ja eine coole Alarmanlage. Ein Bekannter von mir hat eine, die spielt die Titelmelodie aus Bonanza. Kannst du dich an Bonanza erinnern? Mann, ej, das war eine tolle Serie.«

»Wie hast du meine Wohnungstür aufgekriegt?«

»Mit einem Zahnstocher. Ich wollte dich zu so später Stunde nicht stören.«

»Das war sehr rücksichtsvoll von dir.«

»Moon ist ein rücksichtsvoller Mensch.« Er machte zum Abschied das Peacezeichen und tapperte davon.

Ich schloss die Tür und schaltete die Alarmanlage wieder an. Grandma schnarchte immer noch friedlich in meinem Schlafzimmer, und Bob hatte sich von seinem Platz neben der Couch nicht gerührt. Sollte sich der Serienmörder in meine Wohnung verirren, dann war ich auf mich allein gestellt.

Ich sah nach Rex und erklärte ihm das mit der Alarmanlage. »Kein Anlass zur Sorge«, sagte ich. »Sie ist ziemlich laut, ich weiß, aber du warst ja sowieso schon wach und auf deinem Laufrad aktiv.« Rex hockte auf seinem kleinen Hamsterpopo, die Vorderbeine hingen schlaff aus dem Rumpf, die Barthaare zuckten, die papierdünnen Öhrchen vibrierten, und die schwarzen Äuglein waren weit aufgerissen. Ich schüttete eine Hand voll Cracker in seinen Fressnapf, und er kam angerannt, stopfte sich die Backen voll und verschwand in seiner Suppendose. Rex weiß, wie man sich in Krisensituationen verhält.

Ich ging zurück zum Sofa und zog die Decke bis unters Kinn. Schluss mit Batman, verordnete ich mir. Keine verstohlenen Blicke mehr in seinen großen Gummihosenbeutel. Keine Serienmörder. Und auch keinen einzigen Gedanken mehr an Joe Morelli verschwenden, denn ich könnte sonst in Versuchung geraten und ihn anrufen und ihn bitten, mich zu heiraten... oder so.

An was sollte ich dann denken? An Grandmas Schnarchen? Es war so laut, dass ich für den Rest meines Lebens hörgeschädigt sein würde. Ich hätte mir das Kissen aufs Ohr drücken können, aber dann hätte ich die Alarmanlage nicht mehr gehört, und der Serienmörder wäre ins Zimmer gekommen und hätte mir die Zunge abgeschnitten. – Ach, Scheiße! Jetzt ging mir der Serienmörder wieder durch den Kopf!

Von der Wohnungstür kam erneut ein Geräusch. Zum zweiten Mal in dieser Nacht. Ich versuchte in der Dunkelheit zu erkennen, wie spät es auf meiner Uhr war. Es musste um eins herum sein. Das Schloss öffnete sich mit einem Klick, und die Alarmanlage ging los. Ranger, kein Zweifel. Ich fuhr mir mit der Hand durchs Haar und prüfte, ob das Pflaster am Kinn noch dran war. Ich trug Boxershorts und ein weißes T-Shirt, und plötzlich überkam mich die totale Panik, dass sich meine Brustwarzen unter dem T-Shirt abzeichnen könnten. Scheiße! Daran hätte ich vorher denken sollen. Ich lief in den Flur, um die Alarmanlage abzustellen, aber noch ehe ich die Tür erreichte, wurde ein Bolzenschneider durch den Spalt geschoben. Der

Bolzenschneider trennte die Vorlegekette durch, und die Tür flog auf.

»He«, sagte ich zu Ranger, »du hast geschummelt!«

Es war aber gar nicht Ranger, der durch die Tür kam. Es war Morris Munson. Er riss die Alarmanlage von der Türklinke und stach mit dem Bolzenschneider auf sie ein. Das Gerät tat seinen letzten Seufzer und verschied. Grandma schnarchte weiter vor sich hin. Bob lag ausgestreckt neben der Couch. Nur Rex stand in Habachtstellung da und mimte einen Grizzlybären.

»Da staunen Sie, was!«, sagte Munson, machte die Tür zu und trat in den Flur.

Schreckschusspistole, Reizgas, die keulenschwere Taschenlampe und die Nagelfeile, alles war in meiner Umhängetasche, die außer Reichweite an einem Wandhaken hinter Munson hing. Meine richtige Waffe lag irgendwo auf der Couch, aber ich hatte sowieso nicht vor, sie zu benutzen. Waffen machen mir Angst ... man kann Menschen damit töten. Töten gehört nicht zu meinen Lieblingsbeschäftigungen.

Eigentlich hätte ich mich über Munsons Besuch freuen sollen. Schließlich hatte ich den Auftrag, nach ihm zu suchen, oder? Und dann kommt er von ganz allein, bricht in meine Wohnung ein.

»Keinen Schritt weiter!«, sagte ich. »Sie haben Ihre Kautionsvereinbarung verletzt. Sie sind verhaftet!«

»Und Sie haben mein Leben zerstört«, sagte er. »Ich habe alles für Sie getan, und Sie, Sie haben mein Leben zerstört! Sie haben mir alles weggenommen. Das Haus, das Auto, die Möbel...«

»Das war Ihre Ex-Frau, Sie Spinner! Sehe ich vielleicht aus wie Ihre Ex-Frau?«

»Irgendwie schon.«

»Überhaupt nicht!« Schon deswegen nicht, weil seine Frau

tot war, mit Reifenspuren auf dem Rücken. »Wie haben Sie mich gefunden?«

»Ich bin Ihnen eines Tages bis hierher gefolgt. Ihr Buick ist schwer zu übersehen.«

»Sie glauben doch nicht im Ernst, dass ich Ihre Frau bin, oder?«

Sein Mund verzog sich zu einem dämlichen Grinsen. »Nein, aber wenn die beim Gericht glauben, ich hätte nicht alle Tassen im Schrank, kann ich Unzurechnungsfähigkeit geltend machen, einen auf armen, verwirrten Ehemann machen, der durchdreht. Die nötige Vorarbeit bei Ihnen habe ich schon geleistet. Jetzt brauche ich Sie nur noch zu filetieren und anzuzünden, und ich bin ein freier Mann.«

»Sie sind ja verrückt!«

»Sehen Sie. Es funktioniert!«

»Damit haben Sie bei mir kein Glück, ich bin nämlich im Nahkampf ausgebildet.«

»Erzählen Sie mir nichts! Ich habe mich erkundigt über Sie. Sie haben überhaupt keine Ausbildung. Sie haben früher Damen-Unterwäsche verkauft, bis Ihnen gekündigt wurde.«

»Mir wurde nicht gekündigt. Ich wurde freigestellt.«

»Egal.« Er öffnete eine Hand, die Innenfläche nach oben, damit ich sein Schnappmesser sah. Er drückte auf den Knopf, und die Klinge sprang heraus. »Wenn Sie mir entgegenkommen, wird es nicht so schlimm für Sie. Ich bringe Sie ja nicht aus Jux und Dollerei um. Ich habe mir gedacht, ich steche ein paar Mal auf Sie ein, damit es auch echt wirkt, und schneide Ihnen eine Brustwarze ab oder so.«

»Eine Brustwarze? Nie und nimmer!«

»Hören Sie, Lady, machen Sie es mir doch nicht so schwer. Schließlich läuft es für mich auf eine Mordanklage hinaus.«

»Das ist doch albern. Das funktioniert niemals. Haben Sie sich mit einem Anwalt beraten?«

»Ich kann mir keinen Anwalt leisten! Meine Frau hat mich bis aufs Hemd ausgezogen.«

Ich war während der Unterhaltung zentimeterweise zurückgewichen. Jetzt, wo ich wusste, was er vorhatte – mir eine Brustwarze abzuschneiden –, dachte ich, wäre es vielleicht doch keine so schlechte Idee, die Pistole zu benutzen.

»Bleiben Sie stehen«, sagte er. »Sie wollen doch nicht, dass ich Sie durch die ganze Wohnung jage.«

»Ich will mich nur hinsetzen. Mir ist irgendwie schlecht.« Das war sogar nicht einmal weit von der Wahrheit entfernt. Mir flatterte das Herz in der Brust und auf meiner Kopfhaut sammelte sich Schweiß. Ich ließ mich auf das Sofa plumpsen und tastete mit den Fingern zwischen die Polster: Keine Pistole zu finden. Ich fuhr mit der Hand unter das Kissen neben mir: Immer noch keine Pistole.

»Was machen Sie da?«, wollte er wissen.

»Ich suche meine Zigaretten«, sagte ich.

»Können Sie vergessen. Ihre Zeit ist um.« Er ging mit dem Messer auf mich los, ich wälzte mich zur Seite, und er rammte das Messer tief ins Sofapolster.

Ich stieß einen Schrei aus und rappelte mich hoch, um weiter nach der Pistole zu suchen, die ich schließlich unter dem mittleren Sitzpolster fand. Munson ging wieder auf mich los, und ich schoss ihm in den Fuß.

Bob schlug ein Auge auf.

»Blöde Kuh!«, kreischte Munson, ließ das Messer fallen und fasste sich an den Fuß. »Blöde Kuh!«

Ich trat zurück und hielt ihn mit der Waffe auf Distanz. »Sie sind verhaftet.«

»Sie haben mich getroffen! Sie haben mich getroffen! Ich verblute. Ich sterbe.«

Wir sahen uns beide seinen Fuß an. Es blutete nicht sehr stark. Es war nur ein Fleck, neben dem kleinen Zeh.

»Es ist nur ein Streifschuss«, sagte ich.

»Meine Fresse«, sagte er, »was sind Sie für ein mieser Schütze. Sie haben doch direkt über mir gestanden. Wie konnten Sie nur meinen Fuß verfehlen?«

»Soll ich noch mal schießen?«

»Jetzt ist sowieso alles versaut. Und Sie haben Schuld, wie immer. Jedes Mal, wenn ich mir etwas vornehme, machen Sie es mir kaputt. Ich hatte mir alles so schön zurecht gelegt. Ich wollte herkommen, Ihnen eine Brustwarze abschneiden und Sie dann verbrennen. Und jetzt ist mein ganzer Plan kaputt.« Er warf angewidert die Hände in die Höhe: »Frauen!«, drehte sich um und humpelte zur Tür.

»He«, rief ich hinter ihm her, »wo wollen Sie hin?«

»Ich gehe. Mein Zeh tut höllisch weh. Und gucken Sie sich den Schuh an. Ein großes Loch. Glauben Sie vielleicht, Schuhe wachsen auf Bäumen? Ich sag's ja: Sie haben keinerlei Achtung vor anderen Menschen. Sie denken immer nur an sich. Ihr Frauen seid doch alle gleich. Immer nur nehmen, nehmen, nehmen. Her damit, her damit, her damit.«

»Um Ihre Schuhe machen Sie sich mal keine Sorgen. Sie kriegen ganz bestimmt neue. Auf Staatskosten.« Dazu einen hübschen Overall und Fußketten.

»Das können Sie getrost vergessen. Ich gehe erst wieder ins Gefängnis, wenn ich alle davon überzeugt habe, dass ich verrückt bin.«

»Mich brauchen Sie nicht mehr zu überzeugen. Ich glaube Ihnen auch so. Aber ich habe eine Waffe, und ich werde nicht zögern, noch mal auf Sie zu schießen, wenn es sein muss.«

Er hielt die Hände hoch. »Dann schießen Sie doch.«

Auf einen wehrlosen Menschen zu schießen, dazu konnte ich mich nicht überwinden, allerdings hatte ich auch gar keine Munition mehr. Sie hatte auf meiner Einkaufsliste gestanden: Milch, Brot, Munition.

Ich lief an ihm vorbei, riss die Umhängetasche von dem Wandhaken und schüttete den Inhalt auf den Boden. Es war die einzige Möglichkeit, schnell an das Reizgas und die Handschellen zu kommen. Munson und ich stürzten uns beide auf den verstreuten Kram, er ging als Sieger hervor. Er schnappte sich das Spray und sprang zur Tür. »Ich sprühe, wenn Sie hinter mir herkommen«, sagte er.

Ich beobachtete ihn, wie er in einer Art Humpelgalopp den Hausflur entlang hüpfte, um den verwundeten Fuß zu schonen. Vor der Aufzugtür blieb er stehen und drohte mir ein letztes Mal mit dem Spray. »Ich komme wieder«, sagte er. Dann betrat er die Aufzugkabine und verschwand.

Ich machte die Wohnungstür zu und schloss ab. Großartig... ist sowieso nicht der Mühe wert, dachte ich. Ich ging in die Küche und suchte nach etwas Tröstlichem. Der Kuchen war aufgegessen, die Plätzchen waren weg, und Schokoriegel, die vielleicht irgendwo in der Ecke einer Schublade vergammelten, gab es auch keine mehr. Nichts zu trinken, keine Käsecracker, und die Erdnussbutter war auch alle.

Bob und ich probierten es mit Oliven, aber die waren der Situation nicht angemessen. »Wenn sie wenigstens Zuckerguss hätten«, sagte ich zu Bob.

Ich sammelte den Kram im Flur wieder ein und tat ihn zurück in meine Umhängetasche. Dann deponierte ich die kaputte Alarmanlage auf den Küchentisch, machte das Licht aus und ging zum Sofa. Ich lag wach in der Dunkelheit, und in meinem Kopf hallte Munsons Abschiedsdrohung nach. Es war völlig egal, ob er wirklich verrückt war oder nur so tat... am Ende hätte ich so oder so ohne Brustwarzen dagestanden. Wahrscheinlich wäre es besser, ich würde mich so lange nicht ins Bett legen, bis ich einen richtigen Riegel an die Wohnungstür angebracht hatte. Munson hatte gesagt, er würde wiederkommen, aber ich wusste nicht, ob in einer Stunde oder morgen.

Ich konnte kaum mehr die Augen aufhalten, das war das Problem. Ich versuchte es mit Schafezählen, aber ich war gerade bei Nummer zweiundfünfzig angelangt, da nickte ich ein. An das einundfünfzigste Schaf konnte ich mich noch erinnern, dann wachte ich ruckartig auf und hatte gleich das Gefühl, nicht allein im Zimmer zu sein. Ich lag vollkommen still, mein Herz setzte zwischendurch aus, meine Lungen waren wie scheintot. Man hörte keine Schuhe über den Teppich scharren, auch kein verräterischer Körpergeruch irgendeines Irren verpestete die Luft um mich her. Es war nur die irrationale Ahnung, dass jemand im Raum war.

Urplötzlich, ohne Vorwarnung, tasteten Fingerspitzen nach meinem Handgelenk, und ich wurde schlagartig aktiv. Adrenalin strömte in meine Gefäße, und ich schnellte von dem Sofa hoch und schleuderte mich dem Eindringling entgegen.

Wir waren beide wie überrumpelt, als wir rücklings über den Couchtisch fielen und in einem Knäuel aus Armen und Beinen auf dem Boden landeten. Ich lag umgehend unter ihm, zu Boden gepresst, was kein ganz unangenehmes Gefühl mehr war, als ich merkte, dass es sich bei dem Einbrecher um Ranger handelte. Lende an Lende, Brust an Brust lagen wir da, meine Handgelenke von seinen Händen umklammert. So verharrten wir einige Augenblicke, in denen wir nur unseren Atem spürten.

»Du gehst ja ganz schön ran«, sagte er. Dann küsste er mich. Diesmal gab es keinen Zweifel an der Absicht. Es war kein Kuss, den man seiner Nichte zur Begrüßung gab. Eher der Kuss eines Mannes, der der Frau am liebsten die Kleider vom Leib gerissen hätte, um sie in den siebten Himmel zu entführen.

Er küsste noch inniger und fuhr mit seiner Hand unter mein T-Shirt, ertastete meine Brüste und strich mit den Daumenspitzen über meine Brustwarzen. Zum Glück waren beide noch dran! Eine Hitzewelle durchströmte mich, und meine Brustwarzen zogen sich zusammen.

Die Schlafzimmertür öffnete sich knarrend, und Grandma steckte den Kopf durch. »Alles in Ordnung mit dir?«

Toll! Ausgerechnet jetzt wird sie wach!

»Ja. Alles in Ordnung«, sagte ich.

»Ist das Ranger, der auf dir liegt?«

»Er zeigt mir gerade einen Selbstverteidigungsgriff.«

»Ich würde mir auch gern mal Selbstverteidigung beibringen lassen«, sagte Grandma.

»Wir waren gerade fertig.«

Ranger wälzte sich zur Seite, auf den Rücken. »Wenn es nicht deine Oma wäre, würde ich sie erschießen.«

»Mist«, sagte Grandma, »immer verpasse ich die spannenden Sachen.«

Ich kam wieder auf die Beine und strich mein T-Shirt glatt. »Du hast nicht viel versäumt. Ich wollte gerade heiße Schokolade machen. Willst du auch welche?«

»Ja«, sagte Grandma. »Ich hole mir nur schnell meinen Bademantel.«

Ranger schaute zu mir hoch. Es war dunkel, nur aus der geöffneten Schlafzimmertür drang ein Lichtstrahl in den Raum. Mir reichte es, um zu erkennen, dass sich Rangers Mund zu einem Lachen verzog, nur sein Blick war ernst. »Von der Oma errettet.«

»Willst du heiße Schokolade?«

Er kam mir in die Küche nach. »Ist nichts für mich.«

Ich gab ihm den Zettel mit dem aufgemalten Grundriss des Hauses. »Hier ist die Zeichnung, die du haben wolltest.«

»Hast du mir noch mehr zu sagen?«

Er hatte also von meiner Begegnung mit Alexander Ramos erfahren. »Woher weißt du das?«

»Ich habe das Haus am Strand beobachtet. Ich habe gesehen, dass du Ramos mitgenommen hast.«

Ich goss Milch in zwei Becher und stellte sie in den Mikrowellenherd. »Was ist los mit ihm? Er hat mich angehalten, um sich eine Zigarette von mir zu schnorren.«

Ranger lächelte. »Hast du je versucht, mit dem Rauchen aufzuhören?«

Ich schüttelte den Kopf.

»Dann kannst du das nicht nachvollziehen.«

»Hast du früher geraucht?«

»Ich habe alles Mögliche geraucht.« Er nahm den Bewegungsmelder vom Küchentisch und hielt ihn in den Händen. »Mir ist schon die kaputte Vorlegekette aufgefallen.«

»Du warst nicht der einzige Besucher heute Nacht.«

»Was ist passiert?«

»Ein NVGler ist in meine Wohnung eingebrochen. Ich habe ihm in den Fuß geschossen, aber er ist wieder abgehauen.«

»Hast du das Kopfgeldjäger-Handbuch nicht richtig gelesen? Da steht drin, wir sollen die Bösen schnappen und sie vor Gericht bringen.«

Ich rührte das Kakaopulver in die heiße Milch. »Ramos will, dass ich heute wiederkomme. Er hat mir einen Job als Zigarettenschmuggler angeboten.«

»Den Job würde ich an deiner Stelle lieber nicht annehmen. Alexander kann sehr impulsiv und launisch sein. Er leidet unter Verfolgungswahn. Der Arzt hat ihm Medikamente verschrieben, aber er nimmt sie nicht regelmäßig. Hannibal hat extra Bodyguards angestellt, die ein Auge auf ihn werfen sollen, aber verglichen mit dem alten Mann sind sie Amateure. Er schleicht sich bei jeder sich bietenden Gelegenheit davon und überlistet sie. Zwischen ihm und Hannibal ist ein Machtkampf entbrannt. Du willst dich doch nicht zwischen zwei Stühle setzen, oder?«

»Ach, wie schön!«, sagte Grandma, als sie in die Küche geschlurft kam und sich ihre Tasse Kakao holte. »Bei dir ist es viel lustiger. Als ich noch bei deiner Mutter wohnte, hatten wir nie nächtlichen Herrenbesuch.«

Ranger stellte die Alarmanlage zurück auf den Küchentisch. »Ich muss jetzt gehen. Viel Spaß mit eurer Schokolade.«

Ich brachte ihn zur Tür. »Kann ich noch etwas für dich tun? Briefkasten leeren, Blumen gießen oder so.«

»Meine Post wird an meinen Rechtsanwalt nachgesendet. Und meine Pflanzen gieße ich selbst.«

»Fühlst du dich sicher in deiner Bat-Höhle?«

Seine Mundwinkel verzogen sich zu einem angedeuteten Lächeln nach oben. Er beugte sich vor und küsste mich am Halsansatz, knapp über dem T-Shirt-Kragen. »Angenehme Träume.«

Er wünschte Grandma, die noch in der Küche saß, eine gute Nacht und ging.

»So ein netter, höflicher junger Mann«, stellte Grandma fest. »Und was Ordentliches in der Hose hat er auch.«

Ich ging schnurstracks zu ihrem Schrank, fand mit einem Griff den Alkohol und goss mir etwas in meinen Kakao.

Am nächsten Morgen hatten Grandma und ich einen Kater.

»In Zukunft darf ich nicht mehr so spät abends Kakao trinken«, sagte Grandma. »Ich habe das Gefühl, meine Augen explodieren gleich. Vielleicht sollte ich sie mal auf grünen Star untersuchen lassen.«

»Lass lieber mal den Schnapsgehalt in deinem Blut untersuchen.«

Ich schluckte ein paar Aspirin und schleppte mich nach draußen auf den Parkplatz. Habib und Mitchell waren schon da, warteten in einem grünen Mini-Van mit zwei Kindersitzen auf der Rückbank.

»Ist ja wie geschaffen für Observierungen«, sagte ich. »Passt zu Ihnen.«

»Fangen Sie bloß nicht wieder damit an«, sagte Mitchell. »Ich bin schlecht gelaunt.«

»Das Auto gehört bestimmt Ihrer Frau, nicht?«

Er sah mich finster an.

»Nur zur Information, damit Sie sich nicht wieder verfahren: Ich begebe mich jetzt als Erstes ins Büro.«

»Ich hasse den Laden«, sagte Habib. »Über dem Ort schwebt ein böser Fluch!«

Ich fuhr zum Büro und stellte den Wagen direkt davor ab. Habib parkte mit laufendem Motor einen halben Häuserblock hinter mir.

»Hallo, meine Liebe«, begrüßte mich Lula. »Wo hast du Bob gelassen?«

»Der ist bei Grandma. Die beiden schlafen sich mal aus.«

»Du könntest auch eine Mütze Schlaf vertragen. Du siehst schrecklich aus. Wenn dein ganzes Gesicht so schwarz wäre wie die Ringe unter deinen Augen, könntest du glatt in mein Wohnviertel ziehen. Das Vorteilhafte an den schwarzen Ringen und blutunterlaufenen Augen ist natürlich, dass der hässliche Pickel jetzt kaum mehr auffällt.«

Noch vorteilhafter war, dass der Pickel mir heute scheißegal war. Schon komisch, dass ein Pickel bereits durch so Unbedeutendes wie eine lebensbedrohliche Situation in die richtige Perspektive gerückt werden kann. Für heute hatte ich mir nämlich Munson vorgenommen. Ich wollte nicht schon wieder eine schlaflose Nacht verbringen und Angst haben müssen, in Flammen aufzugehen.

»Ich habe so das Gefühl, dass Munson heute Morgen wieder daheim in seinem Reihenhaus ist«, sagte ich zu Lula. »Ich fahre hin und mache ihn platt.«

»Au ja! Ich komme mit«, sagte Lula. »Ich hätte heute auch große Lust, jemanden platt zu machen. Ich bin sogar richtig in Plattmachlaune.«

Ich hole meine Pistole aus der Umhängetasche. »Mir sind die Kugeln ausgegangen«, sagte ich zu Connie. »Hast du noch welche übrig?«

Vinnie steckte den Kopf durch die Tür zu seinem Privatbüro. »Habe ich das richtig verstanden? Du willst Kugeln in deine Pistole stecken? Wozu?«

Ich kniff die Augen zusammen. »In meiner Pistole stecken oft Kugeln«, sagte ich gereizt. »Ich habe sogar erst gestern Abend auf jemanden geschossen.«

Allgemeines Erstaunen.

»Auf wen hast du geschossen?«, fragte Lula.

»Auf Morris Munson. Er ist in meine Wohnung eingebrochen.«

Vinnie kam schnurstracks auf mich zu. »Wo ist er? Ist er tot? Du hast ihn doch nicht in den Rücken geschossen, oder? Muss ich es denn jedes Mal wiederholen? Nicht in den Rücken schießen!«

»Ich habe ihm nicht in den Rücken geschossen. Ich habe ihm in den Fuß geschossen.«

»Und? Wo ist er jetzt?«

»Scheiße! Das kenn ich!«, sagte Lula. »Du hast ihm mit deiner letzten Kugel in den Fuß geschossen, stimmt's? Hast ihm 'ne Ladung Blei verpasst, und dann ist dir die Munition ausgegangen.« Sie schüttelte den Kopf. »Wirklich übel, wenn einem so etwas passiert.«

Connie kam mit einer Schachtel Kugeln aus dem Hinterzimmer. »Willst du wirklich welche haben?«, fragte sie mich. »Ich weiß nicht. Du siehst schlecht aus. Ich finde es nicht ratsam, einer Frau mit Pickeln Munition anzuvertrauen. Wer weiß, was sie damit anstellt.«

Ich legte vier Patronen ein und nahm die Schachtel mit der Munition mit. »Ich komme schon zurecht.«

»Endlich mal eine selbstbewusste Frau«, sagte Lula.

Eine Frau, die einen Kater hat und nur den Tag hinter sich bringen will.

Auf dem Weg zu Manson fuhr ich an den Straßenrand und übergab mich. Habib und Mitchell hinter mir grinsten frech.

»Muss ja heiß her gegangen sein, letzte Nacht«, sagte Lula.

»Lieber nicht dran denken.« Das war nicht nur so dahergesagt. Ich wollte wirklich nicht daran denken. Was lief da bloß zwischen Ranger und mir? Ich musste verrückt sein. Außerdem konnte ich es kaum fassen, dass ich mit meiner Oma zusammen Bourbon und heiße Schokolade getrunken hatte. Ich bin nicht gerade trinkfest. Zwei Flaschen Bier und ich bin betrunken. Ich hatte das Gefühl, mein Verstand wäre irgendwo ins All gebeamt worden, und mein Körper wäre auf der Erde verblieben.

Ich fuhr die paar hundert Meter zum nächsten McDonald's Drive-In und bestellte mir das Mittel gegen Kater, das bei mir noch nie seine Wirkung verfehlt hat: Pommes und Cola.

»Wo wir schon mal da sind, kann ich mir ja auch eine Kleinigkeit bestellen«, sagte Lula. »McMuffin, Frühstückspommes, Schokoladen-Shake und einen Big Mac«, rief Lula über mich hinweg.

Ich spürte einen gewissen Brechreiz. »Das soll eine Kleinigkeit sein?«

»Du hast ja Recht«, sagte sie. »Also, streich die Pommes.«

Der Typ an dem Schalter reichte mir die Tüte mit dem Essen und sah auf die Rückbank des Buicks. »Wo haben Sie denn heute Ihren Hund gelassen?«

»Zu Hause.«

»Schade. Das war echt cool das letzte Mal, Lady. So ein riesiger Haufen...«

Ich trat aufs Gaspedal und raste los. Als wir vor Munsons Haus ankamen, war alles aufgegessen, und ich fühlte mich schon viel besser.

»Warum bist du dir so sicher, dass der Kerl wieder hierher gekommen ist?«, fragte Lula.

»Nur so ein Gefühl. Er muss seinen Fuß verbinden und sich ein neues Paar Schuhe holen. Ich an seiner Stelle würde so etwas zu Hause erledigen. Außerdem war es ziemlich spät gestern Abend. Und wenn ich dann schon bei mir zu Hause wäre, würde ich auch gern in meinem eigenen Bett schlafen.«

Von außen war nichts zu erkennen. Die Fenster waren dunkel, und im Haus sah man keine Lebenszeichen. Ich fuhr um den Block herum und bog in die Zufahrtsstraße zur Garage. Lula sprang aus dem Wagen und sah durch das Garagenfenster.

»Er ist zu Hause«, sagte sie und stieg wieder ein. »Jedenfalls steht seine Schrottkarre in der Garage.«

»Hast du deine Schreckschusspistole und dein Spray dabei?«

»Schon mal Schwarzenegger ohne Pumpgun gesehen? Mit dem Kram in meiner Handtasche könnte ich eine ganze Armee ausrüsten.«

Ich fuhr zurück zur Vorderseite des Hauses und ließ Lula aussteigen, mit der strengen Anweisung, den Eingang zu beobachten. Danach stellte ich den Wagen zwei Häuser weiter in einer Zufahrt ab, außerhalb von Munsons Blickfeld. Habib und Mitchell parkten in ihrem Kinderwagen hinter mir und machten sich über ihre McDonald's-Fresstüten her.

Ich nahm eine Abkürzung über zwei Hinterhöfe und gelangte an die Rückseite von Munsons Haus. Ich lugte vorsichtig durchs Küchenfenster. Nichts tat sich da drin. Auf dem Küchentisch lagen eine Schachtel Pflaster und eine Rolle Küchenkrepp. Hatte ich also doch Recht gehabt! Ich trat zurück und schaute hoch zum ersten Stock. Von ferne war ein Wasserrauschen zu vernehmen. Munson stand unter der Dusche. Junge, Junge, was Besseres konnte mir gar nicht passieren.

Ich probiere den Hintereingang. Abgeschlossen. Die Fenster. Verriegelt. Ich wollte gerade eine Scheibe einschlagen, als Lula mir von innen die Tür aufmachte.

»Das Schloss an der Vordertür war leicht zu knacken«, sagte sie.

Ich musste der einzige Mensch weit und breit sein, der keine Schlösser knacken konnte.

Wir standen in der Küche und lauschten. Oben im ersten Stock lief immer noch Wasser. Lula hatte das Reizgas in der einen, die Pistole in der anderen Hand. Ich hatte die eine Hand frei, in der anderen ein Paar Handschellen. Wir schlichen die Treppe hoch und blieben an der obersten Stufe stehen. Das Haus war sehr schmal. Zwei Schlafzimmer und ein Badezimmer im ersten Stock. Die Schlafzimmertüren standen offen, die Zimmer selbst waren leer. Die Badezimmertür war zu. Lula postierte sich mit gezücktem Spray auf die eine Seite der Tür, ich auf die andere Seite. Wir wussten genau, wie wir vorgehen mussten, denn wir hatten es tausendmal in Polizeifilmen gesehen. Munson trug normalerweise keine Waffe, und unter der Dusche hatte er bestimmt keine in Reichweite dabei, aber Vorsicht konnte nicht schaden.

»Ich zähle bis drei«, flüsterte ich Lula nur mit Lippenbewegungen zu. Meine Hand lag auf dem Türknauf. »Eins. Zwei. Drei!«

9

»Moment mal«, sagte Lula. »Der Kerl ist doch bestimmt nackt. Ich finde, das haben wir nicht nötig. Hässliche nackte Männer habe ich in meinem Leben genug gesehen. Auf den Anblick bin ich nicht scharf.«

»Ob nackt oder nicht, ist völlig unwichtig«, sagte ich. »Viel wichtiger ist die Frage, ob er ein Messer oder einen Flammenwerfer zur Hand hat.«

»Ein schlagendes Argument.«

»Also, ich zähle noch mal bis drei. Fertig? Eins. Zwei. Drei!«

Ich machte die Tür auf, und wir sprangen ins Badezimmer. Munson schob den Duschvorhang zur Seite. »Was soll das?«

»Sie sind verhaftet«, sagte Lula. »Binden Sie sich bitte ein Handtuch um. Ersparen Sie uns den traurigen Anblick Ihres schrumpligen Gemächts.«

Munsons Haar war mit Shampoo eingeseift, und an seinem Fuß war ein dicker Verband, den er mit einer um das Gelenk gewickelten und mit einem Gummiband befestigten Plastiktüte gegen die Feuchtigkeit schützte.

»Ich bin irre«, kreischte Munson. »Ich bin total irre. Lebend kriegen Sie mich nie hier raus.«

»Soll mir recht sein«, sagte Lula und reichte ihm ein Handtuch. »Stellen Sie bitte das Wasser ab.«

Munson nahm das Handtuch und peitschte stattdessen damit auf Lula ein.

»He!«, rief Lula. »Hören Sie auf damit. Wenn Sie mich noch einmal mit dem Tuch schlagen, kriegen Sie eine Wolke von dem Reizgas ab.«

Munson schlug wieder auf sie ein. »Schweinchen Dick! Schweinchen Dick!«, sang er dabei.

Lula ließ das Spray fallen und ging ihm an die Gurgel. Munson fasste nach oben, richtete den Duschkopf auf sie und trat aus der Duschkabine. Ich versuchte ihn mir zu schnappen, aber er war nass und glitschig von der Seife, und Lula schlug im Kampf gegen den Wasserstrahl wie wild um sich.

»Sprüh ihn ein!«, schrie ich sie an. »Gib ihm einen Stromstoß! Schieß auf ihn! Tu irgendwas!«

Munson stieß uns beide zur Seite und raste die Treppe hinunter. Er lief durchs Haus, den hinteren Ausgang hinaus. Ich blieb ihm dicht auf den Fersen, und Lula war drei Meter hinter mir. Sein Fuß musste höllisch wehtun, aber er querte im Laufschritt zwei Hinterhöfe und bog in die Zufahrtsstraße. Ich setzte zu einem Hechtsprung an und traf ihn im Kreuz. Wir landeten auf dem Boden, wälzten uns hin und her, ineinander verkeilt, fluchten und schimpften, kratzten und bissen, und die ganze Zeit versuchte ich, ihm die Handschellen anzulegen. Hätte er Kleider angehabt, an denen ich ihn hätte packen können, wäre es einfacher gewesen. Das einzig griffige Körperteil an ihm wollte ich lieber nicht anfassen.

»Schlag ihn da, wo es am meisten wehtut!«, schrie Lula.

An diesen Rat hielt ich mich. Irgendwann reicht es mit der Rumwälzerei auf dem Boden. Ich rollte zur Seite und rammte Munson ein Knie in die Weichteile.

»Hmpf!«, gab Munson von sich und ging automatisch in Fötusstellung.

Lula und ich nahmen ihm die Hände von seinem erbärmlichen Gehänge, legten sie auf den Rücken und banden ihm die Handschellen um.

»Deinen Ringkampf mit dem Kerl hätte ich zu gerne auf Video aufgenommen«, sagte Lula. »Es hat mich an den Witz mit dem Zwerg am FKK-Strand erinnert, der seine Nase dauernd in fremder Leute Angelegenheiten steckt.«

Mitchell und Habib waren aus ihrem Wagen gestiegen, standen ein paar Meter abseits und schauten mit gequältem Gesichtsausdruck zu.

»Ich habe es bis hierher gespürt«, sagte Habib. »Sollten wir mal den Befehl kriegen, Sie festzunehmen, besorge ich mir vorher einen Genitalschutz.«

Lula lief zurück ins Haus, um eine Decke zu holen und die Tür abzuschließen. Habib, Mitchell und ich schleppten Munson rüber zum Buick. Als Lula aus dem Haus zurückkam, wickelten wir Munson in die Decke, verfrachteten ihn auf den Rücksitz und brachten ihn zur Polizeiwache in der North Clinton. Wir fuhren am Hintereingang vor, der einen Empfangsschalter zum Hof hinaus hat.

»Ein Drive-in wie bei McDonald's«, sagte Lula. »Mit dem Unterschied, dass wir diesmal etwas liefern und nichts abholen.«

Ich betätigte den Summer und zeigte meinen Ausweis. Einen Augenblick später öffnete Carl Costanza die Tür und schaute hinüber zu meinem Buick. »Was haben wir denn Schönes?«, wollte er wissen.

»Eine Person auf meinem Rücksitz. Morris Munson. NVGler.«

Carl glotzte durchs Autofenster und grinste. »Der ist ja nackt.«

Ich stöhnte. »Willst du mir deswegen Ärger machen?«

»He, Juniak«, brüllte Costanza seinem Kollegen zu. »Komm her und guck dir den nackten Mann an. Rate mal, zu wem der wohl gehört!«

»Okay«, richtete sich Lula an Munson, »das war's. Sie können jetzt aussteigen.«

»Nein«, sagte Munson, »ich steige nicht aus.«

»Und ob Sie aussteigen«, sagte Lula.

Juniak und noch zwei andere Kollegen gesellten sich zu Costanza am Eingang. Alle setzten ihr dämliches Bullengrinsen auf.

»Manchmal finde ich unseren Job ja zum Kotzen«, sagte einer der Polizisten. »Aber dann gibt es Momente wie diesen, wo man so etwas zu sehen kriegt, und schon macht die Arbeit wieder Spaß. Warum hat der nackte Kerl eigentlich eine Plastiktüte am Fuß?«

»Ich habe ihn niedergeschossen«, sagte ich.

Costanza und Juniak sahen sich an. »Das will ich nicht gehört haben«, sagte Costanza.

Lula warf Munson ihren bedeutungsschwangeren Ekelblick

zu. »Wenn Sie Ihren stinkenden Arsch nicht bald da wegheben, trete ich Ihnen in ebendenselben.«

»Selber Fettarsch«, sagte Munson. »Sie können mich mal.«

Die Polizisten hielten die Luft an und wichen zurück.

»Das reicht«, sagte Lula. »Das hat mir gründlich die Laune verdorben. Meine gute Stimmung ist dahin. Und Sie sind Schuld. Vernichten werde ich Sie, Sie Rumpelstilzchen mit Schrumpelstiel.« Sie stieß die Beifahrertür auf, quälte sich aus dem Auto und riss die hintere Tür auf.

Munson sprang aus dem Auto.

Ich wickelte schnell die Decke um ihn, und wir alle gingen in die Polizeiwache, außer Lula. Lula reagierte allergisch auf Polizeiwachen. Sie fuhr rückwärts aus der Einfahrt hinaus, auf den Parkplatz, und stellte den Wagen ab.

Ich ging zu dem Beamten, der die Prozessliste führte und fesselte Munson mit den Handschellen an die nächstgelegene Bank. Dem Beamten reichte ich meine Unterlagen und bekam dafür die Empfangsbestätigung für Munson. Als Nächstes wollte ich Brian Simon einen Besuch abstatten.

Ich war auf dem Weg in den ersten Stock, da hielt mich Costanza an. »Wenn du Simon suchst, gib dir keine Mühe. Der hat sich gleich verdünnisiert, als er gehört hat, dass du hier bist.« Costanza musterte mich von oben bis unten. »Ich will ja nicht ausfallend werden, aber du siehst schlimm aus.«

Ich war von Kopf bis Fuß verdreckt, meine Jeans hatte an einem Knie ein Loch, meine Frisur lag im Kampf mit dem natürlichen Haarwuchs, und dann war da noch der Pickel.

»Du siehst aus, als hättest du seit Tagen nicht geschlafen«, sagte Costanza.

»Richtig erraten.«

»Ich werde mal ein Wörtchen mit Morelli reden.«

»Es liegt nicht an Morelli. Es ist meine Großmutter. Sie ist bei mir eingezogen, und sie schnarcht.« Von Ranger, Moon und den anderen Verrückten, die mir das Leben schwer machten, ganz zu schweigen.

»Habe ich dich richtig verstanden? Du wohnst zusammen mit deiner Oma und Simons Hund?«

»Ja.«

Costanza grinste. »He, Juniak«, schrie er, »ich muss dir was erzählen, das glaubst du nicht.« Er sah wieder mich an. »Kein Wunder, dass Morelli in letzter Zeit so mies gelaunt ist.«

»Sag Simon Bescheid, ich wäre hier gewesen.«

»Darauf kannst du Gift nehmen«, sagte Costanza.

Ich verließ die Polizeiwache und fuhr mit Lula zurück zum Büro, um mein Kopfgeldjägerhonorar einzustreichen. Lula und ich hatten den Kerl gefangen, zudem war es ein großer Fang. Der Mann war Triebtäter. Die Operation war vielleicht nicht ganz makellos verlaufen, aber wir hatten ihn geschnappt, trotz allem.

Ich knallte Connie die Empfangsbestätigung auf den Schreibtisch. »Na? Sind wir nicht gut?«, sagte ich.

Vinnie steckte den Kopf durch die Tür zu seinem Arbeitszimmer. »Habe ich da gerade was von einer Festnahme gehört?«

»Morris Munson«, sagte Connie. »Ordnungsgemäß übergeben.«

Vinnie, die Hände in den Hosentaschen, ein Lächeln so breit wie sein Gesicht, schaukelte auf den Fersen. »Wunderbar.«

»Er hat diesmal sogar keinen von uns beiden abgefackelt«, sagte Lula. »Wir waren echt Spitze. Wir haben den Saftarsch in den Knast geschafft.«

Connie sah Lula mit großen Augen an. »Weißt du eigentlich, dass du völlig durchnässt bist?«

»Wir mussten den Kerl aus der Dusche werfen.«

Vinnies Augenbrauen schossen in die Höhe. »Habt ihr ihn etwa nackt verhaftet?«

»Selber schuld, der Blödmann. Wenn er nicht aus dem Haus

auf die Straße geflüchtet wäre, hätte es nicht ganz so schlimm für ihn kommen müssen«, sagte Lula.

Vinnie schüttelte den Kopf, und er lachte breiter als üblich. »Ich liebe meine Arbeit!«

Connie zahlte mir mein Honorar aus, ich gab Lula ihren Anteil, danach ging ich nach Hause um mich umzuziehen.

Grandma war noch da, machte sich fertig für die Fahrstunde. Sie trug einen lila Jogginganzug, flache Turnschuhe und ein langärmliges T-Shirt mit einer quer über die Brust verlaufenden Aufschrift: Friss meine Shorts auf. »Ich habe heute einen Mann im Aufzug kennen gelernt«, sagte sie. »Ich habe ihn zum Abendessen eingeladen.«

»Wie heißt er?«

»Myron Landowsky. Er ist ein Langweiler, aber irgendwann muss ich ja mal anfangen.« Sie nahm ihre Handtasche von der Ablage, klemmte sie untern Arm und tätschelte Bob am Kopf. »Bob war heute sehr brav. Er hat nur eine Rolle Klopapier gefressen. Ach so, ja, ich habe mir gedacht, du und Joseph, ihr könntet uns beide vielleicht mitnehmen zu deinen Eltern. Myron fährt bei Dunkelheit nicht mehr gerne Auto, er ist nachtblind.«

»Kein Problem.«

Ich machte mir ein Sandwich mit Spiegelei zum Mittagessen, wechselte die Jeans, bürstete das Haar, band es zu einem halbwegs anständigen Pferdeschwanz zusammen und trug eine halbe Tonne von dem Pickel-Make-up auf. Dann kleisterte ich mir die Wimpern mit Mascara zu und betrachtete mich im Spiegel. Stephanie, Stephanie, sagte ich. Was hast du eigentlich vor?

Was ich vorhatte? Ich bereitete mich auf meinen nächsten Einsatz in Deal vor. Mich quälte der Gedanke, dass ich die einzigartige Gelegenheit, mit Alexander Ramos ins Gespräch zu kommen, vermasselt hatte. Wie ein stummer Fisch hatte ich gestern Nachmittag mit ihm an einem Tisch gesessen. Wir beschatten die Familie Ramos, und dann gerate ich unerwarteterweise in die Höhle des Löwen und stellte dem Oberlöwen keine einzige Frage. Rangers Rat, mich von Alexander Ramos fern zu halten, war bestimmt vernünftig, aber ich hatte das Gefühl, es wäre feige, wenn ich nicht noch einmal hinfahren und diesmal die Gelegenheit nutzen würde.

Ich schnappte mir meine Jacke und befestigte die Hundeleine an Bobs Halsband. Vorher ging ich noch kurz in die Küche, um mich von Rex zu verabschieden und meine Pistole wieder in der Keksdose zu deponieren. Ich fand es wenig ratsam, eine Schusswaffe bei mir zu tragen, wenn ich Alexander Ramos durch die Gegend kutschierte.

Unten auf dem Parkplatz erwartete mich Joyce Barnhardt.

»Hallo, Streuselkuchen«, begrüßte sie mich.

Das Pickel-Make-up hatte wohl seine Wirkung verfehlt.

»Willst du was von mir?«

»Du weißt genau, was ich will.«

Joyce war nicht die einzige Kuh, die auf dem Parkplatz graste. Mitchell und Habib standen mit ihrem Wagen am Rand. Ich ging zu ihnen, und Mitchell kurbelte das Fenster auf der Fahrerseite herunter.

»Sehen Sie die Frau da drüben, mit der ich gerade gesprochen habe?«, fragte ich ihn. »Sie heißt Joyce Barnhardt, und sie ist die Kaufhausdetektivin, die Vinnie für die Jagd auf Ranger extra engagiert hat. Wenn Sie Ranger kriegen wollen, müssen Sie sich an die halten.«

Beide Männer sahen hinüber zu Joyce.

»Eine Frau mit solchen Kleidern würde in meiner Heimat gesteinigt«, sagte Habib.

»Hübsche Möpse«, sagte Mitchell. »Sind die echt?«

»Soweit ich weiß.«

»Wie hoch schätzen Sie ihre Chancen ein, dass sie Ranger zu fassen kriegt?«

»Gegen null.«

»Und Ihre Chancen?«

»Ebenso.«

»Wir haben den Auftrag, Sie zu beobachten«, sagte Mitchell. »Und dabei bleibt's.«

»Schade«, sagte Habib. »Ich hätte mir diese Nutte Joyce Barnhardt gern mal aus der Nähe angesehen.«

»Werden Sie mich heute wieder den ganzen Tag verfolgen?«

Mitchells Wangen verfärbten sich vom Hals an aufwärts. »Wir haben noch ein paar andere Dinge zu erledigen.«

Ich schmunzelte. »Zum Beispiel das Auto nach Hause bringen.«

»Scheiß Fuhrpark«, sagte Mitchell. »Mein Junge hat heute ein wichtiges Fußballspiel.«

Ich ging zum Buick und verfrachtete Bob auf den Rücksitz. Wenigstens würde mich heute keiner verfolgen, die Sorge war ich los, dem Fußballspiel sei dank. Ich sah in den Rückspiegel, um mich zu vergewissern. Kein Habib und auch kein Mitchell – dafür klemmte sich Joyce hinter mich. Ich fuhr an den Straßenrand und hielt an, Joyce blieb wenige Meter hinter mir stehen. Ich stieg aus und ging zu ihr.

»Lass den Scheiß«, sagte ich.

»Ich darf fahren, wohin ich will.«

»Willst du mir den ganzen Tag nachfahren?«

»Höchstwahrscheinlich.«

»Und wenn ich dich höflich bitten würde?«

»Mach dir nichts vor.«

Ich sah mir ihr Auto an. Ein nagelneuer schwarzer Minijeep. Dann sah ich mir mein Auto an. Big Blue. Ich ging zu ihm und stieg ein. »Halt dich fest«, sagte ich zu Bob. Ich rammte den Rückwärtsgang ein und gab Gas.

RUMMS.

Ich legte den ersten Gang ein und fuhr ein Stück vor, stieg wieder aus und begutachtete den Schaden. Die Stoßstange am

Jeep war zerknüllt wie eine Papiertüte, und Joyce kämpfte mit dem aufgeblasenen Airbag. Das Hinterteil des Buicks war heil geblieben. Kein einziger Kratzer. Ich stieg ein und fuhr davon. Einer Frau mit Pickel am Kinn soll man eben nicht blöd kommen. Basta.

Es war wolkenverhangen in Deal, vom Meer zog Nebel auf. Grauer Himmel, graues Meer, graue Bürgersteige, und ein großes, rosa Haus, das Alexander Ramos gehörte. Ich glitt mit meinem Wagen an dem Haus vorbei, machte kehrt, fuhr ein zweites Mal vorbei, machte wieder kehrt und hielt an der nächsten Kreuzung. Ob Ranger mich wohl beobachtete, fragte ich mich. Höchstwahrscheinlich. Auf der Straße standen weder Kleinbusse noch Trucks. Also musste er sich in einem Haus aufhalten, das leer stand. Welche Häuser zur Meerseite leer standen, war leicht zu erkennen. Die unbewohnten Häuser an der Straße waren hingegen schwieriger auszumachen. An keinem waren die Fensterläden geschlossen.

Ich sah auf die Uhr. Die gleiche Zeit, die gleiche Stelle. Nur Ramos fehlte. Zehn Minuten später klingelte mein Handy.

»Yo«, meldete sich Ranger.

»Selber Yo.«

»Du hältst dich wohl nicht gern an Ratschläge.«

»Meinst du deinen Rat, den Job als Zigarettenschmuggler nicht anzunehmen? So was konnte ich mir nicht entgehen lassen.«

»Sei bloß vorsichtig, hast du mich verstanden?«

»Verstanden.«

»Unser Mann hat Schwierigkeiten, sich aus dem Haus zu entfernen. Bleib dran.«

»Woher weißt du überhaupt Bescheid? Wo bist du?«

»Halt dich bereit. Die Show fängt an«, sagte Ranger. Die Leitung wurde unterbrochen.

Alexander Ramos hatte das Tor passiert und kam über die Straße auf mein Auto zugelaufen. Er riss die Beifahrertür auf und warf sich in den Wagen. »Los!«, rief er. »Fahren Sie!«

Ich ließ den Motor an und sah noch zwei Männer in Anzügen durch das Tor kommen und hinter uns her sprinten. Ich gab Gas, und wir brausten los.

Ramos sah überhaupt nicht gut aus. Er war blass und schwitzte und japste nach Luft. »Meine Fresse«, sagte er, »ich hätte nicht gedacht, dass ich es schaffen würde. Das reinste Irrenhaus. Wie gut, dass ich gerade aus dem Fenster geguckt habe und Ihr Auto sah. Ich bin beinahe verrückt geworden da drin.«

»Soll ich Sie wieder zu dem Zigarettengeschäft bringen?«

»Nein. Da werden sie zuerst nach mir suchen. Zu Sal's kann ich auch nicht.«

Ein ungutes Gefühl beschlich mich. Hatte ich einen der Tage erwischt, an denen Alexander seine Medikamente mal nicht eingenommen hatte?

»Fahren Sie mich nach Asbury Park«, sagte er. »Ich kenne da eine Kneipe.«

»Wieso haben die beiden Männer Sie verfolgt?«

»Mich hat niemand verfolgt.«

»Ich habe sie doch selbst gesehen...«

»Gar nichts haben Sie gesehen.« Er wies mit dem Finger die Richtung. »Halten Sie an der Bar da drüben.«

Wir betraten zu dritt die Bar, setzten uns an einen Tisch, und es spielte sich das gleiche Ritual wie tags zuvor ab. Der Kellner brachte ungebeten eine Flasche Ouzo an unseren Tisch. Ramos kippte zwei Gläser, danach zündete er sich eine Zigarette an.

»Sie scheinen ja hier bekannt zu sein wie ein bunter Hund«, sagte ich.

Er ließ seinen Blick die Nischen entlanggleiten, die eine Wand der Kneipe säumten, dann über den dunklen Mahagonitresen, der die gesamte andere Wand einnahm. Hinter dem Tresen stand die übliche Ansammlung von Flaschen, hinter den Flaschen befand sich der übliche Barspiegel. Ein Hocker am anderen Ende des Raums war besetzt. Der Mann starrte in sein Glas. »Ich komme seit ein paar Jahren hierher«, sagte Ramos. »Immer, wenn ich von den Irren zu Hause Abstand brauche.«

»Welche Irren?«

»Meine Familie. Ich habe drei nutzlose Söhne großgezogen, die das Geld schneller ausgeben als ich es einnehme.«

»Sie sind Alexander Ramos, nicht? Ich habe Ihr Foto vor einiger Zeit in *Newsweek* gesehen. Tut mir Leid wegen Homer. Ich habe in der Zeitung von dem Brand gelesen.«

Er goss sich noch ein Glas ein. »Ein Irrer weniger, mit dem man sich abplagen muss.«

Mir stockte das Blut in den Adern. Wie konnte ein Vater nur so über seinen Sohn reden.

Er zog einmal kräftig an der Zigarette, schloss die Augen und genoss den Moment. »Die glauben, der alte Herr wüsste nicht, was vor sich geht. Da haben sie sich getäuscht. Der alte Herr weiß alles. Ich habe das Unternehmen nicht aufgebaut, weil ich blöd bin. Und auch nicht, weil ich so nett bin. Die sollen sich bloß vorsehen.«

Ich schaute verstohlen zur Eingangstür. »Sind wir hier auch wirklich in Sicherheit?«

»Mit Alexander Ramos ist man immer in Sicherheit. Alexander Ramos ist unberührbar.«

Das wüsste ich aber. Deswegen flüchten wir ja auch nach Asbury Park. Irgendwie kam mir das alles ziemlich gaga vor.

»Ich werde nur beim Rauchen nicht gerne gestört«, sagte er. »Ich will mir nicht die ganze Zeit die Blutsauger ansehen müssen.«

»Werfen Sie sie doch einfach aus dem Haus. Dann sind Sie sie los.«

Er kniff die Augen vor dem Zigarettenqualm zusammen.

»Wie würde das denn aussehen? Wir sind eine Familie.« Er ließ die Zigarette zu Boden fallen und trat sie aus. »Es gibt nur eine Möglichkeit, eine Familie loszuwerden.«

Ach, du Scheiße.

»Wir können gehen. Ich bin fertig«, sagte er. »Ich muss zurück, sonst reißt mein Sohn mich noch in tausend Stücke.«

»Hannibal?«

»Mister Omnipotenz. Ich hätte ihn nicht aufs College schicken sollen.« Er stand auf und legte ein Bündel Banknoten auf den Tisch. »Und Sie? Sind Sie aufs College gegangen?«

»Ja.«

»Was machen Sie jetzt beruflich?«

Wenn ich ihm sagte, ich sei Kopfgeldjägerin, würde er mich auf der Stelle erschießen. »Och, dies und das«, sagte ich.

»Erst höhere Bildung, und jetzt nur dies und das?«

»Sie hören sich an wie meine Mutter.«

»Ihre Mutter kann bestimmt den Hals nicht voll genug kriegen.«

Das brachte mich zum Lachen. Ramos war durchgeknallt, dass einem Angst und Bange werden konnte, aber irgendwie mochte ich ihn. Er erinnerte mich an meinen Onkel Punky.

»Wissen Sie, wer Homer getötet hat?«

»Homer hat sich selbst getötet.«

»In der Zeitung stand, man hätte keine Pistole gefunden, deswegen wurde Selbstmord ausgeschlossen.«

»Es gibt die unterschiedlichsten Möglichkeiten sich umzubringen. Mein Sohn war dumm und geizig.«

»Äh... Sie haben ihn nicht zufällig getötet, oder?«

»Ich war in Griechenland, als er erschossen wurde.«

Unsere Blicke verschmolzen ineinander, und wir beide wussten, dass das keine Antwort auf meine Frage war. Ramos konnte die Exekution seines Sohnes auch aus der Ferne angeordnet haben.

Ich brachte ihn zurück nach Deal und hielt in einer Seitenstraße, einen Block von dem rosa Haus entfernt.

»Wenn Sie sich wieder mal zwanzig Dollar verdienen wollen, brauchen Sie nur an der Straßenecke aufzukreuzen«, sagte Ramos.

Ich lächelte. Bis jetzt hatte ich kein Geld von ihm angenommen, und ich würde wahrscheinlich nicht wieder hier aufkreuzen. »Gut«, sagte ich, »dann halten Sie die Augen auf.«

Ich fuhr los, sobald Ramos ausgestiegen war. Ich wollte nicht das Risiko eingehen, von den Männern in den Anzügen entdeckt zu werden. Zehn Minuten später klingelte mein Handy.

»War ja nur eine Stippvisite«, sagte Ranger.

»Er trinkt, er raucht, und dann will er wieder nach Hause.«

»Hast du was erfahren?«

»Ich glaube, er ist nicht ganz richtig im Kopf.«

»Das ist allgemeiner Konsens.«

Manchmal hörte sich Ranger an, als wäre er auf der Straße groß geworden, und dann wieder redete er wie ein Börsenmensch. Ricardo Carlos Manoso, ein Mann voller Geheimnisse.

»Kannst du dir vorstellen, dass Ramos seinen eigenen Sohn umgebracht hat?«

»Möglich wär's.«

»Er sagt, Homer sei getötet worden, weil er dumm und geizig gewesen sei. Du hast Homer doch gekannt. War der dumm und geizig?«

»Homer war der Schwächste der drei Söhne. Er ist immer den Weg des geringsten Widerstands gegangen. Bloß, dieser Weg bringt manchmal auch Probleme mit sich.«

»Welche zum Beispiel?«

»Wenn er zum Beispiel hunderttausend beim Glücksspiel verliert und dann den Weg des geringsten Widerstands wählt, um an das Geld zu kommen... einen Lastwagen entführt oder mit Drogen handelt. Dabei kommt er unweigerlich der Mafia ins Gehege oder legt sich mit der Polizei an, und Hannibal muss ihn dann wieder gegen Kaution freikaufen.«

Das brachte mich zu der Frage, was Ranger an dem Abend, als Homer erschossen wurde, eigentlich mit ihm zu schaffen gehabt hatte. Aber es wäre sinnlos gewesen, ihm die Frage zu stellen.

»Bis später, Babe«, sagte Ranger. Dann war er wieder verschwunden.

Als ich nach Hause kam, blieb noch Zeit für einen Spaziergang mit Bob. Ich duschte und verbrachte dann noch eine geschlagene halbe Stunde mit meiner Frisur. Sie sollte salopp wirken, so als würde ich für solche Dinge absolut keine Zeit verschwenden, da mein Haar schon von Natur aus so wunderschön war, dass ich ohne eigenes Zutun fantastisch aussah. Mir kam es wie ein Sakrileg vor: so eine sexy Frisur, und dann dieser fette, hässliche Pickel. Ich drückte ihn daher aus, bis es spritzte. Es hinterließ ein großes, blutverschmiertes Loch an meinem Kinn. Mist. Ich klebte einen Fetzen Klopapier auf das Loch, um das Blut zu stoppen, und trug mein Make-up auf. Dann schlüpfte ich in meine schwarze Stretchhose und in einen roten Pullover mit rundem Ausschnitt, zog den Klopapierfetzen vom Kinn und trat einen Schritt zurück, um mich im Spiegel zu betrachten. Die Ringe unter den Augen waren erheblich kleiner geworden, und das Loch an meinem Kinn verkrustete bereits. Keine Titelbildschönheit, aber bei gedämpftem Licht sah ich ganz erträglich aus.

Ich hörte, wie die Wohnungstür geöffnet und wieder geschlossen wurde. Grandma rauschte auf dem Weg zum Schlafzimmer am Badezimmer vorbei.

»Diese Fahrerei ist wirklich sagenhaft«, sagte sie. »Ich weiß gar nicht, wie ich all die Jahre ohne Führerschein ausgekommen bin. Heute nachmittag hatte ich wieder Fahrstunde. Danach ist Melvina gekommen, und wir sind zum Einkaufszentrum gefahren, wo ich ein paar Mal im Kreis fahren durfte. Ist alles gut gegangen. Außer einmal, da habe ich zu spät gebremst, und Melvina hat sich die Halswirbel verstaucht.«

Es klingelte an der Tür. Ich machte auf und Myron Landowsky betrat schnaufend den Flur. Mit seinem vorgestreckten, mit Leberflecken übersäten Kahlkopf, den eingezogenen Schultern und der bis unter die Achseln hochgezogenen Hose erinnerte mich Landowsky immer an eine Hausschildkröte.

»Eins sage ich Ihnen«, schimpfte er, »wenn die nicht bald was wegen dem Aufzug unternehmen, ziehe ich aus. Ich wohne seit zweiundzwanzig Jahren hier, aber wenn es sein muss, gehe ich. Die alte Bestler steigt mit ihrer Gehhilfe ein, und dann drückt sie beim Aussteigen auch noch den Halteknopf. Ich habe sie schon tausendmal dabei erwischt. Sie braucht eine Viertelstunde nur fürs Aussteigen, und dann verschwindet sie einfach und lässt den Halteknopf gedrückt. Was sollen wir derweil oben im zweiten Stock machen? Gerade musste ich den ganzen Weg von oben bis hier unten zu Fuß gehen!«

»Kann ich Ihnen ein Glas Wasser anbieten?«

»Haben Sie keinen Alkohol im Haus?«

»Nein.«

»Dann nicht.« Er sah sich um. »Ich wollte sowieso nur Ihre Großmutter abholen. Wir wollen essen gehen.«

»Sie zieht sich gerade um. Sie ist in fünf Minuten fertig.«

Es klopfte an der Tür, und Morelli spazierte herein. Er sah mich an, dann sah er hinüber zu Myron.

»Wir gehen zu viert zusammen aus«, sagte ich. »Das ist Grandmas Freund Myron Landowsky.«

»Würden Sie uns bitte entschuldigen«, sagte Morelli und zog mich hinter sich her in den Hausflur.

»Ich werde mich sowieso mal hinsetzen«, sagte Landowsky.

»Ich musste den ganzen Weg von oben bis hier unten zu Fuß gehen.«

Morelli schloss die Tür, drückte mich an die Wand und küsste mich. Als er fertig war, sah ich an mir herab, ob ich auch noch angezogen war.

»Wow«, sagte ich.

Er strich mit seinen Lippen über mein Ohr. »Wenn du die alten Herrschaften nicht bald aus deiner Wohnung wirfst, platze ich innerlich.«

Das Gefühl kannte ich nur zu gut. Heute Morgen unter der Dusche war ich auch innerlich geplatzt, aber es hatte nicht viel genützt.

Grandma machte die Tür auf und steckte den Kopf hindurch. »Ich dachte schon, ihr wärt ohne uns gegangen.«

Wir fuhren mit meinem Buick, weil wir nicht alle in Morellis Truck passten. Morelli saß am Steuer, Bob neben ihm, ich auf dem Beifahrersitz. Grandma und Myron hatten auf der Rückbank Platz genommen und unterhielten sich über Medikamente gegen Magensäure.

»Was Neues im Mordfall Ramos?«, fragte ich Morelli.

»Nichts Neues. Barnes ist immer noch davon überzeugt, dass es Ranger war. Er hat einen Haftbefehl gegen ihn, und er sucht nach ihm, mit vereinten Kräften.«

»Gibt es keine anderen Verdächtigen?«

»Genug, um das Shea Stadium zu füllen. Aber keine Beweise gegen sie.«

»Was ist mit der Familie?«

Morelli schielte zu mir herüber. »Was soll mit der sein?«

»Zählt die auch zu den Verdächtigen?«

»Genau wie alle anderen Familienmitglieder in drei Ländern auch.«

Meine Mutter stand in der Tür, als wir draußen vorfuhren. Es war komisch, sie so alleine dastehen zu sehen. In den vergangenen Jahren war Grandma immer an ihrer Seite gewesen: Mutter und Tochter, die ihre Rollen vertauscht hatten. Grandma, die sich mit Freuden von jeder Verantwortung lossagte. Meine Mutter, die diese Aufgabe widerwillig übernahm und sich abmühte, einen Platz für meine Großmutter zu finden, die urplötzlich zu einer Erwachsenen mutiert war, eine seltene Hybride aus toleranter Mutter und rebellischer Tochter. Und schließlich, im Wohnzimmer, mein Vater, der von alldem nichts wissen wollte.

»Na, sowas!«, sagte Grandma. »Von außen betrachtet sieht alles ganz anders aus.«

Bob stürzte aus dem Auto und fiel, angelockt durch den Bratengeruch, der aus der Küche herüberwehte, über meine Mutter her.

Myron blieb ein Stück hinter uns. »Das ist ja ein tolles Auto«, stellte er fest. »Eine wahre Schönheit. So was wird gar nicht mehr gebaut. Heutzutage ist alles nur noch Schrott. Plastikschrott. Hergestellt von einer Horde Ausländer.«

Mein Vater kam in die Diele geschlurft. Solches Gerede war nach seinem Geschmack. Mein Vater war Amerikaner in der zweiten Generation, und er hackte gern auf Ausländern herum, Verwandte ausgenommen. Er trat einen Schritt zurück, als er sah, dass die Schildkröte hier der Wortführer war.

»Das ist Myron«, stellte Grandma ihn vor. »Er begleitet mich heute Abend.«

»Schönes Haus haben Sie«, sagte Myron. »Es geht doch nichts über Aluminiumverkleidung. Das ist doch Aluminiumverkleidung, oder nicht?«

Bob lief wie eine verrückte Töle durchs Haus, ganz high von den Essensdünsten. Wieder in der Diele, blieb er stehen und schnüffelte genüsslich am Hintern meines Vaters.

»Schafft den Hund raus«, sagte mein Vater. »Wo kommt der überhaupt her?«

»Das ist Bob«, sagte Grandma. »Der will dich nur begrüßen. Ich habe im Fernsehen mal einen Film über Hunde gesehen, da hieß es, Schnüffeln am Hintern ist für Hunde wie das Händeschütteln bei Menschen. Ich kenne mich mit Hunden aus. Wir können von Glück sagen, dass sie Bobs Klöten rechtzeitig abgeknipst haben. Jetzt kommt er gar nicht mehr auf den Gedanken, sich an jedem Bein reiben zu wollen. So etwas einem Hund abzugewöhnen, soll wirklich sehr schwierig sein.«

»Ich hatte als Kind einen Hasen, der auch so ein Beinsammler war«, erzählte Myron. »Wenn der einen erstmal in der Zange hatte, wurde man ihn so schnell nicht wieder los. Dem war es egal, mit wem er es trieb. Einmal hatte er unsere Katze im Schwitzkasten und hätte sie beinahe erwürgt.«

Ich spürte, dass Morelli hinter mir sich innerlich vor Lachen bog.

»Ich habe einen Mordshunger«, sagte Grandma. »Sollen wir essen?«

Wir nahmen unsere Plätze am Tisch ein, außer Bob, der in der Küche aß. Mein Vater tat sich ein paar Scheiben Schweinebraten auf und reichte den Rest an Morelli weiter. Dann wurde das Kartoffelpüree herumgereicht, die grünen Bohnen, die Apfelsauce, das Gurkenglas, das Brotkörbchen, die eingelegte Rote Beete.

»Für mich keine Rote Beete«, sagte Myron. »Davon kriege ich Durchfall. Ich weiß auch nicht, woher das kommt, aber wenn man älter wird, kriegt man von allem möglichen Durchfall.«

Rosige Aussichten.

»Sei froh, dass du noch kannst«, sagte Grandma. »Sei froh, dass du kein Metamucil brauchst. Jetzt, wo Dealer Pleite ist, werden die Medikamentenpreise in die Höhe schnellen. Und an andere Sachen kommt man dann auch nicht mehr ran. Mein Auto habe ich gerade noch rechtzeitig gekauft.«

Meine Mutter und mein Vater sahen von ihren Tellern auf.

»Hast du dir ein Auto gekauft?«, fragte meine Mutter. »Hat mir ja gar keiner erzählt.«

»Ein ganz schickes«, sagte Grandma. »Es ist ein roter Corvette.«

Meine Mutter bekreuzigte sich. »Du lieber Himmel«, sagte sie.

10

»Wie kommt es, dass du dir einen Corvette leisten kannst?«, fragte mein Vater. »Du beziehst doch nur eine kleine Rente.«

»Ich hatte noch Geld von dem Hausverkauf damals«, sagte Grandma. »Außerdem habe ich ihn günstig bekommen. Selbst Moonnan meinte, es sei ein gutes Geschäft.«

Meine Mutter bekreuzigte sich wieder. »Moonnan«, sagte sie mit einem Anflug von Hysterie in der Stimme. »Hast du das Auto vom Moonnan gekauft?«

»Nein, nicht von Moonnan« sagte Grandma. »Moon verkauft keine Autos. Ich habe das Auto bei Dealer gekauft.«

»Na, Gott sei Dank«, sagte meine Mutter und legte eine Hand aufs Herz. »Im ersten Moment dachte ich... also, ich bin ja schon froh, dass du wenigstens zu einem richtigen Händler gegangen bist.«

»Ich war nicht beim Autohändler«, klärte Grandma sie auf. »Ich habe das Auto bei dem Metamucil-Dealer gekauft und 450 Dollar dafür bezahlt. Das ist doch ein guter Preis, oder nicht?«

»Das kommt darauf an«, sagte mein Vater. »Ist ein Motor drin?«

»Ich habe nicht nachgeguckt«, sagte Grandma. »Ich dachte, alle Autos hätten einen Motor.«

Joe sah gequält aus. Er wollte meine Oma nicht wegen Hehlerei verraten müssen.

»Als Louise und ich uns die Wagen ansahen, waren gerade einige Männer bei Dealer im Hof. Die schimpften alle auf Homer Ramos«, erzählte Grandma. »Er wäre ein großer Autolieferant. Ich wusste gar nicht, dass die Familie Ramos auch Autos verkauft. Ich dachte immer, die handeln mit Waffen.«

»Die Autos, die Homer Ramos verkauft hat, waren gestohlen«, sagte mein Vater, über den Teller gebeugt. »Das weiß doch jedes Kind.«

Ich wandte mich Joe zu. »Stimmt das?«

Joe zuckte die Schultern. Kein Kommentar. Er hatte sein Bullengesicht aufgesetzt. Wenn man die Zeichen zu lesen verstand, dann besagte dies: Laufende Ermittlungen.

»Das ist noch nicht alles«, sagte Grandma. »Er hat seine Frau betrogen. Er war ein echtes Schwein. Sein Bruder soll genauso schlimm sein. Er lebt in Kalifornien, aber hier unterhält er ein Haus, damit er sich heimlich mit anderen Frauen treffen kann. Die ganze Familie ist von Grund auf verdorben, wenn ihr mich fragt.«

»Der muss ja ziemlich reich sein, wenn er sich zwei Häuser leisten kann«, sagte Myron. »Wenn ich so reich wäre, würde ich mir auch eine Freundin gönnen.«

Allgemeines Schweigen. Die Tischrunde fragte sich, was Landowsky wohl mit einer Freundin anfangen würde.

Er langte nach der Schüssel mit dem Kartoffelpüree, aber sie war leer.

»Gib her. Ich fülle nach«, sagte Grandma. »Ellen hält in der Küche immer noch einen Rest warm.«

Grandma nahm die Schüssel und taperte in die Küche. »Oh, oh«, sagte sie, und die Küchentür schlug zu.

Meine Mutter und ich standen beide gleichzeitig auf um nachzuschauen. Grandma stand mitten im Raum und starrte den Kuchen auf dem kleinen Küchentisch an. »Zuerst die schlechte Nachricht: Bob hat den Kuchen angefressen«, sagte Grandma. »Jetzt die gute: Aber er hat nur den Zuckerguss auf einer Seite abgeleckt.«

Ohne zu zögern, holte meine Mutter ein Buttermesser aus der Besteckschublade, kratzte etwas Zuckerguss von der obersten Schicht ab, schmierte ihn auf die Seite, die Bob kahl geschleckt hatte und bestreute danach den ganzen Kuchen mit Kokosflocken.

»Kokosnusskuchen haben wir lange nicht mehr gehabt«, sagte Grandma. »Der sieht wirklich schön aus.«

Meine Mutter stellte den Kuchen auf den Kühlschrank, außer Reichweite von Bob. »Als du noch klein warst, hast du auch immer den Zuckerguss abgeleckt«, sagte sie zu mir. »Früher gab es oft Kokosnusskuchen bei uns.«

Morelli sah mich fragend an, als wir aus der Küche kamen.

»Keine Fragen«, sagte ich. »Und nicht die Kruste von dem Kuchen essen!«

Der Parkplatz hinterm Haus war fast voll besetzt. Die Rentner waren alle daheim und hockten friedlich vorm Fernseher.

Myron hielt seine Wohnungsschlüssel bimmelnd vor Grandmas Nase. »Wie wär's mit einem Schlummertrunk bei mir, meine Süße?«

»Ihr Männer seid doch alle gleich«, sagte meine Großmutter. »Immer nur das eine im Kopf.«

»Was denn?«, wollte Myron wissen.

Grandma verzog leicht die Lippen. »Wenn ich dir das erklären muss, hat es keinen Sinn, auf einen Schlummertrunk mit rauf zu kommen.«

Morelli brachte Grandma und mich bis vor die Wohnungstür. Er schloss Grandma auf und zog mich zur Seite. »Du kannst zu mir nach Hause kommen.«

Es klang sehr verlockend, und nicht einmal aus dem Grund, auf den Morelli spekulierte. Ich kroch auf dem Zahnfleisch, und außerdem schnarchte Morelli nicht. Endlich einmal richtig ausschlafen. Ich hatte seit Urzeiten nicht mehr durchgeschlafen. Ich konnte mich schon gar nicht mehr an das Gefühl erinnern.

Seine Lippen streiften meinen Mund. »Grandma hätte sicher nichts dagegen. Sie hat ja Bob.«

Acht Stunden, dachte ich. Acht Stunden Schlaf, mehr wollte ich gar nicht. Danach wäre ich so gut wie ausgewechselt.

Seine Hand glitt unter meinen Pullover. »Es wird eine unvergessliche Nacht.«

Eine Nacht ohne geifernde, messerschwingende Pyromanen. »Es wäre himmlisch«, sagte ich und merkte gar nicht, dass ich laut vor mich hin redete.

Er stand so dicht vor mir, dass ich jedes Körperteil von ihm spüren konnte. Eines dieser Körperteile schwoll an. Normalerweise löste das eine entsprechende Reaktion in meinem eigenen Körper aus. Heute Abend dagegen konnte ich darauf verzichten. Trotzdem, wenn das der Preis war, den ich für anständigen Schlaf zahlen musste, dann sollte es eben sein.

»Ich husche nur eben rein und hole ein paar Sachen«, sagte ich zu Morelli und stellte mich schon in einem warmen Baumwollnachthemd gemütlich in seinem Bett liegend vor. »Und ich muss Grandma Bescheid sagen.«

»Aber nicht, dass du reingehst und hinter dir die Tür zumachst und mich hier draußen stehen lässt!«

»Wie kommst du denn darauf?«

»Ich weiß auch nicht. Nur so ein Gefühl...«

»Kommt doch rein«, rief Grandma. »Im Fernsehen läuft eine Sendung über Krokodile.« Sie legte den Kopf schief. »Was ist denn das für ein Geräusch? Hört sich an wie eine Grille.«

»Scheiße«, sagte Morelli.

Wir beide wussten, was es für ein Geräusch war. Sein Pager. Morelli gab sich alle Mühe, es zu überbrücken.

Ich gab als Erster auf. »Früher oder später musst du sowieso nachgucken«, sagte ich.

»Ich brauche nicht nachzugucken«, sagte er. »Ich weiß genau, von wem es ist, und es verheißt bestimmt nichts Gutes.« Er las die digitale Anzeige, verzog das Gesicht und lief zum Telefon in der Küche. Als er zurückkam, eine Papierserviette mit einer hingekritzelten Adresse in der Hand, sah ich ihn erwartungsvoll an.

»Ich muss gehen«, sagte er. »Aber ich komme wieder.«

»Wann? Wann kommst du wieder?«

»Spätestens Mittwoch.«

Bullenhumor. Ich verdrehte die Augen zur Decke.

Er gab mir einen flüchtigen Kuss und war verschwunden.

Ich drückte die Taste für die Wahlwiederholung an meinem Telefon. Eine Frau meldete sich, und ich erkannte die Stimme. Terry Gilman.

»Das ist ja ein Ding!«, sagte Grandma. »Das Krokodil hat gerade eine ganze Kuh gefressen. Das kriegt man auch nicht alle Tage zu sehen.«

Ich setzte mich neben Grandma. Zum Glück wurden keine weiteren Kühe mehr verspeist – obwohl Tod und Zerstörung durchaus ihren Reiz auf mich ausübten, jetzt, da ich wusste, dass Joe auf dem Weg zu Terry Gilman war. Die Tatsache, dass es sich hierbei um ein rein geschäftliches Treffen handelte, verdarb mir ein bisschen die Freude daran, deswegen sauer zu sein. Trotzdem, wenn ich nicht so hundemüde gewesen wäre, hätte ich mich ziemlich gut in meine Wut hineinsteigern können.

Nach der Sendung über Krokodile schalteten wir noch um in den Shopping-Kanal.

»Ich haue mich hin«, sagte Grandma schließlich. »Ich brauche meinen Schönheitsschlaf.«

Kaum hatte sie das Zimmer verlassen, holte ich mein Kissen und meine Steppdecke hervor, machte das Licht aus, warf mich auf die Couch und fiel umgehend in einen tiefen, traumlosen Schlaf. Er hielt leider nur kurz an, Grandmas Schnarchen weckte mich wieder auf. Ich stand auf, um die Tür zu schließen, aber die Tür war bereits geschlossen. Ich seufzte, halb aus Selbstmitleid und halb aus Bewunderung, dass sie bei diesem Lärm überhaupt schlafen konnte. Man sollte meinen, sie würde durch ihr eigenes Schnarchen wach. Bob schien das alles nicht zu stören. Er lag, alle Viere von sich gestreckt, schlummernd auf dem Boden zu Fuß der Couch.

Ich kroch wieder unter meine Decke und zwang mich zur Ruhe. Ich wälzte mich hin und her, hielt mir die Ohren zu, wälzte mich wieder hin und her. Die Couch war unbequem, die Decke verrutscht, und Grandma schnarchte ungestört weiter. »Grrr!«, knurrte ich. Bob rührte das nicht im Geringsten.

Grandma musste wieder ausziehen, es gab keine andere Lösung. Ich stand auf und schlich in die Küche, durchsuchte die Regale und den Kühlschrank. Nichts Interessantes. Es war kurz nach zwölf. Eigentlich noch gar nicht so spät. Ich konnte ja raus gehen und mir einen Schokoriegel kaufen, um meine Nerven zu beruhigen. Schokolade tut das doch, oder?

Ich zog mir Jeans und Schuhe an und warf einen Mantel über das Oberteil meines Nachthemds, griff mir die Umhängetasche vom Garderobenhaken und verließ die Wohnung. Der Schokoriegelsprint würde nur zehn Minuten dauern, dann wäre ich wieder zu Hause und würde ganz sicher umfallen vor Müdigkeit.

Ich betrat den Aufzug, halb in Erwartung, auf Ranger zu treffen, aber Ranger tauchte nicht auf. Auf dem Parkplatz war er auch nicht. Ich brachte den Buick auf Touren, fuhr zu dem Laden und kaufte ein Milky Way und ein Snickers. Das Snickers aß ich sofort, das Milky Way hob ich mir für später im Bett auf. Aber dann, auf einmal, war das Milky Way auch aufgegessen.

Ich dachte an Grandma und ihr Schnarchen und konnte mich nicht recht erwärmen für zu Hause, deswegen fuhr ich weiter zu Joe. Joe wohnte außerhalb von Burg in einem Reihenhaus, das er von seiner Tante geerbt hatte. Anfangs konnte ich mir Joe als Hausbesitzer kaum vorstellen, aber irgendwie hatte sich Joe der Situation angepasst. Es war ein hübsches Heim in einer ruhigen Straße, ein Reihenhaus, in dem die Zimmer alle miteinander übergingen, die Küche lag nach hinten raus, die Schlafzimmer und das Bad im ersten Stock.

Das Haus war dunkel. Kein Lichtschein hinter den Vorhängen. Kein Auto vorne an der Straße. Kein Anzeichen von Terry Gilman. Na gut, vielleicht war ich wirklich ein klein bisschen bescheuert. Und vielleicht waren die Schokoriegel nur eine Entschuldigung dafür, dass ich hierher gekommen war. Ich wählte Joes Nummer auf meinem Handy. Keine Antwort.

Schade, dass ich keinen Dietrich dabei hatte. Ich hätte mir Zugang verschafft und mich in Joes Bett gelegt. So wie Goldlöckchen.

Stattdessen ließ ich den Buick wieder an und fuhr langsam die ganze Häuserzeile entlang; auf einmal fühlte ich mich auch nicht mehr so müde. Was soll's, dachte ich, wenn ich schon mal draußen war und nichts weiter zu tun hatte, konnte ich auch gleich mal bei Hannibal vorbeischauen.

Ich suchte mir den Weg durch Joes Viertel, landete auf der Hamilton Avenue und fuhr weiter Richtung Fluss. Ich kam auf die Route 29, und wenige Minuten später rauschte ich an Hannibals Stadtvilla vorbei. Finster, finster. Auch hier kein Licht. Ich stellte den Wagen eine Straße weiter ab, um die Ecke, und ging zu Fuß zurück zum Haus. Jetzt stand ich direkt davor und sah hoch zu den Fenstern. Täuschte ich mich, oder war da nicht doch ein ganz winziger Lichtschein im vorderen Zimmer? Ich schlich über den Rasen näher heran, kroch zwischen die Sträucher, die den Sockel säumten und drückte mir die Nase an der

Fensterscheibe platt. Eindeutig, aus dem Haus kam von irgendwoher Licht. Vielleicht war es nur eine Nachtleuchte. Schwer zu sagen, woher es stammte.

Hastig trat ich den Rückzug zum Bürgersteig an, weiter im Laufschritt zum Radweg. Es dauerte einen Moment, bis sich meine Augen an die Dunkelheit gewöhnt hatten. Dann schlich ich mich vorsichtig an Hannibals Innenhof heran. Ich kletterte auf den Baum und glotzte durch Hannibals Fenster. Alle Vorhänge waren zugezogen, aber wieder kam von irgendwoher im Erdgeschoss ein schwaches Licht. Gerade war ich zu dem Schluss gekommen, dass es nichts zu bedeuten hatte, als das Licht erlosch.

Das brachte mein Herz zum Rasen, denn ich war nicht darauf erpicht, wieder als lebende Zielscheibe zu dienen. Wahrscheinlich war es wenig ratsam, im Baum sitzen zu bleiben, eher schon, das Geschehen aus einer gewissen Entfernung zu beobachten... am liebsten vom Mond aus. Ich glitt zentimeterweise zu Boden herab und schlich mich auf Zehenspitzen davon, da hörte ich plötzlich ein Schloss klicken. Entweder verließ jemand für die Nacht das Haus, oder aber es kam jemand heraus, um auf mich zu schießen. Das machte mir Beine.

Gerade wollte ich mich Richtung Straße bewegen, als ich ein Tor quietschen hörte. Ich presste mich, verdeckt vom Schatten, gegen die Mauer, hielt den Atem an und beobachtete den Radweg. Eine einsame Gestalt kam in Sicht. Sie schloss das Tor, blieb einen Augenblick stehen und sah unmittelbar zu mir herüber. Ich war ziemlich sicher, dass sie aus Hannibals Innenhof gekommen war, und ich war mir auch sicher, dass sie mich nicht erkennen konnte. Es war ein beträchtlicher Abstand zwischen uns, und die Gestalt stand einigermaßen verloren in der Dunkelheit, das Licht der Umgebung ließ nur die Umrisse erkennen. Sie machte auf dem Absatz kehrt und entfernte sich von mir, streifte einen Lichtstrahl, der aus einem Fenster fiel und war für einen kurzen Moment erleuchtet. Ich hätte mich beinahe an meinem eigenen Atem verschluckt. Es war Ranger. Ich machte den Mund auf, um ihm beim Namen zu rufen, aber schon war er weg, in die Nacht untergetaucht. Wie eine Erscheinung.

Ich lief auf die Straße und horchte auf Schritte, konnte aber keine hören, nur einen Motor, der irgendwo in der Nähe ansprang. Ein schwarzer Allroundjeep fuhr über die Kreuzung, und Stille legte sich wieder über das Viertel. Ich befürchtete schon, ich würde den Verstand verlieren, hätte mir alles bloß eingebildet, eine Halluzination durch Schlafentzug. Ich ging zurück zu meinem Wagen, völlig runter mit den Nerven, und fuhr nach Hause.

Grandma schnarchte immer noch wie ein Holzfäller, als ich meine Umhängetasche auf die Küchenablage knallte. Ich sagte Rex guten Tag und schlurfte zur Couch. Ich gab mir nicht einmal die Mühe, meine Schuhe auszuziehen, sondern warf mich einfach hin und zog mir die Decke über den Kopf.

Als ich die Augen wieder aufschlug, saßen Moon und Dougie am Sofatisch und glotzten mich an.

»He!«, rief ich. »Was soll das?«

»Ej, Mann, ej«, sagte Moon, »hoffentlich haben wir dich nicht irgendwie erschreckt.«

»Was wollt ihr hier?«, kreischte ich.

»Dealer braucht jemanden, mit dem er mal reden kann. Er ist irgendwie durcheinander. Eben noch erfolgreicher Geschäftsmann, und dann, Zack! Bumm! hat man ihm den Boden unter den Füßen weggezogen. Das ist einfach nicht gerecht, Mann.«

Dougie schüttelte den Kopf. »Das ist nicht gerecht«, sagte er.

»Wir haben uns gedacht, du hast vielleicht ein paar Ideen, was seine berufliche Zukunft angeht«, sagte Moon. »Weil, du bist doch erfolgreich in deinem Beruf. Dougster und du, ihr seid doch irgendwie... Unternehmertyp und Unternehmertypistin, oder so.«

»Nicht, dass ich keine Angebote hätte.«

»Genau«, sagte Moon. »Dougster ist ein gefragter Mann in der Pharmaindustrie. Für engagierte junge Männer gibt es in der Pharmaindustrie immer freie Stellen.«

»Meinst du die Metamucilbranche?«

»Die auch«, sagte Moon.

Als hätte Dougie nicht schon genug Dreck am Stecken.

Geklaute Metamucil zu verkaufen, war eine Sache. Crackverkäufer sind von einem ganz anderen Kaliber.

»Medikamentenverkauf ist vielleicht doch keine so gute Idee«, gab ich zu bedenken. »Es könnte eine nachteilige Wirkung auf deine Lebenserwartung haben.«

Dougie nickte erneut. »Genau das habe ich mir auch gedacht. Jetzt, wo Homer von der Bildfläche verschwunden ist, wird's knapp.«

»Wirklich schade, das mit Homer«, sagte Moon. »Er war ein feiner Mensch. Und ein Geschäftsmann wie er im Buche steht.«

»Homer?«, fragte ich nach.

»Ja. Homer Ramos. Homer und ich waren so miteinander«, führte Moon aus und hielt zwei eng aneinander liegende Finger hoch. »Wir waren gut befreundet, Mann.«

»Willst du damit sagen, dass Homer Ramos in Drogengeschäfte verwickelt war?«

»Natürlich«, sagte Moon. »Sind wir doch alle, auf die eine oder andere Art.«

»Woher kanntest du Homer Ramos?«

»So richtig kannte ich ihn eigentlich gar nicht, ich meine, nicht im physischen Sinn. Es war eher eine kosmische Verbindung. Er, der große Drogenguru, und ich, der kleine Konsument. Wirklich echt Pech, dass sie ihm den Kopf durchgelüftet haben. Ausgerechnet, als er diesen teuren Teppich bekommen hatte.«

»Was für einen Teppich?«

»Letzte Woche war ich bei Art's Carpets. Ich war am überlegen, ob ich mir den Kauf eines Teppichs leisten könnte. Du weißt ja, wie so was ist: Am Anfang steht man da, und jeder Teppich ist absolut einzigartig, und dann, je länger man davor steht, desto mehr scheint es einem so, als würden sie doch alle gleich aussehen. Bevor ich richtig gecheckt hatte, was los ist, war ich irgendwie hypnotisiert von den vielen Teppichen. Es überkam mich, und dann weiß ich nur noch, dass ich auf dem Boden lag, um mich abzuchillen. Während ich da so hinter den Teppichen liege, höre ich Homer reinkommen. Er geht in ein Hinterzimmer, holt einen Teppich und geht wieder. Und der Teppichfritze, ich meine, der Ladenbesitzer und er unterhalten sich darüber, dass der Teppich über eine Million wert ist, und dass Homer aufpassen soll. Echt irre, was?«

Ein millionenschwerer Teppich? Kurz bevor Homer Ramos getötet worden war, hatte Arturo Stolle ihm doch einen millionenschweren Teppich übergeben. Und jetzt suchte Stolle nach Ranger, nach dem Menschen, der ihn als Letzter lebend gesehen hatte... ausgenommen den Killer. Und Stolle glaubte, Ranger hätte etwas in seinem Besitz, das ihm gehörte. Sollte es sich bei dieser Sache mit Stolle wirklich um einen Teppich handeln? Schwer zu glauben. Das musste ja ein Wahnsinnsteppich sein.

»Ich bin mir ziemlich sicher, dass ich nicht halluziniert habe«, sagte Moon.

»Das wäre aber auch eine komische Halluzination«, sagte ich.

»Nicht so komisch wie die, als ich mal dachte, ich hätte mich in eine Kaugummiblase verwandelt. Das war vielleicht gruselig, Mann. Ich hatte winzige Händchen und Füßchen, und alles andere war Kaugummi. Ich hatte nicht mal ein richtiges Gesicht. Alles war irgendwie gut durchgekaut.« Moon schüttelte sich unwillkürlich bei der Erinnerung. »Ein scheiß Trip, Mann.«

Die Wohnungstür ging auf, und Morelli spazierte herein. Er sah Moon und Dougie am Tisch sitzen, dann schaute er auf die Uhr und zog die Stirn kraus.

»Ej, Alter, ej«, sagte Moon. »Lange nicht gesehen. Wie geht's, Alter?«

»Kann mich nicht beklagen«, sagte Morelli.

Dougie, nicht annähernd so sanftmütig wie Moon, sprang beim Anblick von Morelli auf und trat dabei versehentlich Bob auf den Schwanz. Bob jaulte verschreckt, haute Dougie seine Beißer ins Hosenbein und riss einen Fetzen Stoff heraus.

Grandma Mazur machte die Tür zum Schlafzimmer auf und schaute heraus. »Was ist los hier?«, fragte sie. »Habe ich was verpasst?«

Dougster massierte sich die Fußballen, bereit, bei der erstbesten Gelegenheit zur Tür zu sprinten. Dougster fühlte sich in Gegenwart von Zivilbullen nie besonders wohl. Dougster mangelte es erheblich an den für einen erfolgreichen Kriminellen notwendigen Talenten.

Morelli hob die Hände. »Ich gebe auf«, sagte er. Er küsste mich flüchtig auf den Mund und wandte sich zum Gehen.

»He, warte doch«, sagte ich. »Ich muss mit dir reden.« Ich sah zu Moon hinüber. »Allein.«

»Schon verstanden«, sagte Moon. »No problemo. Wir bedanken uns für den weisen Ratschlag in Sachen Pharmaindustrie. Ich und Dougster müssen andere Betätigungsfelder für ihn erschließen.«

»Ich lege mich wieder hin«, sagte Grandma, nachdem Moon und Dougster gegangen waren. »Das interessiert mich nicht besonders. Neulich abends, als du mit dem Kopfgeldjäger auf dem Boden lagst, das war spannender.«

Morelli sah mich ungläubig an.

»Das ist eine andere Geschichte«, sagte ich.

»Das glaube ich gerne.«

»Du willst doch jetzt nicht die ganze langweilige Geschichte hören, oder?«, sagte ich.

»Der Anfang klang irgendwie ganz viel versprechend. Ist das die Geschichte, wie deine Vorlegekette kaputt ging?«

»Nein. Das war Morris Munson.«

»Du musst ja ganz schön beschäftigt gewesen sein letzte Nacht.«

Ich stieß einen Seufzer aus und ließ mich auf die Couch plumpsen.

Morelli lümmelte sich in einen Sessel gegenüber. »Und?«

»Kennst du dich mit Teppichen aus?«

»Ich weiß nur, dass man sie üblicherweise auf den Boden legt.«

Ich erzählte ihm Moons Gesichte von dem millionenschweren Teppich.

»Vielleicht war es ja gar nicht der Teppich, der eine Million Dollar wert war«, sagte Morelli. »Vielleicht war es etwas, das in den Teppich eingewickelt war.«

»Was denn zum Beispiel?«

Morelli sah mich nur an.

Ich dachte laut nach. »Was ist so klein, dass es in einen aufgerollten Teppich passt? Drogen?«

»Ich habe einen Ausschnitt aus dem Film gesehen, den die Überwachungskamera während des Feuers bei Ramos aufgenommen hat«, sagte Morelli. »Homer Ramos hatte an dem Abend, als er Ranger traf, eine Sporttasche dabei. Und als Ranger das Haus verließ, hatte er die Tasche. Es geht das Gerücht, Arturo Stolle würde ein Haufen Geld fehlen und er wollte sich mit Ranger treffen. Was sagst du dazu?«

»Was soll ich dazu sagen? Vielleicht beliefert Stolle Ramos mit Drogen. Ramos reicht die Drogen zum Verschnitt und zur Verteilung weiter, und zum Schluss steht er mit einer Sporttasche voller Geld da, das in Gänze oder teilweise Stolle gehört.

Dann fällt irgendwas zwischen Ranger und Homer Ramos vor, und die Tasche fällt in Ranger's Hände.«

»Wenn das der Weg ist, den das Geld genommen hat, dann war das wahrscheinlich eine außerplanmäßige Aktivität für Homer Ramos«, sagte Morelli. »Waffenhandel ist Sache der Familie Ramos. Drogen, Erpressung und Glücksspiel, das gehört dem organisierten Verbrechen. Alexander Ramos hat sich immer an diese Aufgabenteilung gehalten.«

Das organisierte Verbrechen in Trenton war allerdings sehr »unorganisiert«. Trenton lag eingeklemmt zwischen New York und Philadelphia und spielte für die Mafia keine bedeutende Rolle. In Trenton hatte sie bloß ein paar mittelmäßige Vertreter sitzen, die ihre Zeit damit verbrachten, beim Glücksspiel abzukassieren. Das Geld aus diesen Spielen wurde in den Drogenhandel investiert. Die Drogen wurden von schwarzen Straßengangs verteilt, die sich Namen wie Corleone und ähnliche gaben. Wenn es die Paten-Filme und die Fernsehberichte über Drogenkriminalität nicht gäbe, wüsste wahrscheinlich kein Schwein in Trenton, wie man sich in dieser Szene verhielt und was für Namen man sich gab.

Allmählich bekam ich eine bessere Vorstellung davon, warum Alexander Ramos wenig entzückt war von seinem Sohn. Allerdings war damit die Hauptfrage: Reichte das, um ihn töten zu lassen? immer noch nicht beantwortet. Vielleicht kannte ich jetzt auch den Grund, warum Arturo Stolle so hinter Ranger her war.

»Das ist natürlich alles nur Spekulation«, sagte Morelli. »Gerede.«

»Du gibst doch sonst nie Polizeiinformationen preis. Warum erzählst du mir das alles?«

»Polizeiinformationen würde ich das nicht nennen. Bloß ein paar Gedanken, die in meinem Kopf herumschwirren. Ich beobachte Stolle seit langem, allerdings ohne viel Erfolg. Vielleicht ist das die Gelegenheit, auf die ich gewartet habe. Ich muss unbedingt mit Ranger sprechen, aber er ruft mich nie zurück. Deswegen sage ich es dir, damit du es an Ranger weiterleitest.«

Ich nickte. »Ich richte ihm die Nachricht aus.«

»Bitte keine Einzelheiten übers Telefon.«

»Verstanden. Wie ist es mit Gilman gelaufen?«

Morelli grinste. »Soll ich raten? Du hast zufällig auf die Wahlwiederholung am Telefon gedrückt.«

»Na gut. Ich gestehe: ich bin neugierig.«

»Unsere Verbrecherlobby hat einige organisatorische Probleme. Ich habe erhöhtes Verkehrsaufkommen in den Privatklubs beobachtet, ein ständiges Rein und Raus. Ich habe Vito gegenüber meine Besorgnis zum Ausdruck gebracht. Deswegen hat er mir Terry geschickt. Sie sollte mich beruhigen, dass die Leute da keine Atomwaffen für den Dritten Weltkrieg bunkern.«

»Ich habe Terry am Mittwoch zufällig gesehen. Sie überbrachte Hannibal Ramos einen Brief.«

»Die Verbrecherlobby und die Waffenlobby versuchen gerade, ihre Territorien abzustecken. Homer Ramos hatte Grenzen überschritten, und jetzt, wo er von der Bildfläche verschwunden ist, müssen sie neu gezogen werden.« Morelli stupste mich mit einem Fuß an. »Na?«

»Na was?«

»Wie wär's?«

Ich war so hundemüde, dass meine Lippen taub waren, und Morelli wollte rummachen. »Klar«, sagte ich. »Ich muss mich nur kurz hinlegen.«

Ich legte mich hin, und als ich wieder aufwachte, war es Morgen. Von Morelli keine Spur.

»Ich komme zu spät«, sagte Grandma, vom Schlafzimmer in die Küche trabend. »Ich habe verschlafen. Das kommt alles nur wegen der Unterbrechungen jede Nacht. Das ist ja hier wie auf der Grand Central Station. In einer halben Stunde fängt meine letzte Fahrstunde an, und morgen soll ich meine Prüfung machen. Ich wollte dich fragen, ob du mich hinbringen kannst. Gleich morgen früh.«

»Natürlich. Kann ich machen.«

»Danach ziehe ich aus. Nichts für ungut, aber das ist ja das reinste Irrenhaus hier.«

»Wo willst du denn hin?«

»Ich ziehe wieder zu deiner Mutter. Dein Vater muss es eben mit mir aushalten. Er hat es nicht anders verdient.«

Es war Sonntag, und sonntagsmorgens ging Grandma sonst immer in die Kirche. »Gehst du heute nicht in die Kirche?«

»Keine Zeit für die Kirche. Gott muss heute mal ohne mich auskommen. Deine Mutter ist ja da, um die Familie zu vertreten.«

Meine Mutter vertrat immer die Familie, weil mein Vater nicht in die Kirche ging. Mein Vater blieb zu Hause und wartete auf die Ankunft der weißen Bäckertüte. So lange ich denken kann, besuchte meine Mutter jeden Sonntagmorgen die Kirche und ging auf dem Nachhauseweg beim Bäcker vorbei. Jeden Sonntagmorgen kaufte meine Mutter Marmeladendoughnuts. Nur Marmeladendoughnuts, sonst nichts. An Wochentagen wurden Plätzchen, Mürbekuchen und Cannoli gekauft. Sonntags war Marmeladendoughnuttag. Es war wie die heilige Kommunion. Von Haus aus bin ich katholisch, aber in meiner ganz persönlichen Religion besteht die Dreifaltigkeit aus dem Vater, dem Sohn und dem heiligen Marmeladendoughnut.

Ich legte Bob die Leine an und ging mit ihm spazieren. Die Luft war kühl, der Himmel war blau, der Frühling konnte nicht mehr allzu fern sein. Habib und Mitchell waren nicht auf dem Parkplatz, wahrscheinlich hatten sie Sonntags dienstfrei. Joyce Barnhardt konnte ich auch nirgendwo entdecken, eine große Erleichterung.

Grandma war weg, als ich zurückkam, und in der Wohnung war es traumhaft still. Ich gab Bob zu fressen und trank selbst ein Glas Orangensaft. Danach verkroch ich mich ins Bett. Um ein Uhr wachte ich auf, und mir fiel das Gespräch mit Morelli am Vorabend wieder ein. Ich hatte Morelli etwas verschwiegen, hatte ihm nicht gesagt, dass ich Ranger beim Verlassen von Hannibals Stadtvilla beobachtet hatte. Ich fragte mich, ob Morelli mir wohl auch Informationen vorenthielt. Die Wahrscheinlichkeit dafür war hoch. Unsere berufliche Beziehung funktionierte nach ganz anderen Regeln als unsere private. Morelli hatte von Anfang an den Ton angegeben. Es gab polizeiliche Dinge, die er einfach nicht mit mir teilte. Die Regeln für das Private waren noch im Entstehen begriffen. Er hatte seine Regeln, und ich hatte meine, gelegentlich stimmten wir überein. Vor kurzem hatten wir beide den Versuch unternommen, zusammenzuwohnen, aber Morelli wollte sich zu nichts verpflichtet fühlen, und ich wollte mich nicht eingeengt fühlen. Deswegen waren wir wieder auseinander gegangen.

Ich machte mir eine Konservendose Nudelsuppe mit Hühnchenfleisch warm und rief Morelli an. »Tut mir Leid, wegen gestern Abend«, sagte ich.

»Im ersten Moment dachte ich, du würdest sterben.«

»Ich war müde.«

»So weit reichte meine Fantasie auch.«

»Grandma ist heute den ganzen Tag außer Haus, und ich muss arbeiten. Ich wollte dich fragen, ob du auf Bob aufpassen kannst.«

»Wie lange?«, fragte Morelli. »Einen Tag? Ein Jahr?«

»Nur für ein paar Stunden.«

Als Nächstes rief ich Lula an. »Ich will ein bisschen auf Einbrechertour. Hast du Lust mitzukommen?«

»Natürlich habe ich Lust. Nichts lieber als Einbrechen.«

Ich brachte Bob zu Morelli und gab ihm die nötigen Instruktionen. »Behalt ihn im Auge. Er frisst alles.«

»Dann sollten wir ihn vielleicht zu einem Polizisten ausbilden«, sagte Morelli. »Wie steht es mit seiner Alkoholverträglichkeit?«

Lula wartete bereits auf der Treppe vor ihrem Hauseingang, als ich vorfuhr. Sie war dezent gekleidet: giftgrüne Spandex-Hose und einen knatschrosa falschen Fuchspelz. Nächtens bei Nebel an einer Kreuzung postiert, und sie wäre noch auf fünf Kilometer Entfernung sichtbar.

»Hübsches Outfit«, sagte ich.

»Ich will heiße Klamotten anhaben, sollte ich verhaftet werden. Du weißt doch, wenn ein Foto von dir gemacht wird und so.« Sie legte den Sicherheitsgurt an und sah zu mir herüber. »Es wird dir noch Leid tun, dass du nur so ein langweiliges T-Shirt angezogen hast. Das macht nichts her. Und überhaupt, was ist denn das für eine Frisur? Du hast ja nicht mal Haarformer benutzt!«

»Ich hatte nicht vor, mich verhaften zu lassen.«

»Man weiß nie. Es kann nicht schaden, ein paar Vorsichtsmaßnahmen zu treffen und etwas mehr Eye-Liner als sonst aufzutragen. Übrigens, bei wem brechen wir eigentlich ein?«

»Bei Hannibal Ramos.«

»Du spinnst! Bei dem Bruder von dem toten Homer Ramos? Dem Kronprinzen des Waffenkönigs Alexander Ramos? Bist du total übergeschnappt?«

»Wahrscheinlich ist er gar nicht zu Hause.«

»Wie willst du das herausfinden?«

»Indem ich an seiner Haustür klingele.«

»Und wenn er rangeht?«

»Frage ich ihn, ob er meine Katze gesehen hat.«

»Ach was«, sagte Lula. »Du hast doch gar keine Katze.«

Zugegeben, es war ein bisschen einfallslos, aber was Besseres fiel mir nicht ein. Bestimmt war Hannibal sowieso nicht zu Hause. Ich hätte es gehört, wenn sich Ranger gestern Abend mit einem Ständchen von ihm verabschiedet hätte. Und Licht hatte ich auch keins gesehen, nachdem er gegangen war.

»Willst du bloß in der Blüte deiner Jugend sterben«, fragte Lula, »oder was suchst du bei ihm?«

»Das weiß ich erst, wenn ich es sehe«, sagte ich. Jedenfalls hatte ich die Hoffnung.

In Wahrheit wollte ich lieber nicht zu angestrengt an das denken, was ich bei ihm suchte. Ich hatte Angst davor, Ranger zu belasten. Er hatte mich beauftragt, Hannibals Haus zu beobachten, und dann hatte er ohne mich herumgeschnüffelt, mir das Gefühl vermittelt, er wolle mich ausschließen. Das hatte mir Angst gemacht. Wonach hatte er in Hannibals Haus gesucht? Und was das betrifft – was suchte er in dem Haus in Deal? Meine Fenster- und Türenzählung hatte ihm die nötige Information für den Einbruch gegeben. Was um alles in der Welt war bloß in dem Gebäude versteckt, das ein solches Risiko rechtfertigte?

Ranger, der Mann voller Geheimnisse, war in Ordnung, solange alles prima lief. Aber jetzt hatte ich es mit einem schwerwiegenden Fall zu tun, und ich fand diese ewige Geheimnistuerei, mit der sich Ranger umgab, irgendwie überholt. Ich wollte wissen, was los war. Ich wollte sichergehen, dass Ranger bei dieser Sache auf der richtigen Seite des Gesetzes stand. Wer war der Kerl bloß?

Lula und ich standen auf dem Bürgersteig und betrachteten Hannibals Haus. Die Vorhänge waren immer noch zugezogen. Stille. Die Häuser rechts und links ebenfalls ruhig. Sonntagnachmittag. Alle waren in der Shoppingmall.

»Bist du sicher, dass das die richtige Adresse ist?«, fragte Lula. »Sieht mir nicht nach einem Großkotzwaffendealerhaus

aus. Ich hatte so eine Art Tadsch Mahal erwartet. So eins wo Donald wohnt.«

»Donald Trump wohnt nicht im Tadsch Mahal.«

»Wenn er in Atlantic City ist, schon. Dies Teil hier hat ja nicht mal Geschütztürme. Was ist das überhaupt für ein Waffenhändler?«

»Einer von den Unauffälligen.«

»Sag bloß.«

Ich ging auf die Haustür zu und klingelte.

»Ob unauffällig oder nicht«, sagte Lula, »wenn er rangeht, mache ich mir in die Hose.«

Ich drückte die Klinke, die Tür war verschlossen.

Ich sah Lula an. »Du kannst doch Schlösser knacken, oder nicht?«

»Na klar. Gibt kein Schloss auf der Welt, das ich nicht knacken kann. Ich habe nur mein Dingsbumsbesteck nicht dabei.«

»Deinen Dietrich?«

»Genau. Überhaupt, was ist mit der Alarmanlage?«

»Ich glaube, die Alarmanlage funktioniert nicht.« Und wenn wir sie doch auslösen, laufen wir eben weg.

Wir spazierten zurück zum Bürgersteig, um den Block herum, und kamen an den Radweg eine Straße weiter, für den Fall, dass wir beobachtet wurden. Wir gingen zu Hannibals Sichtschutzmauer und betraten den Hof durch das Tor, das unverschlossen war.

»Bist du schon mal hier gewesen?«, fragte Lula.

»Ja.«

»Und was ist passiert?«

»Er hat auf mich geschossen.«

»Oh«, sagte Lula.

Ich legte meine Hand auf die Verandatür und drückte. Die Tür war ebenfalls unverschlossen.

»Dann kannst du auch gleich als Erste reingehen«, sagte Lula. »Das machst du doch sonst auch immer gerne.«

Ich schob den Vorhang beiseite und betrat Hannibals Haus.

»Dunkel hier«, stellte Lula fest. »Der Typ muss Vampir sein.«

Ich drehte mich um und sah sie an.

»Ich habe mich nur vor mir selbst erschreckt«, sagte sie.

»Er ist kein Vampir. Er hat die Vorhänge nur zugezogen, damit ihm keiner reingucken kann. Ich sehe mal kurz überall nach, um sicherzugehen, dass das Haus leer ist. Dann überprüfe ich Zimmer für Zimmer. Vielleicht findet sich was Interessantes. Du bleibst hier unten und stehst Schmiere.«

11

Das Erdgeschoss war leer, die Kellerräume ebenfalls. Hannibal verfügte über einen kleinen Hobbyraum da unten, sowie einen Spielkeller mit einem Fernseher, einem Billardtisch und einer Cocktailbar. Durchaus möglich, dass jemand unten im Keller vor dem riesigen Bildschirm saß aber das Haus insgesamt dunkel und unbewohnt erschien. Im ersten Stock befanden sich drei Schlafräume. Auch hier keine Menschenseele. Ein Schlafzimmer war offenbar das Eheschlafzimmer, ein anderes, mit fest installierten Wandregalen und einem großen Schreibtisch mit einer Schreibfläche aus Leder, zu einem Büro umfunktioniert worden. Das dritte Schlafzimmer war das Gästezimmer. Es war dieses Zimmer, das meine Neugier weckte. Es sah aus, als ob jemand darin wohnte. Die Bettlaken waren zerknittert, über einem Stuhl hingen Herrenkleidungsstücke, und seine Schuhe hatte der Bewohner in eine andere Ecke des Raumes gepfeffert.

Ich durchwühlte den Kleiderschrank und einige Schubladen und suchte in Hosen- und Jacketttaschen nach etwas, was mir

Aufschluss über die Identität des Gastes geben könnte. Die Kleider waren edel. Ihr Besitzer, so vermutete ich, musste von durchschnittlicher Größe und Statur sein, kleiner als 1,80 Meter, und wog wahrscheinlich um die achtzig Kilo. Ich verglich die Hose mit der im Eheschlafzimmer. Hannibals Taille war weiter, und sein modischer Geschmack konservativer. An das Eheschlafzimmer schloss sich Hannibals Toilette an. Die Gästetoilette befand sich auf dem Flur. Auch hier keine Überraschungen, ausgenommen vielleicht die Kondome in der Gästetoilette. Offenbar hatte der Gast gewisse Vergnügungen erwartet.

Ich ging hinüber ins Büro und überflog das Bücherregal. Biografien, ein Atlas, einige Romane. Ich setzte mich an den Schreibtisch. Keine Rolodex oder sonst ein Adressenverzeichnis, und auch kein Notizblock oder ein Stift, nur ein Laptop. Ich schaltete ihn ein. Das Desktop war leer, alles auf der Festplatte war durch ein Passwort geschützt. Hannibal war ein vorsichtiger Mensch. Ich schaltete den Computer aus und kramte in den Schreibtischschubladen. Wieder nichts. Hannibal war nicht nur vorsichtig, er war auch ordentlich. Das Kramzeugs hielt sich in Grenzen. Ich fragte mich, ob seine Wohnung am Meer wohl auch so aussah.

Der Mann, der im Gästezimmer wohnte, war nicht annähernd so ordentlich. Sein Schreibtisch, wo immer er auch stand, musste das reinste Chaos sein.

In den oberen Räumen hatte ich keine Waffen gefunden. Da ich aus eigener Erfahrung wusste, dass sich mindestens eine Pistole in Hannibals Besitz befand, konnte ich davon ausgehen, dass er sie bei sich trug. Hannibal schien mir nicht der Typ, der seine Waffen in einer Plätzchendose aufbewahrte.

Als Nächstes ging ich in den Keller, aber da unten gab es nicht viel zu erforschen.

»Enttäuschend«, sagte ich zu Lula und schloss die Kellertür hinter mir. »Ich habe nichts gefunden.«

»Im Erdgeschoss habe ich auch nichts gefunden«, sagte Lula. »Keine Streichholzschachtel aus Hotels oder Bars, keine Pistole versteckt unterm Sofakissen. Im Kühlschrank steht etwas zu essen. Bier, Saft, ein Brot und etwas Aufschnitt. Ein paar Flaschen Mineralwasser. Das ist alles.«

Ich ging zum Kühlschrank und sah mir das Einwickelpapier von dem Aufschnitt an. Er war vor zwei Tagen bei Shop Rite gekauft worden. »Das ist wirklich unheimlich«, sagte ich zu Lula. »Es muss jemand hier wohnen.« Die Befürchtung, dass der Betreffende jeden Augenblick nach Hause kommen konnte, behielt ich lieber für mich.

»Ja. Jemand, der keinen Wert auf Aufschnitt legt«, sagte Lula. »Er hat Putenbrust und Schweizer Käse gekauft, obwohl er sich bestimmt Salami und Provolone leisten könnte.«

Wir befanden uns in der Küche, hockten vor dem Kühlschrank und achteten nicht darauf, was vor dem Haus geschah. Plötzlich hörte man, wie ein Türschloss geöffnet wurde. Lula und ich schreckten hoch.

»Oh, oh«, sagte Lula.

Die Küchentür ging auf und Cynthia Lotte trat in den Raum. Mit zusammengekniffenen Augen sah sie uns in dem schwachen Licht an. »Was machen Sie denn hier?«, fragte sie.

Lula und ich waren im ersten Moment sprachlos.

»Sag schon.« Lula stupste mich mit dem Ellbogen in die Seite. »Sag ihr, was wir hier machen.«

»Was wir hier machen, spielt keine Rolle«, sagte ich. »Aber was haben Sie denn hier verloren?«

»Das geht Sie gar nichts an. Außerdem besitze ich einen Schlüssel. Ich gehöre also hierher.«

Lula wuchtete ihre Glock hervor. »Und ich habe eine Waffe. Jetzt habe ich die Nase vorn.«

Cynthia zog blitzschnell eine 45er aus ihrer Handtasche. »Ich habe auch eine Waffe. Wir sind also quitt.«

Die beiden schauen zu mir.

»Meine Pistole ist zu Hause«, sagte ich. »Ich habe vergessen sie mitzubringen.«

»Das zählt nicht«, sagte Cynthia.

»Es zählt doch«, sagte Lula. »Es ist ja nicht so, als besäße sie überhaupt keine Waffe. Mit einer Waffe in der Hand ist sie eine wahre Furie. Sie hat sogar schon mal einen Menschen getötet.«

»Davon habe ich in der Zeitung gelesen. Dickie hätte beinahe einen Herzschlag gekriegt. Er meinte, es würde ein schlechtes Licht auf ihn werfen.«

»Dickie ist ein Nervtöter«, sagte ich.

Cynthia lachte, ohne einen Funken Humor in den Augen. »Alle Männer sind Nervtöter.« Sie schaute sich in der Wohnung um. »Ich bin immer mit Homer hierher gekommen, wenn Hannibal nicht da war.«

Das war die Erklärung dafür, dass sie einen Schlüssel besaß. Vielleicht erklärte es auch die Kondome. »Hat Homer irgendwelche Kleidung in dem Gästezimmer dagelassen?«

»Ein paar Hemden. Unterwäsche.«

»Oben im Gästezimmer sind einige Kleider. Würden Sie sich die Sachen mal ansehen und mir sagen, ob sie Homer gehören?«

»Zuerst will ich wissen, was Sie hier zu suchen haben.«

»Ein Freund von mir wird verdächtigt, das Feuer gelegt und Ramos niedergeschossen zu haben. Ich versuche gerade herauszufinden, was eigentlich genau passiert ist.«

»Was glauben Sie? Hat Hannibal seinen Bruder getötet?«

»Ich weiß es nicht. Ich sondiere noch.«

Cynthia ging auf die Treppe zu. »Eins kann ich Ihnen verraten. Alle hatten es auf Homer abgesehen, die halbe Welt wollte ihn umbringen. Ich auch. Homer war ein Lügner und Betrüger. Seine Familie musste ihm ständig aus der Patsche helfen. Ich an Hannibals Stelle hätte Homer schon längst eine Kugel verpasst, aber die familiären Bindungen der Ramos-Sippe sind stark.«

Wir gingen hinter ihr her die Treppe hinauf zum Gästezimmer und warteten an der Tür, während sie eintrat und sich umschaute.

»Ein paar Sachen gehören auf jeden Fall Homer«, sagte sie, die Schubladen durchsuchend. »Die anderen Sachen sehe ich zum ersten Mal.« Sie trat gegen eine rote, auf dem Boden liegende Boxershorts aus falscher Kaschmirseide. »Sehen Sie die Shorts da drüben?« Sie zielte und feuerte fünf mal auf die Hose. »Die waren von Homer.«

»Nur zu«, sagte Lula. »Tun Sie sich keinen Zwang an.«

»Er konnte sehr charmant sein«, erzählte Cynthia. »Aber was Frauen betraf, war seine Aufmerksamkeit immer nur von kurzer Dauer. Ich hatte gedacht, er würde mich lieben, und ich könnte einen anderen Menschen aus ihm machen.«

»Was hat Ihre Meinung geändert?

»Zwei Tage bevor er erschossen wurde, teilte er mir mit, unsere Beziehung sei beendet. Er sagte noch einige andere, ziemlich hässliche Dinge zu mir, zum Beispiel, dass er mich umbringen würde, sollte ich ihm Schwierigkeiten machen. Dann räumte er meinen Schmuckkasten aus und nahm mein Auto. Er sagte, er brauchte das Geld.«

»Haben Sie ihn bei der Polizei angezeigt?«

»Nein. Als er sagte, er würde mich umbringen, habe ich ihm geglaubt.« Sie steckte die Pistole wieder in die Jackentasche. »Aber vielleicht ist er noch nicht dazu gekommen, meinen Schmuck zu verticken. Ich habe mir gedacht, dass er ihn vielleicht solange hier versteckt hält.«

»Ich habe das ganze Haus durchsucht«, sagte ich, »und keinen Damenschmuck entdecken können. Aber bitte, sehen Sie selbst nach.«

Sie zuckte mit den Schultern. »Die Chancen stehen schlecht. Ich hätte eher nachschauen sollen.«

»Hatten Sie keine Angst, Sie könnten Hannibal in die Arme laufen?«, fragte Lula.

»Ich hatte damit gerechnet, dass sich Alexander hier aufhält, wegen der Beerdigung, und dass Hannibal in dem Haus am Meer wohnt.«

Wir stürmten alle drei nach unten.

»Was ist mit der Garage?«, fragte Cynthia. »Haben Sie da schon nachgeschaut? Sie haben nicht zufällig meinen silbernen Porsche darin stehen sehen, oder?«

»Wahnsinn!«, sagte Lula tief beeindruckt. »Fahren Sie einen Porsche?«

»Früher habe ich einen gefahren. Homer hat ihn mir zu unserem Sechsmonatigen geschenkt.« Sie seufzte. »Wie gesagt, Homer konnte sehr charmant sein.«

Charmant war ihr Synonym für großzügig.

Neben dem Haus war eine Doppelgarage angebaut. Die Tür zur Garage ging von der Diele ab und war nur mit einem Riegel verschlossen. Cynthia öffnete die Tür und schaltete das Licht in der Garage an. Da stand er, der silberne Porsche.

»Mein Porsche! Mein Porsche!«, kreischte Cynthia. »Ich hätte nie gedacht, dass ich den je wieder sehen würde.« Sie hörte auf zu kreischen und schnupperte. »Was ist das für ein Geruch?«

Lula und sich sahen uns an. Wir kannten den Geruch.

»Oh, oh«, sagte Lula wieder.

Cynthia lief zum Auto. »Hoffentlich hat er die Schlüssel stecken lassen. Hoffentlich –« Sie blieb wie angewurzelt stehen und sah durchs Fenster. »Da schläft ja jemand in meinem Auto.«

Lula und ich verzogen das Gesicht.

Cynthia fing an zu schreien. »Er ist tot! Er ist tot! Da liegt ein Toter in meinem Porsche!«

Lula und ich näherten uns dem Auto und schauten hinein.

»Ja, ja. Ziemlich tot, der Kerl. Die drei Löcher in der Stirn verraten ihn. Sie haben noch Glück«, sagte sie zu Cynthia. »Es sieht mir ganz so aus, als stammten die Löcher von einer 22er. Wenn er mit einer 45er erschossen worden wäre, könnten Sie seine Gehirnmasse jetzt von der Wand kratzen. Eine 22er geht glatt rein und bringt nur die Zellen ein bisschen durcheinander.«

Es war schwer zu erkennen, da der Mann auf dem Sitz zusammengesackt war, aber ich schätzte ihn auf 1,75 Meter und auf zwanzig Kilo Übergewicht. Dunkles Haar, kurz geschnitten. Mitte vierzig. Polohemd und Sportsakko. Diamantring am kleinen Finger. Drei Löcher im Kopf.

»Kennen Sie ihn?«, fragte ich Cynthia.

»Nein. Den habe ich nie in meinem Leben gesehen. Das ist ja schrecklich. Wie konnte das passieren? Die Polster sind ja voller Blut!«

»Dafür, dass er drei Kugeln in den Kopf abgekriegt hat, ist es gar nicht so schlimm«, stellte Lula fest. »Sie dürfen nur kein heißes Wasser zum Saubermachen nehmen. Mit heißem Wasser reibt man Blut nur noch tiefer ins Polster.«

Cynthia hatte die Fahrertür geöffnet und versuchte, den Toten aus dem Wagen zu zerren, aber die Leiche zeigte kein Entgegenkommen. »Könnten Sie mir vielleicht behilflich sein?«, bat Cynthia. »Einer geht rüber auf die andere Seite und schiebt.«

»Moment mal«, wandte ich ein. »Es handelt sich hier um einen Tatort. Sie sollten alles so belassen wie es ist.«

»Den Teufel werde ich tun«, sagte Cynthia. »Das Auto gehört mir, und ich will damit fahren. Ich arbeite bei einem Rechtsanwalt. Ich kenne die Prozedur. Der Wagen wird beschlagnahmt und bleibt es bis in alle Ewigkeit. Und danach kriegt ihn wahrscheinlich seine Frau.« Sie hatte die Leiche schon zur Hälfte aus dem Wagen gezogen, aber die Beine waren steif und ließen sich nicht strecken.

»Jetzt bräuchten wir Siegfried und Roy hier«, sagte Lula. »Ich habe mal im Fernsehen gesehen, wie sie jemanden in zwei Hälften zersägt haben, fein säuberlich, ohne einen Tropfen Blut.«

Cynthia packte den Kerl am Kopf, um die volle Hebelwirkung auszunutzen. »Der Fuß ist am Schalthebel eingeklemmt«, sagte sie. »Tritt doch mal jemand gegen den Fuß.«

»Warum gucken Sie mich dabei so an?«, sagte Lula. »Ich ekle mich vor Toten. Ich fasse keinen Toten an.«

Cynthia krallte sich in sein Sakko und zog. »Das gibt's doch gar nicht. Den Scheißer kriege ich nie aus dem Auto heraus.«

»Vielleicht, wenn Sie ihn mit Fett einschmieren«, sagte Lula.

»Vielleicht, wenn Sie mir mal helfen würden!«, schimpfte Cynthia. »Gehen Sie auf die andere Seite und stemmen Sie den Fuß gegen seinen Arsch, und Stephanie hilft mir vorne beim Ziehen.«

»Solange es nur beim Fuß bleibt«, sagte Lula.

Cynthia fasste den Kopf des Toten im Hammerlock, ich packte ihn am Hemdkragen, und Lula stieß ihn mit einem derben Tritt aus dem Auto heraus.

Der Tote plumpste auf den Boden.

»Wer, glauben Sie, hat ihn getötet?«, fragte ich, erwartete aber keine Antwort.

»Homer natürlich«, sagte Cynthia.

Ich schüttelte den Kopf. »Dafür ist er noch nicht lange genug tot, dass es Homer gewesen sein könnte.«

»Hannibal?«

»Ich glaube nicht, dass Hannibal eine Leiche in seiner Garage liegen lassen würde.«

»Mir ist es egal, wer ihn getötet hat«, sagte Cynthia. »Hauptsache, ich habe meinen Porsche wieder und kann damit nach Hause fahren.«

Der Tote kauerte wie ein Häufchen Elend auf dem Boden, die Beine standen in einem seltsamen Winkel ab, das Haar war zerzaust, das Hemd hing aus der Hose.

»Was sollen wir mit ihm machen?«, fragte ich. »Wir können

ihn doch nicht einfach hier liegen lassen. Er sieht irgendwie ... verkrampft aus.«

»Das sind die Beine«, sagte Lula. »Die haben sich in der Sitzhaltung versteift.« Sie zog einen Gartensessel aus einem Stapel an der hinteren Garagenwand und klappte ihn neben dem Toten auf. »Es sieht natürlicher aus, wenn wir ihn hier reinsetzen. Als würde er darauf waren, von einem Auto mitgenommen zu werden.«

Wir hoben ihn auf, drückten ihn in den Sessel und traten zurück, um unser Werk zu begutachten. Kaum hatten wir ihn losgelassen, kippte er nach vorne. Platsch! Voll aufs Gesicht.

»Gut, dass er tot ist«, sagte Lula. »So was tut nämlich höllisch weh.«

Wir wuchteten ihn zurück in den Sessel, aber diesmal wickelten wir ein Spannseil um seinen Körper. Seine Nase war ein bisschen zerquetscht, und ein Auge war von dem Aufprall eingedrückt, sodass jetzt eins geöffnet und das andere geschlossen war, aber sonst sah er ganz manierlich aus. Erneut traten wir zurück, und diesmal bleib er sitzen.

»Ich muss los«, sagte Cynthia. Sie kurbelte alle Fenster in dem Wagen herunter, drückte den Garagentoröffner, setzte den Wagen rückwärts auf die Straße und fuhr davon.

Das Garagentor schloss sich wieder, und Lula und ich blieben mit der Leiche zurück.

Lula trat von einem Fuß auf den anderen. »Findest du nicht, dass wir ein paar Worte für den Verstorbenen sprechen sollten? Jedem Toten gebührt eine gewisse Achtung.«

»Ich finde, wir sollten uns lieber so schnell wie möglich von hier verdrücken.«

»Amen«, sagte Lula und bekreuzigte sich.

»Ich dachte, du bist Baptistin.«

»Bin ich auch. Aber wir haben für solche Fälle kein passendes Zeichen.«

Wir verließen die Garage, spähten durch eins der hinteren Fenster, ob auch niemand in der Gegend war und huschten durch die Verandatür nach draußen. Dann schlossen wir schnell das Tor in der Mauer hinter uns zu und gingen den Radweg entlang zu meinem Wagen.

»Ich weiß nicht, was du jetzt vor hast«, sagte ich zu Lula, »ich begebe mich jedenfalls nach Hause und stelle mich erst mal stundenlang unter die Dusche, und danach seife ich mich mit Klorax ein.«

Hörte sich vernünftig an. Vor allem, weil mir das Gelegenheit gab, ein Treffen mit Morelli auf die lange Bank zu schieben. Was hätte ich ihm auch sagen sollen? »Stell dir vor, Joe, ich bin heute in Hannibals Haus eingebrochen und habe einen Toten gefunden. Danach habe ich den Tatort verwüstet, einer Frau dabei geholfen, Indizien beiseite zu schaffen, und bin verduftet. Wenn du mich also nach zehn Jahren Knast immer noch attraktiv findest...« Dass Ranger ein zweites Mal beim Verlassen eines Tatorts gesehen worden war, daran wollte ich lieber gar nicht denken.

Als ich nach Hause kam, hatte ich alle nötigen Zutaten für schlechte Laune beisammen. Ich war in Hannibals Stadtvilla gegangen, weil ich nach Informationen gesucht hatte, und jetzt hatte ich mehr als ich wollte, konnte mir aber auf nichts einen Reim machen. Ich funkte Rangers Pager an und aß zu Mittag, ein Essen, das nur aus Oliven bestand, so zerstreut war ich. Schon wieder.

Ich stellte das Telefon ins Badezimmer, bevor ich unter die Dusche ging, zog mich um, föhnte mir das Haar und trug ein paar Pinselstriche Maskara auf meine Wimpern auf. Gerade wollte ich die Augenbrauen mit einem Stift nachziehen, da rief Ranger an.

»Was ist los?«, sagte ich. »Ich habe gerade einen Toten in Hannibals Garage gefunden.«

»Und?«

»Ich will wissen, wer der Tote ist. Ich will wissen, wer ihn getötet hat. Und ich will wissen, warum du dich gestern Abend aus Hannibals Haus davongeschlichen hast.«

Ich spürte förmlich das ganze Gewicht von Rangers Persönlichkeit am anderen Ende der Leitung. »Das brauchst du alles nicht zu wissen.«

»Und ob ich das wissen muss. Ich bin unfreiwillig in einen Mordfall verwickelt.«

»Du bist unfreiwillig an einen Tatort geraten. Das ist etwas anderes, als in einen Mordfall verwickelt zu sein. Hast du schon die Polizei benachrichtigt?«

»Nein.«

»Es wäre besser, du würdest die Polizei informieren. Aber hinsichtlich meines kleinen Einbruchs in das Haus solltest du etwas zurückhaltender sein.«

»Ich könnte mir vorstellen, in vielerlei Hinsicht zurückhaltender zu sein.«

»Hängt ganz von dir ab«, sagte Ranger.

»Du hast eine miese Einstellung!«, schrie ich ihn an. »Ich habe die Nase voll von deiner Geheimnistuerei! Dein Problem ist, dass du die Leute, die für dich arbeiten, in nichts einweihst. Erst baggerst du mich an, dann sagst du mir, es würde mich alles nichts angehen. Ich weiß nicht einmal, wo du überhaupt wohnst.«

»Wenn du nichts weißt, kannst du auch nichts verraten.«

»Vielen Dank für dein Vertrauen.«

»So ist es nun mal«, sagte Ranger.

»Noch etwas. Morelli möchte, dass du ihn anrufst. Er beschattet seit einiger Zeit eine Person. Du stehst mit dieser Person in Verbindung, und Morelli meint, du könntest ihm vielleicht behilflich sein.«

»Bis später«, sagte Ranger und legte auf.

Na gut. Wenn er es so haben wollte.

Wutschnaubend stapfte ich in die Küche, nahm die Pistole aus der Keksdose, schnappte mir meine Umhängetasche, stürmte den Flur entlang, die Treppe hinunter, durch die Eingangshalle nach draußen zu meinem Buick. Joyce stand auf dem Parkplatz, in dem Wagen mit der verbeulten Stoßstange. Sie sah mich aus dem Haus kommen und zeigte mir den Stinkefinger. Ich bedankte mich mit der gleichen Geste und fuhr los, zu Morelli. Joyce heftete sich an meine Fersen. Nichts dagegen. Von mir aus konnte sie sich den ganzen Tag an mich hängen. Was mich betraf, war Ranger ab jetzt auf sich allein gestellt. Ich würde mich zurückziehen.

Morelli und Bob hockten einträchtig auf dem Sofa und guckten den Sportkanal. Auf dem Sofatisch lag eine leere Pizzaschachtel, ein leerer Eiskrembecher und ein paar zerbeulte Bierdosen.

»Mittagessen?«, frage ich.

»Bob hatte Hunger. Aber keine Sorge, Bier hat er nicht getrunken.« Morelli klopfte auf das Polster neben sich. »Hier ist noch Platz für dich.«

Wenn Morelli den Polizisten mimte, waren seine braunen Augen klar und abschätzend, sein Gesicht hager und kantig, und die Narbe, die die rechte Augenbraue durchtrennte, vermittelte den zutreffenden Eindruck, dass er noch nie vorsichtig gelebt hatte. Wenn Morelli sich dagegen sexy fühlte, waren seine braunen Augen wie Schmelzschokolade, sein Mund weich, und die Narbe vermittelte den unzutreffenden Eindruck, dass er ein klein bisschen bemuttert werden wollte.

Im Moment fühlte sich Morelli gerade besonders sexy. Ich fühlte mich das Gegenteil von sexy. Ich fühlte mich sogar ziemlich missmutig. Ich ließ mich aufs Sofa fallen, blickte finster die leere Pizzaschachtel an und dachte an mein bescheidenes Mittagsmahl.

Morelli legte mir einen Arm um die Schulter und kraulte mich am Hals. »Endlich allein«, sagte er.

»Ich muss dir etwas beichten.«

Morelli hörte auf mich zu streicheln.

»Ich habe heute zufällig einen Toten gefunden.«

Er lehnte sich zurück. »Meine Freundin findet andauernd Tote. Womit habe ich das verdient?«

»Du hörst dich an wie meine Mutter.«

»So komme ich mir auch vor.«

»Lieber nicht«, sagte ich schnippisch. »Ich kann es nicht mal ab, wenn sich meine Mutter wie meine Mutter vorkommt.«

»Und, willst du mir mehr erzählen?«

»Wenn du es nicht hören willst – kein Problem. Ich kann es auch den Kollegen auf der Wache melden.«

Er richtete sich kerzengerade auf. »Soll das heißen, du hast es nicht der Polizei gemeldet? Ach, du Scheiße! – Soll ich raten? Du bist in ein Haus eingebrochen und bist auf einen Mordfall gestoßen, richtig?«

»In Hannibals Haus.«

Morelli sprang auf die Beine. »Hannibals Haus!?«

»Aber ich bin nicht eingebrochen! Der Hintereingang stand offen.«

»Wie kannst du nur einfach so in Hannibals Haus einbrechen?«, schrie er mich an. »Was zum Teufel hast du dir dabei gedacht?«

Jetzt sprang ich auch auf und schrie ihn an: »Ich habe nur meinen Job erledigt!«

»Einbrechen gehört nicht zu deinem Job.«

»Ich habe doch gesagt, ich bin nicht eingebrochen. Ich bin nur in das Haus gegangen!«

»Wo ist da der Unterschied? Wer war überhaupt der Tote, den du gefunden hast?«

»Ich kenne ihn nicht. Irgendjemand wurde in der Garage kaltgemacht.«

Morelli ging in die Küche und rief die Zentrale an. »Ich habe einen anonymen Hinweis bekommen«, sagte er. »Schickt mal jemanden zu Hannibal Ramos' Stadtvilla in der Fenwood und überprüft die Garage. Der Hintereingang steht angeblich offen.« Morelli legte auf und wandte sich wieder mir zu. »Das wäre erledigt«, sagte er. »Und jetzt gehen wir nach oben.«

»Sex, Sex, Sex«, sagte ich. »An was anderes kannst du wohl gar nicht mehr denken.« Allerdings musste ich zugeben, dass ein richtig schöner Orgasmus, jetzt, wo ich ausgeruht war und mir die Sache mit dem Toten von der Seele geredet hatte, vielleicht gar nicht so schlecht war.

Morelli drückte mich an die Wand und lehnte sich gegen mich. »Ich denke auch noch an andere Dinge … nur gerade jetzt nicht.« Er küsste mich und schob seine Zunge nach, und ein Orgasmus erschien mir noch verlockender.

»Noch schnell eine Frage«, sagte ich. »Wie lange, glaubst du, dauert es, bis sie den Toten gefunden haben?«

»Wenn gerade ein Streifenwagen in der Nähe ist, dauert es nur fünf bis zehn Minuten.«

Höchstwahrscheinlich würden die Kollegen Morelli anrufen, wenn sie einen Blick auf den Kerl in der Garage geworfen hatten. Meistens brauche ich mehr als fünf Minuten. Und vermutlich dauerte es auch mehr als fünf Minuten, bis die Wache einen Streifenwagen zu dem Haus geschickt hatte und die Kollegen zur Rückseite des Hauses und weiter bis zur Garage vorgedrungen waren. Vorausgesetzt, ich verschwendete mit den Ausziehen keine Zeit, und wir würden gleich zur Sache kommen, konnte ich vielleicht das ganze Programm abziehen.

»Warum machen wir es nicht gleich hier?«, schlug ich Morelli vor und löste den obersten Knopf seiner Jeans. »Ich finde es in Küchen geil.«

»Moment«, sagte er, »ich ziehe noch eben die Rollos runter.«
Ich warf die Schuhe von mir und schälte mich aus den Jeans.
Morelli musterte mich lange. »Ich will mich nicht beklagen, aber ich kann mein Glück kaum fassen.«

»Schon mal was von Fast Food gehört? Das hier ist Fast Sex.«
Ich schlang meine Arme um ihn, und er sog laut Luft ein.
»Wie schnell darf es denn sein?«, fragte er.
Das Telefon klingelte.
Scheiße!
Morelli hatte eine Hand am Hörer, mit der anderen hielt er mein Handgelenk umklammert. Nach wenigen Minuten am Telefon sah er mich scheel an. »Das war Costanza. Er war gerade in der Gegend, deswegen hat er meinen Funkruf aufgeschnappt. Er hat das Haus der Familie Ramos überprüft, und er meint, ich sollte selbst vorbeikommen und mir das ansehen. Er faselte irgendwas von einem Typ, dem sie die Frisur versaut hätten, und der auf einen Bus warten würde. Mehr konnte ich bei dem Gelächter im Hintergrund nicht verstehen.«

Ich zuckte die Achseln und hielt abwehrend die Hände hoch, nach dem Motto: Erschieß mich, ich weiß von nichts; in meinen Augen hatte der Mann in der Garage wie eine stinknormale Leiche ausgesehen.

»Willst du mir nicht erzählen, was los ist?«, fragte Morelli.
»Nicht ohne meinen Anwalt.«
Wir zogen uns wieder an, packten unsere Sachen zusammen und gingen zur Haustür. Bob saß immer noch auf dem Sofa und guckte den Sportkanal.

»Komisch«, sagte Morelli. »Ich könnte schwören, er verfolgt das Spiel genau.«

»Warum lassen wir ihn nicht einfach weitergucken?«
Morelli schloss die Tür hinter sich ab. »Hör zu, Pilzköpfchen: Wenn du jemandem erzählst, dass der Hund bei mir den Sportkanal gucken darf, zahle ich es dir heim.« Sein Blick wanderte

hinüber zu meinem Wagen, und dann zu dem Wagen, der hinter meinem geparkt war. »Ist das Joyce?«

»Sie verfolgt mich schon den ganzen Tag.«

»Soll ich ihr einen Strafzettel verpassen?«

Ich gab Morelli einen saftigen Kuss und fuhr zum nächsten Lebensmittelladen, Joyce im Schlepptau. Ich hatte nicht viel Geld dabei, und meine Kreditkarte war überzogen, deswegen kaufte ich nur das Nötigste, Erdnussbutter, Kartoffelchips, Brot, Bier, Milch und zwei Rubbellose.

Als Nächstes machte ich Halt bei Home Depot, wo ich einen Riegel für die Wohnungstür erstand; er sollte die kaputte Vorlegekette ersetzten. Mein Plan war, unseren Hausmeister und meinen guten Kumpel Dillan Rudick für die fachmännische Anbringung des Türriegels mit ein paar Bier bei mir zu Hause zu entlohnen.

Danach fuhr ich auf dem kürzesten Weg heim. Ich stellte Big Blue auf dem Parkplatz ab, verschloss alle Autotüren und winkte Joyce zum Abschied. Joyce klemmte einen Daumennagel hinter die beiden vorderen Schneidezähne und machte eine typisch italienische Geste.

Ich blieb vor Dillans Kellerwohnung stehen und setzte ihm meinen Wunsch auseinander. Dillan griff sich den Werkzeugkasten, und wir trotteten nach oben. Dillan ist in meinem Alter und lebt in den Eingeweiden des Hauses, wie ein Maulwurf. Er ist ein ziemlich cooler Typ, aber er macht nicht viel, und soweit ich weiß, hat er auch keine Freundin… dafür trinkt er viel Bier, wie man sich denken kann. Und da er auch nicht viel verdient, ist Freibier bei ihm stets willkommen.

Ich hörte meinen Anrufbeantworter ab, während Dillan den Riegel anbrachte. Fünf Anrufe für Grandma Mazur, nicht ein einziger für mich.

Grandma kam später nach Hause, als Dillan und ich bereits gemütlich vor dem Fernseher hockten.

»Das war vielleicht ein Tag«, sagte sie. »Ich bin überall rumgefahren, aber jetzt weiß ich wenigstens ungefähr, wie das mit dem Bremsen geht.« Sie zwinkerte Dillan zu. »Und wer ist, bitte, dieser nette junge Mann?«

Ich stellte Dillan vor, und da es Abendessenszeit war, machte ich für uns alle Sandwiches mit Erdnussbutter und Kartoffelchips. Wir aßen die Sandwiches vorm Fernseher, und Grandma und Dillan teilten sich das Six-Pack. Während sich die beiden vergnügten, fing ich allmählich an, mir Sorgen wegen Bob zu machen. Bob war allein in Morellis Haus, und bestimmt gab es da nichts zu essen, außer der Pizzaschachtel. Und dem Sofa. Und dem Bett. Und den Vorhängen und Teppichen und Morellis Lieblingssessel. Dann stellte ich mir vor, Morelli würde Bob erschießen, und diese Vorstellung gefiel mir nun überhaupt nicht.

Ich rief Morelli an, aber es ging niemand ans Telefon. Mist. Ich hätte den Hund niemals in Morellis Haus allein lassen sollen. Ich hielt die Schlüssel bereits in der Hand und zog mir gerade die Jacke an, als Morelli hereinkam, Bob an der Leine.

»Wolltest du gerade gehen?«, fragte Morelli und nahm mir die Schlüssel und die Jacke wieder ab.

»Ich habe mir Sorgen wegen Bob gemacht. Ich wollte zu dir fahren und nachsehen, ob alles in Ordnung ist.«

»Und ich dachte schon, du wolltest das Land verlassen.«

Ich grinste ihn schief an.

Morelli ließ Bob von der Leine, begrüßte Grandma und Dillan und zerrte mich in die Küche. »Ich muss mir dir reden.«

Ich hörte einen Aufschrei von Dillan und wusste, dass Bob Bekanntschaft geschlossen hatte.

»Sei bloß vorsichtig«, warnte ich Morelli, »Ich bin bewaffnet. Meine Pistole ist in der Tasche.«

Morelli nahm mir die Pistole ab und warf sie durch den Raum.

Oh, oh.

»Der Kerl in Hannibals Garage war Junior Macaroni«, sagte Morelli. »Er arbeitet für Stolle. Ziemlich seltsam, dass wir ihn in Hannibals Garage gefunden haben. Aber es kommt noch dicker.«

Ich verdrehte im Geiste die Augen.

»Macaroni saß in einem Gartenstuhl.«

»Das war Lulas Idee«, sagte ich. »Na gut, ich hatte auch meinen Anteil daran, aber auf dem nackten Betonfußboden zu liegen, war so unbequem für ihn.«

Morelli konnte ein Grinsen kaum unterdrücken. »Eigentlich müsste ich dich wegen Verwischen wichtiger Spuren festnehmen, aber der Kerl war ein glatter Schweinehund und sah außerdem saudämlich aus.«

»Woher willst du wissen, dass nicht ich ihn umgebracht habe?«

»Weil du eine 32er hast, und er wurde mit einer 22er erschossen. Außerdem würdest du nicht mal auf fünf Schritt Entfernung eine Scheune treffen. Das einzige Mal, dass du jemals auf einen Menschen geschossen hast, war auf göttliche Intervention zurückzuführen.«

Stimmt.

»Wie viele Leute wissen, dass wir ihn in den Gartenstuhl gesetzt haben?«

»Keiner weiß das, aber alle können sich denken, wer es war. Es wird dich niemand verraten.« Morelli schaute auf die Uhr. »Ich muss gehen. Ich habe heute Abend noch einen Termin.«

»Doch nicht mit Ranger, oder?«

»Nein.«

»Lügner.«

Morelli zog ein Paar Handschellen aus der Jackentasche, und bevor mir klar wurde, was passierte, hatte er mich an den Kühlschrank gefesselt.

»Darf ich fragen, was das soll?«, sagte ich.

»Du wolltest mir doch nur nachspionieren. Ich werfe den Schlüssel unten in den Briefkasten.«

Und mit dem Kerl habe ich eine Beziehung?

»Ich bin fertig«, sagte Grandma. »Wir können gehen.«

Sie trug einen lila Jogginganzug, dazu weiße Tennisschuhe. Ihr Haar war in kleine Locken gelegt, und sie hatte einen pinkfarbenen Lippenstift aufgetragen. Unter dem Arm klemmte eine große schwarze Lederhandtasche. Ich hatte Angst, sie würde ihre Pistole mitnehmen und den Angestellten bei der Autoanmeldung damit drohen, sollte man ihr nicht den Führerschein aushändigen.

»Du hast doch nicht etwa deine Waffe eingesteckt, oder?«, fragte ich sie.

»Wie kommst du denn darauf?«

Ich glaubte ihr kein Wort.

Als wir nach unten auf den Parkplatz kamen, ging Grandma schnurstracks zu meinem Wagen. »Wenn ich mit dem Buick vorfahre, sind meine Chancen, den Führerschein zu kriegen, sicher besser«, sagte sie. »Ich habe gehört, bei jungen Frauen in Sportwagen kriegen sie Hemmungen.«

Mit uns trafen auch Habib und Mitchell auf dem Parkplatz ein. Sie hatten ihren alten Lincoln wieder.

»Sieht ja so gut wie neu aus«, sagte ich.

Mitchell strahlte. »Ja, das haben wir gut hingekriegt, nicht? Wir haben ihn erst heute Morgen abgeholt. Mussten noch warten, bis der Lack trocken war.« Er sah hinüber zu Grandma, die in meinem Buick am Steuer saß. »Was haben wir denn heute vor?«

»Ich bringe meine Großmutter zur Fahrprüfung.«

»Wirklich nett von Ihnen«, sagte Mitchell. »Sie sind eine gute Enkelin, aber ist die Oma nicht ein bisschen zu alt für den Führerschein?«

Grandma biss sich auf die künstlichen Zähne. »Alt?«, kreischte sie. »Ich zeige Ihnen gleich, wer hier alt aussieht.« Ich hörte, wie der Verschluss der Handtasche geöffnet wurde; Grandma fasste hinein und zog ihre Pistole mit dem langen Lauf hervor. »Für'n Schuss in Ihr Auge bin ich noch nicht zu alt«, sagte sie und zielte.

Mitchell und Habib duckten sich in ihren Sitzen, um sich aus der Schusslinie zu bringen.

Ich starrte Grandma wütend an. »Hast du nicht gesagt, du hättest keine Waffe dabei?«

»Muss mich wohl geirrt haben.«

»Steck sie weg. Und wehe du drohst dem Beamten in der Zulassungsstelle damit. Sonst verhaften sie dich noch.«

»Verrückte alte Braut«, hörte man Mitchell aus den Tiefen des Lincoln schimpfen.

»Das höre ich schon lieber«, sagte Grandma. »Gegen Bräute habe ich nichts.«

12

Ich hatte gemischte Gefühle bei dem Gedanken, dass Grandma ihren Führerschein machte. Einerseits fand ich es toll, weil sie unabhängiger sein würde, andererseits würde ich selbst nicht allzu gern Auto fahren mit ihr. Auf der Hinfahrt hatte sie eine rote Ampel überfahren, war immer voll in die Bremsen getreten, sodass ich jedes Mal in den Sicherheitsgurt gedrückt wurde, und hatte sich dann vor der Zulassungsstelle auch noch auf den Behindertenparkplatz gestellt und darauf beharrt, dass sich das mit den Statuten des Bunds der Menschen im Ruhestand vereinbaren ließ.

Als Grandma nach der Fahrprüfung in den Warteraum gestapft kam, wusste ich gleich, dass die Straßen noch eine Weile vor ihr sicher sein würden.

»Aus und vorbei«, sagte sie. »Er hat so gut wie nichts durchgehen lassen.«

»Du kannst die Prüfung wiederholen«, sagte ich.

»Das werde ich auch. Ich wiederhole sie so lange, bis ich bestanden habe. Ich habe ein verdammtes Recht aufs Autofahren.« Sie presste die Lippen zusammen. »Vielleicht wäre ich gestern mal besser in die Kirche gegangen.«

»Hätte nicht schaden können«, sagte ich.

»Das nächste Mal reiße ich vorher alle Stoppschilder heraus. Ich zünde eine Kerze an und lese die Bibel rauf und runter.«

Mitchell und Habib verfolgten uns immer noch, aber hielten zweihundert Meter Abstand. Auf dem Hinweg waren sie uns beinahe jedes Mal, wenn Grandma eine Vollbremsung machte, hinten reingefahren. Jetzt, auf dem Rückweg, wollten sie kein Risiko eingehen.

»Willst du immer noch aus meiner Wohnung ausziehen?«, fragte ich Grandma.

»Ja. Ich habe deiner Mutter schon Bescheid gesagt. Heute Nachmittag kommt Louise Greeber vorbei und hilft mir beim Packen. Du brauchst dich also um nichts zu kümmern. Es war nett von dir, dass ich so lange bei dir wohnen durfte. Vielen Dank. Aber ich brauche meinen Schlaf. Ich weiß nicht, wie du mit so wenig Schlaf auskommst.«

»Ach, so einigermaßen«, sagte ich. »Dann steht dein Entschluss also fest.« Vielleicht würde ich auch eine Kerze anzünden.

Bob erwartete uns schon, als wir in die Wohnung zurückkamen.

»Ich glaube, er muss mal sein Geschäft verrichten«, sagte Grandma.

Bob und ich trotteten also wieder runter auf den Parkplatz.

Habib und Mitchell standen mit ihrem Verfolgerauto schon da, warteten geduldig darauf, dass ich sie zu Ranger fuhr, und Jocey hatte sich jetzt auch eingefunden und wartete. Ich machte kehrt, ging zurück ins Haus und benutzte den Hinterausgang. Bob und ich gingen die Straße entlang, bis zur nächsten Querstraße und schlugen dann den Weg zu einer Siedlung mit kleinen Einfamilienhäusern ein. Bob verrichtete in den paar Minuten bestimmt hundert mal sein Geschäft, und wir machten uns wieder auf den Heimweg.

Zwei Straßen weiter bog ein schwarzer Mercedes um die Ecke, und mein Herz schlug Kapriolen. Der Mercedes kam näher und mein Herz schlug weiter unregelmäßig. Es gab nur zwei Erklärungen: Drogenhändler oder Ranger. Das Auto hielt neben mir an, und Ranger bedeutete mir mit einer kleinen Kopfbewegung: »Steig ein.«

Ich verfrachtete Bob auf den Rücksitz und glitt auf den Beifahrersitz neben Ranger. »Drei Leute stehen auf dem Parkplatz vor meinem Haus und warten nur darauf, dich dingfest zu machen«, sagte ich. »Was hast du hier zu suchen?«

»Ich muss mit dir reden.«

Rangers Begabung als Einbrecher war eine Sache; seine übersinnlichen Fähigkeiten dagegen machten mir Angst. »Woher wusstest du, dass ich Bob ausführe? Kannst du hellsehen?«

»Es ist kein Geheimnis dahinter. Ich habe bei dir zu Hause angerufen, und deine Oma hat mir gesagt, du bist mit dem Hund spazieren.«

»Ach, wie enttäuschend. Als Nächstes sagst du mir noch, du wärst gar nicht Superman.«

Ranger schmunzelte. »Soll ich den Superman für dich spielen? Dann verbring eine Nacht mit mir.«

»Ich bin schon ganz aufgeregt«, sagte ich.

»Niedlich«, sagte Ranger.

»Worüber wolltest du mit mir reden?«

»Ich kündige hiermit dein Beschäftigungsverhältnis auf.«

Die Aufregung legte sich, stattdessen keimte ein unbestimmtes Gefühl in mir auf, das sich in der Magengrube ausbreitete.

»Du hast dich mit Morelli geeinigt, stimmt's?«

»Wir haben uns verständigt.«

Ich wurde also aus dem Verkehr gezogen, einfach so. Wie ein Stück Ballast abgeworfen. Schlimmer noch, wie eine lästige Pflicht. In Sekunden schlug mein gekränktes Erstaunen in blinde Wut um.

»Ist Morelli auf die Idee gekommen?«

»Nein, ich. Hannibal hat dich gesehen. Alexander hat dich gesehen. Und in Trenton weiß jeder zweite Polizist, dass du in Hannibals Haus eingebrochen bist und Junior Macaroni in der Garage entdeckt hast.«

»Hat Morelli dir das erzählt?«

»Das haben mir tausend Leute erzählt. Mein Anrufbeantworter hatte gar nicht genug Platz zum Aufnehmen der Nachrichten. Es ist zu gefährlich, wenn du an dem Fall dranbleibst. Ich habe Angst, dass Hannibal dahinter kommt, und dann Jagd auf dich macht.«

»Deprimierender Gedanke.«

»Hast du Macaroni wirklich in einen Liegestuhl gesetzt?«

»Ja. Und was ich dich fragen wollte: Hast du ihn umgebracht?«

»Nein. Als ich durchs Haus ging, stand der Porsche nicht in der Garage, und Macaroni war auch nicht da.«

»Wie bist du an der Alarmanlage vorbeigekommen?«

»Genau wie du. Sie war ausgeschaltet.« Er sah auf die Uhr. »Ich muss jetzt los.«

Ich machte die Tür auf und wandte mich zum Gehen.

Ranger packte mich am Handgelenk. »Ich weiß, dass du Anweisungen nicht gerne befolgst, aber diesmal wirst du auf mich hören, verstanden? Halte dich aus der Sache raus. Und sei vorsichtig.«

Ich stieß einen Seufzer aus, stemmte mich aus dem Beifahrersitz hoch und zerrte Bob von der Rückbank. »Lass dich ja nicht von Joyce erwischen. Das würde mir echt den Rest geben für heute.«

Ich lud Bob in der Wohnung ab, schnappte mir die Autoschlüssel und meine Umhängetasche und ging wieder nach unten. Ich musste raus. Irgendwohin. Ich war so schlecht drauf, dass ich nicht alleine zu Hause rumhängen wollte. In Wahrheit war ich über die Beendigung meines Arbeitsverhältnisses gar nicht so unglücklich. Ich konnte es nur nicht ertragen, dass mir wegen Dummheit gekündigt worden war. Ich war von einem Baum gefallen, das musste man sich mal vorstellen, und dann hatte ich auch noch Macaroni in einen Liegestuhl gesetzt. Kann sich ein Mensch noch blöder anstellen? Also wirklich.

Ich brauchte was zu essen. Eiskrem. Süßigkeiten. Sahne. In der Shopping Mall gab es eine Eisdiele, die Portionen für vier Personen im Angebot hatte. Genau das, was ich brauchte. Ein Megaeis.

Ich bestieg Big Blue, und Mitchell stieg neben mir ein.

»Was soll das?«, sagte ich. »Sind wir verabredet?«

»Das hätten Sie wohl gern«, sagte Mitchell. »Mr. Stolle will mit Ihnen reden.«

»Na, so was. Ich bin aber nicht in Stimmung für ein Plauderstündchen mit Mr. Stolle. Ich bin überhaupt nicht in Plauderlaune. Also bitte, steigen Sie aus, und nehmen Sie es nicht persönlich.«

Mitchell zog eine Pistole. »Na? Sind Sie jetzt in Stimmung?«

»Würden Sie mich wirklich erschießen?«

»Nehmen Sie es nicht persönlich«, konterte Mitchell.

Art's Carpets liegt an der Route 33, unweit von Five Points, und unterscheidet sich in nichts von den zahllosen anderen kleinen Geschäften in diesem Viertel, mit Ausnahme der hellgrünen Neonreklame, die man wahrscheinlich bis nach Rhode Island sehen kann. Ich bin schon des Häufigeren bei Art's Carpets gewesen, so wie alle anderen Bewohner von New Jersey auch, Männer, Frauen und Kinder. Nie hatte ich etwas gekauft, aber war nicht selten in Versuchung geraten. Art's hat niedrige Preise.

Ich parkte den Buick vor dem Laden. Habib setzte sich mit dem Lincoln neben mich, und Joyce mit ihrem Wagen neben den Lincoln.

»Was will Stolle von mir?«, fragte ich. »Er will mich doch nicht umbringen, oder?«

»Mr. Stolle bringt keine Menschen um. Dafür hat er seine Leute. Er will sich nur mit Ihnen unterhalten. Mehr hat er mir nicht gesagt.«

Zwei Frauen taten sich in dem Laden um, sie sahen aus wie Mutter und Tochter, um sie herum scharwenzelte ein Verkäufer. Mitchell und ich gingen zusammen hinein, und Mitchell geleitete mich zwischen den Teppichstapeln und den ausgestellten Webstücken zu einem Büro am anderen Ende des Raums.

Stolle war Mitte fünfzig, von kompakter Statur. Die Brust war gewölbt, die Wangen hingen schlaff herunter. Er trug einen auffallenden Pullover und Anzughosen. Er streckte mir die Hand entgegen und setzte sein breitestes Teppichhändlerlachen auf.

»Ich warte draußen«, sagte Mitchell, machte die Tür zu und ließ mich mit Stolle allein.

»Sie sind angeblich ein ziemlich kluges Kind«, sagte Stolle. »Mir ist einiges über Sie zu Ohren gekommen.«

»Hm hm.«

»Wieso bleibt Ihnen dann bei der Auslieferung von Manoso der Erfolg versagt?«

»So klug bin ich nun auch wieder nicht. Und solange Habib und Mitchell um mich herum schwirren, wird Ranger niemals in meine Nähe kommen.«

Stolle lächelte. »Um Ihnen die Wahrheit zu sagen: Ich habe nie damit gerechnet, dass Sie uns Manoso ausliefern. Aber was soll's, wer nicht wagt, der nicht gewinnt.«

Ich ersparte mir eine Antwort.

»Da wir es auf die einfache Art nicht schaffen, müssen wir etwas anderes probieren. Wir werden Ihrem Freund eine Nachricht zukommen lassen. Er will nicht mit uns reden? Gut. Er will sich nicht zeigen? Auch gut. Wissen Sie auch warum? Wir haben nämlich dafür Sie. Wenn mir der Geduldsfaden reißt – und ich gestehe, es ist kurz davor – werden wir Ihnen wehtun. Manoso wird davon erfahren, und er weiß, dass er es hätte verhindern können.«

Urplötzlich wich alle Luft aus meinen Lungen. Diese Variante hatte ich bisher noch nicht in Betracht gezogen. »Er ist nicht mein Freund«, sagte ich. »Sie überschätzen meinen Einfluss auf ihn.«

»Kann sein. Aber er ist ein Kavalier. Er hat das südländische Temperament.« Stolle saß an einem Schreibtisch und kippelte jetzt mit dem Stuhl nach hinten. »Sie sollten Manoso dazu überreden, sich mit uns in Verbindung zu setzen. Mitchell und Habib sehen zwar aus wie Waisenknaben, aber sie tun alles, was ich ihnen sage. Sie haben in der Vergangenheit sogar schon einige ziemlich scheußliche Dinge gemacht. Haben Sie nicht einen Hund?« Stolle beugte sich vor, die Hände auf den Schreibtisch abgestützt. »Mitchell ist Fachmann im Töten von Hunden. Nicht, dass er sich gleich auf Ihren stürzen wird, aber...«

»Der Hund gehört nicht mir. Ich passe nur auf ihn auf.«

»Ich wollte Ihnen bloß ein Beispiel geben.«

»Sie vergeuden Ihre Zeit«, sagte ich. »Ranger ist ein Söldner. Durch mich kommen Sie nicht an ihn heran. Unsere Beziehung ist nicht von der Art wie Sie denken. Vielleicht hat niemand eine derartige Beziehung zu ihm.«

Stolle zuckte lachend die Achseln. »Wie gesagt, wer nicht wagt, der nicht gewinnt. Ein Versuch lohnt sich immer, finden Sie nicht?«

Ich sah ihn einen Moment lang mit der unergründlichen Stephanie Plumschen Funkelmiene an, dann drehte ich mich einfach um und ging davon.

Mitchell, Habib und Joyce lümmelten draußen herum, als ich aus dem Laden trat.

Ich stieg in den Buick und fasste dezent zwischen die Beine, ob ich mir auch nicht in die Hose gemacht hatte. Ich atmete tief durch und legte beide Hände um das Steuerrad. Einatmen, ausatmen. Einatmen, ausatmen. Ich wollte den Zündschlüssel in den Anlasser stecken, aber konnte meine Hand nicht dazu bringen, ihren Klammergriff um das Steuerrad zu lösen. Ich atmete wieder ein und aus. Stolle ist bloß ein aufgeblasener Wichtigtuer, sagte ich mir. Glauben tat ich es selbst nicht. Vielmehr glaubte ich, dass Arturo Stolle ein echter Scheißkerl war, vor dem man Angst haben musste. Und Mitchell und Habib waren auch nicht viel besser.

Alle beobachteten mich, alle warteten darauf, was ich als Nächstes machen würde. Ich wollte nicht, dass alle meine Angst sahen, deswegen zwang ich mich dazu, das Steuerrad loszulassen und den Motor zu starten. Ich setzte den Wagen vorsichtig rückwärts aus der Parklücke, legte den Vorwärtsgang ein und brauste los. Ich konzentrierte mich aufs Fahren, langsam und gleichmäßig.

Während der Fahrt wählte ich Ranger an und hinterließ eine dringliche Nachricht: *Ruf an. Sofort.* Nachdem ich alle anderen Nummern von ihm durchprobiert hatte, rief ich Carol Zabo an.

»Du musst mir einen Gefallen tun«, sagte ich.

»Schon gewährt.«

»Joyce Barnhardt verfolgt mich...«

»Blöde Kuh«, sagte Carol.

»Außerdem werde ich noch von zwei Männern in einem Lincoln verfolgt.«

»Hm.«

»Keine Sorge – die verfolgen mich seit Tagen, und bis jetzt haben sie noch keinen erschossen.« Bis jetzt. »Jedenfalls brauche ich jemanden, der sie davon abbringt, mir ständig nachzufahren, und ich hätte da auch schon eine Idee.«

Bis zu Carol waren es ungefähr fünf Minuten. Sie wohnte in Burg, nicht weit von meinen Eltern. Sie und Fetti hatten das Haus von dem Geld gekauft, das sie zur Hochzeit geschenkt bekommen hatten, und sofort angefangen, sich eine Familie zuzulegen. Nach der Geburt des zweiten Jungen entschieden sie, es reichte jetzt. Die Welt würde es ihnen danken. Carols Kinder waren eine Geißel für die Nachbarn. Später würden bestimmt mal Polizisten aus ihnen.

Die Hinterhöfe in Burg sind lang und schmal. Viele sind von einem Zaun oder einer Mauer umgeben. Die meisten grenzen an eine kleine Straße. Diese Zufahrtsstraßen sind bekanntlich einspurig. Die Zufahrt zu den Häusern in der Reed Street, auf dem Abschnitt zwischen Beal und Cedar, war besonders lang. Ich bat Carol, an der Kreuzung der Cedar mit der parallel verlaufenden Zufahrtsstraße der Reed Street zu warten. Mein Plan sah vor, dass ich Joyce und die Boobie Boys in die Zufahrtsstraße lockte, und wenn ich in die Cedar einbog, sollte Carol aufkreuzen und so tun, als hätte sie Probleme mit ihrem Wagen und damit die Straße blockieren.

Ich kam nach Burg und vertrödelte noch fünf Minuten, um Carol genügend Zeit zu geben, ihren Posten zu beziehen. Dann bog ich in die Zufahrtsstraße der Reed Street, mit dem Rattenschwanz von Joyce und den beiden Möchtegerngorillas hinter mir. Ich kam an die Kreuzung zur Cedar, und tatsächlich, da stand Carol. Ich schlängelte mich an ihr vorbei, sie glitt noch ein Stück weiter vor und hielt an, und der Rattenschwanz war in der Falle. Ich warf einen Blick zurück um zu sehen, was abging. Carl und noch drei andere Frauen stiegen aus ihrem Wagen, Monica Kajewski, Gail Wojohowitz und Angie Bono. Alle vier konnten Joyce Barnhardt nicht ausstehen. Das gab Zoff in Burg!

Ich fuhr direkt zur Broad und weiter Richtung Küste. Ich wollte nicht Däumchen drehen und warten, bis Mitchell den Hund umgebracht hatte, um seiner Forderung Nachdruck zu verleihen, nach dem Motto: Heute Bob... morgen Plum.

In Deal glitt ich langsam an dem Grundstück der Ramos vorbei. Ich versuchte noch einmal, Ranger über mein Handy zu erreichen. Keine Reaktion. Ich zockelte weiter die Straße entlang. Komm schon, Ranger. Guck aus dem Fenster, wo immer du gerade stecken magst. Gerade hatte ich die nächste Querstraße hinter dem rosa Haus passiert und wollte kehrt machen, als die Beifahrertür aufgerissen wurde und Alexander Ramos in den Wagen sprang.

»Hallo, meine Süße«, sagte er. »Sie können es nicht lassen, was?«

Scheiße! Der hatte mir gerade noch gefehlt. Ich wollte ihn jetzt nicht in meinem Wagen haben.

»Gut, dass ich Sie gesehen habe. Ich bin beinahe verrückt geworden da drin«, sagte er.

»Meine Güte«, sagte ich. »Warum besorgen Sie sich kein Nikotinpflaster?«

»Ich brauche kein Nikotinpflaster. Ich brauche was zu rauchen. Fahren Sie mich zu dem Geschäft. Beeilen Sie sich. Wenn ich nicht bald eine Zigarette kriege...«

»Im Handschuhfach liegen noch Zigaretten. Die haben Sie das letzte Mal vergessen.«

Er holte die Packung aus dem Fach und steckte sich eine Zigarette in den Mund.

»In meinem Auto wird nicht geraucht!«

»Meine Fresse, das ist ja wie eine Ehe ohne Sex. Los, fahren Sie zu Sal's.«

Ich wollte nicht zu Sal's. Ich wollte Ranger sprechen. »Glauben Sie nicht, dass sich Ihre Familie zu Hause wundert, wo Sie stecken? Ist das auch nicht zu gefährlich bei Sal's?«

»Woher denn? In Trenton gibt es ein Problem, und alle geben sich Mühe, das Problem in den Griff zu kriegen.«

Handelte es sich bei dem Problem vielleicht zufällig um den Toten in Hannibals Garage? »Das muss ja ein schwieriges Problem sein«, sagte ich. »Vielleicht sollten Sie Ihre Hilfe anbieten.«

»Ich habe schon genug geholfen. Nächste Woche wird das Problem auf ein Boot verladen. Und mit etwas Glück wird das Boot kentern.«

Ich war mit meiner Weisheit am Ende. Wie wollten sie es schaffen, den Toten auf ein Boot zu verladen? Warum wollten sie den Toten überhaupt auf ein Boot verladen? Ich konnte es mir nicht vorstellen.

Da mir das Glück versagt blieb, den alten Ramos loszuwerden, fuhr ich den kürzesten Weg zu Sal's. Wir gingen hinein und setzten uns an einen Tisch. Ramos kippte ein Glas und zündete sich eine Zigarette an. »Nächste Woche fliege ich zurück nach Griechenland«, sagte er. »Wollen Sie nicht mit mir kommen? Wir könnten heiraten?«

»Ich dachte, Sie hätten genug von der Ehe.«

»Ich habe meine Meinung geändert.«

»Ich fühle mich geschmeichelt, aber ich glaube, das kommt für mich nicht in Frage.«

Er zuckte die Schultern und goss sich nach. »Ganz wie Sie wollen.«

»Das Problem in Trenton – ist das ein geschäftliches Problem?«

»Geschäftlich. Privat. Für mich ist das alles ein und dasselbe.

Ich will Ihnen einen Rat geben. Schaffen Sie sich keine Kinder an. Und wenn Sie viel Geld verdienen wollen, dann machen Sie in Waffen. Mehr habe ich nicht zu sagen.«

Mein Handy klingelte.

»Was ist los?«, sagte Ranger.

»Ich kann jetzt nicht reden.«

Seine Stimme klang ungewöhnlich angespannt. »Jetzt sag nicht, Ramos ist bei dir.«

»Das kann ich dir nicht sagen. Warum hast du nicht zurückgerufen?«

»Ich musste mein Telefon eine Zeit lang abstellen. Ich bin gerade zurückgekommen, und Tank sagte, er hätte gesehen, dass Ramos zu dir in den Wagen gestiegen ist.«

»Es war nicht meine Schuld! Ich bin hergekommen, um nach dir zu suchen.«

»Such dir lieber ein gutes Versteck, denn gerade sind drei Autos von der Ramos-Villa losgefahren, und ich vermute mal, dass sie sich auf die Suche nach Alexander begeben.«

Ich unterbrach die Verbindung und steckte das Handy in meine Umhängetasche. »Ich muss jetzt gehen«, sagte ich zu Ramos.

»Das war Ihr Freund, stimmt's? Hört sich an wie ein echtes Arschloch. Ich könnte dafür sorgen, dass sich jemand seiner annimmt, wenn Sie verstehen, was ich meine?«

Ich warf einen zwanzig Dollar-Schein auf den Tisch und griff mir die Flasche Schnaps. »Kommen Sie«, sagte ich. »Die hier können wir mitnehmen.«

Ramos sah über meine Schulter hinweg zur Tür. »Ach, du Scheiße. Schauen Sie mal, wer da kommt.«

Ich wollte lieber nicht hinsehen.

»Meine Babysitter«, sagte Alexander. »Ich kann mir nicht mal den Hintern putzen, ohne dass mir jemand dabei zuschaut.«

Ich drehte mich um und wäre beinahe ohnmächtig geworden

vor Erleichterung darüber, dass Hannibal nicht dabei war. Die beiden Männer waren Ende vierzig und trugen Anzug. Sie sahen aus, als äßen sie zu viel Pasta und würden auch Nachtische nicht verachten.

»Sie werden zu Hause erwartet«, sagte der eine.

»Ich bin mit meiner Freundin hier«, sagte Alexander.

»Ja, aber die können Sie auch ein anderes Mal treffen. Wir haben immer noch nicht die Fracht gefunden, die auf das Boot verladen werden soll.«

Einer der beiden begleitete Alexander zur Tür, der andere blieb in der Bar, um mit mir zu reden.

»Hören Sie«, sagte er, »das ist nicht sehr nett von Ihnen, einen alten Mann so auszunehmen. Haben Sie keine gleichaltrigen Freunde?«

»Ich nehme ihn nicht aus. Er ist einfach so in mein Auto gesprungen.«

»Ich weiß. Das macht er manchmal.« Er holte ein Bündel Geldscheine aus der Tasche, die mit einer Klammer zusammengehalten waren, und löste einen Hunderter. »Hier. Für Ihre Auslagen.«

Ich wich zurück. »Sie verstehen mich falsch.«

»Na gut. Wie viel wollen Sie haben?« Er löste noch mal neun Hunderter, knickte sie in der Mitte und steckte das Päckchen in meine Tasche.

»Keine Widerrede. Und Sie müssen mir versprechen, dass Sie den alten Herrn in Zukunft in Ruhe lassen. Verstanden?«

»Moment mal...«

Er öffnete seinen Mantel und erlaubte mir einen Blick auf seine Kanone.

»Ich habe verstanden«, sagte ich.

Er drehte sich um, ging zur Tür hinaus und stieg in die Limousine, die am Straßenrand wartete.

»Wie das Leben manchmal so spielt«, sagte ich zu dem Kellner. Dann ging ich ebenfalls. Als ich weit genug von Deal entfernt war, um mich wieder sicher fühlen zu können, wählte ich Rangers Nummer und erzählte ihm das mit Stolle.

»Fahr sofort nach Hause und verbarrikadier dich in deiner Wohnung«, sagte Ranger. »Ich schicke dir Tank vorbei, damit er dich abholt.«

»Und was dann?«

»Dann bringe ich dich an einen sicheren Ort, und da bleibst du so lange, bis ich die Sache geklärt habe.«

»Ich glaube nicht, dass ich dazu Lust habe.«

»Mach es mir nicht schwer«, sagte Ranger. »Ich habe genug Probleme am Hals.«

»Dann lös deine Probleme endlich mal. Und zwar schnell!« Ich legte auf. Na gut, das hatte ich vermasselt. Aber der Tag war anstrengend genug gewesen.

Mitchell und Habib warteten auf mich, als ich auf den Parkplatz fuhr. Ich winkte ihnen zu, aber der Gruß wurde nicht erwidert. Nicht mal mit einem Lächeln. Keine Bemerkung, nichts. Kein gutes Zeichen.

Ich ging die Treppe hoch in den ersten Stock und lief zu meiner Wohnungstür. Ich hatte ein komisches Gefühl im Magen, und mein Herz flatterte. Ich betrat die Wohnung, und Bob sprang mir entgegen. Mir war gleich wohler. Ich schloss die Tür hinter mir ab und sah nach Rex, ob ihm auch nichts passiert war. Auf meinem Anrufbeantworter waren zwölf Nachrichten. Eine davon war Schweigen. Es hörte sich nach Rangers Schweigen an. Zehn Nachrichten waren für Grandma. Die letzte war von meiner Mutter.

»Es gibt Hühnchen zum Abendessen«, sagte sie. »Deine Großmutter meinte, du hättest vielleicht Lust zu kommen, du hättest nichts mehr zu Essen im Haus. Bob hätte alle Lebensmittel vertilgt, als sie gerade die Küchenregale sauber gemacht hätte. Und dann meinte Großmutter noch, du solltest mit ihm rausgehen, wenn du nach Hause kommst, weil, er hätte zwei Packungen Backpflaumen verschlungen, die sie gerade gekauft hätte.«

Ich sah hinunter zu Bob. Seine Nase lief und sein Bauch sah aus, als hätte er einen Medizinball verschluckt.

»Meine Güte, Bob«, sagte ich, »irgendwie siehst du krank aus.«

Bob rülpste und ließ einen sausen.

»Vielleicht besser, wenn ich mal mit dir rausgehe.«

Bob fing an zu japsen, Sabber tropfte aus seinem Maul, und in seinem Bauch rumorte es. Er streckte die Schnauze vor und ging in die Hocke.

»Nein!«, rief ich. »Nicht hier drin!« Ich schnappte mir die Leine und meine Umhängetasche und zog den Hund aus der Wohnung nach draußen ins Treppenhaus. Wir warteten erst gar nicht auf den Aufzug. Wir nahmen die Treppe und liefen durch die Eingangshalle. Wir schafften es bis nach draußen, und ich wollte gerade den Parkplatz überqueren, als direkt vor uns mit quietschenden Reifen der Lincoln zum Stehen kam. Mitchell sprang aus dem Wagen, warf mich zu Boden und packte sich Bob.

Als ich wieder auf die Beine gekommen war, hatte sich der Lincoln schon in Bewegung gesetzt. Ich schrie und lief hinter ihm her, aber der Wagen hatte den Parkplatz bereits verlassen und war in die St. James Street eingebogen. Plötzlich jedoch bremste er ab. Die Türen flogen auf, und Mitchell und Habib taumelten hervor.

»Himmel!«, rief Mitchell. »Nicht zu fassen! Dieser Scheißköter!«

Habib hielt sich die Hand vor den Mund. »Mir ist schlecht. So was ist mir ja nicht mal in Pakistan untergekommen!«

Bob hüpfte aus dem Auto auf die Straße und lief schwanzwedelnd auf mich zu. Sein Bauch sah wieder ganz normal und schlank aus, und er sabberte und japste auch nicht mehr. »Na, geht's dir wieder besser, mein Freund?«, sagte ich und kraulte ihn hinter den Ohren, so wie er es am liebsten hatte. »Lieber Hund! Brav, Bob!«

Mitchell quollen fast die Augen hervor, und sein Gesicht lief violett an. »Ich bring den Scheißköter um! Ich bringe ihn um! Erst verrichtet er sein großes Geschäft in meinem Auto, und dann kotzt er auch noch hinterher. Was geben Sie dem Hund eigentlich zu fressen? Kennen Sie sich mit Hunden nicht aus? Was sind Sie nur für ein Hundehalter!«

»Er hat die Backpflaumen von meiner Oma gefressen«, sagte ich.

Mitchell schlug die Hände über den Kopf zusammen. »Das darf doch nicht wahr sein!«

Ich verfrachtete Bob in Big Blue, verschloss die Türen und fuhr über den Rasen hinaus auf die Straße, um nicht an Mitchell und Habib vorbei zu müssen.

Meine Mutter und Grandma warteten schon, sahen durch die Doppeltür aus Glas, als ich den Buick vor unserem Haus abstellte.

»Wir wissen immer genau, wann du zu Besuch kommst«, stellte Grandma fest. »Dein Auto kann man kilometerweit hören.«

Allerdings!

»Wo ist deine Jacke?«, wollte meine Mutter wissen. »Frierst du nicht?«

»Ich hatte keine Zeit mehr, mir die Jacke anzuziehen«, sagte ich. »Es ist eine lange Geschichte. Die willst du sowieso nicht hören.«

»Ich will sie aber hören«, sagte Grandma. »Ist bestimmt eine irre Sache.«

»Zuerst muss ich telefonieren.«

»Mach nur. Ich stelle schon mal das Essen auf den Tisch«, sagte meine Mutter. »Es ist alles fertig.«

Ich benutzte das Telefon in der Küche für den Anruf bei Morelli. »Ich wollte dich um einen Gefallen bitten«, sagte ich, als er endlich dranging.

»Schön. Ich hab's gern, wenn du mir was schuldest.«

»Kannst du dich eine Zeit lang um Bob kümmern.«

»Du machst doch hier keinen auf Simon, oder?«

»Nein!«

»Was soll das dann?«

»Es gibt doch bei dir manchmal polizeiliche Angelegenheiten, die du mir nicht erklären kannst, stimmt's?«

»Ja.«

»Gut. Alles Weitere kann ich dir jetzt auch nicht erklären. Jedenfalls nicht hier in der Küche meiner Mutter.«

Grandma kam in die Küche geeilt. »Ist das Joseph am Telefon. Sag ihm, wir hätten reichlich von dem Brathuhn, aber er soll sich beeilen, wenn er noch was abkriegen will.«

»Er mag kein Brathuhn.«

»Brathuhn ist mein Lieblingsgericht«, mischte sich Joe ein. »Ich komme sofort.«

»Nein!«

Zu spät. Er hatte schon aufgelegt. »Stell noch einen Teller dazu«, sagte ich.

Grandma saß schon am Tisch und stutzte. »Ist der Teller für Bob oder für Joe?«

»Für Joe. Bob hat sich den Magen verdorben.«

»Kein Wunder«, sagte Grandma. »Bei den vielen Backpflaumen. Er hat auch noch eine Packung Frosties und eine Tüte Marshmellows gefressen. Ich habe die Regale in deiner Küche sauber gemacht, als ich auf Louise wartete, die vorbeikommen wollte. Ich bin nur einmal kurz ins Badezimmer gegangen, und als ich wiederkam, war nichts Essbares mehr auf dem Tisch.«

Ich streichelte Bob am Kopf. Er war schon ein ziemlich abgedrehter Hund. Nicht halb so intelligent wie Rex. Nicht mal so intelligent, um die Pfoten von den Backpflaumen zu lassen. Trotzdem, er hatte auch seine lichten Momente. Und er hatte wundervolle große braune Augen, wo ich doch so eine Schwäche für braune Augen habe. Außerdem bot er nette Gesellschaft. Er hat nie versucht, den Sender auf meinem Radio zu verstellen, und er hat mit keinem Wort meinen Pickel erwähnt. Ich gebe zu, ich hing an Bob. Ich wäre glatt bereit gewesen, Mitchell mit meinen eigenen Händen das Herz aus der Brust zu reißen, als er meine Töle entführen wollte. Ich umarmte Bob. Noch etwas, was er sich gefallen ließ. »Du gehst heute Abend zu Joe«, erklärte ich ihm. »Da bist du sicher.«

Meine Mutter stellte das Brathuhn auf den Tisch, dazu Brötchen, Rotkohl und Brokkoli. Den Brokkoli würde keiner anrühren, aber meine Mutter servierte ihn trotzdem, weil er gesund ist.

Joe schloss sich selbst auf und nahm seinen Platz neben mir ein.

»Wie ist es heute gelaufen?«, fragte Grandma ihn. »Irgendwelche Mörder gefasst?«

»Heute nicht. Aber morgen wird's bestimmt klappen.«

»Wirklich?«, sagte ich.

»Na ja, eigentlich doch nicht.«

»Wie war die Unterredung mit Ranger?«

Morelli schaufelte sich Rotkohl auf den Teller. »Wie erwartet.«

»Er hat mir gesagt, ich sollte mich raushalten. Bist du auch der Meinung?«

»Ja. Aber ich wäre nicht so blöd, es dir zu sagen. Sonst schrillen doch bei dir gleich alle Alarmglocken.« Er nahm sich ein Stück von dem Brathuhn. »Hast du ihm den Krieg erklärt?«

»Irgendwie schon. Ich hab sein Angebot, mich in Sicherheit zu bringen, abgelehnt.«

»Bist du in so großer Gefahr, dass man dich in Sicherheit bringen muss?«

»Ich weiß nicht. Ist schon ziemlich krass.«

Morelli schob einen Arm auf meine Stuhllehne. »In meinem Haus wärst du in Sicherheit. Du könntest gleich mit einziehen, zu Bob und mir. Außerdem schuldest du mir ja noch einen Gefallen.«

»Willst du jetzt alle deine Schuldforderungen einziehen?«

»Je früher, desto besser.«

Das Telefon in der Küche läutete, und Grandma ging hin um abzuheben. »Es ist für dich, Stephanie«, rief sie. »Lula.«

»Ich habe den ganzen Nachmittag versucht, dich zu erreichen«, sagte Lula. »Du gehst ja nie ran. Dein Handy ist nicht eingeschaltet, und auf deinen Pager reagierst du auch nicht. Was ist los mit deinem Pager?«

»Ich kann mir nicht beides leisten, Pager und Handy. Deswegen habe ich mich fürs Handy entschieden. Was gibt's denn so dringend?«

»Man hat Cynthia Lotte gefunden, in ihrem Porsche, mausetot. Eins kann ich dir sagen, in den Porsche würde ich mich nicht mal freiwillig reinsetzen. Am Ende kommt man nicht lebendig wieder raus.«

»Wann ist das passiert? Woher weißt du es überhaupt?«

»Sie wurde heute Nachmittag in dem Parkhaus in der Third Street entdeckt. Connie und ich haben die Nachricht über den Polizeifunk gehört. Das ist noch nicht alles. Ich habe noch einen Kautionsflüchtling für dich. Vinnie ist völlig ausgerastet, weil du nicht erreichbar warst, und es ist keiner da, der den Kerl übernehmen kann.«

»Was ist mit Joyce? Was ist mit Frankie Defrances?«

»Joyce können wir auch nicht ausfindig machen. Sie reagiert nicht auf ihren Pager. Und Frankie hat gerade eine Operation an der Leiste hinter sich.«

»Ich komme gleich morgen früh ins Büro.«

»Unmöglich. Vinnie hat gesagt, du sollst dir den Kerl noch heute Abend schnappen. Vinnie weiß auch, wo er sich aufhält. Er hat mir die Unterlagen gegeben.«

»Wie viel ist er denn wert?«

»Die Kaution beträgt hunderttausend Dollar. Vinnie zwackt zehn Prozent für dich ab.«

Ganz cool bleiben. »Ich hole dich in zwanzig Minuten ab.«

Ich ging zurück ins Esszimmer, wickelte zwei Stück Hühnchenfleisch in eine Serviette und tat das Fresspaket in meine Umhängetasche. Ich schlang kurz meine Arme um Bob und gab Joe einen flüchtigen Kuss auf die Wange. »Ich muss gehen«, sagte ich. »Einen Kautionsflüchtling schnappen.«

Morelli sah enttäuscht aus. »Sehen wir uns später noch?«

»Wahrscheinlich. Ich muss ja noch meine Schuld bei dir abtragen, und außerdem muss ich mich mal mit dir über Cynthia Lotte unterhalten.«

»Ich wusste, dass du darauf zurückkommen würdest.«

Lula wartete bereits draußen, als ich vor ihrem Haus vorfuhr.

»Ich habe die Unterlagen dabei«, sagte sie, »und es hört sich gar nicht so schlecht an. Der Mann heißt Elwood Steiger, gegen ihn wird wegen Drogenmissbrauchs ermittelt. Er hat in der Garage seiner Mutter versucht, Methadon herzustellen, aber das ganze Viertel hat nach Phenol gestunken. Wahrscheinlich haben irgendwelche Nachbarn die Polizei gerufen. Seine Mutter hat das Haus als Sicherheit für die Kaution angeboten, und jetzt befürchtet sie, dass sich der gute Elwood nach Mexiko absetzen will. Er hat am Freitag seinen Gerichtstermin verpasst, und seine Mama hat in seiner Wäschekommode Flugtickets gefunden. Deswegen hat sie ihn bei Vinnie verpfiffen.«

»Wo hält er sich jetzt auf?«

»Laut Mama ist er ein Fan von *Raumschiff Enterprise* und

heute Abend soll so eine *Raumschiff-Enterprise-Party* abgehen. Sie hat mir die Adresse gegeben.«

Ich las mir die Adresse durch und stöhnte. Es war das Haus von Dougie. »Ich kenne den Typen, der da wohnt«, sagte ich. »Dougie Kruper.«

Lula schlug sich mit der Hand an die Stirn. »Der Name kam mir doch gleich so bekannt vor.«

»Ich will nicht, dass bei der Festnahme irgendjemand verletzt wird«, sagte ich.

»Hmhm.«

»Und wir stürmen die Bude auch nicht mit gezückten Pistolen.«

»Hmhm.«

»Wir werden überhaupt keine Waffen benutzen.«

»Schon verstanden.«

Ich sah die Handtasche auf ihrem Schoß. »Ist da eine Pistole drin?«

»Natürlich. Was denkst du denn?«

»Steckt in deinem Hüfthalter auch eine Pistole?«

»Die Glock.«

»Und im Wadenhalfter?«

»Nur Warmduscher tragen Wadenhalfter.«

»Ich will, dass du deine Pistole im Auto liegen lässt.«

»Wir haben es hier mit *Raumschiff-Enterprise-Fans* zu tun. Die nehmen einen in die Vulkanier-Todeszange.«

»Lass sie trotzdem im Auto!«, schrie ich sie an.

»Kein Grund, gleich ein postmenstruales Syndrom zu entwickeln, Mädchen.« Lula schaute aus dem Fenster. »Sieht aus, als würde bei Dougie in der Tat eine Party steigen.«

Vor dem Haus parkten mehrere Autos, und im Haus brannten alle Lichter. Die Haustür stand offen und auf der Treppe hockte Moonnan. Ich stellte meinen Wagen ein paar Häuser weiter ab, und Lula und ich gingen zu Fuß zurück, auf Moonnan zu.

»He, Leute«, sagte Moon, als er mich sah. »Willkommen im Raumschiff.«

»Was geht hier ab?«

»Das ist Dougsters neuer Laden. Das Raumschiff. Das haben wir uns ganz allein ausgedacht. Dougster ist der Boss hier. Geil, was? Das Business des neuen Jahrtausends. Das ganz große Geschäft. Wir erweitern noch, und so, machen Filialen auf.«

»Was soll denn das hier sein?«, fragte Lula.

»Ein Klub, Mann. Ein Ort der Verehrung. Ein Schrein für die Männer und Frauen, die dorthin gehen, wo vorher noch nie ein Mensch gewesen ist.«

»Vorher?«

Moon sah entrückt zum Himmel. »Vor allem Sein.«

»Ach so.«

»Der Eintritt kostet fünf Dollar«, sagte Moon.

Ich gab ihm zehn, und Lula und ich schoben uns durch das Gedränge an der Tür.

»Noch nie so viele Idioten auf einen Haufen gesehen«, sagte Lula. »Außer dem Klingonen da vorne an der Treppe. Der sieht noch halbwegs normal aus.«

Wir ließen unsere Blicke durch den Raum schweifen, auf der Suche nach Steiger. Als Anhaltspunkt diente uns nur das Foto aus der Akte. Die Schwierigkeit war, dass einige Gäste verkleidet waren, das Kostüm ihrer jeweiligen Lieblingsfigur aus *Raumschiff Enterprise* trugen.

Dougie kam auf uns zu. »Willkommen bei der Enterprise. In der Ecke drüben, bei den Romulanern, gibt es kleine Speisen und Getränke, und in zehn Minuten fängt die Filmvorführung an. Das Essen schmeckt wirklich gut. Das ist, äh, Konkursmasse.«

In Wirklichkeit war es Hehlerware, die irgendwo in einem Lager vor sich hin gegammelt hatte, weil man Dougies Laden dichtgemacht hatte.

Lula klopfte an Dougies Schädel. »Hallo? Jemand da? Sehen wir vielleicht aus wie dumme Außerirdische, denen man alles auftischen kann?«

»Also, äh…«

»Wir wollen uns nur umsehen«, beruhigte ich Dougie.

»Besuchsweise?«

»Dann mache ich mich einfach an den süßen Klingonen da vorne ran. Wo wir schon mal hier sind«, sagte Lula.

13

Lula und ich bahnten uns einen Weg durch die Menge, drangen auf der Suche nach Elwood immer tiefer in den Raum vor. Elwood war neunzehn Jahre alt, schlank, hatte meine Größe und strohblondes Haar. Ein Rückfalltäter. Ich wollte ihm keine Angst einjagen, ich hatte vor, ihn ganz unauffällig nach draußen zu locken und ihm dann Handschellen anzulegen.

»He«, sagte Lula, »siehst du den Wicht da drüben im Captain Kirk-Anzug? Was meinst du? Ist er das?«

Ich kniff die Augen zusammen. »Könnte er sein«, sagte ich.

Wir boxten uns durchs Gewühl, und ich stellte mich neben den jungen Mann. »Steve?«, sagte ich. »Steve Miller?«

Captain Kirk klimperte mit den Wimpern. »Nein. Tut mir Leid.«

»Ich habe mich hier mit jemandem verabredet, den ich nicht kenne«, erklärte ich. »Er hat mir nur gesagt, er wäre als Officer verkleidet.« Ich hielt ihm meine Hand hin. »Stephanie Plum.«

Er schüttelte meine Hand. »Elwood Steiger.«

Volltreffer.

»Mann, das ist ja ganz schön heiß hier drin«, sagte ich. »Ich gehe nach draußen, frische Luft schnappen. Wollen Sie nicht mitkommen?«

Er schaute sich um, etwas nervös, ob er auch ja nichts verpasste. »Ich weiß nicht. Lieber nicht. Es hieß, die würden gleich als Erstes die Filme zeigen.«

Lektion Nummer eins: Wenn die Filme laufen, sind *Raumschiff-Enterprise-Fans* unzurechnungsfähig. Ich hatte also die Wahl. Ich konnte die Festnahme erzwingen, oder ich konnte so lange warten, bis er die Party verließ. Blieb er bis zum Schluss und kam zusammen mit allen anderen Gästen in einem Pulk nach draußen, könnte es schwierig werden.

Moon kam herangeschlurft. »Wow, ist ja schön, dass ihr beide miteinander klarkommt. Sie müssen wissen, Elwood hat ziemliches Pech gehabt. Er hat eine ganz große Nummer aufgezogen, und dann haben sie ihn kalt erwischt. Es war ein schwerer Schlag für uns alle.«

Elwoods Augen zuckten hin und her, als wäre sein Kopf ein Flipperautomat. »Zeigt ihr die Filme jetzt gleich?«, fragte er. »Ich bin extra nur wegen der Filme gekommen.«

Moon süffelte an seinem Drink. »Elwood hat ganz gut verdient, hat alles Geld fürs College gespart. Dann haben sie ihm seinen Gewerbeschein abgenommen. Eine Schande. Wirklich eine Schande.«

Elwood lachte gequält. »Eigentlich hatte ich gar keinen Gewerbeschein«, sagte er.

»Du kannst von Glück sagen, dass du ein Bekannter von Steph bist«, sagte Moon. »Ich wüsste nicht, was Dougie und ich ohne Steph machen würden. Die meisten Kopfgeldjäger verfrachten unsereins einfach bloß mit Gewalt zurück ins Gefängnis, aber Steph, die…«

Elwood sah aus, als hätte ihn jemand mit einem Bolzenschussgerät einen Stromschlag versetzt. »Kopfgeldjäger?«

»Der beste weit und breit«, sagte Moon.

Ich beugte mich etwas vor, damit ich leiser sprechen aber immer noch von Elwood verstanden werden konnte. »Vielleicht ist es besser, wenn wir rausgehen. Da können wir uns ungestört unterhalten.«

Elwood wich zurück. »Nein! Ich komme nicht mit! Lassen Sie mich in Ruhe!«

Ich machte mich daran, ihm die Handschellen anzulegen, aber er stieß mich beiseite.

Lula griff nach ihrer Schreckschusspistole und zielte. Elwood ging hinter Moon in Deckung, und Moon fiel wie ein Kartenhaus in sich zusammen.

»Hoppla«, sagte Lula. »Ich glaube, ich habe den Falschen erwischt.«

»Sie haben ihn getötet!«, kreischte Elwood.

»Halt die Luft an, Jungchen«, sagte Lula. »Brüll mir nicht so ins Ohr!«

Ich bekam eine Hand von ihm zu packen und legte ihm eine Handschelle um.

»Sie haben ihn getötet! Sie haben ihn umgebracht!«, sagte Elwood.

Lula stemmte die Fäuste in die Hüften. »Haben Sie einen Schuss gehört? Ich jedenfalls nicht. Ich habe ja nicht mal eine Pistole dabei, weil unser lieber Friedensengel hier mich genötigt hat, meine Pistole im Auto zu lassen. Kommt Ihnen auch zugute, sonst hätte ich noch auf Sie geschossen, Sie miese kleine Ratte.«

Ich versuchte immer noch, auch Elwoods andere Hand zu fesseln, aber die Leute um uns herum rückten näher. »Was geht hier vor?«, wollten sie wissen. »Was machen Sie mit Captain Kirk?«

»Wir verfrachten ihn ins Kittchen, da kann er sich seinen fetten Arsch platt sitzen«, sagte Lula. »Platz da!«

Aus den Augenwinkeln sah ich etwas durch die Luft fliegen. Es traf Lula seitlich am Kopf.

»He!«, sagte Lula. »Was soll das?« Sie fasste mit der Hand an die Stelle am Kopf. »Das ist eins von den stinkenden Käsekremebällchen-Hors d'œuvres. Wer wirft denn hier mit Käsebällchen?«

»Freiheit für Captain Kirk!«, rief jemand.

»Das könnte euch so passen«, sagte Lula.

Zack! Ein Flatschen Krabbenmus klatschte an Lulas Stirn.

»Jetzt reicht's aber!«, sagte sie.

Zack! Zack! Zack! Drei Frühlingsrollen.

Der ganze Raum brüllte im Chor: »Freiheit für Captain Kirk! Freiheit für Captain Kirk!«

»Nichts wie raus hier«, sagte Lula. »Die Leute sind ja völlig durchgeknallt. Die haben sie einmal zu viel hochgebeamt.«

Ich stieß Elwood vor mir her Richtung Tür, wurde unterwegs mit scharfer Soße für die Frühlingsrollen bespritzt, danach mit einigen Käsebällchen beworfen.

»Schnappt sie euch!«, rief jemand. »Die entführen Captain Kirk.«

Lula und ich zogen die Köpfe ein und kämpften uns durch ein Sperrfeuer aus geklauten Hors d'œuvres und hässlichen Drohungen. Wir erreichten den Ausgang und stürzten nach draußen, liefen über den Gehsteig und mussten Elwood quasi hinter uns her ziehen. Wir warfen ihn auf den Rücksitz von meinem Auto, und ich trat das Gaspedal bis zum Anschlag durch. Jedes andere Auto wäre wie eine Rakete losgedüst, aber der Buick glitt gemächlich aus der Parklücke und röhrte dann lautstark die Straße entlang.

»Weißt du was? Diese Raumschiffer sind ein Haufen Schlappschwänze«, sagte Lula. »Wenn das in meinem Viertel passiert wäre, hätten in den Käsebällchen Pistolenkugeln gesteckt.«

Elwood schmollte hinten auf dem Rücksitz und sagte keinen Ton. Er hatte versehentlich einige Käsebällchen und Frühlingsrollen abbekommen, und seine Captain-Kirk-Uniform entsprach auch nicht mehr den Vorschriften der Föderation.

Ich setzte Lula ab und fuhr weiter zur Polizeiwache. Jimmy Neeley saß am Empfang. »Meine Güte«, sagte er, »was stinkt denn hier so?«

»Das sind Käsebällchen«, klärte ich ihn auf. »Und Frühlingsrollen.«

»Hast du eine Schlacht am Büffet hinter dir?«

»Die Romulaner haben angefangen«, sagte ich. »Diese blöden Romulaner.«

»Ja«, sagte Neeley, »Romulanern ist nicht zu trauen.«

Ich bekam die Empfangsbestätigung und befreite Captain Kirk von den Handschellen. Danach verließ ich die Polizeiwache und ging nach draußen an die frische Nachtluft. Der Parkplatz der Polizeiwache war von Halogenflutlicht taghell erleuchtet. Der Himmel jenseits der Lampen war dunkel und sternenlos. Ein leichter Regen hatte eingesetzt. Zu Hause bei Morelli, neben ihm und Bob auf dem Sofa, wäre es ein gemütlicher Abend geworden. Stattdessen war ich allein, stand im Regen und stank nach Krabbenmus und hatte ein bisschen Angst, weil jemand Cynthia Lottes Leben ein Ende gemacht hatte, und vielleicht war ich ja als Nächste dran. Das einzig Gute an dem Mord an Lotte war, dass ich von meinen Gedanken an Arturo Stollo vorübergehend abgelenkt wurde.

Mit dem soßenbefleckten T-Shirt und den von Käsebällchen verschmierten Haaren fühlte ich mich, rein sexuell gesehen, nicht gerade sonderlich attraktiv. Ich ging daher zuerst nach Hause, um mich umzuziehen, bevor ich Morelli treffen wollte. Ich stellte den Buick neben Mr. Weinsteins Cadillac, schloss ab und machte einen Schritt auf das Gebäude zu, da merkte ich, dass Ranger an dem Auto unmittelbar vor meinem Buick lehnte.

»Du musst vorsichtiger sein, Babe«, sagte er. »Du musst dich umschauen, bevor du aus deinem Auto aussteigst.«

»Ich war abgelenkt.«

»Eine Kugel im Kopf, und du wärst für immer abgelenkt.«

Ich zog eine Fratze und streckte ihm die Zunge heraus.

Ranger lächelte. »Willst du mich anmachen?« Er klaubte einen Essensrest aus meinem Haar. »Frühlingsrolle?«

»Ich habe einen strapaziösen Abend hinter mir.«

»Hast du irgendwas von Ramos erfahren?«

»Er sagte, es gäbe ein Problem in Trenton. Damit meint er wahrscheinlich Junior Macaroni. Aber dann sagte er noch, er würde dafür sorgen, dass das Problem nächste Woche auf ein Boot verladen würde, und mit etwas Glück würde das Boot kentern. Dann kamen zwei von seinen Gorillas herein, um ihn wieder in den Schoß der Familie zurückzuführen. Sie meinten, sie könnten die Fracht nicht finden. Hast du eine Ahnung, was das alles zu bedeuten hat?«

»Ja.«

»Willst du es mir nicht sagen?«

»Nein.«

Scheiße. »Du bist echt ein Arschloch. Ich arbeite nicht mehr für dich.«

»Zu spät. Ich habe dir bereits gekündigt.«

»Ich meine, ich werde überhaupt nie mehr für dich arbeiten!«

»Wo hast du Bob gelassen?«

»Bei Morelli.«

»Ich muss mir also nur um deine eigene Sicherheit Sorgen machen«, sagte Ranger.

»Ich weiß dein Zartgefühl zu schätzen, aber das ist nicht nötig.«

»Machst du Witze? Ich habe dir gesagt, du sollst dich raushalten und vorsichtig sein, und zwei Stunden später sitzt Ramos wieder in deinem Auto.«

»Eigentlich habe ich dich gesucht, aber dann lief mir Ramos über den Weg und ist einfach in meinen Wagen gesprungen.«

»Schon mal gehört, dass man Autotüren auch von innen abschließen kann?«

Ich rümpfte die Nase, es sollte empört aussehen. »Ich gehe jetzt in meine Wohnung, und nur damit du Frieden gibst, werde ich auch brav die Tür hinter mir abschließen.«

»Pech gehabt. Ich nehme dich mit, und ich werde die Tür hinter *dir* abschließen.«

»Ist das eine Drohung?«

»Nein. Ich sage dir nur, was ich vorhabe.«

»Hör zu, Mister«, sagte ich. »Wir leben im einundzwanzigsten Jahrhundert. Frauen sind kein Besitzgegenstand der Männer. Man kann uns nicht einfach einsperren. Wenn ich etwas noch so Dummes anstellen und mich in Gefahr bringen möchte – ich habe ein verdammtes Recht darauf.«

Ranger legte mir eine Handschelle an. »Ich glaube nicht.«

»He!«

»Es ist nur für ein paar Tage.«

»Ich fasse es nicht! Willst du mich wirklich einsperren?«

Er hielt mein anderes Handgelenk umklammert, aber mit einer plötzlichen Bewegung der gefesselten Hand entriss ich ihm die Schellen und sprang zur Seite.

»Komm her«, sagte er.

Ich stellte mich hinter ein Auto. Die Schellen baumelten am Handgelenk, und auf eine bizarre Art, über die ich lieber nicht weiter nachdenken wollte, empfand ich es als erotisch. Andererseits nervte es mich auch. Ich fasste in meine Umhängetasche und holte das Reizgas hervor. »Na, komm! Du kriegst mich ja doch nicht«, reizte ich ihn.

Er legte die Hände aufs Auto. »Willst du mir das hier vermasseln, oder was?«

»Was hast du denn gedacht?«

»Du hast Recht. Ich hätte es mir denken können. Bei dir geht es nie ohne Komplikationen ab. Männer fliegen durch die Luft.

Autos werden von Müllwagen plattgewalzt. Ich habe schon an groß angelegten Invasionen teilgenommen, aber das war nicht halb so stressig, wie sich mit dir auf einen Kaffee zu verabreden.« Er hielt den Schlüssel hoch, damit ich ihn sehen konnte. »Soll ich die Handschellen lösen?«

»Wirf mir den Schlüssel rüber.«

»Nichts da. Du musst schon herkommen.«

»Auf keinen Fall.«

»Das Reizgas wirkt nur, wenn du es mir direkt ins Gesicht sprühst. Glaubst du, du schaffst es, mir von so weit ins Gesicht zu sprühen?«

»Natürlich.«

Eine Schrottkarre von Auto fuhr plötzlich auf den Parkplatz, sie hatte sofort unsere ganze Aufmerksamkeit. Ranger hielt eine Pistole in der Hand, den Arm ließ er baumeln.

Das Auto blieb stehen. Moon und Dougie stiegen aus.

»Hallo«, rief Moon in meine Richtung. »Ein Glück, dass wir dich hier treffen. Wir brauchen deinen klugen Rat.«

»Ich muss mit den beiden Typen reden«, erklärte ich Ranger. »Lula und ich haben ihr Haus demoliert – gewissermaßen.«

»Soll ich raten? Es gab Frühlingsgrollen und irgendwas Gelbes.«

»Käsebällchen. Aber wir hatten nicht Schuld. Die Romulaner haben zuerst angefangen.«

Seine Mundwinkel verzogen sich zu einem leichten, beherrschten Schmunzeln. »Hätte ich mir denken können, dass es die Romulaner waren.« Er steckte die Pistole zurück in den Halfter. »Red du nur mit deinen Freunden. Wir klären unseren Streit später.«

»Und der Schlüssel?«

Er lächelte und schüttelte den Kopf.

»Das ist eine Kriegserklärung«, sagte ich.

Das Lächeln ging über in ein Grinsen. »Sei vorsichtig.«

Ich entfernte mich rückwärts zum Hintereingang des Hauses. Dougie und Moon kamen nach. Ich hatte keine Ahnung, was sie von mir wollten. Eine Entschädigung? Eine Einschätzung der Zukunftsaussichten von Elwood als Drogenbaron? Wollten sie wissen, wie mir die Frühlingsrollen geschmeckt hatten?

Ich huschte durch die Eingangshalle zum Treppenhaus. »Wir können uns in meiner Wohnung unterhalten«, sagte ich. »Ich muss nur schnell mein Hemd wechseln.«

»Tut mir Leid, wegen deinem Hemd. Die Außerirdischen sind anschließend noch ziemlich ungemütlich geworden. Der reinste Mob«, sagte Mooner. »Die Föderation kriegt noch gewaltig Ärger. Mit solchen Mitgliedern kommt die nie auf einen grünen Zweig. die hatten einfach keinen Respekt vor Dougies Privatquartier.«

Ich schloss die Wohnungstür auf. »Ist denn viel Schaden entstanden?«

Moon ließ sich gleich aufs Sofa fallen. »Erst dachten wir, es würde bei den durch die Käsebällchen verursachten Schäden bleiben. Aber dann gab es Probleme mit dem Videorekorder, und wir mussten unser abendliches Filmprogramm kürzen.«

»Der Rekorder machte mitten während der Vorführung von *Trouble mit Tribbles* schlapp. Wir können von Glück reden, dass wir mit heiler Haut davongekommen sind«, sagte Dougie.

»Jetzt haben wir irgendwie Angst davor zurückzugehen, ej. Wir wollten dich fragen, ob wir uns hier bei dir und deiner Oma auf die Penne hauen können.«

»Grandma Mazur ist wieder zu meinen Eltern gezogen.«

»Schade. Die war scharf, die Alte.«

Ich gab den beiden Decken und Kissen für die Nacht.

»Irres Armband hast du da«, sagte Moon.

Ich sah auf die Handschellen, die immer noch an meinem rechten Gelenk hingen. Ich hatte sie ganz vergessen. Ob Ranger wohl noch auf dem Parkplatz wartete, fragte ich mich, und auch, ob ich nicht besser daran getan hätte, mit ihm zu gehen. Ich schob den Riegel vor die Wohnungstür, schloss mich in mein Schlafzimmer ein, kroch unter die Bettdecke, obwohl der Käsebatzen immer noch im Haar klebte, und schlief sofort ein.

Beim Aufwachen am nächsten Morgen fiel mir ein, dass ich mich gar nicht mehr bei Joe gemeldet hatte.

Scheiße.

Bei ihm zu Hause ging keiner ran, und gerade wollte ich seinen Pager anwählen, da klingelte das Telefon.

»Was ist los, verdammt noch mal?«, sagte Joe. »Ich bin gerade auf die Wache gekommen und muss erfahren, dass dich ein Romulaner angegriffen hat.«

»Mir geht's schon wieder gut. Ich habe jemanden auf einer *Raumschiff-Enterprise-Party* festgenommen, und das ist irgendwie schräg gelaufen.«

»Ich habe auch ein paar schräge Neuigkeiten für dich. Deine Freundin Carol Zabo will sich wieder von der Brücke stürzen. Anscheinend haben sie und eine ganze Horde ihrer Freundinnen unsere gute Joyce Barnhardt gekidnappt und sie nackt an einen Baum neben dem Tierfriedhof in Hamilton Township gefesselt.«

»Was erzählst du da? Carol ist wegen Entführung von Joyce Barnhardt verhaftet worden?«

»Nein. Joyce hat keine Anzeige erstattet. Aber es war trotzdem ein echtes Erlebnis, kann ich dir sagen. Die halbe Besatzung ist angerückt, um sie zu befreien. Und Carol wurde verhaftet, weil sie sich in aller Öffentlich was Gutes tun wollte. Ich glaube, sie und ihre Freunde hatten sich zur Feier des Tages eine Tüte genehmigt. Sie wird nur wegen einer Ordnungswidrigkeit belangt, aber keiner kann sie davon überzeugen, dass sie deswegen ganz sicher nicht ins Gefängnis muss. Wir wollten dich fragen, ob du herkommen und ihr den Sprung von der Brücke ausreden kannst. Sie legt wieder den gesamten Berufsverkehr lahm.«

»Ich bin schon da.« Es war alles meine Schuld. Wenn einmal etwas schief gelaufen war, dann zog das gleich einen ganzen Rattenschwanz von Katastrophen nach sich.

Ich hatte mich in den Klamotten ins Bett gelegt, deswegen brauchte ich jetzt keine Zeit mit Anziehen mehr zu verschwenden. Beim Durchqueren des Wohnzimmers rief ich Moon und Dougie zu, ich sei bald wieder da. Als ich zum Hinterausgang des Hauses gelangte, hielt ich mein Reizgas bereit, für den Fall, dass Ranger hinter einem Busch lauerte.

Ranger lag nicht auf der Lauer, ebenso wenig Habib und Mitchell, ich machte mich daher gleich auf den Weg zur Brücke. Die Polizei hat es gut, die stellt einfach ihre Sirene an, wenn sie schnell irgendwohin muss. Ich verfüge über keine Sirene, weswegen ich einfach immer über den Bürgersteig fahre, wenn sich der Verkehr staut.

Es regnete Bindfäden, und es herrschten Temperaturen um fünf Grad. Halb New Jersey hing am Telefon und erkundigte sich nach den Preisen für Flugtickets nach Florida, ausgenommen die Leute, die auf der Brücke standen und Carol angafften.

Ich parkte hinter einem Polizeiwagen und ging zu Fuß bis zur Mitte der Brücke vor, wo Carol mit einem Regenschirm in der Hand auf dem Geländer saß.

»Danke, dass du dich um Joyce gekümmert hast«, sagte ich. »Was willst du eigentlich hier auf der Brücke?«

»Ich bin schon wieder verhaftet worden.«

»Du wirst nur wegen einer Ordnungswidrigkeit belangt. Deswegen kommt man nicht ins Gefängnis.«

Carol kletterte von dem Geländer herunter. »Ich wollte nur ganz sicher sein.« Sie sah mich ungläubig an. »Was ist denn das in deinem Haar? Und wieso hast du Handschellen um? Du warst bei Morelli, stimmt's?«

»Da war ich schon des Längeren nicht mehr«, sagte ich versonnen.

Wir gingen zurück zu unseren Autos. Carol fuhr nach Hause, ich ins Büro.

»Oh, Mann!«, rief Lula, als sie mich sah. »Wer kommt denn da hereinspaziert? Das sieht ja nach einer spannenden Geschichte aus. Wozu die Handschellen?«

»Ich dachte, die passten ganz gut zu den Käsebällchen in meinem Haar. Von wegen mein Outfit ein bisschen aufpeppen.«

»Hoffentlich war es Morelli«, sagte Connie. »Von Morelli ließe ich mir auch gerne mal Handschellen anlegen.«

»Nicht ganz«, sagte ich. »Es war Ranger.«

»Oh«, sagte Lula. »Ich glaube, ich habe mir gerade in die Hose gemacht.«

»Da lief nichts«, sagte ich. »Es war... ein Versehen. Und dann haben wir den Schlüssel verloren.«

Connie fächerte sich mit einem Umschlag Luft zu. »Mir wird jetzt schon ganz heiß.«

Ich gab Connie die Empfangsbestätigung für Elwood Steiger. Alles in allem war es leicht verdientes Geld. Es hatte keiner auf mich geschossen, und keiner hatte versucht mich anzuzünden.

Die Tür wurde krachend aufgestoßen, und Joyce Barnhardt stürmte herein. »Dafür wirst du mir büßen«, sagte sie zu mir. »Es wird dir noch mal Leid tun, dass du dich mit mir angelegt hast.«

Lula und Connie sahen in meine Richtung. Wie bitte?, sollte ihr Blick sagen.

»Carol Zabo und ihre Freunde haben mir bei einer Sache ausgeholfen, indem sie Joyce an einen Baum fesselten – nackt – und sie dann sich selbst überlassen haben.«

»Ich will keine Schießerei in meinem Büro!«, warnte Connie Joyce.

»Das wäre viel zu einfach«, antwortete Joyce. »Ich will was Besseres. Ich will Ranger.« Sie funkelte mich aus schmalen Sehschlitzen an. »Ich weiß, dass du gut mit ihm stehst. Ich kann dir nur raten, deinen Einfluss zu nutzen und Ranger an mich auszuliefern. Wenn du ihn mir nämlich nicht innerhalb der nächsten vierundzwanzig Stunden übergibst, zeige ich Carol Zabo wegen Entführung an.« Joyce machte auf ihren hochhackigen Absätzen kehrt und rauschte zur Tür hinaus.

»Ih!«, sagte Lula. »Es stinkt schon wieder nach Schwefel!«

Connie übergab mir den Scheck für die Festnahme von Elwood. »Ein echtes Dilemma.«

Ich nahm den Scheck und steckte ihn in meine Tasche.

»Dilemmas gibt es genug in meinem Leben. Ich kann sie gar nicht alle aufzählen.«

Die alte Mrs. Bestler stand im Treppenhaus und spielte Aufzugführerin. »Es geht aufwärts«, sagte sie. »Damenhandtaschen, Dessous.« Sie beugte sich über ihre Gehhilfe und sah mich an. »Oje«, sagte sie. »Der Schönheitssalon befindet sich im ersten Stock.«

»Wie praktisch«, sagte ich. »Da wollte ich gerade hin.«

In der Wohnung war es ruhig, die Gästedecken lagen gefaltet und gestapelt auf dem Sofa. An einem der Kopfkissen steckte ein Zettel. Nur zwei Worte standen auf dem Fetzen Papier. »Bis später.«

Ich schleppte mich ins Badezimmer, zog mich aus und wusch mir die Haare, mehrmals hintereinander. Dann zog ich mir frische Kleider an, trocknete mir das Haar mit einem Föhn und band es zu einem Pferdeschwanz zusammen. Ich rief Morelli an, um mich nach Bob zu erkundigen, und Morelli sagte, es ginge ihm gut, sein Nachbar passe gerade auf den Hund auf. Danach ging ich in den Keller und bat Dillan, mit seiner Heckenschere die Kette an den Handschellen durchzutrennen, damit der zweite Ring nicht immer so herabbaumelte.

Jetzt gab es nichts mehr für mich zu tun. Keine NVGler jagen. Keinen Hund ausführen. Keinen Verdächtigen beschatten. Kein Einbruch in ein Haus. Ich hätte zu einem Schlosser gehen können, um den Handschellenreif öffnen zu lassen, aber ich hegte immer noch die Hoffnung, von Ranger den Schlüssel zu bekommen. Heute Abend wollte ich Ranger an Joyce ausliefern. Lieber Ranger an Joyce ausliefern, als noch einmal auf Carol einzureden. Ihre Brückennummer wurde langsam ein alter Hut. Ranger auszuliefern war ein Kinderspiel. Ich brauchte nur ein Treffen mit ihm zu arrangieren, ihm sagen, ich wäre gern die Handschellen los, und schon würde er antanzen. Dann würde ich ihn mit der Schreckschusspistole niederstrecken und ihn zu Joyce schaffen. Nachdem ich ihn Joyce übergeben hätte, würde ich natürlich irgendwas ganz Gemeines machen und ihn wieder retten. Auf jeden Fall würde ich es niemals zulassen, dass Ranger ins Gefängnis geworfen würde.

Da also bis zu Abend nichts weiter auf der Tagesordnung stand, dachte ich, könnte man doch mal den Hamsterkäfig ausmisten, und danach gleich den Kühlschrank auswischen. Vielleicht würde ich sogar die Kontrolle über mich verlieren und mich dazu hinreißen lassen, das Badezimmer zu putzen... na gut, das war eher unwahrscheinlich. Ich kippte die Suppendose um, in der Rex hauste und brachte ihn in meinem großen Spagettitopf auf der Ablage in der Küche unter. Er blinzelte mit den Augen und wunderte sich über die plötzliche Helligkeit um ihn herum. Er war sauer, dass ich ihn in seinem Schlaf gestört hatte.

»Tut mir Leid, mein Kleiner«, sagte ich. »Ich muss mal deine Hazienda auskehren.«

Zehn Minuten später war Rex wieder in seinem Käfig untergebracht und völlig hektisch, weil alle seine vorher sorgfältig vergrabenen Schätze jetzt in einem großen schwarzen Müllbeutel steckten. Ich gab ihm eine geknackte Walnuss und eine Rosine zum Trost. Er nahm die Rosine gleich mit in seine neue Suppendose, danach bekam ich ihn nicht wieder zu Gesicht.

Ich schaute aus dem Wohnzimmerfenster nach unten auf den regennassen Parkplatz. Immer noch kein Zeichen von Habib und Mitchell. Die Autos gehörten alle den Hausbewohnern. Sehr schön! Endlich konnte ich meinen Müll entsorgen. Ich zog mir die Jacke über, nahm den Hamsterstreu und eilte nach draußen in den Hausflur. Mrs. Bestler stand immer noch im Aufzug. »Ah! Jetzt sehen Sie schon viel hübscher aus, meine Liebe«, sagte sie. »Es geht doch nichts über eine Wohlfühlstunde im Schönheitssalon.« Die Aufzugtüren öffneten sich zur Eingangshalle, und ich trat heraus. »Fahrt aufwärts«, trällerte Mrs. Bestler. »Herrenbekleidung, zweiter Stock.« Und die Türen schlossen sich wieder.

Ich durchquerte die Eingangshalle zum Hinterausgang und blieb einen Moment stehen, um mir die Kapuze überzuziehen. Es fiel ein gleichmäßiger Regen. Das Wasser auf der schimmernden Asphaltdecke sammelte sich in Pfützen und tropfte von den blank polierten Autos der alten Herrschaften aus meinem Haus. Ich trat nach draußen, senkte den Kopf und rannte über den Platz zum Müllschlucker.

Dort schleuderte ich den Beutel in den Eimer, drehte mich um und stand mit einem Mal Habib und Mitchell gegenüber. Sie trieften vor Nässe, und liebenswürdig sahen sie auch nicht aus.

»Wo kommen Sie denn her?«, fragte ich. »Ich habe Ihren Wagen gar nicht gesehen.«

»Der steht in einer Nebenstraße«, sagte Mitchell und ließ seine Pistole sehen. »Da wollten wir gerade mit Ihnen hin. Also los, gehen Sie!«

»Lieber nicht«, sagte ich. »Wenn Sie auf mich schießen, gibt es für Ranger keinerlei Grund mehr, Kontakt mit Stolle aufzunehmen.«

»Da liegen Sie falsch«, sagte Mitchell. »Nur wenn wir Sie umbringen, ist es so.«

Ein schlagendes Argument.

Der Müllschlucker befand sich am anderen Ende des Parkplatzes. Ich war viel zu verängstigt, um einen klaren Gedanken zu fassen, und torkelte auf wackligen Beinen über ein Stück regennassen Rasen. Wo steckt Ranger bloß, fragte ich mich, wenn man ihn braucht. Warum war er jetzt nicht zur Stelle? Warum beharrte er nur so darauf, dass er mich an einen sicheren Ort bringen wollte? Jetzt, wo der Hamsterkäfig sauber war, hätte ich mich ihm liebend gern gefügt.

Mitchell und Habib fuhren wieder die Familienkutsche spazieren. Vermutlich waren sie mit der Reinigung des Lincolns noch nicht weit gediehen. Ebenso vermutlich würde ich gut daran tun, das nicht zum Gesprächsthema zu machen.

Habib ließ sich neben mir auf dem Rücksitz nieder. Er trug einen Regenmantel, aber er sah völlig durchnässt aus. Die beiden mussten stundenlang in den Büschen vor dem Haus gehockt haben. Habib hatte keine Mütze auf, und von seinen Haaren tropfte Wasser, lief ihm vorne ins Gesicht und hinten den Nacken hinunter. Er wischte sich das Gesicht mit den Händen ab. Dass die Familienkutsche dabei ganz nass wurde, schien keinen zu stören.

»Und?«, sagte ich und versuchte, meine Stimme normal klingen zu lassen. »Was jetzt?«

»Keine Fragen«, sagte Habib. »Seien Sie still.«

Das war schlecht für mich, da ich dann Zeit zum Nachdenken hatte, und beim Nachdenken kamen mir momentan nicht unbedingt die angenehmsten Dinge in den Sinn. Diese Fahrt würde nichts Gutes bringen. Ich versuchte, meine Aufregung im Zaum zu halten. Angst und Reue würden mir jetzt nicht weiterhelfen, und ich wollte auch vermeiden, dass meine Phantasie mit mir durchging. Vielleicht stand mir ein weiteres Treffen mit Arturo bevor. Kein Grund, sich jetzt schon verrückt zu machen. Ich konzentrierte mich auf die Atmung. Immer schön regelmäßig. Viel Sauerstoff einatmen. Ich stimmte im Geist einen rituellen Gesang an, *Ohhmm*. Ich habe mal im Fernsehen eine Frau gesehen, die das machte, und sie ist wirklich voll darauf abgefahren.

Mitchell fuhr die Hamilton entlang, Richtung Westen, auf den Fluss zu. Er kreuzte die Broad und gelangte in einen Stadtteil, der als Gewerbegebiet ausgewiesen war. Das Grundstück, auf das er einbog, lag neben einem dreigeschossigen Backsteingebäude, in dem früher eine Werkzeugmaschinenfabrik untergebracht war und das heute ungenutzt war. An die vordere Fassade war ein Schild »Zu verkaufen« montiert, aber es sah so aus, als hing es schon seit einer Ewigkeit da.

Mitchell stellte den Kleinbus ab und stieg aus. Er öffnete mir die Tür und scheuchte mich mit der Pistole heraus. Habib kam mir nach. Er schloss den Seiteneingang zum Gebäude auf, und wir trotteten hinein. Innen war es kalt und feucht. Das Licht war schwach, da es von den Durchgängen zu kleinen Büroräumen her kam, in die durch schmutzige Fenster Tageslicht sickerte. Wir durchschritten einen kurzen Flur und gelangten in einen Pförtnerraum. Der Fliesenboden unter den Füßen war dreckig, und der Raum war kahl, abgesehen von zwei Aluminium-Klappstühlen und einem kleinen verkratzten Schreibtisch aus Holz. Auf dem Tisch stand ein Pappkarton.

»Hinsetzen!«, befahl Mitchell. »Nehmen Sie sich einen Stuhl.«

Er zog seinen Mantel aus und warf ihn auf den Schreibtisch. Habib tat es ihm nach. Ihre Hemden waren auch nicht viel trockener als ihre Mäntel.

»Also, hier ist unser Plan«, kündigte Mitchell an. »Wir verpassen Ihnen einen Elektroschock, und wenn Sie ohnmächtig sind, schneiden wir Ihnen mit dieser Schere einen Finger ab.« Er holte einen Bolzenschneider aus dem Karton. »Dann haben wir ein Geschenk, das wir Ranger schicken können. Danach halten wir Sie fest und warten ab was passiert. Wenn er mit uns verhandeln will, kommen wir ins Geschäft. Wenn nicht, werden wir Sie wohl töten müssen.«

In meinen Ohren war plötzlich ein lautes Brummen zu hören. Ich schüttelte den Kopf um es loszuwerden. »Moment mal«, sagte ich. »Ich habe noch ein paar Fragen.«

Mitchell seufzte. »Frauen wollen immer alles wissen.«

»Wie wär's, wenn wir ihr die Zunge herausschneiden«, sagte Habib. »Manchmal funktioniert es. In meinem Heimatdorf haben wir damit gute Erfahrungen gemacht.«

Allmählich kam ich zu der Überzeugung, dass er gar nicht aus Pakistan kam. Das war eine Lüge. Sein Heimatort musste irgendwo in der Hölle liegen.

»Von einer Zunge hat Mr. Stolle nichts gesagt«, gab Mitchell zu bedenken. »Vielleicht hat er sich das für später aufgehoben.«

»Wo wollen Sie mich festhalten?«, fragte ich Mitchell.

»Hier. Wir sperren Sie in den Waschraum.«

»Was ist mit der Wunde?«

»Was soll schon damit sein?«

»Ich könnte verbluten. Wie wollen Sie mich dann gegen Ranger austauschen?«

Die beiden sahen sich an. Daran hatten sie nicht gedacht.

»Das ist sowieso neu für mich«, sagte Mitchell. »Normalerweise schlage ich die Leute einfach zusammen oder bumse sie.«

»Sie sollten sauberes Verbandsmaterial und ein Antiseptikum bereithalten.«

»Das klingt vernünftig«, sagte Mitchell. Er schaute auf die Uhr. »Wir haben nicht viel Zeit. Ich muss meiner Frau den Wagen zurückbringen, damit sie die Kinder von der Schule abholen kann. Ich will nicht, dass sie draußen im Regen warten müssen.«

»In der Broad Street ist eine Apotheke«, sagte Habib. »Da kriegen wir die Sachen vielleicht.«

»Bringen Sie mir bitte noch Schmerztabletten mit«, sagte ich.

Eigentlich wollte ich gar keine Verbände und auch keine Schmerztabletten. Ich wollte Zeit gewinnen. Das will man immer, wenn sich eine Katastrophe anbahnt. Man will Zeit, um sich der Hoffnung hinzugeben, dass das alles nicht wahr ist. Zeit, damit die Katastrophe vorübergeht. Zeit, damit sich herausstellt, dass alles nur ein Versehen war. Zeit, damit Gott dazwischenfunken kann.

»Na gut«, sagte Mitchell. »Gehen Sie in den Waschraum da drüben!«

Es war ein fensterloser Raum, ein Meter zwanzig breit, ein Meter achtzig tief. Eine Toilette, ein Waschbecken. Mehr nicht. An der Tür war ein Vorhängeschloss angebracht. Es sah nicht gerade neu aus, ich durfte also annehmen, dass ich nicht der Erste war, der hier als Gefangener festgehalten wurde.

Ich trat in den kleinen Raum, Habib und Mitchell schlossen die Tür und sperrten ab. Ich legte ein Ohr an den Türpfosten.

»Weißt du was?«, sagte Mitchell. »Langsam geht mir dieser Job auf die Nerven. Wieso können wir uns für solche Sachen nie mal einen schönen Tag aussuchen? Einmal musste ich einem Kerl eine verpassen, Alvin Marguccie hieß der. Es war so arschkalt draußen, dass mir die Pistole eingefroren ist. Wir mussten ihn mit einer Schaufel totprügeln. Und als wir ein Loch für ihn buddeln wollten, kriegten wir die Hacken keinen Millimeter in die Erde. Es war ein einziger Eisblock.«

»Klingt nach Schwerstarbeit«, sagte Habib. »In meiner Heimat haben wir es in der Beziehung besser. Es ist wärmer, und der Boden ist weicher. Meistens brauchen wir gar kein Loch zu graben. Die Pakistani sind ein ziemlich rohes Volk, und wir können unsere Toten einfach in irgendeine Grube werfen.«

»Ja, ja. Hier gibt es dafür Flüsse, aber die Leichen steigen an die Wasseroberfläche auf, und das ist dann nicht so schön.«

»Ganz recht!«, sagte Habib. »Das habe ich selbst erlebt.«

Ich hörte, wie sich die beiden entfernten, wie sich das Tor am anderen Ende des Flurs öffnete und wieder schloss. Ich probierte es zuerst an der Toilettentür. Ich sah mich in dem kleinen Raum um. Ich atmete ein und aus. Ich sah mich noch gründlicher im Raum um. Ich zwang mich zum Nachdenken. Ich kam mir vor wie Puh der Bär, der Bär mit dem kleinen Verstand. Der Raum war hässlich und eng, es gab ein dreckiges Waschbecken und eine dreckige Toilette und einen schmutzigen Linoleumboden. Die Wand gegenüber von dem Waschbecken wies einige Wasserflecken auf, an der Decke gab es eine feuchte Stelle, wahrscheinlich von einem kaputten Abfluss im Stock darüber. Pfusch am Bau, würde ich sagen, keine Seltenheit hier. Ich legte eine Hand an die Wand und spürte, dass sie nachgab. Es war eine Bauplatte, und sie war aufgeweicht.

Ich hatte meine Caterpillar-Schuhe an, die mit der starken Profilsohle. Ich stützte mich mit dem Hintern am Waschbecken ab und trat mit den Cats gegen die Bauplatte. Der Fuß ging glatt durch. Ich fing an zu lachen, dann merkte ich, dass ich weinte. Keine Zeit, hysterisch zu werden, sagte ich mir. Nichts wie raus hier.

Ich krallte beide Hände um die Platte und riss einzelne Stücke aus ihr heraus, bis ich eine ziemlich große Öffnung zwischen den Pfosten freigelegt hatte. Dann machte ich mich über die angrenzende Wand her. Nach wenigen Minuten hatte ich beide Wände soweit zerstört, dass ich mich hindurchzwängen konnte. Meine Fingernägel waren abgebrochen, und meine Finger bluteten. Ich befand mich jetzt in einem kleinen Büroraum neben der Toilette. Ich versuchte, die Tür zu öffnen, sie war verschlossen. Ach, du Scheiße! Musste ich mir jetzt den ganzen Weg aus diesem Scheißgebäude freitreten? Moment. Ich Blödmann. In dem Büro gab es ein Fenster. Ich zwang mich, tief Atem zu holen. Ich war nicht in bester gedanklicher Verfassung. Meine Angst war viel zu groß. Ich versuchte, das Fenster zu öffnen, aber es bewegte sich nicht. Wahrscheinlich war es zu lange verschlossen gewesen, der Fenstergriff war mehrmals überstrichen worden. Ich legte meine Jacke ab, wickelte sie um meine Hand und schlug das Fenster ein. Ich brach so viel Glas wie nötig heraus und sah nach draußen auf den Boden. Es war recht tief, aber ich konnte es schaffen. Ich streifte einen Schuh ab und haute damit die restlichen Splitter aus dem Rahmen, damit ich mich nicht mehr als nötig schnitt. Ich zog den Schuh wieder an und schwang ein Bein aufs Fensterbrett.

Das Fenster ging nach vorne hinaus. Bitte, lieber Gott, mach dass Habib und Mitchell nicht ausgerechnet in dem Moment vorbeifahren, wenn ich aus dem Fenster springe. Langsam ließ ich mich durch die Öffnung gleiten, mit dem Rücken zur Straße, damit ich mich an den Händen festhalten und mir mit den Schuhspitzen an den Backsteinen eine Stütze suchen konnte. Als ich in voller Länge an der Wand hing, ließ ich los, landete mit den Füßen zuerst und fiel dann auf den Hintern. Ich lag etwa eine Minute wie benommen da, ausgestreckt auf dem Gehsteig, und der Regen fiel mir ins Gesicht.

Ich holte tief Luft, sprang auf die Beine und fing an zu laufen. Ich überquerte die Straße, rannte durch eine Nebenstraße und überquerte noch eine weitere Straße. Ich hatte keine Ahnung, wohin ich lief, Hauptsache so weit wie möglich weg von dem Backsteingebäude.

14

Ich blieb stehen, um Atem zu schöpfen, knickte vor Schmerzen in der Lunge in der Taille ein und kniff die Augen zusammen. Meine Jeans waren an den Knien zerrissen, meine Knie von den Glasscherben zerkratzt, und an den Händen hatte ich mich geschnitten. In der Eile hatte ich meine Jacke verloren, die ich um eine Hand gewickelt und dann einfach liegen gelassen hatte. Ich trug nur ein T-Shirt und darüber ein Baumwollhemd. Ich war bis auf die Haut durchnässt. Vor Kälte und Angst klapperte ich mit den Zähnen. Ich drückte mich an eine Hauswand und lauschte den vom Regen gedämpften Verkehrsgeräuschen auf der Broad Street.

Bis dahin wollte ich nicht laufen, da wäre ich zu exponiert gewesen. Außerdem befand sich die Straße in einem Stadtteil, in dem ich mich nicht besonders gut auskannte. Mir blieben nicht viele Möglichkeiten. Ich musste bei einem der Häuser klingeln und Hilfe holen. Gegenüber, auf der anderen Straßenseite, befand sich eine Tankstelle mit einem Laden, aber das kam auch nicht in Frage, denn sie war von allen Seiten einsehbar. Ich stand neben einem Gebäude, das wie ein Bürohaus aussah. Ich glitt durch den Eingang und gelangte in eine kleine Vorhalle. Links befand sich ein Paternoster, daneben eine Brandschutztür aus Stahl, die zu einer Treppe führte. Die Hinweistafel an der Wand listete die Namen der Firmen in dem Gebäude auf. Fünf Geschosse, nur mit Firmen besetzt. Ich stieg die Treppe hoch zum ersten Stock und klopfte wahllos an die erstbeste Tür. Sie führte in einen Raum voller Metallregale, und die Regale waren beladen mit Computern, Druckern und sonstiger Hardware. Ein Mann mit krausem Haar, in einem T-Shirt, bastelte an einem Tisch direkt neben dem Eingang. Er schaute auf, als ich den Kopf durch die Tür steckte.

»Was machen Sie hier?«, fragte ich.

»Wir reparieren Computer.«

»Dürfte ich mal Ihr Telefon benutzen? Es ist nur für ein Ortsgespräch. Mir ist auf der nassen Straße das Fahrrad unterm Sattel weggerutscht, und ich möchte jemanden bitten mich abzuholen.« Dass da draußen Männer auf mich warteten, die mich verstümmeln wollten, mit dieser Information wollte ich ihn lieber nicht behelligen.

Er musterte mich. »Wollen Sie wirklich bei der Geschichte bleiben?«

»Ja. Ganz bestimmt.« Im Zweifelsfall immer lügen.

Er deutete zum Telefon an der Tischkante. »Bedienen Sie sich.«

Meine Eltern wollte ich nicht anrufen. Ihnen hätte ich meine Lage unmöglich erklären können. Joe wollte ich ebenfalls nicht anrufen, weil er nicht erfahren sollte, wie unsäglich dumm ich mich angestellt hatte. Und Ranger konnte ich nicht anrufen, weil er mich einsperren würde, obwohl, der Gedanke gewann zunehmend an Reiz. Blieb also nur noch Lula.

»Danke«, sagte ich zu dem Mann, als ich Lula die Adresse durchgegeben und den Hörer wieder aufgelegt hatte. »Sehr freundlich.«

Er schien entsetzt über meine Erscheinung, deswegen verzog ich mich schleunigst aus dem Büro und wartete unten.

Fünf Minuten später fuhr Lula in ihrem Firebird vor. Ich stieg ein, sie verriegelte die Türen, holte ihre Pistole aus der Handtasche und legte sie auf die Ablage zwischen uns.

»Gute Idee«, sagte ich.

»Wo soll es hingehen?«

Nach Hause konnte ich nicht. Habib und Mitchell würden mich irgendwann unweigerlich dort suchen. Ich konnte zu meinen Eltern oder zu Joe, aber erst, wenn ich mich frisch gemacht hatte. Lula, da war ich mir sicher, würde mich bestimmt bei sich wohnen lassen, aber ihre Wohnung war winzig klein, wir würden uns nur dauernd auf die Füße treten, und ich wollte nicht den dritten Weltkrieg auslösen. »Bring mich zu Dougie«, sagte ich.

»Ich weiß zwar nicht, wo du dir die vielen Verletzungen am Arm geholt hast, aber dein Gehirn muss auch ganz schön gelitten haben.«

Ich erzählte Lula alles haarklein. »Niemand wird auf die Idee kommen, bei Dougie nach mir zu suchen«, erklärte ich. »Außerdem hat er Kleider bei sich zu Hause, noch aus der Zeit, als er mit allem Möglichen dealte. Und ein Auto, das ich benutzen kann, hat er wahrscheinlich auch für mich.«

»Ruf besser Ranger oder Joe an«, schlug Lula vor. »Lieber einen von den beiden als Dougie. Die sorgen wenigstens für deine Sicherheit.«

»Das geht nicht. Ich will Ranger heute Abend gegen Carol eintauschen.«

»Wie bitte?«

»Ich liefere Ranger heute Abend an Joyce aus.« Ich wählte Joes Nummer auf Lulas Autotelefon. »Ich muss dich um einen riesigen Gefallen bitten.«

»Schon wieder?«

»Ich habe Angst, dass jemand in meine Wohnung einbricht, und ich selbst kann im Moment nicht zu mir nach Hause. Ich wollte dich fragen, ob du Rex zu dir nehmen könntest.«

Viel sagendes Schweigen am anderen Ende der Leitung. »Dringend?«

»Sehr.«

»So was stinkt mir«, sagte Morelli.

»Wenn du schon mal da bist, kannst du auch gleich in der Keksdose nachgucken, ob meine Pistole drin ist. Ach so, und, äh, nimm auch meine Umhängetasche mit.«

»Was ist los?«

»Arturo Stolle meint, er könnte Ranger dazu bringen, mit ihm zusammenzuarbeiten, wenn er mich als Geisel nimmt.«

»Aber sonst geht's dir gut, ja?«

»Danke, bestens. Ich bin nur überstürzt aus der Wohnung gerannt.«

»Und du willst ganz bestimmt nicht, dass ich dich irgendwo abhole?«

»Nein. Nur Rex. Lula ist bei mir.«

»Das lässt noch hoffen.«

»Wenn es eben geht, komme ich heute Abend noch vorbei.«

»Es muss gehen.«

Vor Dougies Haus bremste Lula ab. Die beiden vorderen Fenster waren mit Brettern vernagelt, an den Fenstern im ersten Stock die Vorhänge zugezogen, aber dahinter schimmerte Licht. Lula gab mir ihre Glock. »Nimm sie lieber mit. Das Magazin ist voll. Ruf mich an, wenn du was brauchst.«

»Wird schon schief gehen.«

»Klar, weiß ich. Ich warte hier so lange, bis du im Haus bist und mir ein Zeichen gegeben hast, dass ich abfahren kann.«

Ich rannte den kurzen Weg zu Dougies Haus, weswegen weiß ich auch nicht. Ich hätte nicht nasser werden können. Ich klopfte an die Tür, aber es passierte nichts. Wahrscheinlich versteckte sich Dougie nach dem ganzen gestrigen Debakel irgendwo, dachte ich.

»Hallo, Dougie!«, rief ich. »Ich bin's. Stephanie. Mach die Tür auf!«

Das half. Ein Vorhang wurde beiseite geschoben, und Dougie schaute hervor. Dann öffnete sich die Haustür.

»Ist jemand bei dir?«, fragte ich.

»Nur Moon.«

Ich stopfte die Glock in den Hosenbund, drehte mich um und winkte Lula zu.

»Mach die Tür zu und schließ ab«, sagte ich und trat ein.

Dougie war schneller als ich dachte. Er hatte die Tür bereits abgeschlossen und schob jetzt auch noch einen Kühlschrank davor.

»Ist das nötig?«, fragte ich.

»Wahrscheinlich zu viel des Guten«, sagte er. »Eigentlich war es sogar ziemlich ruhig heute. Mir sitzt einfach immer noch die Schlägerei in den Knochen.«

»Haben sie dir die Fensterscheiben eingeschlagen?«

»Nur eine. Die andere ging zu Bruch, als die Feuerwehr das Sofa durchs Fenster auf den Bürgersteig geworfen hat.«

Ich sah hinüber zum Sofa. Eine Hälfte war verkohlt, auf der unverkohlten saß Moon.

»Ej, Mann, du kommst genau richtig«, sagte er. »Wir haben den Rest Krabbenmus aufgewärmt und gucken gerade eine Folge von *Bezaubernde Jeannie*. Ziemlich irre, wie Jeannie immer nur mit den Wimpern klimpert.«

»Ja«, sagte Dougie. »Es ist noch viel von dem Krabbenmus übrig. Es muss aufgegessen werden, weil das Haltbarkeitsdatum Freitag abläuft.«

Es kam mir sonderbar vor, dass keiner von beiden eine Bemerkung darüber machte, dass ich klatschnass war und blutete, und dass ich mit einer Glock ins Haus gestürmt war. Aber vielleicht kommen hier ja andauernd Leute mit gezückter Pistole herein, dachte ich. »Ich wollte dich fragen, ob du trockene Klamotten für mich hast«, sagte ich zu Dougie. »Bist du die Jeans alle losgeworden, die du neulich verkaufen wolltest?«

»Oben im Schlafzimmer liegt noch ein ganzer Stapel. Meist kleinere Größen, da ist bestimmt was für dich dabei. Hemden liegen auch da. Nimm dir, was du brauchst.«

In der Hausapotheke im Badezimmer fand ich Heftpflaster. Ich wusch mich, so gut es ging und suchte mir dann aus Dougies Restposten einige passende Stücke aus.

Es war bereits später Nachmittag, und ich hatte noch nicht zu Mittag gegessen. Ich schlang daher ein paar Löffel Krabbenmus hinunter, dann ging ich in die Küche und rief von da aus Morelli an.

»Wo bist du gerade?«, fragte er.

»Warum willst du das wissen?«

»Nur so.«

Da stimmte doch was nicht! Lieber Gott, bloß nicht Rex! »Was ist los? Ist was mit Rex passiert?«

»Rex geht es gut. Er ist in Costanzas Streifenwagen, unterwegs zu mir nach Hause. Ich bin immer noch in deiner Wohnung. Die Tür stand offen, als ich kam, und die Zimmer waren alle durchwühlt. Ich glaube nicht, dass was kaputt gegangen ist, es herrscht nur das reinste Chaos. Deine Umhängetasche haben sie auf dem Boden ausgeschüttet, aber es ist alles da. Portmonee, Schreckschusspistole und Reizgas. Deine richtige Pistole liegt auch noch in der Keksdose. Es sieht so aus, als hätten die Gangster nur ihre Wut an deiner Wohnung ausgelassen. Die sind hier durchgestürmt und haben Rex' Käfig nicht einmal wahrgenommen.«

Ich legte eine Hand aufs Herz. Rex war gesund. Das war das Wichtigste. Alles andere war mir egal.

»Ich wollte gerade abschließen«, sagte er. »Sag mir, wo du bist.«

»Ich bin bei Dougie.«

»Dougie Kruper?«

»Wir gucken *Bezaubernde Jeannie*.«

»Ich komme sofort vorbei.«

»Nein! Ich bin hier absolut sicher. Niemand würde auf die Idee kommen, hier nach mir zu suchen. Ich helfe Dougie beim Saubermachen. Lula und ich haben hier gestern Abend eine Schlägerei ausgelöst. Deswegen fühle ich mich verpflichtet, ihm zu helfen.« Lügen haben bekanntlich kurze Beine.

»Das klingt vernünftig, aber ich glaube dir kein Wort.«

»Jetzt hör mir mal zu. Ich mische mich nicht in deine Arbeit ein, und du, misch dich gefälligst nicht in meine.«

»Ja, ich weiß aber auch immer genau, was ich tue.«

Da hatte er leider Recht. »Bis heute Abend.«

»Scheiße«, sagte Morelli. »Ich brauche was zu trinken.«

»Guck mal in meinen Kleiderschrank. Vielleicht hat Grandma ja eine Flasche da gelassen.«

Ich guckte drei Stunden lang *Bezaubernde Jeannie* mit Dougie und Moon. Zwischendurch stopfte ich Krabbenmus in mich hinein. Dann rief ich Ranger an. Er ging nicht ran, deswegen versuchte ich ihn über seinen Pager zu erreichen. Zehn Minuten später rief er zurück.

»Ich will mein Armband loswerden«, sagte ich.

»Dann geh doch zu einem Schlosser.«

»Außerdem macht Stolle mir Ärger.«

»Was noch?«

»Ich muss mit dir reden.«

»Noch was?«

»Ich bin heute Abend um neun Uhr auf dem Parkplatz hinterm Büro. Ich komme mit einem Leihwagen, weiß aber noch nicht, mit was für einem.«

Ranger unterbrach die Verbindung. Das sollte wohl bedeuten, dass er kommen würde, schloss ich daraus.

Jetzt gab es ein Problem. Ich hatte nur die Glock, und davor hatte Ranger keine Angst. Er wusste, dass ich niemals auf ihn schießen würde.

»Ich brauche ein paar Sachen«, sagte ich zu Dougie. »Handschellen, Schreckschusspistole und ein Reizgasspray.«

»So was habe ich nicht hier«, sagte Dougie, »aber ein Anruf genügt. Ich kenne da jemanden, der das besorgen könnte.«

Eine halbe Stunde später klopfte es an der Tür, und wir schoben zu dritt den Kühlschrank zur Seite. Wir machten die Haustür auf, und meine Oberlippe versteifte sich.

»Lenny Gruber«, sagte ich. »Dich habe ich ja eine Ewigkeit nicht mehr gesehen. Seit du mein Miata geklaut hast.«

»Ich war ziemlich beschäftigt.«

»Kann ich mir vorstellen. Klauen ist auch eine Beschäftigung.«

»Ej, Mann!«, sagte Moon. »Komm rein. Kann ich dir Krabbenmus anbieten?«

Gruber und ich sind zusammen zur Schule gegangen. Er gehörte zu den Typen, die heimlich einen Furz ließen und dann brüllten: »Oh, Mann, stinkt das hier! Hat hier einer einen fahren lassen?« Ihm fehlte ein Vorderzahn, und sein Hosenschlitz stand immer halb offen.

Gruber bediente sich bei dem Krabbenmus und legte einen Aluminiumkoffer auf den Sofatisch. Er öffnete den Koffer, in dem ein einziges Durcheinander herrschte, Elektroschocker, Schreckschusspistolen, Abwehrsprays, Handschellen, Messer, Totschläger und Schlagringe aus Messing. Außerdem eine Packung Kondome und ein Vibrator. Wahrscheinlich waren Zuhälter seine besten Kunden.

Ich wählte ein Paar Handschellen, eine Schreckschusspistole und eine kleine Dose Reizgas aus. »Wie viel kostet das?«, fragte ich ihn.

Er starrte wie gebannt auf meine Brust. »Für dich mache ich einen Sonderpreis.«

»Du brauchst mir keinen Gefallen zu tun.«

Er nannte mir einen angemessenen Preis.

»Abgemacht«, sagte ich. »Aber mit der Bezahlung musst du dich etwas gedulden. Ich habe im Moment kein Geld dabei.«

Er grinste, und die Zahnlücke vorne in seinem Mund sah aus wie das schwarze Loch von Kalkutta. »Wir könnten uns eine andere Art der Bezahlung überlegen.«

»Gar nichts können wir. Morgen bringe ich dir das Geld vorbei.«

»Wenn ich morgen das Geld nicht kriege, geht der Preis unweigerlich in die Höhe.«

»Hör zu, Gruber. Ich habe einen absolut beschissenen Tag hinter mir. Dräng mich nicht. Sonst platze ich gleich.« Ich drückte den Einschaltknopf an der Schreckschusspistole. »Funktioniert das Ding überhaupt? Vielleicht sollte ich es lieber an einem lebenden Objekt ausprobieren.«

»Ach – Frauen«, sagte Gruber zu Moon. »Frauen sind wie Alkohol, zu viel davon bekommt einem nicht.«

»Ej, Mann, kannst du mal ein bisschen nach links rücken?«, bat Moon ihn. »Du nimmst mir die Sicht auf den Fernseher. Wo Jeannie doch jetzt gerade Major Nelson anblinzelt.«

Ich lieh mir einen zwei Jahre alten Jeep Cherokee von Dougie. Es war eins von vier Autos, die er nicht losgeworden war, weil die Fahrzeugpapiere und die Verkaufsurkunde verloren gegangen waren. Eine Jeans und ein T-Shirt, die mir passten, hatte ich oben gefunden, und von Moon hatte ich mir eine gefütterte Jeansjacke und saubere Strümpfe ausgeborgt. Das einzige, was mir daher fehlte, war Unterwäsche. Die Handschellen steckte ich hinten in eine Gürtelschlaufe meiner Jeans, die übrige Ausrüstung verstaute ich in den diversen Taschen der Jacke.

Ich fuhr zum Parkplatz hinter Vinnies Büro und wartete. Der Regen hatte aufgehört und es war wärmer geworden, Frühling lag in der Luft. Es war sehr dunkel, weder Mond noch Sterne schienen durch die Wolkendecke. Es gab Platz für insgesamt vier Autos. Bis jetzt war ich die einzige, die hier parkte. Es war noch früh. Für Ranger vermutlich nicht zu früh. Er hatte bestimmt gesehen, wie ich angekommen war und beobachtete das Geschehen jetzt aus der Ferne, um sicher zu sein, dass unser Treffen keine Falle war. Das Standardverfahren bei ihm.

Ich hatte die Zufahrtsstraße, die zu dem kleinen Parkplatz führte, im Blick. Plötzlich klopfte Ranger sanft an mein Fenster.

»Scheiße!«, sagte ich. »Du hast mich zu Tode erschreckt. Man schleicht sich nicht heimlich an Leute heran!«

»Du hast eben keine Rückendeckung.« Er machte die Fahrertür auf. »Zieh deine Jacke aus.«

»Mir ist kalt.«

»Zieh sie aus und gib sie mir.«

»Vertraust du mir nicht?«

Er lächelte.

Ich zog die Jacke aus und gab sie ihm.

»Sind ja eine Menge sperriger Sachen drin«, sagte er.

»Das Übliche.«

»Steig aus dem Auto.«

So hatte ich mir das nicht vorgestellt. Ich hatte nicht damit gerechnet, meine Jacke gleich anfangs loszuwerden. »Mir wäre es lieber, wenn du einsteigst. Hier drin ist es wärmer.«

»Steig aus.«

Ich seufzte einmal tief und stieg aus.

Er legte eine Hand auf mein Steißbein, fuhr mit den Fingern unter den Hosenbund und zog die Handschellen hervor.

»Gehen wir rein«, sagte er. »Drinnen fühle ich mich sicherer.«

»Eine Frage. Nur so, aus krankhafter Neugier. Weißt du, wie man mit der Alarmanlage umgeht oder kennst du vielleicht den Sicherheitscode?«

Er öffnete den Hintereingang. »Ich kenne den Code.«

Wir gingen durch den kurzen Hausflur ins Hinterzimmer, wo die Waffen und das Büromaterial aufbewahrt werden. Ranger machte die Tür zum vorderen Ladenraum auf, der nur von dem Licht, das von der Straße draußen durch die Schaufensterscheiben fiel, erleuchtet war. Er postierte sich zwischen die beiden Räume und hatte auf diese Weise beide Türen im Blick.

Er legte meine Jacke und die Handschellen auf einem Aktenschrank ab, außer Reichweite für mich, und sah auf das mit dem Bolzenschneider abgetrennte Armband an meinem rechten Handgelenk. »Tolles Modedesign.«

»Trotzdem nervig.«

Er nahm den Schlüssel aus der Tasche, schloss die Handschellen damit auf und warf sie auf meine Jacke. Dann nahm er meine beiden Hände in seine und drehte die Innenflächen nach oben. »Du hast die Kleidung einer fremden Person an, du führst eine fremde Waffe mit, du hast dich an den Händen geschnitten, und du trägst keine Unterwäsche. Was hast du vor?«

Ich sah auf die Wölbung meiner Brust und die hervorstehenden Warzen, die sich unter meinem T-Shirt abzeichneten. »Manchmal gehe ich eben ohne Unterwäsche aus dem Haus.«

»Du gehst nie ohne Unterwäsche aus dem Haus.«

»Woher willst du das wissen?«

»Gott hat mir die Gabe der Hellseherei verliehen.«

Ranger trug seine übliche Straßenkleidung: schwarze Cargohose, die in schwarzen Stiefeln steckten, schwarzes T-Shirt und schwarze Windjacke. Er zog die Windjacke aus und legte sie mir über die Schultern. Sie war noch kuschelig von seiner Körperwärme und roch ganz schwach nach Meer.

»Bist du oft in Deal?«, fragte ich.

»Eigentlich müsste ich jetzt da sein.«

»Hast du jemanden, der Ramos für dich beschattet?«

»Tank.«

Seine Hände hielten noch immer die Jacke fest, wobei die Knöchel leicht meine Brüste berührten. Ein Akt intimer Inbesitznahme, keine sexuell aggressive Geste.

»Wie willst du vorgehen?«, fragte er mit weicher Stimme.

»Wobei?«

»Wenn du mich festnehmen willst. Darum geht es doch.«

Das war meine ursprüngliche Absicht gewesen, aber Ranger hatte mir mein Handwerkszeug entwendet. Die Luft, die jetzt in meine Lungen strömte, war prickelnd und schwer, und ich fand, dass es mir eigentlich völlig schnuppe sein konnte, ob Carol von der Brücke sprang oder nicht. Ich legte meine Hände flach auf seinen Bauch. Ranger sah mich aufmerksam an. Ich glaube, er wartete darauf, dass ich seine Frage beantwortete, aber ich hatte ein viel drängenderes Problem. Ich wusste nicht, welchem Gefühl ich zuerst nachgeben sollte. Sollte ich meine Hände nach oben bewegen? Oder sollte ich meine Hände nach unten bewegen? Meine Hände wollten lieber nach unten, aber das erschien mir ein bisschen zu forsch. Er sollte nicht denken, ich sei leicht zu haben.

»Steph?«

»Hm?«

Meine Hände lagen immer noch auf seinem Bauch, und ich spürte, dass er anfing zu lachen. »Da brennt irgendwas, Babe, ich rieche es. Du bist wohl schwer am Nachdenken.«

Es war jedenfalls nicht mein Gehirn, das brannte. Ich rührte ein bisschen mit den Fingerspitzen.

Er schüttelte den Kopf. »Mach mich nicht heiß. Das ist kein guter Zeitpunkt.« Er nahm meine Hände von seinem Bauch und sah sich wieder die Verletzungen an. »Wie ist das passiert?«

Ich erzählte ihm von Habib und Mitchell und der Flucht aus der Fabrik.

»Arturo Stolle hat sich um Homer Ramos verdient gemacht«, sagte Ranger.

»Wie soll ich das verstehen? Mir sagt ja keiner was!«

»Stolle sichert sich seinen Gewinnanteil am Verbrechen seit Jahren durch Geschäfte mit illegaler Adoption und Einwanderung. Er benutzt seine Kontakte nach Asien, um junge Mädchen zur Prostitution ins Land zu schleusen und teure Adoptionskinder zu produzieren. Vor sechs Monaten kam Stolle auf die Idee, dass er dieselben Kontakte auch nutzen kann, um mit den Mädchen Drogen ins Land zu schmuggeln. Das Problem dabei ist nur, dass Drogengeschäfte nicht in Stolles Bereich fallen. Deswegen hat er sich mit Homer Ramos kurz geschaltet, der weit und breit als Arschloch verschrien ist, immer in Geldnöten, und er hat dafür gesorgt, dass Ramos als Kassierer zwischen ihm und seinen Kunden fungiert. Stolle hat geglaubt, die anderen Mafiavertreter würden vor einem Sohn von Alexander Ramos zurückschrecken.«

»Was ist deine Funktion in dem Ganzen?«

»Ich bin Schlichter. Ich vermittle zwischen den Fraktionen. Alle Beteiligten, die Bundespolizei eingeschlossen, möchten einen Bandenkrieg vermeiden.« Sein Pager piepste, und er las das Display. »Ich muss zurück nach Deal. Hast du irgendwelche Geheimwaffen in deinem Arsenal? Willst du einen letzten verzweifelten Versuch wagen um mich festzunehmen?«

Schluck. Der Kerl war dermaßen selbstgerecht! »Ich hasse dich!«, sagte ich.

»Lüge«, sagte Ranger und küsste mich flüchtig auf den Mund.

»Warum hast du dich bereit erklärt herzukommen?«

Unsere Blicke verschmolzen für einen Moment. Dann legte er mir Handschellen an, die Hände hinterm Rücken.

»Scheiße!«, schrie ich.

»Tut mir Leid, aber du bist wirklich eine Nervensäge. Ich kann meine Arbeit nicht tun, wenn ich mir ständig Sorgen um dich machen muss. Ich übergebe dich Tank. Er bringt dich an einen sicheren Ort und spielt den Babysitter, bis die ganze Sache geklärt ist.«

»Das kannst du mir nicht antun! Carol steigt sofort wieder aufs Brückengeländer.«

Ranger sah mich neugierig an. »Welche Carol?«

Ich erzählte ihm das mit Carol und Joyce.

Ranger stieß mit dem Kopf gegen den Aktenschrank. »Womit habe ich das verdient?«, sagte er.

»Ich hätte niemals zugelassen, dass Joyce dich gefangen hält«, sagte ich zu ihm. »Ich wollte dich ihr übergeben und mir dann etwas Kluges ausdenken, um dich wieder zu befreien.«

»Ich weiß, es wird mir noch mal Leid tun, aber ich lasse dich wieder laufen, damit – Gott behüte – Carol nicht von der Brücke springt. Ich gebe dir bis neun Uhr morgen früh Zeit, um dich mit Joyce zu einigen. Danach knöpfe ich dich mir vor. Aber du musst versprechen, dass du dich bis dahin nicht in die Nähe von Arturo Stolle oder irgendeinem aus der Ramos-Sippe begibst.«

»Versprochen.«

Ich fuhr einmal quer durch die Stadt, bis zu dem Haus, in dem Lula wohnt. Ihre Wohnung liegt im ersten Stock, nach vorne heraus, und es brannte noch Licht. Ich hatte mein Handy nicht dabei, deswegen ging ich gleich zur Haustür und klingelte. Über mir öffnete sich ein Fenster, und Lula steckte den Kopf hindurch. »Was gibt's?«

»Ich bin's, Stephanie.«

Sie warf den Schlüssel herunter, und ich schloss auf.

Lula kam mir auf dem Treppenabsatz entgegen. »Willst du bei mir übernachten?«

»Nein. Ich brauche nur deine Hilfe. Du weißt doch, dass ich vorhatte, Ranger an Joyce auszuliefern. Das hat – na ja, nicht so ganz geklappt.«

Lula prustete los. »Tja, Mädchen. Ranger ist eben der Größte. Selbst du bist neben ihm nur eine kleine Leuchte.« Sie sah sich mein T-Shirt und die Jeans an. »Ich will dir ja nicht zu nahe treten, aber hast du heute Abend, bevor du losgezogen bist, einen BH angehabt, oder läufst du erst seit eben so rum?«

»Ich laufe schon den ganzen Tag so rum. Dougie und Moon tragen meine Sorte Unterwäsche leider nicht.«

»Schade«, sagte Lula.

Die Wohnung hatte zwei Räume. Schlafzimmer mit angrenzendem Badezimmer, und ein zweiter Raum, der als Wohn- und Esszimmer diente und eine Küchenzeile hatte. Vor die Küchenzeile hatte Lula einen kleinen runden Tisch und zwei Stühle mit leiterförmiger Rückenlehne gestellt. Ich setzte mich auf einen der Stühle und nahm mir eine Flasche Bier.

»Willst du ein Sandwich?«, fragte sie. »Ich habe Mortadellawurst da.«

»Ein Sandwich wäre lecker. Dougie hatte nur Krabbenmus im Haus.« Ich genehmigte mir einen kräftigen Schluck aus der Pulle. »Die Frage ist jetzt: Was machen wir mit Joyce? Ich fühle mich für Carol verantwortlich.«

»Du bist doch nicht verantwortlich für den Blödsinn, den andere Leute anstellen«, sagte Lula. »Du hast ihr ja nicht gesagt, sie soll Joyce an den Baum fesseln, oder?«

»Trotzdem«, sagte sie. »Es wäre ganz schön, Joyce noch mal eins auszuwischen.«

»Hast du eine Idee?«

»Wie gut kennt sie Ranger?«

»Sie hat ihn ein paar Mal gesehen.«

»Wie wäre es, wenn wir ihr jemanden unterjubeln, der Ranger ähnlich sieht? Ich kenne da einen Typen, der heißt Morgan, der könnte als Ranger durchgehen. Die gleiche dunkle Hautfarbe, die gleiche Statur, vielleicht nicht ganz so schön, aber beinahe, besonders wenn es draußen zappenduster ist und er den Mund nicht aufmacht. Er heißt Morgan, wie die Pferderasse, weil er so ein schweres Gehänge hat.«

»Und das soll funktionieren? Bevor ich das glaube, brauche ich erst noch ein paar Bier.«

Lula sah hinüber zu den leeren Bierflaschen auf der Küchenablage. »Ich habe einen Vorsprung. Ich bin also ziemlich optimistisch, was unseren Plan betrifft.« Sie schlug ein abgegriffenes Adressbuch auf und blätterte darin herum. »Ich kenne ihn aus meiner früheren beruflichen Tätigkeit!«

»War er Kunde?«

»Zuhälter. Er ist ein Riesenarschloch, aber er schuldet mir einen Gefallen. Und wahrscheinlich fährt er total drauf ab, mal für Ranger gehalten zu werden. Eine Ranger-Kluft hat er bestimmt auch schon in seinem Kleiderschrank hängen.«

Fünf Minuten später reagierte Morgan auf den Funkruf, und Lula und ich hatten unseren Pseudo-Ranger.

»Also«, erklärte Lula. »Wir holen Morgan in einer halben Stunde an der Stark Ecke Belmont Street ab. Er hat allerdings nicht den ganzen Abend Zeit. Deswegen müssen wir sofort alles in die Wege leiten.«

Ich rief Joyce an und sagte ihr, ich hätte Ranger geschnappt, und sie solle sich auf dem Parkplatz hinterm Büro einfinden. Es war die dunkelste Stelle, die mir einfiel.

Ich aß mein Sandwich auf und trank das Bier aus, dann fuhren Lula und ich mit dem Cherokee los. Wir kamen zur Stark Ecke Belmont Street, und ich musste zwei Mal hingucken, ehe ich mir sicher war, dass der Mann, der dort stand, tatsächlich nicht Ranger war.

Als Morgan näher kam, waren die Unterschiede nicht mehr zu übersehen. Die Hautfarbe war die gleiche, aber die Gesichtszüge waren grobschlächtiger. Um Mund und Augen lauerten mehr Altersfalten, und er machte einen weniger intelligenten Eindruck. »Wehe, wenn Joyce zu genau hinguckt«, sagte ich zu Lula.

»Ich hatte dir ja geraten, noch eine Flasche Bier zu trinken«, sagte Lula. »Hinter dem Büro ist es aber stockfinster, und wenn alles klappt, hat Joyce eine Reifenpanne, bevor sie allzu weit gekommen ist.«

Wir legten Morgan Handschellen an, die Hände nach vorne, was ein grober Anfängerfehler war, aber Joyce war keine so gute Kopfgeldjägerin, dass ihr so etwas auffallen würde. Dann gaben wir ihm die Schlüssel zu den Handschellen, die er, so sah es unser Plan vor, in den Mund stecken sollte, wenn wir auf den Parkplatz fuhren. Er würde sich weigern, mit Joyce zu sprechen und einen auf mürrisch zu machen, und wir würden dafür sorgen, dass sie unterwegs einen platten Reifen bekam. Wenn sie ausstieg um nachzusehen, würde

Morgan die Handschellen aufschließen und in die Nacht flüchten.

Wir waren vor der verabredeten Zeit in der Zufahrtsstraße, und ich setzte Lula ab. Sie sollte sich hinter dem Müllschlucker verstecken, der zu Vinnie und seinem Nachbarn gehörte, und wenn Joyce gerade damit beschäftigt war, Ranger in Gewahrsam zu nehmen, sollte Lula eine Eisenkrampe in einen von Joyces Autoreifen stecken. Déjà-vu. Ich stellte den Cherokee schräg auf den Parkplatz, sodass Joyce gezwungen war, direkt neben dem Müllschlucker zu parken. Lula sprang aus dem Wagen, lief in ihr Versteck, und fast gleichzeitig leuchteten Scheinwerfer an der Ecke auf.

Joyce hielt mit ihrem Mehrzweckjeep neben mir und stieg aus. Ich stieg ebenfalls aus. Morgan hockte vornübergekauert auf der Rückbank, den Kopf auf die Brust gesenkt.

Joyce spähte in meinen Wagen. »Ich kann ihn gar nicht erkennen. Mach doch mal das Licht an.«

»Kommt gar nicht in Frage«, sagte ich. »Und du tätest auch gut daran, dein Licht wieder auszumachen. Es sind eine Menge Leute hinter Ranger her.«

»Warum sitzt er so zusammengesunken da?«

»Er ist mit Beruhigungsmitteln voll gepumpt.«

Joyce nickte. »Ich habe mich schon gefragt, wie du ihn kriegen willst.«

Ich zog eine richtige Schau ab und machte ordentlich Lärm, als ich Morgan von der Rückbank zerrte. Er ließ sich auf mich drauffallen und nutzte die Gelegenheit, um mich heimlich zu begrabschen. Joyce und ich schleppten ihn rüber zu ihrem Wagen und verstauten ihn hinten.

»Noch etwas«, sagte ich zu Joyce und übergab ihr eine handgeschriebene Erklärung, die ich mit Lula vorbereitet hatte. »Du musst das hier noch unterschreiben.«

»Was ist das?«

»Eine Bestätigung, dass du aus freien Stücken mit Carol zu dem Haustierfriedhof gegangen bist und sie gebeten hast, dich an den Baum zu fesseln.«

»Was soll das? Bist du verrückt? Das unterschreibe ich nicht.«

»Dann hole ich Ranger eben wieder aus deinem Wagen raus.«

Joyce sah zu ihrem schicken Wagen und ihrer kostbaren Fracht. »Ist ja auch egal«, sagte sie, nahm den hingehaltenen Stift und unterschrieb. »Ich habe gekriegt, was ich haben wollte.«

»Du fährst zuerst los«, sagte ich und zog meine Glock aus der Tasche. »Ich passe auf, dass du heil vom Parkplatz runterkommst.«

»Ich kann es nicht fassen, dass dir der Fang gelungen ist«, sagte Joyce. »Ich hätte nicht gedacht, dass du so ein mieses dreckiges Arschloch sein kannst.«

Ach, Zuckerpüppchen, du hast ja keine Ahnung. »Ich habe es für Carol getan.«

Ich stand mit gezückter Pistole und sah zu, wie Joyce wegfuhr. In dem Moment, als sie von der Zufahrt in die Hauptstraße bog, sprang Lula zu mir in den Wagen, und wir brausten los.

»Ich gebe ihr höchstens ein paar hundert Meter«, sagte Lula. »Ich bin Expertin in Reifenzerstechen mit Fahrerflucht.«

Ich hatte gute Sicht auf Joyce' Wagen. Es herrschte nicht viel Verkehr. Ihre Rücklichter flackerten, und der Wagen verlor an Tempo.

»Schön. Sehr schön«, sagte Lula.

Joyce kam noch bis zur nächsten Querstraße.

»Sie würde ja gern weiterfahren«, sagte Lula, »aber sie ist besorgt um ihren schicken neuen Schlitten.«

Die Bremslichter zuckten erneut, und Joyce fuhr an den Straßenrand. Wir befanden uns ein gutes Stück hinter ihr und hatten die Scheinwerfer ausgeschaltet, als wollten wir den Wagen abstellen. Joyce war ausgestiegen und nach hinten gegangen, als plötzlich ein Kleinbus an mir vorbeifegte und mit quietschenden Reifen neben Joyce zum Stehen kam. Zwei Männer mit gezückten Pistolen sprangen heraus. Einer zielte mit seiner Waffe auf Joyce, der andere packte sich Morgan, als der gerade einen Fuß auf die Straße setzte.

»Was soll das?«, sagte Lula. »Was geht da vor?«

Es waren Habib und Mitchell. Sie glaubten, sie hätten Ranger gekidnappt.

Morgan wurde in die Familienkutsche verladen, und der Wagen raste davon.

Lula und mir hatte es vor Schreck die Sprache verschlagen, und wir wussten nicht, was wir machen sollten.

Joyce schrie und fuchtelte mit den Armen. Schließlich versetzte sie dem platten Reifen einen Fußtritt, stieg in den Wagen und rief vermutlich Hilfe übers Telefon.

»Das hat ja gut geklappt«, sagte Lula.

Ich fuhr rückwärts, ohne Licht, bis zur nächsten Querstraße, bog ein und raste davon. »Wo, glaubst du, haben uns die beiden aufgelauert?«

»Das kann nur vor meinem Haus gewesen sein«, sagte Lula. »Gegen uns beide wollten sie wahrscheinlich nicht vorgehen. Und als Joyce dann die Panne hatte, konnten sie ihr Glück kaum fassen.«

»Wenn sie erst mal feststellen, dass sie sich Morgan, den Hengst, eingefangen haben, ist es mit dem Glück vorbei.«

Dougie und Moon Man spielten gerade Monopoly, als ich zurückkam. »Ich dachte, du arbeitest bei Shop & Bag«, sagte ich zu Moon. »Wieso arbeitest du nie?«

»Ich hatte Glück, mir wurde gekündigt. Mann, ej, ist schon ein tolles Land, in dem wir leben. Wo sonst kriegt man Geld fürs Nichtstun?«

Ich ging in die Küche und rief Morelli an. »Ich bin bei Moon«, sagte ich. »Ich habe schon wieder so einen komischen Abend hinter mir.«

»Ja, und der Tag ist noch nicht vorbei. Deine Mutter hat in der letzten Stunde vier Mal hier angerufen. Du meldest dich am besten sofort bei ihr.«

»Was ist los?«

»Deine Oma ist mit jemandem ausgegangen und noch nicht wieder zu Hause. Deine Mutter dreht durch.«

15

Meine Mutter hob gleich nach dem ersten Klingeln ab. »Es ist Mitternacht«, sagte sie vorwurfsvoll, »und deine Großmutter ist immer noch nicht zu Hause. Sie ist mit dieser Schildkröte ausgegangen.«

»Meinst du Myron Landowsky?«

»Sie waren zum Essen verabredet. Um fünf Uhr heute Nachmittag. Wo stecken die beiden bloß? Ich habe schon bei ihm zu Hause angerufen, aber da geht niemand ran. Ich habe mich bei allen Krankenhäusern erkundigt...«

»Mom! Die beiden sind erwachsene Menschen. Die können wer weiß wo stecken. Als Grandma bei mir wohnte, habe ich nie gewusst, wo sie war.«

»Sie treibt sich herum!«, sagte meine Mutter. »Weißt du, was ich in ihrem Zimmer gefunden habe? Kondome! Wozu braucht die Frau Kondome?«

»Vielleicht bläst sie die Dinger auf und formt Tiere daraus.«

»Bei anderen Frauen werden die Mütter krank oder kommen ins Pflegeheim oder sterben im Bett. Womit habe ich nur so eine Mutter verdient?«

»Geh ins Bett und mach dir weiter keine Sorgen um Grandma.«

»Ich gehe erst ins Bett, wenn die Frau wieder zu Hause ist. Dann werden wir ein Wörtchen miteinander reden. Dein Vater wird auch dabei sein.«

Toll. Es wird zum Streit kommen, und am Ende zieht Grandma wieder zu mir.

»Sag Daddy, er kann ins Bett gehen. Ich komme und bleibe mit dir zusammen auf.« Ich würde alles tun, um Grandma davon abzubringen, wieder in meine Wohnung zu ziehen.

Ich rief Joe an und sagte ihm, ich käme später ganz vielleicht noch vorbei, aber er sollte nicht auf mich warten. Danach borgte ich mir wieder den Cherokee aus und fuhr zu meinen Eltern.

Als Grandma um zwei Uhr früh nach Hause kam, waren meine Mutter und ich auf dem Sofa eingeschlafen.

»Wo warst du so lange?«, bellte meine Mutter sie an. »Wir sind fast gestorben vor Angst.«

»Ich habe eine sündige Nacht verbracht«, sagte Grandma. »Dieser Myron kann küssen, da bleibt einem die Spucke weg. Ich glaube, er hatte sogar eine Erektion, aber das ließ sich schwer feststellen, weil er seine Hose immer so hochzieht.«

Meine Mutter bekreuzigte sich, und ich suchte in meiner Handtasche nach Pfefferminzbonbons.

»Also, ich muss jetzt ins Bett«, verkündete Grandma. »Ich bin hundemüde. Morgen habe ich wieder Fahrprüfung.«

Als ich aufwachte, lag ich allein auf dem Sofa, unter einer warmen Steppdecke. Das Haus war erfüllt von dem Duft nach Kaffee und gebratenem Speck, und in der Küche lärmte meine Mutter mit Töpfen und Pfannen.

»Wenigstens bügelst du nicht«, sagte ich. Wenn meine Mutter das Bügeleisen hervorholte, wussten wir, dass sich ein häusliches Gewitter zusammenbraute.

Sie knallte den Deckel auf den Suppentopf und sah mich an. »Wo ist deine Unterwäsche?«

»Ich bin gestern in den Regen geraten und habe mir Kleidung von Dougie Kruper geliehen. Er hatte nur keine Unterwäsche da. Ich wäre ja nach Hause gefahren, um mich umzuziehen, aber da draußen laufen zwei Männer durch die Gegend, die mir einen Finger abhacken wollen, und ich dachte, vielleicht sind die längst in meiner Wohnung und warten nur auf mich.«

»Na, Gott sei Dank«, sagte sie. »Ich hatte schon befürchtet, du hättest deine Unterwäsche in Morellis Auto liegen lassen.«

»Wir treiben es nicht im Auto. Wir treiben es immer noch im Bett.«

Meine Mutter hielt ein schweres Fleischermesser in der Hand. »Ich bringe mich um.«

»Mir kannst du nichts vormachen«, sagte ich und goss mir Kaffee ein. »Du würdest dich niemals umbringen, wenn eine Suppe auf dem Herd steht.«

Grandma kam in die Küche geschlurft. Sie hatte Make-up aufgetragen und ihr Haar war pink.

»Schreck lass nach«, sagte meine Mutter. »Was soll denn das nun schon wieder?«

»Wie findest du meine Haarfarbe?«, fragte mich Grandma. »Ich habe mir diese Tönung im Drogeriemarkt gekauft. Man reibt das Zeug einfach bei der Haarwäsche ein.«

»Dein Haar ist pink«, sagte ich.

»Ja, das habe ich auch schon festgestellt. Auf der Packung steht, es würde flammend rot.« Sie sah auf die Wanduhr. »Ich muss los. Louise kommt jeden Moment. Ich habe den ersten Termin für die Fahrprüfung. Es macht dir doch nichts aus, dass ich Louise gebeten habe, mich hinzubringen, oder? Ich wusste ja nicht, dass du hier sein würdest.«

»Geht in Ordnung, meine Süße«, sagte ich. »Streng dich an.«

Ich schmierte mir einen Toast und trank meinen Kaffee aus. Von oben im ersten Stock war die Toilettenspülung zu hören, und ich wusste, dass jeden Augenblick mein Vater herunterkommen würde. Meine Mutter sah aus, als überlegte sie, ob sie nicht doch das Bügeleisen hervorholen sollte.

»Tja dann«, sagte ich und sprang von meinem Platz auf. »Die Arbeit ruft.«

»Hier, ich habe noch ein paar Weintrauben für dich gewaschen. Nimm sie mit«, sagte meine Mutter. »Und im Kühlschrank ist noch Schinken für ein Sandwich.«

Ich sah weder Habib noch Mitchell, als ich auf unseren Mieterparkplatz fuhr, aber für alle Fälle hielt ich die Glock bereit. Ich parkte verbotenerweise direkt neben dem Hintereingang, ließ zwischen Auto und Tür so wenig Platz wie möglich und ging schnurstracks die Treppe hoch zu meiner Wohnung. Oben angekommen, merkte ich, dass ich keinen Schlüssel dabei hatte, und Joe hatte die Tür abgeschlossen, als er gegangen war.

Da ich der einzige Mensch weit und breit war, der meine Wohnungstür nicht ohne den passenden Schlüssel aufbekam, musste ich mir von meiner Nachbarin Mrs. Karwatt den Zweitschlüssel holen.

»Ist das nicht ein wunderschöner Tag heute?«, sagte sie. »Man könnte glauben, es ist Frühling.«

»War wohl sehr ruhig hier heute Morgen«, sagte ich. »Kein Lärm und keine fremden Männer im Treppenhaus?«

»Das wäre mir aufgefallen.« Sie sah auf meine Pistole. »Eine schöne Glock haben Sie da. Meine Schwester trägt auch eine. Sie ist ganz vernarrt in das Ding. Ich habe schon mal daran gedacht, meine Fünfundvierziger einzutauschen, aber dann habe ich es doch nicht übers Herz gebracht. Mein Mann hat sie mir zu unserem ersten Hochzeitstag geschenkt. Er ruhe in Frieden.«

»Wie romantisch.«

»Natürlich könnte ich auch eine zweite Pistole immer gut gebrauchen.«

Ich nickte aufmunternd. »Man kann nie genug Waffen im Haus haben.«

Ich verabschiedete mich von Mrs. Karwatt und schloss meine Wohnungstür auf. Ich durchstreifte ein Zimmer nach dem anderen, überprüfte die Schränke, sah unterm Bett und hinterm Duschvorhang nach, um ganz sicher zu sein, dass ich auch alleine war. Morelli hatte Recht – die Wohnung war ein einziges Chaos, aber allzu viele Sachen waren gar nicht kaputt. Meine Gäste hatten sich nicht die Zeit genommen, die Polster aufzuschlitzen oder in die Bildröhre zu treten.

Ich duschte und zog saubere Jeans und ein frisches T-Shirt an. Ich schmierte mir etwas Gel ins Haar und traktierte es anschließend mit der großen Rundbürste, sodass ich zum Schluss jede Menge wehender Locken hatte und aussah wie eine Kreuzung aus Jersey Girl und Baywatch Bimbo. Durch die üppige Frisur kam ich mir selbst ganz zwergenhaft vor, deswegen trug ich noch etwas Wimperntusche auf, um einen Ausgleich zu schaffen.

Ich nahm mir etwas Zeit zum Aufräumen meiner Wohnung, aber dann bekam ich auf einmal Angst, ich könnte leichte Beute sein. Nicht nur für Habib und Mitchell, sondern auch für Ranger. Die Neun-Uhr-Frist war längst abgelaufen.

Ich rief Morelli auf der Wache an.

»Ist deine Oma gestern noch nach Hause gekommen?«, wollte er wissen.

»Ja. Und es war nicht die reine Freude. Ich muss mit dir reden. Können wir uns zum Mittagessen bei Pino treffen?«

Danach rief ich im Büro an, ob Lula etwas von Morgan gehört hatte.

»Dem geht's gut«, sagte Lula. »Aber Habib und Mitchell müssen dieses Jahr wohl auf ihre Weihnachtsgratifikation verzichten.«

Ich rief Dougie an und sagte Bescheid, dass ich den Cherokee noch einige Zeit brauchen würde.

»Behalt ihn ruhig«, sagte er.

Morelli hatte schon an einem Tisch Platz genommen, als ich das Pino betrat.

»Ich biete dir ein Geschäft an«, sagte ich und streifte meine Jeansjacke ab. »Wenn du mir sagst, was zwischen dir und Ranger läuft, darfst du Bob behalten.«

»Oh, Mann«, sagte Morelli. »Wie kann man sich so ein Angebot entgehen lassen.«

»Ich habe einen Verdacht, was diese Sache mit Ramos angeht«, sagte ich. »Aber er ist ziemlich weit hergeholt. Ich trage ihn schon seit drei, vier Tagen mit mir herum.«

Morelli grinste. »Weibliche Intuition?«

Ich musste auch schmunzeln, weil sich nämlich herausgestellt hat, dass Intuition meine schlagkräftigste Waffe ist. Ich kann weder gut schießen, noch kann ich schnell rennen, und die wenigen Karategriffe, die ich kenne, habe ich mir aus Bruce Lee-Filmen abgeguckt. Aber ich verfüge über eine gute Intuition. In Wahrheit weiß ich nie hundertprozentig, was ich eigentlich tue, aber wenn ich meinem Instinkt folge, klappt meistens alles gut. »Wie wurde Homer Ramos identifiziert?«, fragte ich Morelli. »Anhand der Gebissabdrücke?«

»Anhand des Schmucks und einiger anderer Umstände. Patientenunterlagen bei seinem Zahnarzt gab es nicht. Die sind geheimnisvollerweise verschwunden.«

»Ich habe mir überlegt: vielleicht war es gar nicht Homer Ramos, der erschossen wurde. In seiner Familie regt sich niemand über seinen Tod besonders auf. Selbst wenn ein Vater meint, sein Sohn sei zutiefst verdorben, kann man schwer verstehen, dass sein Tod so gar keine Trauer auslöst. Ich bin also ein bisschen schnüffeln gegangen und habe festgestellt, dass jemand in Hannibals Gästezimmer wohnt. Jemand, der die gleiche Größe wie Homer Ramos hat. Ich glaube, Homer hat sich in Hannibals Stadtvilla versteckt. Dann wurde Macaroni umgenietet, und Homer ist verduftet.«

Morelli schwieg, während uns die Kellnerin die Pizza brachte. Dann sagte er: »Wir wissen nur so viel, oder besser gesagt, wir glauben, dass Homer den Kassierer für Stolles neue Drogengeschäfte gespielt hat. Diese Operation kam bei den Typen in New Jersey und in New York ziemlich schlecht an, und die Leute fingen an, sich für die eine oder andere Seite zu entscheiden.«

»Ein Krieg zwischen Drogenbanden also.«

»Mehr noch. Wenn ein Mitglied der Familie Ramos mit Drogen handeln wollte, dann würden die anderen eben mit Waffen handeln. Natürlich war keiner zufrieden mit dieser Lösung, denn es bedeutet, dass die Reviere neu abgesteckt werden mussten. Alle waren nervös. Sogar sehr nervös. Es wurde bekannt, dass ein Auftrag erteilt wurde, Homer Ramos zu ermorden.

»Wir glauben nun – können es aber nicht beweisen – dass du mit deiner Theorie Recht hast: Homer Ramos ist gar nicht tot. Ranger hatte von Anfang an diesen Verdacht. Und als du ihm sagtest, du hättest in dem Haus am Meer Ulysses in der Tür stehen sehen, hat sich diese Theorie bestätigt. Ulysses ist nie aus Brasilien ausgereist. Wir glauben, dass irgendein anderer Heini in dem Gebäude verbrannt ist, und dass Homer sich irgendwohin verduftet hat und darauf wartet, außer Landes gebracht zu werden.«

»Glaubst du, er hält sich jetzt in dem Haus am Meer auf?«

»Das erschien mir anfangs nur logisch, aber jetzt bin ich mir nicht mehr sicher. Wir haben keinen Grund, das Haus zu durchsuchen. Ranger war drin, aber er hat nichts gefunden.«

»Was ist mit der Sporttasche? Da war doch Stolles Geld drin, oder?«

»Als Hannibal davon erfuhr, dass sein kleiner Bruder eine

Welle von Verbrechen auslösen würde, gab er Homer den Befehl, alle Aktivitäten außerhalb des Familienunternehmens einzustellen und jeden Kontakt zu Stolle zu unterbinden. Dann hat Hannibal Ranger gebeten, Stolles Geld weiterzuleiten und Stolle zu sagen, er stehe nicht länger unter dem Schutz des Namens Ramos. Das Problem war nur, dass der Koffer mit Zeitungspapier gefüllt war.«

»Hat Ranger den Inhalt nicht überprüft, bevor er den Auftrag annahm?«

»Der Koffer war abgeschlossen, als er Ranger übergeben wurde. So war es mit Hannibal Ramos abgesprochen.«

»Er hat Ranger also reingelegt.«

»Ja, aber wahrscheinlich nur bei dem Feuer und dem Kerl mit der Kugel im Kopf. Vermutlich hat er gedacht, dass Homer diesmal zu weit gegangen war, und mit dem Versprechen, wieder ein braver Junge zu sein und keine Drogen mehr zu verkaufen, wäre der Mordauftrag nicht vom Tisch. Deswegen hat Hannibal dafür gesorgt, dass es so aussehen sollte, als wäre Homer tot. Ranger hätte einen guten Sündenbock abgegeben, weil er keiner Seite angehört. Wenn Ranger der Killer gewesen wäre, hätte es keinen Grund für eine Vergeltung gegeben.«

»Und bei wem ist jetzt das Geld? Hannibal?«

»Hannibal hat Ranger gelinkt, weil Ranger seinen Kopf für den Mord hinhalten sollte, aber dass er auch die Absicht hatte, Stolle reinzulegen, kann ich kaum glauben. Er wollte Stolle beschwichtigen, nicht unnötig verärgern.« Morelli nahm sich noch ein Stück Pizza. »Das Ganze sieht mir eher nach einer fiesen Nummer von Homer aus. Wahrscheinlich hat er auf dem Weg zum Büro im Auto die Taschen vertauscht.«

Scheiße. »Du weißt nicht zufällig, mit was für einem Wagen er gefahren ist, oder?«

»Mit einem silbernen Porsche. Dem Wagen von Cynthia Lotte.«

Das wäre eine Erklärung für Cynthias Tod.

»Was hat denn das Gesicht zu bedeuten, das du gerade gemacht hast?«

»Schuldgefühle. Ich habe Cynthia dabei geholfen, sich ihren Wagen von Homer zurückzuholen.«

Ich erzählte Morelli, dass Cynthia Lula und mich bei unserem Einbruch in die Stadtvilla erwischt hatte, dass sie ihren Wagen hatte wiederhaben wollen und dass das zu der Aktion geführt hatte, den Toten aus dem Wagen zu ziehen. Als ich fertig war, saß Morelli wie benommen da.

»Als Polizist kommt einem ja so einiges unter«, sagte er nach einer ganzen Weile. »Irgendwann erreicht man den Punkt, da denkt man, man hätte alles schon mal gesehen und erlebt. Man meint, es könnte nichts mehr geben, was einen noch umhaut. Und dann kommst du daher, und man steht wieder wie am Anfang da.«

Ich tat mir auch noch ein Stück Pizza auf den Teller und dachte, dass unser Gespräch jetzt wahrscheinlich einen schlimmen Verlauf nehmen würde.

»Ich brauche dir ja wohl nicht zu erklären, dass du Spuren am Tatort vernichtet hast«, sagte Morelli.

Ja. Ich hatte Recht. Das Gespräch nahm unzweifelhaft einen schlimmen Verlauf.

»Und ich brauche dir wohl auch nicht zu erklären, dass du in einem Mordfall Beweise unterschlagen hast.«

Ich nickte bestätigend.

»Herrgott im Himmel, was hast du dir bloß dabei gedacht?«, schrie er mich an.

Alle Gäste drehten sich nach uns um.

»Ich hätte sie sowieso nicht daran hindern können«, sagte ich. »Deswegen schien es mir angebracht, ihr zu helfen.«

»Du hättest ja gehen können. Du hättest einfach weggehen können. Du musstest nicht helfen, wenn du nicht gewollt hättest. Ich dachte, ihr hättet ihn nur vom Boden aufgehoben. Ich wusste nicht, dass ihr ihn aus dem Wagen gezogen habt. Lieber Himmel!«

Die Leute guckten wieder in unsere Richtung.

»Die Polizei wird deine Fingerabdrücke auf dem Wagen finden«, sagte Morelli.

»Lula und ich hatten Handschuhe an.«

»Früher wollte ich dich nie heiraten, weil ich es nicht ertragen hätte, wenn du zu Hause sitzt und dir Sorgen um mich machst. Jetzt will ich nicht heiraten, weil ich nicht weiß, ob ich den Stress aushalten würde, mit so einer wie dir verheiratet zu sein.«

»Das wäre alles nicht passiert, wenn Ranger oder du mir vertraut hättest. Erst bittet man mich, bei den Ermittlungen zu helfen, und dann werde ich einfach übergangen. Es ist alles deine Schuld.«

Morelli sah mich böse aus zusammengekniffenen Augen an.

»Na gut, vielleicht doch nicht alles deine Schuld.«

»Ich muss zurück zur Wache«, sagte Morelli und bat um die Rechnung. »Versprich mir, dass du jetzt nach Hause gehst und auch zu Hause bleibst. Versprich mir, dass du nach Hause gehst und die Tür abschließt und nicht weggehst, bis alles geklärt ist. Alexander fliegt fahrplanmäßig morgen zurück nach Griechenland. Wir glauben, dass Homer heute Abend das Land verlässt, und wir glauben auch zu wissen, auf welchem Weg.«

»Mit dem Schiff.«

»Ja. In Newark liegt ein Containerschiff, das nach Griechenland fährt. Und Homer ist eine Schwachstelle. Kriegen wir ihn wegen Mordes dran, besteht die Möglichkeit, dass er uns Alexander und Stolle ans Messer liefert, falls er dafür freikommt.«

»Ach. Irgendwie habe ich Alexander lieb gewonnen.«

Jetzt verzog Morelli das Gesicht.

»Okay«, sagte ich. »Ich gehe nach Hause und bleibe da.«

Ich hatte an dem Nachmittag sowieso nichts vor. Und die Aussicht, Habib und Mitchell schon wieder eine Chance zu geben, mich zu kidnappen und mir nacheinander alle Finger abzuhaken, fand ich auch nicht gerade spannend. Sich in die Wohnung einzuschließen, hatte durchaus etwas Anziehendes. Ich konnte weiter sauber machen, mir irgendwelchen Müll in der Glotze ansehen und ein Schläfchen machen.

»Deine Umhängetasche ist noch bei mir zu Hause«, sagte Morelli. »Ich habe nicht dran gedacht, sie heute zur Arbeit mitzubringen. Brauchst du einen Schlüssel zu deiner Wohnung?«

Ich nickte. »Ja.«

Er löste einen Schlüssel von seinem Bund und gab ihn mir.

Der Mieterparkplatz hinter unserem Haus war ziemlich leer. Zu dieser Tageszeit waren die Rentner entweder einkaufen oder nutzten die kostenlosen medizinischen Vorsorgeuntersuchungen aus, was mir nur recht war, weil ich deswegen schnell einen guten Platz fand. Soweit ich es überblicken konnte, lauerte mir niemand in den Büschen auf. Ich parkte nahe der Haustür und holte die Glock aus meiner Jackentasche. Ich ging rasch zum Eingang und stürmte die Treppe hoch. Auf dem Gang im ersten Stock war es leer und ruhig, meine Wohnungstür war verschlossen. Beides gute Zeichen. Ich schloss die Tür auf, die Glock noch immer in der Hand und trat in den Flur. Die Wohnung sah so aus, wie ich sie verlassen hatte. Ich machte die Tür hinter mir zu, schob aber den Riegel nicht vor, für den Fall, dass ich fliehen musste. Dann ging ich von Zimmer zu Zimmer und schaute nach, ob alles in Ordnung war.

Ich ging vom Wohnzimmer hinüber ins Badezimmer, und als ich vor der Toilette stand, trat ein Mann aus dem Schlafzimmer und zielte mit einer Pistole auf mich. Er war durchschnittlich groß und von durchschnittlicher Statur, schlanker und jünger als Hannibal Ramos, aber die Ähnlichkeit mit der Ramos-Sippe war unverkennbar. Eigentlich sah der Mann sehr gut aus, aber das gute Aussehen wurde durch viele kleine Falten zunichte gemacht. Vier Wochen auf einer Schönheitsfarm von Betty Ford hätten die Probleme dieses Mannes nicht im Geringsten gelöst.

»Homer Ramos?«

»Wie er leibt und lebt.«

Wir standen beide mit gezogener Waffe da, drei Meter voneinander entfernt.

»Lassen Sie die Waffe fallen«, sagte ich.

Er lachte, ein absolut humorloses Lachen. »Wollen Sie mich dazu zwingen?«

Toll. »Lassen Sie die Waffe fallen, oder ich schieße.«

»Okay. Nur zu. Schießen Sie.«

Ich sah auf meine Glock. Es war eine Halbautomatik, sonst hatte ich immer einen Revolver. Ich hatte keine Ahnung, wie man eine Halbautomatik abfeuerte. Ich wusste nur, dass ich irgendetwas zurückschieben musste. Ich drückte auf einen Knopf, und das Magazin fiel auf den Teppich.

Homer Ramos prustete vor Lachen.

Ich warf mit der Glock nach ihm, traf ihn an der Stirn, und er schoss auf mich, bevor ich wegrennen konnte. Die Kugel streifte meinen Oberarm und blieb in der Wand hinter mir stecken. Ich schrie auf und taumelte nach hinten, hielt die Wunde fest umklammert.

»Das nur zur Warnung«, sagte er. »Wenn Sie versuchen abzuhauen, schieße ich Ihnen in den Rücken.«

»Warum sind Sie hergekommen? Was wollen Sie?«

»Ich will natürlich das Geld.«

»Ich habe das Geld nicht.«

»Es gibt keine andere Erklärung, meine Süße. Das Geld befand sich im Auto, und bevor die gute Cynthia verschied, hat sie mir noch gesagt, dass Sie in der Stadtvilla gewesen seien, als sie dort eintraf. Sie sind also die einzige Kandidatin. Ich habe

Cynthias Haus von oben bis unten durchsucht, und ich habe die Gute so gequält, dass ich mir sicher sein kann, dass sie mir alles erzählt hat, was sie weiß. Zuerst hat sie mir das Märchen aufgetischt, sie hätte die Tasche weggeworfen, aber nicht mal Cynthia wäre so bescheuert. Dann habe ich Ihre Wohnung auf den Kopf gestellt und die von Ihrer dicken Freundin, bin aber immer noch nicht fündig geworden.«

Eine Spritze gegen meinen Verstand. Es waren nicht Habib und Mitchell gewesen, die meine Wohnung verwüstet hatten. Es war Homer Ramos, der nach seinem Geld gesucht hatte.

»Und jetzt werden Sie mir verraten, wo Sie es hingetan haben«, sagte Homer. »Wo haben Sie das Geld versteckt?«

Ich spürte einen stechenden Schmerz an meinem Arm, und um dem Riss in meiner Jacke herum breitete sich ein Blutfleck aus. Kleine schwarze Punkte tanzten vor meinen Augen. »Ich muss mich setzen.«

Er deutete zum Sofa. »Da hin.«

Angeschossen zu werden, und sei die Wunde noch so klein, ist klarem Denken nicht gerade förderlich. Im Kopf irgendwo in der grauen Materie zwischen meinen Ohren war mir klar, dass ich mir etwas überlegen musste, aber was bloß. Mein Verstand raste in panischer Angst durch leere Kanäle, in den Augen sammelten sich Tränen, und meine Nase lief.

»Wo ist mein Geld?«, wiederholte Ramos, nachdem er sich hingesetzt hatte.

»Ich habe es Ranger gegeben.« Diese Antwort überraschte selbst mich. Aber es war auch klar, dass wir beide nicht glaubten, was mir da herausgerutscht war.

»Sie lügen. Ich möchte Sie noch einmal fragen: Wo ist das Geld. Und wenn ich sehe, dass Sie wieder lügen, werde ich Ihnen ins Knie schießen.«

Er erhob sich und stand jetzt mit dem Rücken zu dem schmalen Flur, der zu meiner Wohnungstür führt. Ich schaute ihm über die Schulter und sah Ranger in mein Blickfeld rücken.

»Also gut, Sie haben gewonnen«, sagte ich, lauter als nötig und mit einem Hauch Hysterie in der Stimme. »Ich sage Ihnen jetzt, was passiert ist. Ich hatte keine Ahnung, dass sich Geld in dem Auto befand. Ich habe nur den toten Mann gesehen. Und, ich weiß auch nicht, Sie können mich für verrückt halten, vielleicht habe ich auch nur zu viele Mafia-Filme gesehen, jedenfalls dachte ich in dem Moment: Vielleicht ist im Kofferraum ja noch eine Leiche! Ich meine, ich wollte keine Leiche übersehen. Können Sie das verstehen? Ich machte also den Kofferraum auf, und da lag die Sporttasche. Ich war schon immer ein neugieriger Mensch, deswegen musste ich unbedingt nachgucken, was sich in der Tasche befand...«

»Ihre Lebensgeschichte geht mir am Arsch vorbei«, sagte Homer. »Ich will endlich wissen, was Sie mit dem verdammten Geld gemacht haben. Ich habe nur noch zwölf Stunden Zeit, bis mein Schiff ablegt. Könnten Sie vielleicht vorher noch zu der entscheidenden Stelle in der Geschichte kommen?«

In dem Moment trat Ranger Homer in die Kniekehlen und hielt ihm die Schreckschusspistole an die Schläfe. Homer schrie kurz auf und sackte zusammen. Ranger griff zur Seite und nahm ihm die Pistole ab. Er tastete ihn nach den anderen Waffen ab, fand keine und fesselte ihn mit Handschellen, die Arme auf dem Rücken.

Er stieß Ramos mit einem Fußtritt zur Seite und kam zur mir ans Sofa. »Habe ich dir nicht ausdrücklich gesagt, du sollst dich nicht mit Mitgliedern der Familie Ramos treffen? Aber du hörst ja nie auf mich.«

Typisch Ranger. Das war seine Art von Humor.

Ich lächelte gequält. »Ich glaube, ich muss kotzen.«

Er legte mir eine Hand in den Nacken und drückte meinen

Kopf nach unten zwischen die Beine. »Stemm dich gegen meine Hand.«

Die Glocken in meinem Ohr hörten sofort auf zu läuten, und mein Magen beruhigte sich etwas. Ranger richtete mich auf und zog mir die Jacke aus.

Ich wischte mir die Nase an meinem T-Shirt ab. »Wie lange bist du schon hier?«

»Ich bin reingekommen, als er auf dich schoss.«

Wir sahen beide auf die klaffende Wunde an meinem Arm.

»Eine reine Fleischwunde«, sagte Ranger. »Dafür kannst du nicht viel Mitleid erwarten.« Er führte mich in die Küche und tupfte die Wunde mit Papierhandtüchern ab. »Versuch sie ein bisschen sauber zu machen, ich hole in der Zwischenzeit Heftpflaster.«

»Heftpflaster? Das ist eine Schusswunde!«

Er kehrte mit meinem Erste-Hilfe-Kasten wieder, klebte mir ein Pflaster auf die Wunde, legte einen Mullflicken darüber und wickelte einen Verband um den Arm. Er trat einen Schritt zurück und grinste. »Du siehst irgendwie käsig aus.«

»Ich dachte, ich würde sterben. Er hätte mich ganz sicher getötet.«

»Hat er aber nicht«, sagte Ranger.

»Hast du jemals gedacht, du würdest sterben?«

»Schon oft.«

»Und?«

»Noch lebe ich.« Er rief Morelli von meinem Telefon aus an. »Ich bin in Stephanies Wohnung. Wir haben Homer Ramos geschnappt. Er wartet darauf, dass Sie ihn abholen. Und einen Krankenwagen könnten wir auch gebrauchen. Stephanie hat eine Kugel in den Arm abgekriegt. Die hat zwar nur die Haut aufgeritzt, aber es sollte mal jemand einen Blick darauf werfen.«

Er legte einen Arm um mich und zog mich an sich. Ich lehnte

den Kopf an seine Brust, und er kraulte mein Haar und küsste mich auf die Schläfe. »Alles wieder gut?«

Im Gegenteil. Es ging mir so schlecht, schlechter ging es gar nicht. Ich hätte an die Decke gehen können. »Ja«, sagte ich. »Mir geht's gut.«

Ich spürte, wie er lachte. »Gelogen.«

Morelli passte mich im Krankenhaus ab. »Alles wieder gut?«

»Dasselbe hat mich Ranger vor einer Viertelstunde auch gefragt, und die Antwort lautete nein. Aber es geht mir schon besser.«

»Was macht der Arm?«

»Ich glaube, es ist nicht so schlimm. Ich warte auf den Arzt.«

Morelli nahm meine Hand und drückte einen Kuss auf die Handfläche. »Ich glaube, unterwegs hierher hat mein Herz zwei Mal ausgesetzt.«

Der Kuss flatterte hinab in meinen Bauch. »Mir geht's wieder ganz gut. Ehrlich.«

»Davon wollte ich mich selbst überzeugen.«

»Du liebst mich«, sagte ich.

Morellis Miene wurde etwas ernster, und er nickte leicht mit dem Kopf. »Ich liebe dich.«

Ranger liebte mich auch, aber nicht auf die gleiche Weise. Ranger befand sich an einem anderen Punkt in seinem Lebensweg.

Die Tür zum Wartezimmer flog krachend auf, und Connie und Lula platzten herein.

»Was ist los?«, sagte Lula. »Wir haben gehört, man hätte auf dich geschossen.«

»Schreck lass nach«, sagte Connie. »Es stimmt! Guck dir doch nur ihren Arm an! Wie ist das passiert?«

Morelli stand auf. »Ich will dabei sein, wenn sie Ramos überstellen. Außerdem bin ich doch jetzt, wo die Hilfstruppen eingetroffen sind, überflüssig hier. Ruf mich an, wenn du den Arzttermin hinter dir hast.«

Nach dem kleinen Abstecher im Krankenhaus beschloss ich, zu meinen Eltern zu fahren. Morelli war noch immer dabei, Ramos zu verhören, und ich hatte keine Lust allein zu sein. Zuerst aber ließ ich mich von Lula bei Dougie absetzen, weil ich mir ein Baumwollhemd von ihm besorgen wollte, dass ich mir über das T-Shirt anziehen konnte.

Dougie und Moon saßen beide im Wohnzimmer vor einem neuen Fernseher mit Riesenbildschirm.

»Ej, Mann ej«, sagte Moon. »Guck dir diesen Fernseher an. Ist der nicht allererste Sahne?«

»Ich dachte, ihr hättet die Hehlerei satt.«

»Das ist ja das Erstaunliche«, sagte Moon. »Dieser Fernseher ist neu gekauft. Wir haben ihn nicht mal klauen müssen, Mann. Ich sage dir, Gottes Wege sind unergründlich. Da denkt man, man hätte sich die Zukunft versaut, und plötzlich fällt einem eine Erbschaft zu.«

»Glückwunsch«, sagte ich. »Wer ist denn gestorben?«

»Das ist ja das Wunder«, sagte Moon. »Unsere Erbschaft ist durch keinen tragischen Todesfall getrübt. Sie wurde uns einfach überlassen. Als Geschenk. Ist das nicht irre?«

»Dougie und mir war am Sonntag das große Glück beschert, ein Auto verkaufen zu können, deswegen sind wir gleich damit zur Autowaschanlage gefahren, um es für den Käufer ein bisschen herauszuputzen. Zwischendurch kommt so eine Blonde angedüst, mit einem silbernen Porsche. Und die fängt an, ihr Auto zu putzen, bis fast nix mehr dran ist. Wir haben die ganze Zeit daneben gestanden und zugeguckt. Dann holt sie eine Tasche aus dem Kofferraum und wirft sie in die Mülltonne. Es war eine echt gute Tasche, wie neu, deswegen haben wir die Dame gefragt, ob wir sie haben dürften. Sie meinte, das wäre bloß eine gammelige Sporttasche, und wir könnten damit anstellen, was wir wollten. Wir nehmen die Tasche mit nach Hause, und dann haben wir sie erst mal wieder vergessen. Bis heute Morgen.«

»Und als ihr die Tasche heute Morgen aufgemacht und reingeschaut habt, war sie voller Geld«, sagte ich.

»Wow. Woher weißt du das?«

»Ich habe nur geraten.«

Meine Mutter stand in der Küche, als ich nach Hause kam. Sie machte gerade Toltott kaposzta, Kohlroulade. Nicht gerade meine Lieblingsspeise. Meine Lieblingsspeise, muss ich fairerweise dazusagen, ist wahrscheinlich gestürzter Ananaskuchen mit reichlich Sahne, der Vergleich ist also nicht ganz gerecht.

Sie unterbrach ihre Arbeit und sah mich an. »Stimmt irgendwas nicht mit deinem Arm? Du hältst ihn so komisch.«

»Man hat auf mich geschossen, aber...«

Meine Mutter fiel in Ohnmacht. Rumms, lag sie auf dem Küchenboden, den Holzlöffel noch in der Hand.

Mist.

Ich feuchtete ein Geschirrtuch an und legte es ihr auf die Stirn, bis sie wieder zu sich kam.

»Was ist passiert?«, fragte sie.

»Du bist ohnmächtig geworden.«

»Ich werde nie ohnmächtig. Das musst du geträumt haben.« Sie stand auf und wischte sich mit dem feuchten Tuch übers Gesicht. »Ja, doch, jetzt erinnere ich mich wieder.«

Ich half ihr auf einen Küchenstuhl und setzte Teewasser auf.

»Ist es sehr schlimm?«, fragte sie mich.

»Nur ein Streifschuss. Und der Kerl, der auf mich geschossen hat, sitzt schon im Gefängnis. Du siehst, es geht mir gut.«

Außer, dass mir übel wurde, mein Herz ab und zu einen Aussetzer hatte und ich nicht zurück nach Hause in meine Wohnung wollte. Ansonsten ging es mir gut.

Ich stellte die Plätzchendose auf den Tisch und schenkte meiner Mutter eine Tasse Tee ein. Ich setzte mich ihr gegenüber und nahm mir ein Plätzchen. Es war ein Schokoladenkeks. Sehr gesund, weil sie klein gehackte Walnüsse hineingetan hatte, und Walnüsse sind doch proteinhaltig, oder?

Die Haustür wurde mit einem Krachen auf- und wieder zugestoßen. Grandma stürmte in die Küche. »Ich habe es geschafft! Ich habe die Fahrprüfung bestanden!«

Meine Mutter bekreuzigte sich und legte sich das feuchte Geschirrtuch wieder auf die Stirn.

»Wieso ist dein Arm unter dem Hemd so angeschwollen?«, wollte Grandma von mir wissen.

»Ich trage einen Verband. Jemand hat auf mich geschossen.«

Grandma bekam große Augen. »Echt cool!« Sie zog einen Stuhl an den Tisch und gesellte sich zu uns. »Wie ist das denn passiert? Wer hat auf dich geschossen?«

Bevor ich dazu kam zu antworten, klingelte das Telefon. Es war Marge Dembowski, die erzählte, ihre Tochter Debbie, die im Krankenhaus arbeitete, hätte angerufen, ich sei erschossen worden. Gleich danach rief Julia Kruselli an, ihr Sohn Richard, der bei der Polizei war, hätte ihr gerade die Einzelheiten der Geschichte mit Homer Ramos gesteckt.

Ich zog von der Küche ins Wohnzimmer um und schlief vor dem Fernseher ein. Als ich wieder aufwachte, war Morelli da. Im ganzen Haus roch es nach den Kohlrouladen, die auf dem Herd standen, und mein Arm tat weh.

Morelli hatte mir eine neue Jacke mitgebracht, eine ohne Einschussloch. »Wird Zeit, nach Hause zu gehen«, sagte er und steckte mit Schwung meinen Arm in den Jackenärmel.

»Ich bin zu Hause.«

»Ich meine, nach Hause, zu mir.«

Morellis Haus. Ach, wäre das schön. Rex würde da sein, und Bob. Und was noch viel schöner war, Morelli würde da sein.

Meine Mutter stellte eine große Tüte auf den Sofatisch vor uns. »Da sind ein paar Kohlrouladen für euch drin, ein frisches Brot und einige Plätzchen.«

Morelli nahm die Tüte an sich. »Kohlrouladen esse ich für mein Leben gern«, sagte er.

Meine Mutter strahlte.

»Isst du wirklich gern Kohlrouladen?«, fragte ich ihn, als wir im Auto saßen.

»Ich esse alles gerne, was ich nicht selbst kochen muss.«

»Wie ist es mit Homer Ramos gelaufen?«

»Besser als wir es uns in unseren kühnsten Träumen vorgestellt hatten. Der Mann ist ein Jammerlappen. Er hat alle verpfiffen. Alle. Alexander Ramos hätte ihn gleich nach der Geburt töten sollen. Und als Prämie haben wir uns noch Habib und Mitchell vorgeknöpft und ihnen gesagt, dass sie mit einer Anzeige wegen Entführung rechnen müssten, worauf sie uns zu Arturo Stolle geführt haben.«

»Da hattest du ja ganz schön viel zu tun heute Nachmittag.«

»Es war ein ziemlich gelungener Tag. Den Schuss auf dich ausgenommen.«

»Wer hat Macaroni umgebracht?«

»Homer. Stolle hat Macaroni losgeschickt, um den Porsche zu sichern. Wahrscheinlich hat er sich gedacht, er könnte wenigstens teilweise seine Schulden damit zahlen. Homer hat ihn in dem Auto erwischt und erschossen. Dann hat er Panik gekriegt und ist aus dem Haus gerannt.«

»Und hat dabei vergessen, die Alarmanlage einzuschalten.«

Morelli grinste. »Richtig. Homer hatte sich angewöhnt, die Ware, die er für Stolle transportierte, selbst auszuprobieren. Er kiffte sich voll, ging dann aus dem Haus, um sich was zu knabbern zu kaufen und vergaß, die Alarmanlage einzuschalten. Deswegen konnte Ranger einbrechen. Dann ist Macaroni eingebrochen. Dann du. Ich glaube, Hannibal ist das ganze Problem gar nicht richtig bewusst gewesen. Er dachte, Homer wäre in der Stadtvilla und würde sich nicht vom Fleck rühren.«

»Dabei war Homer ein menschliches Wrack.«

»Ja, ein Wrack, das kann man wohl sagen. Nachdem er Macaroni erschossen hatte, ist er richtig ausgerastet. In seinem berauschten gestörten Zustand hat er wohl gedacht, er könnte sich ein besseres Versteck suchen als das, was Hannibal für ihn vorgesehen hatte. Deswegen ist er noch mal zurück zum Haus gegangen, um sich seinen Zaster zu holen. Aber der war auf einmal nicht mehr da.«

»Und Hannibal und seine Leute haben sich in der Zwischenzeit auf der Suche nach Homer die Haken wund gelaufen.«

»Irgendwie ein tröstlicher Gedanke, dass sie sich solche Mühe gegeben haben, den kleinen Scheißer aufzustöbern«, sagte Morelli.

»Was ist denn nun mit dem Zaster?«, fragte ich. »Weiß jemand, was mit der Sporttasche voller Geld passiert ist?« Außer mir, versteht sich.

»Das bleibt eines der unergründlichen Geheimnisse des Lebens«, sagte Morelli. »Die vorherrschende Theorie besagt, dass er in seinem Drogenwahn ein Versteck gesucht und es später vergessen hat.«

»Klingt logisch«, sagte ich. »So wird es wohl gewesen sein.« Mir war es egal. Ich gönnte Dougie und Moon das Geld von Herzen. Wenn es beschlagnahmt würde, fiele es ohnehin dem Staat zu, und weiß der Himmel, was der damit anstellen würde.

Morelli hielt vor seinem Haus in der Slater Street und half mir beim Aussteigen. Er schloss die Haustür auf, und Bob sprang mir freudestrahlend entgegen.

»Er freut sich, dass er mich wieder sieht«, sagte ich zu Morelli. Die Tüte mit den Kohlrouladen, die ich in der Hand hielt, tat der Freude sicher auch keinen Abbruch. Einerlei, Bob hieß mich aufs Herzlichste willkommen.

Morelli hatte Rex' Käfig auf die Küchenablage gestellt. Ich klopfte an die Seitenwand, und unter einem Haufen Lagerstreu rührte sich etwas. Rex steckte den Kopf hervor, zuckte mit den Barthaaren und zwinkerte mir mit seinen schwarzen Knopfäuglein zu.

»Hallo, Rex«, sagte ich. »Wie geht's?«

Die Barthaare hörten für den Bruchteil einer Sekunde auf zu vibrieren, dann zog sich Rex wieder in sein Nest aus Lagerstreu zurück. Dem zufälligen Beobachter mag das vielleicht nicht so erscheinen, aber für Hamster war das eine exorbitante Begrüßungszeremonie.

Morelli köpfte zwei Flaschen Bier und stellte zwei Teller auf seinen kleinen Küchentisch. Wir teilten die Kohlrouladen zwischen Morelli, Bob und mir auf und langten zu. Ich hatte meine zweite Kohlroulade zur Hälfte vertilgt, da fiel mir auf, dass Morelli gar nicht aß.

»Keinen Hunger?«, fragte ich.

Morelli lachte etwas gespannt. »Du hast mir gefehlt.«

»Mir hast du auch gefehlt.«

»Wie geht es deinem Arm?«

»Besser.«

Er nahm meine Hand und küsste die Fingerspitzen. »Ich hoffe, diese Unterhaltung gilt als Vorspiel. Ich verspüre nämlich einen schweren Mangel an Selbstbeherrschung.«

Nichts dagegen einzuwenden. Ich konnte in diesem Augenblick gern auf jegliche Selbstbeherrschung verzichten.

Er nahm mir die Gabel aus der Hand. »Legst du noch großen Wert auf die Kohlrouladen?«

»Ich mag überhaupt keine Kohlrouladen.«

Er zog mich aus meinem Stuhl hoch und küsste mich.

Es klingelte an der Haustür. Morelli und ich zuckten zusammen.

»Scheiße!«, sagte Morelli. »Was ist denn jetzt schon wieder?

Immer ist irgendwas! Großmütter und Mörder und Pager, die verrückt spielen. Ich halte das nicht mehr aus!« Er stürmte durch den Hausflur und riss die Tür auf.

Vor ihm stand seine Großmutter Bella. Sie war eine zierliche Person, ganz in dem landestypischen Schwarz ihrer Heimat gekleidet. Die weißen Haare waren hinten zu einem Knoten gesteckt, ihr Gesicht war frei von Make-up, die schmalen Lippen zusammengepresst. An ihrer Seite stand Joes Mutter, die größer als Bella war und nicht minder Furcht einflößend.

»Und?«, sagte Bella.

Joe sah sie an. »Was, und?«

»Willst du uns nicht hereinbitten?«

»Nein.«

Bella erstarrte. »Wenn du nicht mein Lieblingsenkel wärst, würde ich dir den bösen Blick schicken.«

Joes Mutter trat vor. »Wir können nicht lange bleiben. Wir wollen zu Marjorie Soleri, unser Geschenk für den Nachwuchs abliefern. Wir sind nur gekommen, um dir einen Auflauf vorbeizubringen. Ich weiß doch, dass du nie kochst.«

Ich trat an Joes Seite und nahm der Mutter den Auflauf ab. »Wie schön, dass man Sie auch mal wieder sieht, Mrs. Morelli. Und Sie auch, Grandma Bella. Der Auflauf riecht ja toll.«

»Was geht hier vor?«, fragte Bella. »Ihr beide lebt doch nicht schon wieder in wilder Ehe zusammen, oder?«

»Ich gebe mir Mühe«, sagte Morelli. »Ich habe nur leider kein Glück.«

Bella sprang hoch und gab Joe einen Klaps auf den Kopf. »Schäm dich.«

»Ich bringe den Auflauf mal in die Küche«, sagte ich, meinen Rückzug einleitend. »Und dann muss ich mich auch auf den Weg machen. Ich wollte sowieso nicht lange bleiben. Ich bin nur vorbeigekommen, um guten Tag zu sagen.« Bellas böser Blick war das Letzte, was ich jetzt gebrauchen konnte.

Joe packte mich an dem gesunden Arm. »Du gehst nirgendwo hin.«

Bella blinzelte mich an, und ich fuhr zusammen. Ich spürte, wie Joe neben mir an sich hielt.

»Stephanie bleibt heute Abend hier«, sagte er. »Gewöhnt euch daran.«

Bella und Mrs. Morelli schluckten und kniffen die Lippen zusammen.

Mrs. Morelli streckte das Kinn ein paar Zentimeter in die Höhe und sah Joe mit einem stechenden Blick an. »Wirst du diese Frau heiraten?«

»Ja, verfluchte Hacke noch mal, ich werde sie heiraten«, sagte Joe. »Je früher, desto besser.«

»Heiraten!«, sagte Bella und klatschte verzückt in die Hände. »Mein Joseph heiratet.« Sie küsste uns beide.

»Moment mal«, warf ich ein. »Du hast mich nie gefragt, ob ich dich heiraten will. Du warst doch immer derjenige, der dagegen war.«

»Ich habe meine Meinung geändert«, sagte Morelli. »Ich will heiraten. Am liebsten noch heute Abend.«

»Du willst doch nur Sex«, sagte ich.

»Machst du Witze? Ich kann mich gar nicht mehr erinnern, wann ich das letzte Mal Sex hatte. Ich kann nicht einmal sagen, ob ich überhaupt noch weiß, wie es geht.«

Sein Pager piepste. »Mist!«, sagte Morelli. Er zerrte den Pager aus dem Gürtel und schleuderte ihn auf die Straße.

Grandma Bella sah auf meine Hand. »Wo ist der Ring?«

Alle sahen auf meine Hand. Kein Ring.

»Man braucht keinen Ring, um zu heiraten«, sagte Morelli.

Grandma Bella schüttelte traurig den Kopf. »Er kennt sich mit so etwas nicht aus«, sagte sie.

»Schluss jetzt«, sagte ich. »Ich lasse mich nicht in eine Ehe zwingen.«

Grandma Bella versteifte sich. »Wollen Sie meinen Joseph nicht heiraten?«

Joes Mutter bekreuzigte sich und verdrehte die Augen.

»Ach, du Schreck«, sagte Joe zu seiner Mutter. »Guck mal, wie spät es ist. Du willst doch nicht zu spät zum Babygucken kommen, oder?«

»Ich weiß schon, was du vorhast«, sagte Bella. »Du willst uns nur loswerden.«

»Stimmt genau«, sagte Joe. »Stephanie und ich haben einige Dinge zu besprechen.«

Bella ließ ihre Augen kullern. »Ich habe eine Vision«, sagte sie. »Ich sehe Enkel, drei Jungen und zwei Mädchen...«

»Lass dir von ihr keine Angst einjagen«, flüsterte Joe mir zu. »Oben, neben meinem Bett, habe ich die besten Verhütungsmittel, die man mit Geld kaufen kann.«

Ich kaute auf der Unterlippe. Wenn sie gesagt hätte, sie sähe lauter Hamster, es wäre mir lieber gewesen.

»Na gut, wir gehen jetzt«, sagte Bella. »Diese Visionen ermüden mich immer. Ich werde auf dem Weg zu Marjorie noch ein kleines Nickerchen im Auto machen.«

Als sie abgefahren waren, schloss Joe die Tür ab. Er nahm mir den Auflauf aus der Hand und stellte ihn, außer Reichweite für Bob, auf den Esstisch. Behutsam streifte er mir die Jacke von den Schultern und ließ sie zu Boden gleiten. Dann öffnete er den obersten Knopf meiner Jeans, hakte sich mit einer Hand in den Hosenbund ein und zog mich an sich. »Ach übrigens, Pilzköpfchen, was diesen Heiratsantrag betrifft...«

MAEVE HARAN

»... ist eine wundervolle Erzählerin!«
The Sunday Times
Exklusiv im Goldmann Verlag

41398

43584

42964

43055

HEINZ G. KONSALIK

Der Meister großer Unterhaltung –
brisant, spannend und immer mitreißend

43766

43767

42926

43192

GOLDMANN

GOLDMANN

*Das Gesamtverzeichnis aller lieferbaren Titel erhalten Sie
im Buchhandel oder direkt beim Verlag.
Nähere Informationen über unser Programm erhalten Sie auch im Internet unter:*
www.goldmann-verlag.de

★

Taschenbuch-Bestseller zu Taschenbuchpreisen
– Monat für Monat interessante und fesselnde Titel –

★

Literatur deutschsprachiger und internationaler Autoren

★

Unterhaltung, Kriminalromane, Thriller
und Historische Romane

★

Aktuelle Sachbücher, Ratgeber, Handbücher und
Nachschlagewerke

★

Bücher zu Politik, Gesellschaft, Naturwissenschaft und Umwelt

★

Das Neueste aus den Bereichen
Esoterik, Persönliches Wachstum und Ganzheitliches Heilen

★

Klassiker mit Anmerkungen, Anthologien und Lesebücher

★

Kalender und Popbiographien

★

Die ganze Welt des Taschenbuchs

★

Goldmann Verlag • Neumarkter Str. 18 • 81673 München

Bitte senden Sie mir das neue kostenlose Gesamtverzeichnis

Name: _____

Straße: _____

PLZ / Ort: _____